얼음고래

凍りのくじら

얼음고래

츠지무라 미즈키 지음 / 이윤정 옮김

차례

당신이 그려내는 빛은 어째서 그렇게 강하고 아름다운 것일까요.

간혹 이런 질문을 받는다. 내가 찍는 사진 얘기다.
그에 대한 내 대답은 늘 똑같다.
캄캄한 바다 밑바닥과 머나먼 하늘 저편의 우주를
비출 필요가 있기 때문이라고.

凍りのくじら

프롤로그

하얗게 얼어붙은 바다에 잠겨 있는 고래를 본 적이 있는가?

수면을 메운 얼음들 사이의 갈라진 틈, 겨우 얼굴 하나 내놓을 수 있는 그 좁은 공간 사이로 바다가 보인다. 마지막으로 불쑥, 하늘을 향해 그곳으로 입을 내밀었던 고래는 커다란 몸뚱이를 깊은 물속으로 가라앉힌다. 그리고 다시는 해수면으로 돌아오지 않는다.

해저에 완전히 몸을 누이는 것일까. 아니면 물속을 둥실둥실 떠다니는 것일까. 더는 하늘을 보지 못한다.

얼음 속에 갇힌 고래, 미디어에서는 그렇게 보도했다.

길을 잃고 얼음의 평원에 들어간 고래는 움직이지 못하게 되고 호흡을 빼앗긴다. 고래 자신도 그 모습을 지켜보는 인간들도 죽을 거라는 것을 알고 있지만 어찌할 도리가 없다. 문명과 과학이 발전한 이 시대에, 인간이 얼마나 무력한지를 알게 된다.

몇 년 전, 얼음 바다에서 죽은 고래 가족. 홋카이도 북서쪽의 바다에서 발견된 후 그들이 죽기까지 사흘. 막대한 비용을 들여 구출을 시도했지만 살릴 수 없었다.

괴롭게 숨 쉬던 고래가 한 마리, 또 한 마리 가라앉는 모습은 안타까웠다. 지금 저기에 있는 생명이 내일이 되면 사라질지도 모른다는 현실. 그것이 브라운관을 통해 생생히 전해진다.

한 점 더러움 없는 새하얀 얼음 사이로 보이는 바다의 푸른색이 한없이 어둡다.

그것은 아시자와 리호코가 좋아하는 색이었다.

"저는 아시자와 씨의 사진에서 빛이 돋보이는 건 그 내부를 덮는 어둠이 강하기 때문이라고 생각하는데요. 뭔가를 의식하며 찍으시는 건가요?"

그날의 기자는 옅은 화장이 잘 어울리는 삼십 대 초반의 여성이었다. 인기 있는 패션잡지의 기자인 그녀는, 여러 분야에서 활약하는 이십 대 여성을 다루는 특집 기사를 기획 중이라고 했다. 영광스럽게도 사진가라는 장르에 내가 뽑혔다.

"그런 말을 들은 적도 있어요."

나는 대답했다.

"제가 찍는 빛은 늘 어둠 속에서 우러러보는 시점으로 그려진다고 하더군요. 빛이라는 밝은 관점으로 평가를 받고 있기는 하지만 실제로 제 사진은 상당히 어두워요."

기자는 그 말에 고개를 끄덕이며 가지고 있던 노트에 무언가를 메모한다. 책상 위의 테이프리코더가 작고 붉은빛을 내뿜으며 천천히 돌아가고 있다.

평일의 잡화점 한구석에서, 나와 그녀는 벌써 한 시간 정도 이런 대화를 나누고 있었다. 옆의 벽면 전체에 작은 사진이 진열되어 있다. 한 장에 백 엔짜리 싸구려 포토 카드. 내 사진이 마음에 들었다며 연락을 준 가게 주인이, 여기에 진열하는 게 좋겠다고 권해 주었던 것이다. 3년 동안 찍어 온, 자연을 담은 작품들. 그리고 몇 년 전에는 내 아버지의 사진이 같은 기획으로 여기에 걸려 있었다.

이 취재를 요청한 기자가 인터뷰 장소로 이곳을 지정했다. 인터뷰 후 기사에 쓸 사진을 위해 벽을 배경으로 나를 촬영하겠다는 것이다.

"…아시자와 씨의 사진은 자연을 촬영한 것이 많은 것 같은데요."

기자의 눈이 사진이 진열된 선반 위를 슬쩍 쳐다본다. 나도 따라 거기에 있는 내 소개문을 읽었다. 〈아시자와 아키라——25세. 자연 촬영을 중심으로 활동하는 신예 포토그래퍼〉. 하늘과 바다, 나비와 달. 벽을 장식한 여러 모티브는 오십 장에 가깝다.

기자가 시선을 내려 나를 봤다.

"이번 〈액팅 에어리어〉에서 대상을 받은 사진은 인물 사진인데, 첫 시도라는 얘기에 놀랐어요, 무슨 심경의 변화라도?"

"모델이 되어 준 사람을 예전부터 계속 찍어 왔어요. 이번에 만족할 만한 사진이 나와서 출품한 건데, 결과가 좋아서 놀랐습니다."

무심결에 쓴웃음을 짓는다. 〈액팅 에어리어〉는 '인간과 생활'을 콘셉트로 하는 사진 및 카메라 전문지다. 2년에 한 번 대대적으로 권위 있는 사진 콩쿠르를 여는 것으로 유명한데, 이 콩쿠르에는 프로 · 아마추어에 관계없이 응모자가 쇄도한다.

〈액팅 에어리어〉라는 말은 무대에서 연기자가 연기하는 범위를 가리키는 무대 용어에서 가져온 모양이다.

"초대 수상자이신 아버님 아시자와 아키라 씨에 이어 부녀가 나란히 수상하시게 되었네요. 그러고 보니 아버님께서도 어느 시점 이후로 인물을 많이 찍으셨는데, 저는 아버님이 찍으신 어린 시절의 아시자와 씨 사진을 참 좋아해요. 밀짚모자를 쓴, 볕에 그을린 소녀. 그 사진은 그해의 항공회사 포스터로 만들어졌지요."

"바닷가 사진 말이군요."

사진을 떠올리면서 대답한다.

둘 다 자연스럽게 웃음을 지었다.

"부끄럽네요. 아버지는 주로 바다 사진을 찍으셨는데, 그러다 장난삼아 옆에서 놀던 저와 어머니를 찍기 시작하셨어요. 그게 점점 진짜로 즐거워졌다고 하시더군요."

"이번에 수상하신 작품은 인물 사진이어서 그런지 지금까지의 사진과 인상이 다르면서도 확실히 아시자와 씨의 작품이라는 것을 알 수 있었습니다. 대상이 무엇이든, 사진가로서 자신의 색깔이 확실히 정립되었다는 뜻일까요. 저 같은 문외한이 할 말은 아닌지도 모르겠습니다만, 일치하는 무언가가 느껴지네요."

그녀는 그렇게 말하고 나서 조금 진지한 표정으로 물었다.

"아시자와 씨가 그려내는 빛은 어째서 그렇게 강하고 아름다운 것일까요."

"정말로 축하드립니다."

인터뷰를 마치고 잡화점을 나오자 기자는 마지막으로 그렇게 말했다. 내가 이름을 물려받은 아버지, 아시자와 아키라는 고등학생 때 사상 최연소로 이 상을 받았다.

"고맙습니다."

"모델은 이번 수상을 기뻐해 주셨나요?"

"네."

나는 대답하고 미소를 지었다.

"무척 기뻐했어요. 사실은 지금부터 같이 사진을 보러 가기로 했습니다."

"사이가 좋으시네요."

이번에도 고개를 끄덕인다.

그녀와 헤어져 나는 걷기 시작했다. 상을 받은 사진은 이 근처 백화점의 특설 전시장에 전시되어 있다. 다수의 시선에 노출된 자신의 모습에 그는 어떤 느낌을 받을까.

생각만 해도 기분이 들뜬다. 손목시계를 보니 서두르지 않으면 늦을 시각이었다. 약속 장소로 향하는 발걸음이 빨라진다.

"당신이 그려내는 빛은 어째서 그렇게 강하고 아름다운 것일까요."

"캄캄한 바다 밑바닥과 머나먼 하늘 저편의 우주를 비출 필요가 있으니까요. 그렇게 대답하기로 했습니다."

그리고 그 빛이 나에게로 쏟아진 적이 있다. 입 밖으로는 내지 않고 마음속으로 덧붙인다.

아무도 믿지 않을지 모르지만 몇 년이나 지난 과거에, 그 빛이 나를 비춰 준 적이 있는 것이다.

제1장

요술문

* 요술문

가고 싶은 곳을 말하면(《도라에몽》에서는 말하지 않을 때도 많지만)
문 너머가 그곳으로 이어져 문을 통과하면 목적지로 갈 수 있다.

1

내가 존경하는 후지코 F. 후지오[*] 선생님이 남긴 말 중에 이런 게 있다.

"나에게 있어서 'SF'는, 사이언스픽션이 아니라 '조금 신기한 이야기'의 SF입니다."

이 말은 그때까지 멀게만 느껴지던 SF라는 장르와 나 사이의 거리를 상당히 좁혀 주었다.

나는 책을 좋아하는 아이였지만 책 중에서도 나름대로 좋아하는 장르와 그다지 좋아하지 않는 장르를 구분하는 기준은 있었다. 그때까지 사이언스픽션은 구분하자면 별로 읽고 싶지 않은 장르였다. 나 같은 사람은 읽어도 이해하지 못할 거라고 생각했다. 그러나 선생님의 그 말은 내 마음을 가볍게 해 주었다. 그것은 쓰는 사람의 입장에서 자기 작품을 해석한 말이었겠지만, 읽는 사람의 입장에서도 제법 괜찮은 해석이라고 생각했다.

---

* 인기 만화 〈도라에몽〉의 작가.

SF. Sukoshi · Fushigi* (조금 · 신기하다).

그렇게 생각하니, 후지코 선생님의 대표작 〈도라에몽〉에서도 SF적인 요소를 볼 수 있다는 점이 새삼 흥미로워졌다. SF소설은 더 이상 꺼려지는 장르가 아니게 되었고 내 독서의 폭도 넓어지게 되었다. 말하자면 그렇다. 이것은 조금 신기한 이야기들이라, 거기에서 펼쳐지는 세계의 이론을 무리하게 머릿속에 집어넣을 필요도 없고 괜히 지식으로 외우려 하지 않아도 된다. 막연한 세계관과 스토리 전개를 그저 즐기기만 해도 된다.

조금 · 어떠하다.

그 이후, 나는 책을 읽을 때가 아니더라도 늘 그 말을 머릿속에 두게 되었다. 매사를 분류해서 생각하는 데에 편리했으니까.

2

[시험공부도 대충 끝나서 밥이나 먹을까 하고. 리호가 좋아하는 월남쌈 먹으러 안 갈래? 그리고 사실은 주고 싶은 게 있어.]

그때 아시자와 리호코는 고등학생이었는데, 별 볼 일 없는 남자랑 사귀다가 우스운 꼴을 당한 참이었다.

---

* 원문 'すこし(스코시, 조금)', 'ふしぎ(후시기, 신기한)'. 일본어의 로마자 표기 기준에서 'ふ(후)'는 'fu'로 표기.

쓸모없는 패는 그게 쓸모없는 것일수록, 수중에 있을 때는 그 사실을 모른다. 어쩐지 그 패로 승패가 갈린다는 생각이 든다. 카드의 본질을 알게 되는 건 그 패가 자신의 손을 떠나 테이블 위에서 뒤집히고 나서다. 아무도 받아가지 않고, 쳐다도 안 본다. 다른 사람이 꼭 필요할 거라고, 그만한 가치가 있을 거라고 그렇게나 믿었는데, 옆의 라이벌이 귓가에 살짝 속삭인다.

'그 카드, 버리는 게 낫다고 말할까 말까, 다들 아까부터 고민하고 있었어요.'

정말 꼴불견이다.

문자 메시지가 표시된 휴대전화 화면을 손가락으로 문지른다. 발신자 이름을 확인하니 눈에 힘이 들어간다. 내용을 확인하자 이번에는 무표정해진다. 정면에 앉아 있던 가오리가 무슨 일이냐고 말을 걸었다.

"왜 그래? 리호코. 얼굴빛이 안 좋은데?"

표정 변화로 미묘한 심정 변화를 알아채는 건 만화나 드라마에서나 있는 일이라고 생각했는데, 현실에서도 있는 일인가 보다. 아니면 나만 유난히 알기 쉬운 건가. 그런 생각을 하면서 전화기를 닫는다.

"아무것도 아니에요. 저기, 가오리 씨. 저한테 소개해 주고 싶다는 남자애, 아직도 일이 안 끝난 거예요? 혹시 만날 생각이 없는 건가?"

"진짜 그러면 가만 안 둘 거야. 리호코 사진을 보고 소개시켜 달라고 한 건 그쪽이라고."

피우던 담배를 재떨이에 문지르면서 가오리가 말한다. 이 재떨이는 그녀 혼자 썼는데도 벌써 재가 가득하다. 라크* 한 갑에 이르는 양.

"리호코, 아직 시간 괜찮아? 나랑 조금만 더 같이 있자."

"그야 물론이죠."

나는 만면에 웃음을 띠고 아양처럼 들리지 않을 정도로만 어리광을 부리는 목소리로 대답했다.

"딱 보니까 알겠어요. 가오리 씨, 모임을 주선한 남자를 좋아하는 거죠? 이다음에 어디 갈 거면 저도 같이 갈게요."

분위기를 띄우려고 회의를 하던 두 사람이 어딘가 친밀해 보이던 모습을 떠올리며 말하니, 그녀의 얼굴이 새빨개졌다.

나는 알고 있다. 줄담배를 피우는 가오리 씨는 여자가 담배 피우는 것을 못마땅하게 여기지 않는 사람을 좋아한다. '가오리도 피울래?' 그렇게 자연스레 말을 건네는 눈치 빠른 남자. 그렇게 얼굴이 잘생기거나 머리가 좋지 않아도, 그 조건을 클리어한 것만으로 그녀는 그 순간 상대에 대한 가드가 약해진다.

그럴 때 그녀는 알기 쉬울 정도로 피우는 담배 양이 늘어난다.

재가 잔뜩 쌓인 재떨이를 보면서 나는 그 모습이 귀엽다고 생각했다. 스트레스를 발산하기 위한 흡연이 두근거림으로 바뀌는 심리가 사랑스럽다. 마음은 건전. 몸은 더할 나위 없이 건강에 안

---

* LARK ; 담배 상표.

좋은 일만.

"리호코, 목소리 좀 낮춰."

"제가 봐 주었으면 한 거 아니에요? 가오리 씨가 좋아하는 사람을?"

싸구려 체인 술집에서는 오늘도 연기 냄새가 난다. 조리실에서 풍기는 닭꼬치를 굽는 냄새, 손님들이 피우는 담배 냄새. 슬슬 마지막 요리인 밥 종류가 나올 때다.

남자 친구와 헤어지고 열심히 놀기 시작하면서 알게 된 것이 잔뜩 있다. 분위기와 젊음을 즐기기 위한 간단한 룰과 규칙성. 그 중에서도 오락거리가 적은 지방 도시 젊은이들의 관심은 'the 연애'라는 한 마디로 모두 압축된다.

불문율 ①. '술자리'라는 말은 미팅의 완곡어법(euphemism). 암을 폴립이라고 하는 것이나 정신과를 신경내과라고 하는 것과 똑같다. 말하자면 직접적인 단어를 완곡하게 둘러말하는 것뿐. 미팅이라고 하면 대놓고 만남에 굶주렸습니다, 하는 것 같아서 왠지 비참하고 밝히는 것 같지 않은가.

"오늘 술자리도 저를 위해서라는 건 구실이 아닐까 했어요."

"그런 것만은 아니야. 리호코가 행복해졌으면 좋겠어. 너는 진짜 좋은 애니까, 어울리는 사람을 찾아 주고 싶어."

오늘의 '술자리' 상대는 이 지역의 기대주, J2 축구팀 선수들이다. 천황컵에 출전한 적이 있는 선수도 있고, 전에 J1리거였던 선수도 있다.

하지만 미안, 가오리 씨. 나는 애초에 그 천황컵이라는 게 뭔지도 잘 몰라. 뭔가 대단한 거 같긴 한데. 애국심이 없는지, 월드컵으로 나라 전체가 달아오르는 요즘 세상이지만 거기에도 별 관심 없어. 난 축구에 대해서는 모르거든.

"미야는 바보 아냐. 머리 좋단 말이야. 나오야 너무해."

조금 떨어진 곳에서 미야가 언성을 높이고 있다. 그녀는 가오리를 통해 알게 된 친구인데 나와 동갑이다. 패션과 화장품, 젊음을 구가하는 것에 탐욕스럽고 어린아이 같은 말투를 쓴다. 현내에 있는 상업고등학교 2학년 학생이다.

"거짓말하고 있네. 넌 틀림없이 바보야."

그녀와 말장난을 즐기고 있는 사람은 짧은 머리를 밝게 염색한 키 큰 청년이다. 볼에 듬성듬성 난 여드름 자국과 사이가 벌어진 앞니. 경박해 보이기도 해서 내 타입은 아니지만 미야는 좋아하는 모양이다.

방금 만났는데 바보라고 부른다. 서로 말도 놓고 오늘부터 바로 친구. 한 번 익숙해지고 나면 다음부터는 위화감 없이 그 안에 끼어들 수 있는 한 팀 시스템. 친구는 흐르듯 바뀌어 가는 법이라는 걸 여기에서 놀고 있으면 실감할 수 있다.

나는 가오리 옆에서 일어나 살짝 자리를 옮긴다. 나오야가 미야한테 말을 건다.

"그럼 너, 현재 일본 정치인 이름 열 명 말해 봐."

정신이 아득해질 만큼 머리 나빠 보이는 질문이었지만, 미야는 정색을 하고 "할 수 있어"라며 입을 삐죽인다.

"그럼 해 봐."

그가 놀리며 웃었다.

"으응, 사카무라 소이치로."

오른손 엄지손가락을 꼽으면서 말한다.

그들 옆에 앉으면서, 나는 이 중에서 나 혼자만이 '다르다'는 생각을 하고 있었다. 우월감과 소외감, 둘 다 아닌 것도 같고 혹은 둘 다 맞는 것 같기도 한 감정의 움직임. 이 감정의 움직임은 포기와 비슷하다.

지금 이 대화는 그중에서도 수준이 낮긴 하지만, 나는 분명히 이곳을 즐기기에는 너무 머리가 좋았다.

현 총리대신 이름을 대고 나니 벌써 말이 막힌 모양이다. 미야가 얼버무리듯 고개를 기울이자 나오야가 놀려댔다.

"그리고? 너 진짜 바보구나."

"아냐, 더 있어. 사카무라 총리, 그리고, 천황 폐하."

"야, 진짜."

나오야가 소리를 내어 웃기 시작했다. 이건 나도 좀 놀라서 무심코 "미야!" 하고 부르고 말았다. 정작 본인은 아무것도 모른다는 표정으로 "응? 왜? 뭔데?"라며 나와 나오야의 얼굴을 번갈아 본다. 조바심이 나는지 내 팔을 붙잡았다. 무엇이 우리를 놀라게 했는지 모르는 것이다. 알면서 일부러 웃긴 게 아니라, 정말 그걸 대답이라고 생각하고 있었다는 것을 알 수 있었다. 나오야가 인생 선배랍시고 말한다.

"너, 진짜 바보구나. 그럼 천황이 지금까지 무슨 정책을 냈는데?"

"어, 천황 폐하는 정치가 아니야? 말도 안 돼, 그럼 천황 폐하는 뭐야?"

"진짜, 미야. 너 정말, 귀엽다. 재밌어."

나는 그녀에게 호의적이고 무난한 감상을 말하면서, 더는 아무 말도 하지 않겠다고 다짐한다.

불문율 ②. 자신만 '다르다'는 것은 이곳에서는 절대로 밝히지 않는다. 그들이 모르는 단어나 숙어는 쓰지 않고, 필요 이상으로 자기 의견을 말하지도 않는다. 의견이나 감상이라는 것은 그것을 받아들일 수 있는 머리가 있는 사람에게 제시하는 것이 아니면 괜히 기분만 나빠진다.

치열이 엉망인 앞니를 보이며 웃는 나오야를 보다 보니 그럼 너는 정치가 이름을 말할 수 있냐 싶어서 어이가 없어졌다. 천황이 뭐냐는 미야의 질문에 대답할 수 있는 거냐.

그리고 또 정말 미안하지만, 너는 너 자신이 J리거라는 자부심으로 너무 단단하게 뭉쳐 있어. 그 간판 때문에 여자가 따르는 거잖아. 오늘 나온 남자들은 자신감 과잉에다 연하의 여자아이들에게 설교하는 걸 좋아하는 녀석들뿐이야. 그게 시골에서는 위력 있는 신분이니 자신에게 넘어오지 않는 여자는 없다고 생각하겠지만

나 같은 사람한테는 그런 게 바로 다 들통나는데, 너는 그걸 아직도 모르는 거니?

"리호코는 머리 좋은가 봐. F고등학교라며? 굉장한 거 아냐? 그거."

나오야가 미야로부터 시선을 떼고 나를 보았다. 그때까지 계속 놀림 때문에 뾰로통했던 미야가 순간 표정을 바꾸고 자랑스러운 듯이 웃는다.

"진짜야, 리호는 머리 좋거든. 너 같은 바보는 가까이 갈 수도 없어."

이곳에서는 머리가 좋은 건 아무 가치도 없다. 학교 이름이나 성적 편차치 이외의 의미로 그런 말을 하고 있다고는 도저히 생각할 수 없다. 하지만 정색하고 아니라고 하는 것도 싫고, 촌스럽다.

"매년 몇 명이 전산상의 실수로 합격하거든. 그게 나야."

"그래도 그건 그것대로 굉장하잖아. 그리고 뭐랄까, 얼굴도 예쁘고. 의외야. F고등학교 애들은, 이런 말 하면 미안하지만 다들 공부만 열심히 할 거라고 생각했어. 그런데 너는 그렇게 안 보이잖아."

"그래서 바보라니까. F고등학교는 실제로도 촌스러워. 나는 그중에서는 다소 꾸미는 아이일 뿐이야. 미야나 가오리 씨랑 같이 있으면 꿀리잖아. 학교에서는 성적이 나쁘지, 여기서는 외모도 딸리지, 저는 여러분을 띄워주기 위한 들러리예요."

"또 그런다. 주연이라니까."

"맞아, 리호라면 연예인도 될 수 있을 거 같은데."

"바보, 미야. 네가 더 예쁘다니까."

웃으며 고개를 젓는다. 나에게는 내 얼굴이 예쁜 편이라는 자각이 있다. 하지만 신기할 정도로 그것에 아무 감흥이 없다. 그리고 여기에서는 머리가 좋다는 것과 F고등학교의 이름이, 학교에서는 이 얼굴이 나를 이방인으로 만든다.

어째서 모두 내가 여기에 있도록 허락해 주는 걸까. 가끔 그런 생각을 한다. 제법 예쁜 여자가 지금 내가 한 말을 한다면, 그건 엄청 재수 없게 들릴 것이다. 실제로 여러 장소에서 그런 행동을 한 여자아이가 반감을 사는 걸 본 적이 있다. 하지만 미야와 이 남자는, 어째서 나에게 그것을 허락하는 것일까.

"저기 리호. 리호네 집에 또 놀러 가도 돼? 상담하고 싶은 게 있는데."

몰래 미야가 속삭인다. 아아, 그렇군. 갑작스럽게 알게 된다. 그녀가 나에게 그것을 허락하는 것은 나를 좋아하기 때문이다. 전에도 미야와 가오리가 이야기 나누는 것을 들은 적이 있다. 리호 괜찮지, 귀여운 데다 잘난 척도 안 하고, 남자아이 같아서 정말 좋아.

남자 같다는 그 말에 위화감을 느끼면서도, 그때 나는 이해했다. 여자가 아니니까 허락하는 것이다. 술자리에 나와서도 나는 미야와 가오리가 좋아하는 그런 남자는 찾지 않는다. 연애를 보는 시선이 달라서 원하는 것이 전혀 겹치지 않는 것이다. 그러니까 대화는 흘려듣고, 맞장구를 치면서 적당히 즐긴다. '남을 돋보이게 하기 위한 들러리'. 아까 내가 한 말은 그런 면에서 맞는 말이다. 나는 무언가를 하려는 의욕이 없다.

"괜찮아. 또 자고 가."

미야가 집에 올 때 쓰는 방은 내 침실과 거실 뿐. 책과 만화가 있는 서재는 잠근 채 열지 않는다. 온몸으로 젊음과 연애를 구가하는 그녀에게 왠지 미안하기 때문이다. 술자리에서 알게 되어 가끔 마음이 맞아 집에 데려오는 남자들한테도 그렇다. 그런 이야기를 할 수 있다는 기대가 처음부터 없다.

나는 머리가 얼마나 좋은가는 그 사람들이 지금까지 읽은 책의 양에 비례한다고 생각한다. 머리가 좋다는 것은 제각각이라 물론 이런 방법만으로 간단히 잴 수 있는 것은 아니지만, 그래도 내 경우에는 그게 중요하다. 내가 주로 함께 어울리는 이 아이들은 거의 책을 읽지 않고, 그 때문인지 언제나 말이 부족하다. 오래 생각한다는 행위에 익숙하지 않은 것이다. 불쑥 떠오른 감정에 달려들어 그것에 솔직하게 살 뿐.

어른은 만화를 우습게 여기지만, 그 만화조차 제대로 읽지 못하는 아이들이 많다는 것을 알고 있을까. 글자를 읽는 것에 엄청난 거부감을 나타내는 아이들이 많다. 간단한 문장을 읽는 데에도 엄청난 시간을 필요로 하는 그들을 보면, 나는 아연해진다.

확실히 분위기와 젊음을 즐기며 인생을 성급하게 보내는 이 아이들이 독서를 경원시하는 것도 이상하지 않다. 시간을 보내는 법을 모르니까 매일 무시할 수 없는 돈을 들여가며 술을 마시고 떠들어댄다.

나도 남 말할 처지는 아니지만, 어떻게 좀 안 되는 걸까. 일본에는 도라에몽이 있는데 정말 아깝다. 아아, 애니메이션을 보면 될까? 애니메이션이라면 풀칼라에다 청각 자극도 완벽한 엔터테인먼트다.

"진짜? 신난다. 리호네 집 진짜 크잖아. 거기 정말 혼자 살아? 아빠랑 엄마, 아직 안 왔어?"

"뭔데? 리호코 혼자 사는 거야?"

나오야가 대화에 끼어든다. 나는 살짝 웃었다.

"그런 셈이지. 아빠랑 엄마가 둘 다 일로 먼 데 가셨거든."

"일이라면 아버지 홀로 부임하신 데 따라가신 거야? 어디 사는데?"

부인이 같이 가면 그 시점에서 이미 '홀로 부임'이 아니거든. 그런 생각을 하면서 나는 가오리에게 내가 마시던 우롱차 컵을 달라고 했다.

"비슷해. 잘 모르겠다, 우리 집은 방임주의거든."

"그럼 어머님 아버님은 지금쯤 네가 집에서 열심히 공부하고 있다고 생각하시는 거 아냐? 나쁜 딸이네."

"별말씀을, 미야 발끝에도 못 미치는걸요."

컵을 기울이며 나는 눈앞의 나오야를 분석했다. 이다음 2차에서 다른 평가가 내려질지도 모르겠지만 현시점에서 이 사람은 '조금 · 들쑥날쑥'이다. 이 들쑥날쑥이란 아까부터 웃을 때랑 큰 소리를 낼 때 보이는 앞니를 말한다. 외모가 주는 것 이상의 임팩트가 아무 데도 없으니, Sukoshi · Fuzoroi* (조금 · 들쑥날쑥).

이것은 언젠가부터 시작된 내 독특한 놀이다. 원래 의미의 'SF' 와는 전혀 관계없는 곳에서, 사람이나 현상의 성질을 이 이니셜에 맞추어 만들어 보는 것이다. 조금 · 어떠하다. 이게 의외로 하다 보면 자꾸 하게 된다. 딱 들어맞으면 재미있다.

예를 들어, 좀 더 괜찮은 남자를 만나기 위해 계속 술자리에 나오는 가오리 씨는 언제나 Sukoshi · Finding (조금 · 찾고 있는) 이고, '난 바보거든'이라는 말이 농담으로 안 들리는 귀여운 미야 는 Sukoshi · Free (조금 · 자유로운)이다. 제약이라는 단어와는 별로 인연이 없어 보인다.

"저기 리호는 있잖아, 일본 대표 축구선수 중에 누가 좋아? 방금 그 얘기 했거든."

유감스럽게도 나는 아는 이름이 하나도 없다. 미야를 바라보며 되묻는다.

"미야는?"

"미야는 말이지, 미야하라."

그 대답에 일부러 입을 삐죽여 보인다.

"나도 그 말 하려고 했는데. 나도 미야하라가 좋아. 멋지지?"

대화를 나눌 때 나는 언제나 책에서 본 거나 친구들에게 언뜻

---

* 원문 'ふぞろい'.

들은 말들을 총동원해서 대답할 뿐. 자기 얘기는 하나도 없고 거짓말뿐이다. 미안해. 하지만 나는 이 장소가 좋고, 여기에서 떠들며 놀고 싶어. 여기에 자꾸 오게 돼.

"리호코. 애야, 애."

가오리가 나를 부른다. 돌아보니 언제 왔는지, 그녀의 옆에 키가 크고 가무잡잡한 남자가 서 있었다. 잘 다듬어진 눈썹에 적당히 탈색한 갈색 머리. 산뜻한 미남. 나이는 스물두셋 정도?

"이쪽이 미야하라. 늦어서 미안. 리호한테 소개시켜 준다고 했던 애."

이 사람 이름도 미야하라라고 하는군. 지금 화제에 올랐던 일본 대표 쪽은 얼굴을 모르니까, 닮았는지 안 닮았는지는 모르지만.

"안녕하세요. 가오리 씨 친구 리호코예요."

그를 향해 손을 흔들면서 인사한다. 리호, 너무 좋아하는 거 아냐? 미야가 뒤에서 깍깍댄다. 아니야, 그런 게 아니라니까. 나는 분위기에 맞춰 우쭐대듯 웃었다.

오늘을 마지막까지 즐겁게 살기 위해서. 불문율 ③.

3

다음 날, 밤새워 노느라 졸린 눈을 비비며 학교에 가니 자리에 앉자마자 가요가 다가왔다.

6월 말의 공기는 축축하고 무거워서 내 기분을 우울하게 만든다. 그리고 장마가 지나면 이번에는 여름이 온다. 여름은 내가 제일 싫어하는 계절이다.

"리호코 이거. 서명 좀 해줄래?"

현내 제일의 명문 F 고등학교 학생, 그중에서도 가요는 첫 여자 학생회장이다. 공부도 잘하고 운동신경도 제법 좋다. 무엇보다도 리더십을 발휘하길 좋아하는 활발한 타입.

가요가 내민 서류는 엑셀로 만든 것처럼 보이는 명단이었는데, 벌써 몇 명인가의 반과 이름이 쓰여 있었다.

"이게 뭔데?"

"교복 폐지 서명 운동. 지금 Y 여고도 Q 대학 부속고도 사복이잖아? 싫지 않아? 이런 촌스러운 거."

무릎 아래로 내려오는 검은 주름치마를 집어 올리며, 가요는 크게 한숨을 쉬어 보였다. 의자에 앉은 나를 약간 험한 눈초리로 내려다본다.

"너도 알잖아. 내가 학생회장 될 때 내건 공약 중의 하나였다고. 교복 폐지. 반드시 해내겠어."

눈동자에 투지가 빛난다. 이런 때의 이 아이는 물 만난 물고기 같다. '이런 대학입시 위주 분위기에, 반은 학원 같은 학교에서 잘도 저러네.' 가끔 이렇게 그녀를 야유하는 말이 들려온다.

"여기다 쓰면 돼?"

"응. 학년이랑 반이랑, 이름."

건네받은 볼펜에서 희미하게 기름 냄새가 난다. 내가 다 쓸 때까지 가요는 이야기를 계속했다.

"이 교복 말인데, 다카하타 미에 디자인인지 뭔지는 모르겠지만 개교 때부터 계속 똑같은 것도 이상하지 않니? 치마 길이도 전교생이 똑같이 하고 다녀야 되지, 양말도 지정돼 있잖아? 이 양말은 고무줄이 빡빡해서 길들기 전까진 벗을 때마다 자국이 나고. 진짜 너무하는 것 같아. 선배들은 대체 뭘 한 건지. 아무도 개선하자는 말도 안 한 거야? 말도 안 돼."

"자기 눈앞의 일 외에 관심이 없었던 거겠지. 가요가 대단한 거야."

다 쓴 명단을 그녀에게 돌려주면서, 나는 속으로 덧붙인다. 맞아, 가요는 대단해. 아무래도 상관없는 이런 일에 이렇게나 노력을 쏟을 수 있다니. 뭐 그게 네 취미와 쾌락인 것 같으니 동정도 찬미도 안 하겠지만.

가요의 개성은 Sukoshi · Fungai*(조금 · 분개). '개선'해야 할 문제점을 찾아내서는 그것을 향해 심혈을 기울인다. 자기 분노의 대상이 될 저항 세력을 찾아내는 걸 매우 좋아한다. 즉 이 아이의 모티베이션은 반골 정신으로, 불만을 표하면서 그 전압을 높여 간다.

선생님이나 선배들을 강하게 비판하는 것만 보면 언뜻 보기에는 사디스트 같지만, 아마 사실은 뼛속까지 마조히스트일 거라고 나

---

* 원문 'ふんがい'.

는 판단했다. 불만스러운 현상이나 적을 만들어 내어 분노와 불쾌감에 의존하지 않으면 살아갈 수 없는 것이다.

"고마워. 너처럼 말해주는 애들이 있으니 나도 보람이 있다."

"힘내. 누가 뭐라 해도 가요는 우리 학생회장이잖아. 선거 때 네가 받은 득표 중 하나는 내 거니까 너도 책임을 다해야지."

올해 봄에 치러진 학생회 선거에서 내가 누구를 찍었더라. 대충 내뱉은 말 때문에 떠올려봤지만, 기억이 애매하다. 나는 가요의 라이벌 후보였던 아이와도 사이가 좋다. 누구를 찍었을까.

"물론 잘 알지. 졸업까지 앞으로 1년 반 남았잖아. 고교 생활도 딱 반 지났고. 힘낼 거야. …사실은 말이지, C반 미에네가 어제 좀 심한 말을 해서 우울했거든. 자기네는 지금 교복이 마음에 드니까 쓸데없는 짓 말라면서 서명 안 하겠다는 거야. 오늘 리호코한테 부탁하길 잘한 것 같아."

"그렇게 말했단 말이야? 진짜로?"

나는 눈을 가늘게 뜨고 적당히 눈썹에 힘을 준다. 걱정하는 듯한 시선으로 가요를 쳐다봤다.

"지지 마, 가요. 주머니를 아무리 두껍게 대도 송곳은 삐져나오는 법이야."

잘됐네, 저항 세력이랑 적이 생겨서. 아주 이상적이야.

그런 생각과 함께 가요를 응원한다. 그런데 네가 바라는 내 역할은 이게 맞지? 가요는 만족한 듯 힘차게 고개를 끄덕였다.

이 반골 정신과 그것이 용서될 만큼의 적당히 귀여운 외모. 만약 그녀가 정말 못생겼더라면 아마 미스 분개의 정신은 세상 사람들에게 용서받지 못했겠지만, 이 두 가지만 가지고 있으면 가요는 지지 않는다.

"고마워. 남자아이들은 반응이 좋거든. 반팔은 불량해 보인다면서 우리 학교는 이삼 년 전부터 여름에도 긴팔 셔츠잖아? 그게 더워서 못 참겠대. 디자인을 바꿀 생각은 처음부터 없으면서 진짜, 학교가 생각하는 '개선'은 쓸데없는 것뿐이야. 아, 그렇구나. 남자아이들이 호응하니까 미에가 날 못마땅해하는 거구나."

그런 결론을 내고 나니 기분이 좋아졌나 보다. 가요가 웃었다.

"고마워, 리호코. 넌 진짜 좋은 말을 해 주는구나. 매번 진지하게 얘기도 들어주고. 너는 정말 좋은 친구야."

"그렇지 않아."

진심으로 대답하지만 가요에게는 전달되지 않는다. 그녀가 살짝 내 쪽으로 몸을 기울이더니 작게 속삭였다.

"다만 그런 면이 나는 좀 걱정돼. 아까부터 다치카와가 이쪽을 보고 있는 거 알아?"

그 말에 나는 교실 뒤, 그녀가 말한 다치카와의 자리를 보려고 했다. 그러자 당황한 듯 그녀가 제지했다.

"바보. 눈치채잖아. 아까부터 계속 여기를 보고 있어. 리호코, 너는 왜 아직도 다치카와랑 사이가 좋은 거야?"

"왜냐니, 그냥. 그리고 '아직도'라니, 가요도 참. 다치카와한테 무슨 짓 했어? 무서운데."

나는 장난치듯 대답한다. 가벼운 목소리가 아니면 이런 말도 못 한다. 가요는 모르는 척 '아무것도 아니야'라며 볼을 씰룩인다. 귀여웠다.

다치카와는 반에서 제일, 아니면 두 번째로 눈에 안 띄는 얌전한 여자아이다. 염색한 적도 탈색한 적도 없는 까만 머리카락을 양 갈래로 땋아 내리고, 작고 동그란 눈으로 주위의 시선을 살핀다. 본인도 자신의 인상이 흐릿하다는 것을 알고 있어서 그로부터 탈피하고 싶은 듯 요즘 손톱에 투명 매니큐어를 바르기도 하고, 라인스톤이 달린 날라리풍의 액세서리를 가방에 달기도 하는 등 조금씩 신경을 쓰기 시작했다.

그리고 아마도 그런 점을 가요는 못마땅하게 생각하는 것이다. '조금·분개' 의존증인 학생회장은 철없게도 약한 사람 괴롭히기를 좋아한다.

"너 쫓아다니는 거 아냐? 쟤는 너 말고는 친구가 없으니까, 교실 이동할 때나 밥 먹을 때도 너한테 찰싹 달라붙어 있잖아? 그럼 넌 다른 친구들하고는 못 놀잖아. 불쌍하게."

"으음, 난 다치카와 별로 안 싫어하는데. 좋은 점도 있고."

"넌 너무 착해서 탈이야. 나는 쟤 얘긴 들어줄 수가 없더라."

다치카와는 성적은 중간 정도에 별로 놀 줄을 모른다. 중학교 때까지 그랬던 자신을 바꾸는, 일명 '고교 데뷔'를 하려고 했던 모양인데, 그것도 타이밍을 놓쳐버려서 어떻게 하면 자신도 다른 아이들처럼 보이게 할 수 있을까를 늘 궁리한다. 그게 너무 뻔히 들여다보인다는 게 문제라 같은 반 아이들이 경원시했다. 저 아이는 아마도 Sukoshi · Fuan[*] (조금 · 불안). 마음속에 나는 이래야만 한다는 틀을 만들어 놓고 거기에 맞추는 데 필사적이라 늘 잘되지 않는다. 친구가 없다는 상황을 견딜 수 없는 듯, 사이좋은 상대가 한 명 생기면 그 상대를 계속 쫓아다닌다. 그리고 이번에는 내가 그녀의 '친구'다.

가요가 다치카와가 앉아 있는 쪽을 보더니 눈썹을 찌푸린다. 상대방에게 들켜도 별 상관없다는 표정이었다.

"어쨌든, 싫으면 바로 떨어져. 이대로 있다가는 졸업할 때까지 쟤 너한테 달라붙어 있을 거야. 너랑 쟤는 하나도 안 어울려. 기분 나빠."

가요는 똑같은 말을 다치카와 본인에게도 했다고 한다. 같은 반 아이가 지난주에 들었다고 했다. 일이 어떻게 된 건지는 단순하고도 명쾌하다. 자신의 제일 친한 친구(나 말이다)에게 그런 평범한 친구가 생긴 게 마음에 안 들었던 가요가, 얼마 전부터 나와 그녀를 떼어놓으려 하기 시작했다. 밥을 먹으러 갈 때나 교실을 이동할 때 다른 친구들을 동원해서 나를 다치카와한테서 뺏어간다. 말도 못 걸고 고립된 그녀는 그 불안 때문에 자존심을 버리고 말았다. 편지를 써서 가요의 신발장에 넣은 것이다.

[나한테서 리호코를 뺏는 건 싫어. 리호코가 나에 대해서 뭐라고 했어? 그럼 가르쳐 줬으면 좋겠다. 미안, 부탁까지 해서(;;).]

---

[*] 원문 'ふあん'.

이것은 분개를 식량으로 삼는 가요에게 입맛을 다실 정도로 군침 도는 먹이였다. 지난주에 가요는 다치카와를 불러냈다.

'까불지 마. 너랑 리호코는 사는 세계가 달라. 하나도 안 어울려. 기분 나쁘거든!'

모든 것이 내가 모르는 곳에서 일어난 일이었다. 가요도 다치카와도 나에게는 아무 말도 하지 않았고, 그 둘은 이전과 마찬가지로 변함없는 내 친구다.

깊이 한숨을 쉬며 나는 가요나 다치카와, 그리고 이 엘리트 학교 전체의 세계가 얼마나 좁은지를 생각한다. 어제 나와 놀던 나오야 미야가 머리는 나빠도 더 건전하게 제대로 살고 있다. 아마도 그들의 세계가 여기보다 넓을 것이다.

인간은 절망 때문에 자살하는 일은 별로 없지만, 무료함과 심심함은 확실히 사람을 죽인다. 이건 내 지론이다. 이곳에서도 그것은 들어맞는다. 너희들은 모두 머리만 좋을 뿐 심심한 것이다.

"그리고 말인데, 어제 잠 못 잤어? 너무 외부 애들하고만 노는 거 아냐? 경찰한테 걸리지 않게 조심해, 걱정된다."

"그렇게 위험한 거 아니라니까."

나는 쓴웃음을 짓는다. 가요는 못 믿겠다는 듯 나를 가볍게 노려보았다.

"그것도 그렇지만, 나는 그런 아이들 싫어. 매일 놀기만 하는 것 말고는 할 일이 그렇게 없나 하는 생각도 들고. 도대체 무슨 말들을 해?"

"남자아이들 얘기도 하고, 여름에 어디로 여행 가고 싶은지 하는 이야기도 나누고."

나는 애매하게 쓴웃음으로 대답한다. 책도 안 읽고 진로에 대해서도 전혀 생각하지 않는 미야네 패거리를 가요가 무시하는 건 잘 알고 있다. 그리고 무시하는 것 이상으로 무서워하는 것도. 사람은 공통된 문맥을 가지지 않은 종족을 두려워한다.

"어쨌든 나는 충고했다. 다치카와 때문에 무슨 일 있거든 말해야 돼."

"고마워. 그런 날이 안 오길 바랄게."

"그러니까 말이지, 넌 너무 착하다니까. ── 서명해 줘서 고마워."

자기 자리로 돌아가는 가요의 등을 배웅하고 나서 나는 가볍게 눈을 감고 슬쩍 천장을 쳐다보았다.

저렇게나 열심히 적을 찾으며 충실한 고교 생활을 보내고 있으면서, 왜 가요는 평범한 아이를 괴롭히는 게 취미인지 궁금하다. 자기보다 못한 사람을 찾아내서는 고립시키고 싶어 한다. 혹시 예전에 괴롭힘을 당한 적이라도 있나? 가요는 예쁘고 머리도 좋지만, 어렸을 때는 그것 때문에 고생하기도 하니까. 내가 이렇게 당했으니 너도 한번 당해 보라는 연쇄 작용.

눈을 감은 채 가볍게 공기를 들이마시자 여름 냄새가 몸 안을 가득 채우는 것 같았다. 국립 F 고등학교에는 사립과는 달리 냉방 설비가 없다. 창을 열고 수업을 하느라 매미 우는 소리가 처치 곤란해지는 여름이 돌아온다.

내가 그런 생각을 하고 있을 때 다치카와가 다가왔다.

"리호코."

"아, 안녕. 다치카와."

조금 전 가요와의 대화가 느껴지지 않게 웃어 주자 다치카와의 어깨에서 힘이 빠지는 것이 보였다. 불쌍하긴 하지만 어쩔 수 없다. 분명히 불안한 심정으로 우리를 지켜보고 있었을 것이다.

"저기, 수학 숙제 다 했어? 2번 문제 답을 모르겠어. 날 시킬 것 같은 예감이 들거든. 어떡하지, 리호코?"

"아, 나 어제 학교 끝나고 했어. 다 풀었어. 볼래?"

"고, 고마워."

가방을 열어 수학 노트를 꺼내려고 하자 다치카와의 얼굴이 곤혹스럽게 굳었다. 알고 있다. 수학 숙제는 그냥 해 본 말이지? 모르는 척하는 나를 보는 다치카와의 몸에 한 번 풀렸던 긴장의 피막에 다시 둘러싸이는 것이 보이는 듯하다.

"리호코."

진지한 빛을 띤 목소리로 묻는다. "왜?" 나는 그쪽을 보지 않는다.

"교복 폐지 운동에 서명했어?"

"했어."

"그렇구나. 너는 교복이 없는 게 좋구나. 난 있는 게 편한데. 매일 뭘 입을지 고민 안 해도 되고."

가요인지, 자신인지. 나를 완전히 어느 한쪽으로 움직이게 하고 싶은 거겠지. 그것도 되도록 자기 쪽으로. 다음으로 이어진 조심스러운 목소리의 내용은 명확하게 가요를 비난하는 것이었다. 다치카와는 아첨하는 듯한 웃음을 띠고 말을 이었다.

"너도 그런 줄 알았어."

나에게 '살아가기 위한 현실감'과 '상상력'이 별로 없다는 것을 처음 깨달은 게 언제였더라. 다치카와의 목소리를 들으면서 생각해 본다. 나는 지금 자신이 살고 있는 '현실'에 대한 감각이 이상하게도 둔하다. 교복 같은 건 아무래도 상관없다. 그래서 가요도 왜 그럴까 생각하고 있었다.

학교에서 이걸 입으라고 했으니까 교복을 입는 거고, 과제를 해 오라고 했으니 공부도 한다. 교복이 없어진다면 그다음 날부터는 얌전히 사복을 입고 올 것이다. 주어진 것을 받아들이는 것에 나는 아무런 불편함도 느끼지 못하는데, 어째서 다들 트집을 잡는 걸까. 어차피 교복도 3년 입으면 끝나는 거잖아? 아무려면 어때. 찬성하든 반대하든. 그것 때문에 눈썹을 찌푸리기도 하고 필사적으로 쓸데없는 행동력을 발휘하다니, 할 일도 없다. 그것 말고는 할 일이 없나?

나는 그제야 다치카와의 얼굴을 쳐다보고 웃으며 대답했다.

"나는 지금 디자인이 별로 마음에 안 들거든. 어차피 입을 거면 좀 예쁜 게 좋을 것 같아서 가벼운 마음으로 한 거야."

흰 플레인 셔츠에 큼직한 새빨간 리본. 나는 풀을 먹인 셔츠

깃을 만지작거렸다. 그러고 보니 나는 교복 셔츠도 마음에 든 원피스도, 전부 세탁소에 맡긴다. 그 이야기를 했더니 가오리를 비롯한 다른 아이들이 놀랐던 적이 있다. 집에서 다림질하면 되는데 아깝다며.

그런가?

깨끗해지기만 하면 상관없다. 귀찮고 손이 가는 건 딱 질색이다. 아깝다니 대체 뭐가? 금전적인 면이라는 것을 이해하기까지 시간이 걸렸다. 나는 그렇게 살아가는 감각이 옅다.

"그리고 가요가 애쓰고 있잖아. 그걸 응원하는 마음도 있고."

"그렇구나."

"응."

지금 내 목소리에 질문에 대한 구체적인 대답이나 의사, 그 어느 쪽도 포함되어 있지 않다는 것을 다치카와는 모른다. 그저 조금 불만스럽게 고개를 끄덕일 뿐.

가방에서 수학 노트를 꺼내 다치카와 앞에 놓았다.

"볼 거야?"

"…고마워. 넌 참 신기해."

"뭐가?"

"어떤 사람하고도, 어느 그룹하고도 사이가 좋잖아. 그 안에 들어갈 수 있는 게 굉장한 것 같아."

그러더니 다치카와는 살짝 고개를 숙였다. 아, 울려나? 그렇게 생각하긴 했지만, 이 아이에게는 아침부터 교실에서 그렇게까지 격렬한 감정을 내보일 배짱이 없다는 것도 잘 알고 있었다.

하지만 내리깐 그녀의 눈. 평범한 얼굴에 눈이 작지만, 눈썹만은 길어서 그것이 권태로운 분위기를 살짝 더해 준다. 나는 그 각도에서 보는 그녀를 아름답다고 생각했다. 이런 얼굴 때문에 나는 그녀가 싫어지지 않는다. 그녀를 두둔할 생각도, 가요를 비난할 생각도 없지만.

아무 그룹에나 그냥 들어가면 될 텐데.

어제의 미야네도, 가요도, 다치카와도. 각자 속한 세계가 뒤섞일 일은 없을 것이다. 파장과 취향, 그때까지 살아온 세계, 지금 현재 살고 있는 가치관이 다르기 때문에. 같은 장소에 있지만 서로에게 벽을 느끼고, 보이지 않는 장벽에 막혀 있어서 그 사이는 어떤 나라 사이보다도 절실히 멀다. 친구가 되기 힘들다.

그 사이를 흔들흔들 표류하는 나는 '요술문'을 가지고 있다고 생각할 때가 있다. 만화 〈도라에몽〉에서 아마 제일 아니면 두 번째로 유명(물론 라이벌은 대나무 헬리콥터다)한 도구. 나는 어떤 세계에나 들어가고 싶을 때 들어갈 수 있다.

"다치카와, 어제는 어떻게 했어? 그 좋아한다던 사람한테 결국 전화했어?"

내려가 있던 눈썹이 다시 올라간다. 그 순간이 보고 싶어서 나는 화제를 바꾼 것이다. 다치카와의 볼이 살짝 붉어진다.

친구가 없는 상태에 불안을 느끼며 극도로 두려워하는 그녀의 제일가는 자랑거리는 지금 좋아하는 사람이 있다는 것이다. 웃기는 이야기지만, 좋아하는 사람이 있으면 그것만으로도 이 아이 안에 있는 무언가가 안정을 찾는다. 그것이 자신이 다른 사람들과 같은 평범한 여고생이라는 증거라도 된다고 생각하는 것 같다. 몰래 좋아하는 그 상대 자체가 그녀를 그렇게 만드는 것은 아니다. 자신에게 좋아하는 사람이 있다는 그 상태가, 그녀가 느끼는 안정감의 전부다.

"아니, 결국 못했어."

그녀는 입학하고 바로 신문 동아리에 들어갔는데 그곳 부장인 선배를 오랫동안 좋아하고 있었다. 나는 본 적이 없지만, 안경을 쓴 다정해 보이는 인상의 나이스 가이라고 한다.

"하지만 전에 회의할 때, 내가 제일 출석률이 높다면서 잘한다고 칭찬해 줬어. 그래서 그게….."

눈을 가늘게 뜨고 다치카와의 이야기를 들으면서 나는 친구들이 나에 대해 했던 평가를 떠올리고 있었다. 남자아이 같아서 너무 좋아. 좋은 사람. 무슨 말이나 다 들어줘.

다들 심심한 것이다.

웃으며 고개를 끄덕이면서 마음속으로 생각한다. 너무나 불안하기도 하고, 하찮은 일로 화가 나기도 하고. 함께 있을 수 있는 여자나 남자를 찾기도 하고. 그렇다, 고독하고 한가한 시간을 채우기 위해서 다들 애인을 만들면 된다. 당사자에게는 당연히 바꿀 수 없는 단 한 사람이겠지만, 누구의 개성이나 어차피 다 거기서 거기다. 개성도 고민도 '조금 · 어떠하다'로 간단히 분류되어 버린다.

연애에라도 몰두하고 있으면 대부분은 다 해결될 문제이기도 하고.

나는 외롭고 고독하지만 아무 열정도 없다. 그래서 슬프게도 다른 아이들과 같은 방식으로, 즉 연애로는 모든 것을 해결할 수 없다. 내 사랑에는 짙은 에고(ego)만이 질척질척하게 뭉쳐 있어서 사랑에서 추구하는 것이 남들과는 다르다.

"오늘 밤에야말로 전화해 봐. 진전이 있어야 할 거 아냐."

"아니야, 그럴 용기 없어. 너같이 당당하게 그럴 수 있는 아이는 모르겠지만."

차여도 심각한 일은 아무것도 일어나지 않을 텐데.

그때 종이 울렸다. 다치카와가 자리로 돌아가는 것을 바라보며 나는 다시 표정을 지운다.

오늘은 수업이 끝나면 도서실에 들르자. 창밖에 있는 완전히 푸르러진 유월의 벚나무를 보며 생각한다.

책을 읽는 것을 좋아하는 나는 중요한 것들을 모두 창작의 세계에서 배웠다. 전쟁의 아픔도, 사별의 슬픔도, 사랑의 기쁨도. 직접 경험하기 전에 책으로 이미 알고 있었다. 내 현실감이 이상하게도 옅은 것은 그 탓인지도 모른다. 소설이나 만화의 세계가 압도적으로 잔혹한 것에 비해, 아무래도 현실의 아픔은 작은 경우가 많다. 나는 거기에 감정을 이입할 수 없다. 현실에서 일어나면 슬픈 일이라도 픽션의 세계에서는 흔하디흔한 일일 뿐. 저기요, 더 자극적인 걸 준비해 주지 않으면 독자의 흥미를 잡아둘 수 없거든요.

이야기 속의 캐릭터가 죽은 것보다 현실의 친구 뼈가 부러진 것이 당연히 더 아프다. 소녀만화 속의 로맨스보다 현실의 자신이 느끼는 별것 아닌 짝사랑이 더 두근거리고 거기에 더 열중하게 되는 게 당연하다. 머리로는 이해하고 있지만, 그것은 어디까지나 이해일 뿐이다. 감각이 따라가지 못하는 것이다.

오타쿠라고 불리는 남자아이들 중에는 아이돌이나 애니메이션 캐릭터 이야기가 나오면 말이 많아지지만, 현실의 여자들 이야기가 나오면 갑자기 기분이 상한 듯 말이 없어지는 아이들이 많다고, 가오리가 말한 적이 있다. 나도 오타쿠라서, 그래서 잘 안다. 말하자면 그런 것이다.

크게 한숨을 한 번 쉬어 본다. F고등학교에 다니는 아이들에게서 흔히 볼 수 있는, 뭐든지 머리로만 해결하려는 특징. 그중에서도 나는 다른 사람들보다 책을 많이 읽는 만큼 최악의 부류에 들어갈지도 모른다. 물론 독서와 함께 다른 사람들과도 열심히 접해 온 사람들 대부분은 현실에 대한 상상력과 배려심도 가지고 있을 것이다. 하지만 나에게는 없다. 다른 사람들이 너무 하찮게 느껴진다.

'요술문'을 가진 나는 어느 그룹에라도 문제없이 녹아들 수 있다. 붙임성 있게, 바보인 척하면서. 진지하게 이야기를 들어주고 좋은 사람인 척하면서. 어디든지 갈 수 있고 어떤 곳이라도, 어떤 친구에게도 대응이 가능하다.

그러나 나는, 조금 · 부재(Sukoshi · Fuzai)[*]이다. 항상 그렇다.

절대로 그 일의 당사자가 되지 않고, 어디에 있어도 그곳이 내 자리라고 생각하지 않는다. 그것은 너무나도 숨 막히는 나의 성질(性質)이다.

4

나와 벳쇼 아키라가 처음 만난 것은 7월의 어느 날, 방과 후의 학교 도서실에서였다.

"아시자와 리호코."

책을 읽고 있는데 갑자기 누가 내 이름을 불렀다. 그가 언제 거기에 왔는지 알 수 없었다. 그때 도서실에는 나 혼자뿐이었고 주위는 아주 조용했다. 갑자기 목소리가 정지해 있던 공기 사이를 뚫고 들어온 듯한 인상이었다. 놀라서 고개를 들어 보니 눈앞에 안경을 쓴 남학생이 서 있었다.

어디선가 본 듯한 얼굴이라는 게 첫인상이었다. 순간 왠지 현기증이 나서 나는 당황했다. 왜 그럴까. 앉아 있다가 벌떡 일어섰을 때 빈혈이 일어나는 듯한 감각이었다.

그는.

---

* 원문 'ふざい'.

나는 눈을 감고 관자놀이를 꾹 눌렀다.

누구지? 모르는 얼굴인데.

"괜찮아? 리호코."

"미안."

왜일까. 정신을 차리고 눈을 깜박인 다음 황급히 변명할 거리를 찾는다. 다시 그의 얼굴을 쳐다보자 이번에는 아무렇지도 않았다. 현기증은 잠시뿐이었다.

모르는 얼굴이라고, 다시 생각한다. 평범한, 어디에나 있을 법한 얼굴. 학교에서 본 적이 있을지도 모르지만, 인상에 남아 있을 용모는 아니다.

"괜찮아? 아시자와 리호코 맞지?"

"아아, 네. 맞는데요⋯."

갑자기 매미 울음소리가 들리기 시작했다. 멀리서 작게 들려오는 맴맴 하는 소리.

"갑자기 말 걸어서 미안. 나는 신문 동아리 3학년 벳쇼 아키라라고 해."

정면에서 바라본 그의 인상은 온화하다, 말랑다였다. 반팔 셔츠에서 뻗어 나온 마른 팔과 희고 가는 목. 팔에 혈관이 비쳐 보이는 게 조금 허약해 보였다. 조금·허약(Sukoshi·Fukenkou)*. 나는 마음속으로 쓴웃음을 지었다.

방과 후의 도서실 창으로 기울어가는 햇살이 들어와 그의 머리

---

* 원문 'ふけんこう'.

위로 쏟아진다. 빛을 받아도 전혀 색깔이 변하지 않는 새카만 머리카락.

마른 사람을 좋아하나, 싫어하나. 이성으로의 매력을 느끼는가, 아닌가. 나는 두 질문 모두 전자다.

벳쇼는 아주 자연스럽게 웃으며 나에게 말을 걸었다.

"앉아도 될까? 실은 부탁할 게 있어서 얘기할 기회를 찾고 있었어."

"나한테?"

조금 당황스러웠다.

외부의 술자리에서 만난 남자아이들은 더 직접적으로 나한테 접근하고, F고의 남자아이들은 긴장해서 더 여유 없는 목소리로 나를 대한다. 벳쇼의 태도는 둘 중 어느 쪽도 아니었다. 마치 어른 같았다.

매미 우는 소리가 점점 크게 들리는 것 같다.

앞으로 한 달 정도면 여름방학이 시작된다. 여름은 싫다. 뭐든 빨리 썩고, 더운 것도 마음에 안 든다. 나는 냉방풍도 안 좋아하는데, 거기다….

오봉*이 온다.

선배라면 높임말로 이야기해야 하나. 거리를 재며 말한다.

"무슨 일인데요? 처음 뵙는 것 같은데, 말을 나눠 본 적도 없죠?

---

* 백중에 돌아가신 조상을 사후 고통의 세계에서 구하려는 불교 의식. 현재는 각 지역, 가정에 따라 시기가 다르다. 주로 양력 8월 15일 전후.

3학년 몇 반?"

"D반. 고토 선생님 반."

그가 정면 의자에 앉는다. 나도 고토 선생님한테 수학을 배우고 있다. 이 학교에서 벌써 이십 년 이상 최고로 오래 근무한 교사다. F고등학교가 명문 진학교로 자리 잡은 역사를 세워 온 공로자.

나는 읽고 있던 책에 책갈피를 끼워 탁 덮었다. 재미있는 부분이 었지만 어쩔 수 없다. 내 쪽으로 끌어당긴 책에 벳쇼가 힐끗 시선을 주었다.

베른하르트 슐링크의 〈책 읽어주는 남자〉.

그가 제목을 확인한 것을 알았지만, 바로 시선을 거두고 아무 말도 하지 않았다. 아무래도 흥미가 없는 것 같아서 나는 그게 아쉬웠다.

그가 갑자기 제안했다.

"모델 좀 부탁할 수 없을까 해서."

"모델?"

"응, 사진 모델."

너무나도 뜬금없는 의뢰에 나는 그저 벳쇼를 바라보기만 했다. 내가 대답이 없자 그는 웃으며 말했다.

"안 될까? 나, 신문 동아리에서 사진을 찍고 있거든. 사진을 찍고 싶었는데 여긴 사진 동아리가 없어서 별수 없이 신문 동아리에 들어갔어."

"왜 나한테?"

"너 S시 공립병원에 자주 가지?"

벳쇼의 그 말은 별 억양도 없이 지극히 침착했다. 그러나 그의 말에 등줄기가 움찔 떨리고 두근, 심장이 뛰었다. 갑작스러운 일이라 아무런 준비도 할 수 없었다. 나는 대답도 못 하고 가만히 벳쇼를 보았다. 그리고 자신을 타이른다.

괜찮아, 침착해.

벳쇼가 내 상태를 알아차렸는지는 모르겠다. 하지만 그는 알았다고 해도 거기에 신경도 쓰지 않을 것이다. 왠지 그걸 직감하고 내 시선은 더욱 대담해졌다. 그의 얼굴을 뚫어지라 바라본다.

그는 안경 위치를 바로잡으며 내 등 뒤, 창밖으로 시선을 준다.

"누구 문병 간 거야? 자주 보여서 마음에 걸렸거든."

나는 주위에 아무도 없다는 것에 감사했다. 갑자기 마음이 불안정해져 나는 당황하고 있었다. 어떻게 얼버무려야 할지 마음속으로 정리가 될 즈음, 그다음 순간에 별로 얼버무릴 필요도 없다는 생각이 들었다. 나는 결심을 하고 살짝 고개를 끄덕였다.

"어머니요. 오래됐어요."

"그래? 어머니가 계시는구나."

병원이라는 장소와 자주 누군가를 병문안 가는 나. 벳쇼가 생각했던 상대는 과연 어머니였을까. 조부모의 입원은 이 나이에는 그렇게 드문 일도 아닐 것이다. 하지만 부모님이라면?

그 말을 들은 벳쇼가 괜히 미안해하는 게 보기 싫어서 고개를 돌렸지만, 그의 태도는 변함없이 자연스러웠다. 그야 물론 웃고

있지는 않았지만, 여유와 침착함이 보이는 얼굴로 "그렇구나"라고
한 번 더 말한다.

"나도 할머니가 입원해 계셔서."

"네."

어머니가 우리 집에서 전철로 세 정거장 떨어져 있는 S시 병원에
입원한 것은 내가 중학교 3학년이었던 가을의 일이었다.

원래부터 아버지가 안 계시는 모자가정이었던 우리 집. 어느
날 집에 돌아가 보니 어머니가 부엌에 쓰러져 있었다. 부엌일을
하던 중인 듯 앞치마를 두른 어머니는 숙주를 씻고 있었나 보다.
기세 좋게 쏟아져 나오던 싱크대의 물소리가 지금도 떠오른다.
희고 가는 숙주가 온 바닥에 흩어져 있었고, 어머니의 오른손은
채소 씻는 바구니를 쥔 채 경직되어 있었다.

정신을 잃을 정도의 통증이라는 건 어느 정도일까. 나는 어머니
의 유일한 혈육으로서 그녀의 병상에 대한 모든 것을 들려줄 것을
요구했다.

난소암, 악성 종양. 조기에 발견했으면 어떻게든 되었겠지만,
어머니의 몸속에 생겨난 암세포는 림프관과 혈관을 통해 이미 몸
전체의 다른 기관에 전이되어 있었다.

그때 의사는 길어야 2년이라고 확실하게 말했다. 나는 그에게
감사하고 있다. 솔직하게 사실을 말해준 것과 의무나 연기였을지
도 모르지만 나에게 더없이 동정하는 표정을 보여준 것에.

그날로부터 슬슬 2년이 되어 가고 있다.

"어머니는 입원하신 지 오래된 거야?"

"아아, 네. ──선배님 할머님은요?"

"할머니? 아, 이제 반년 정도 되나. 가끔 외박 허가가 나와서 집에 오기도 하셔."

그렇게 말하고 그는 다시 나를 보았다.

"우리 학교 교복을 입은 여자아이가 자주 보인다 싶었거든. 그때부터 의식하게 됐지. 머리가 길고 날씬하고 예쁜 아이가 있네, 하고. 아, 이상한 흥미가 있는 건 아니니까 불쾌하게 생각하지 않으면 좋겠는데."

벳쇼는 쓴웃음을 짓고, "이상한 흥미라는 게 뭔지는 모르겠지만" 하고 혼잣말을 한다.

"이번 여름에 찍고 싶은 사진이 있어. 병원에서 너를 봤을 때 순수하게 그 이미지에 딱 맞겠다고 생각했거든."

"누가 보고 있는 줄 전혀 몰랐어요."

벳쇼는 얼버무리려는 듯 "그래?" 하며 웃었다.

"나는 집이 S시라서 병원에 갈 땐 옷을 갈아입고 가니까. 교복이 아니라서 네가 눈치 못 챘을 거야. 눈에 띌 만큼 근사하게 생긴 것도 아니니까 모르는 게 당연해."

"아니에요."

평소였다면 상대의 반응을 보며 상대를 띄워주었을 것이다. 잘 생기셨는데 왜 그러세요, 그런 말로. 하지만 그게 안 된다. 아무도 들어오지 않을 것이라 마음 놓고 있었던 곳에 갑자기 접촉해 온 그 충격 때문에.

"그럼 앞으로 병원에서도 마주칠지 모르겠네요."

건성으로 대답하자 벳쇼가 싱긋 웃었다.

"병원 말고는? 모델 얘기 생각해 주지 않을래?"

"그건 저보다 괜찮은 아이가 있을 거예요."

친구 얼굴을 총동원하여 대신 소개할 만한 아이를 찾는다. 벳쇼는 뭘 보고 사진의 이미지에 내가 딱 맞는다고 했을까. 긴 머리? 창백할 만큼 희고 가는 팔? 그런 이미지가 나랑 닮은 건.

그런 생각을 하고 있을 때 그가 쓴웃음을 지으며 고개를 저었다.

"네가 싫다면 포기할게. —— 일단 오늘은."

"오늘은?"

"응. 또 부탁하러 몇 번 오기는 올 거야."

신기할 만큼 담백한 말투였다. 여태까지 내 또래의 남자아이들에게서 느껴보지 못한 온도를 지니고 있다. 하지만 이런 태도, 말투를 신기하게도 나는 알고 있었다. 아아, 그렇다.

벳쇼의 분위기는 마쓰나가 아저씨와 어딘지 모르게 비슷했다.

"그럼 또 보자. 원래 오늘은 인사만 할 예정이었거든."

그는 불쑥 일어서서 가볍게 고개를 숙였다. 말없이 그를 바라보는 내 시선은 신경도 쓰지 않고 뒤를 돌아 도서실에서 나갔다.

벳쇼가 나간 문을 바라보며 그의 목소리를 생각한다. 사진 모델. 나는 절대로 못 한다. 하고 싶지 않다.

5

학교에 다니는 것과는 별도로 나는 반대 방향으로 가는 정기권을 한 장 더 가지고 있다.

그것은 어머니의 병원과 집을 잇는 노선이다. 지난 2년간, 학교가 끝난 뒤 병원에 가는 것이 무의식적인 습관이었다. 중학교 3학년 수험 때는 바빠서 잘 못 가던 시기가 있었다. 어머니의 얼굴을 보는 게 답답해서, 이런저런 이유를 붙여 병문안을 빼먹던 시기도 있었다.

가족이란 원래 답답한 존재고, 그것이 말기 암 환자인 어머니와 둘이서만 얼굴을 마주하는 경우라면 더욱 그렇다. 주체할 수 없이 문득 눈물이 나올 것 같아지기도 하고 정체 모를 무언가에 화를 내고 말 것 같기도 하는 등, 불안정하기가 이루 말할 수가 없다.

하지만 그래도 내가 지금 이렇게 발을 옮기는 이유는 그러지 않으면 후회하게 되리라는 것을 알고 있기 때문이다.

전철에서 내린다. 역에 도착하면 바로 공립병원의 위치를 알리는 화살표 간판이 눈에 들어온다. 이 역에서 내리는 사람들은 전부 그곳으로 가는 것이라고 여기는 듯한 커다란 파란 화살표. 벌써 매점도 문을 닫았고 내리는 사람도 드문 역 안을 지나, 나는 병원을 향해 걸어간다.

어머니가 입원했을 당시에는 나 자신이 이 건물 안에 가득한

약품 냄새에 익숙해지게 될 거라고는 생각지도 않았다.

자동문을 통과해 면회 시간 종료 직전의 통로를 걷는다. 부옇게 흐린 전등이 하얀 복도를 비춘다. 자신의 발소리가 길게 귀를 울린다.

병실 앞에서 나는 그곳이 어머니의 병실임을 확인한다. 말도 없이 병실이 이동된 적이 한 번 있었기 때문이다. 네 명이 들어가는 큰 병실에서 화장실까지 딸린 일인실로. 그리고 열이 나서 옮겨진 그 날 이후, 어머니는 지금까지 다시는 큰 병실로 돌아가지 않았다.

팻말에 적힌 이름을 읽는다.

'330호실 아시자와 시오코'

바다가 없는 곳에서 태어났으면서, 내 어머니의 이름은 '시오코[沙子]'라고 한다.*

"엄마."

어머니는 스크린 커튼 안쪽의 침대 위에서 멍하니 텔레비전을 보고 있었다. 목소리를 듣고 천천히 돌아보더니 내 모습을 확인하자 "아아" 하며 고개를 끄덕인다.

"아아, 리호코."

"몸은 좀 어때? 열은 내렸어요?"

"저녁만 되면 열이 나잖니."

어머니가 하늘색 가운 옷깃에 손을 대고 중얼거리듯이 말한다.

---

* '시오'는 '밀물과 썰물, 조수'라는 뜻의 단어.

"요즘에는 열이 없을 때가 드물어서 체온이 조금 높아진 기분이야."

"힘들지는 않고?"

"글쎄다."

입술로만 살짝 웃은 다음 순간에는 씻은 듯 그 표정이 사라진다.

"열보다 아픈 데가 몇 군데 있어서 별로 잘 모르겠다."

어머니는 전혀 절실하게 느껴지지 않는 단조로운 목소리로 말한다. 늘 그렇지만 역시 또 답답해져서, 나는 시선을 피하며 침대 옆에 놓인 의자에 앉았다.

매일 오지는 못하더라도 이틀에 한 번은 이곳에 온다. 얼마나 머무는지는 때에 따라 다르다. 면회 시간이 지나서까지 있을 때도 있고, 10분 정도만 있다가 돌아갈 때도 있다. 같이 그냥 텔레비전을 보기도 하고, 멍하니 번갈아 책을 읽기도 하고. 대화는 적다. 자주 만나지 않다 보니 새로운 화제가 이어지지 않는 것이다. 사이 좋던 애인들이 점점 화제가 없어져서 끌어안고 키스하고 몸을 겹치는 것 말고는 시간을 보낼 방법이 없어지는 것과 조금 비슷하다. 나와 어머니는 몸을 붙이는 대신 책이나 텔레비전을 매개로 마음에 거리를 둔다.

"필요한 거 있어? 사 올게."

"별로 없는데, 아, 그래. 새 책 좀 가져다줄래? 네 마음에 든 거 아무거나."

"벌써 다 읽었어?"

나는 옆 책상에 산처럼 쌓여 있는 문고책을 보았다. 마쓰모토 세이초와 야마무라 미사, 니시무라 교타로. 나와 어머니는 책 취향이 거의 겹치지 않는다. 나는 가볍게 한숨을 쉬었다.

"내가 읽는 책은 엄마가 별로 안 좋아하잖아."

"그렇지도 않아."

아무렇지도 않은 얼굴로 말하지만, 다 읽은 어머니가 아무 감상도 없이 책을 돌려줄 때 나는 그게 마음에 걸려 견딜 수가 없다. 자신의 취향이 부정당하면 위축된다. 그래서 나는 되도록 어머니에게 책을 빌려주지 않는다.

"그럼 내일 아무거나 가져올 테니까 기다리세요."

"그래? 고맙다."

계속 켜 둔 텔레비전에서는 야생 콘도르가 새끼를 키우는 장면이 나오고 있었다. 먹이를 잡아 자기 자식에게 주고, 다시 날아오르는 어미 새. 그러다 텔레비전 앞에 놓여있는 본 적 없는 종이봉투에 시선이 멈춘다. 짙은 갈색 종이봉투. 앞면에는 '로안'이라고 적혀 있다. 가게 이름인가.

"저건 뭐야?"

"어떤 거?"

"저 종이봉투."

아아, 어머니가 고개를 끄덕이고는,

"마쓰나가 씨가 오늘 왔었거든."

"오, 바쁠 텐데 시간 내서 왔나 보네."

마쓰나가는 아버지의 제일 친한 친구였다. 모자가정인 우리 집을 돌봐주고 있는 사람인데, 어머니가 병으로 쓰러지고 나서는 특히 금전적인 원조를 해 주고 있다.

'리호코의 아버지에게 말로는 다 할 수 없을 만큼 많은 신세를 졌거든. 계속 은혜 갚을 기회를 찾고 있었단다.'

그는 언제나 부드러운 얼굴로 나와 어머니에게 그렇게 말했다. 그 '은혜'가 어떤 것인지, 나는 아직까지 모른다. 내 생활비와 어머니 치료비를 전부 자기가 부담하겠다고 말할 정도의 '은혜'. 어머니는 그게 뭔지 알고 있는 것 같았지만 나에게 가르쳐 주려 하지는 않았고, 거기에 무슨 사정이나 비밀이 있다는 건 알 것 같아서 사려 깊고 분별 있는 아이답게 나는 그것을 묻지 않는다.

마쓰나가 준야는 세계적으로 유명한 지휘자다. 몇 년 전까지는 국내의 한 교향악단에서 대표를 맡고 있었지만, 지금은 독립해서 자신에게 의뢰해 오는 악단 중에서 마음에 드는 곳을 골라 자유롭게 활동하고 있다. 작곡을 하기도 하는데 그쪽에서도 높은 평가를 받고 있다. 일본을 대표하는 악기 메이커 창시자의 증손녀인 부인과의 사이에 중학생인 딸이 하나 있다. 젊어 보이는 핸섬한 얼굴과 넘치는 재기(才氣)로 마쓰나가 준야는 중장년층 아주머니들을 중심으로 절대적인 인기를 얻고 있었다.

아버지와는 어린 시절부터 친구였다고 한다. 예전부터 내가 마쓰나가에게서 받은 인상은 조금 · 불완전(Sukoshi · Fukanzen)*

---

* 원문 'ふかんぜん'.

이다. 인격자의 모든 요소를 갖추고 있고, 그늘 한 점 없는 시선으로 사람을 바라보며, 누구와 맞서도 겁먹지 않는 그는 내 눈에 너무할 정도로 완벽하다. 너무나 완벽해서 인간미가 느껴지지 않는 것이 나에게는 그의 단 하나의 결점으로 보인다. 그래서 조금·불완전.

어머니와 마쓰나가 사이를 의심하던 시기도 있기는 했다. 그래서 이렇게까지 우리 모녀를 신경 써 주는 것이라고. 아무리 부자라고 해도 생활 전반을 돌봐주는 것은 쉬운 일이 아니다. 거기에서 남녀 관계를 상상하는 것이 가장 간단하게 설명이 되긴 했지만, 의혹을 느낀 다음 순간에 바로 아니라고 결론을 내렸다. 어머니와 그는 왠지 아니다. 그것은 거의 직감에 가까웠지만 틀림없을 것이다. 그 분위기에서는 심각한 관계를 발견할 수가 없다. 그 점에서 강한 연관성이 느껴지는 것은 역시 그와 아버지 사이다.

관계와 은혜. 아저씨, 당신은 우리 아버지에게 어떤 약점을 잡힌 거죠? 완벽한 개성에서 심술궂게도 불완전함을 상상하는 나는 그를 만날 때마다 허무맹랑한 추리를 한다.

"너도 보고 싶어 하셨어. 다음에 식사라도 같이하자고 하더라. 괜찮으면 시오리도 같이 말이야."

"뭘 갖고 오신 거야?"

'시오리'는 마쓰나가 준야의 외동딸 이름이다. 그의 가족과 우리는 아버지가 집에 계셨을 때 가족 동반으로 만나기도 해서 나와 시오리는 어렸을 때부터 아는 사이다. 고집이 세 보이는 눈과 뾰족한 턱이 어머니를 꼭 닮은 아이. 미인 축에 드는 얼굴이다.

테이블에 놓인 종이봉투를 들며 어머니가 대답한다.

"찻잎이래. 별로 식욕이 없다고 말한 적이 있었거든. 그걸 기억하고 있었나 봐. 리호코, 마실래?"

"그럼 다음엔 찻주전자 가지고 올게. 여기서 같이 마셔요."

슬쩍 어머니 침대 아래를 본다. 몇 개나 되는 가는 관이 이불 속으로 들어가 있다. 그것을 확인한 나는 바로 고개를 든다. 보고 있으면 어쩔 수 없이 생각하게 되는 순간이 있다. 만약 내가 이 관들을 전부 빼 버린다면? 정말로 실행에 옮길 생각은 전혀 없지만, 생각하게 된다. 어머니는 언제까지 이것들에 의해 목숨을 부지하게 되는 것일까.

나에게는 어머니 외에 친족이 없다. '친척'이라는 말에 떠오르는 얼굴이 없다. 조부모님은 아버지 쪽과 어머니 쪽 모두 내가 철이 들 무렵 이미 돌아가셨고, 부모님께는 형제가 없어서 나에게는 핏줄로 이어진 삼촌이나 이모가 안 계시다. 아버지가 안 계시게 되었을 때도 우리 집을 걱정하며 도움을 준 사람은 마쓰나가를 비롯해 대부분이 아버지의 일과 관계된 사람이었다.

이대로 흘러가면 나는 어디로 가게 될까. F고는 진학교라 나는 오늘도 과제를 하고 대학입시를 위한 공부를 하고 모의고사도 본다. 하지만 나는 마쓰나가의 의향에 따를 수밖에 없다. 나에게 어떤 환경을 제공할지를 결정할 권한을 쥔 사람은 그 사람뿐이다. 대학에 진학시켜 준다면 최대한의 감사를 표하며 기꺼이 받아들일 것이고, 그가 우리의 생활에서 손을 떼겠다고 하면 나는 직장을 찾아야만 한다.

정한 대로 무엇이든 따를 것이다. 언제 어디에 있어도 조금·부재인 나에게는 자신의 의사라는 것이 거의 없다.

"얼마나 할까, 이거."

종이봉투를 뚫어지라 바라보며 어머니가 말한다.

"아깝다."

"엄마가 꽃다발을 싫어하니까 그렇잖아. 꽃도, 먹을 것도 못 사 오니까 차를 사 오신 거지."

어머니는 꽃은 좋아하지만, 꽃다발은 이상하게도 싫어하고 화분을 좋아한다. 아깝다는 게 그 이유다. 나는 식물을 돌보기에는 너무 잘 질리는 성격이라 꽃다발을 받는 게 훨씬 기쁘다. 매일 물을 갈아 줘도 금방 말라 시든다. 그것을 보면 안심이 되는 것이다. 할 수 있는 일은 다 했지만, 그래도 시든 거니까 어쩔 수 없다. 이제 버려도 된다, 정리해도 되는 것이라고.

나와 어머니는 그 부분의 감성이 정반대다.

"그렇다고 병문안을 오는데 화분을 가져오는 건 좀 그렇잖아. 병원에 '뿌리를 내린다'는 뜻 같아서 안 좋아."

"벌써 뿌리가 났는데 뭐."

어머니가 아무렇지도 않게 말한다. 자주 있는 일이지만 이럴 때 나는 어떤 반응을 보여야 할지 모르겠다. 너무나도 자연스러우니 화를 낼 수도 한탄을 할 수도 없어서 그저 곤란해진다.

"빨리 집으로 돌아와."

나는 힘없이 쓴웃음을 띠었다. 그것밖에 지을 표정이 없었다.

입원하기 전, 어머니와 나는 그렇게 사이가 좋지는 않았다. 그래도 그건 어느 가정에서나 볼 수 있는 평범한 모녀 관계였다고 생각한다. 가족이기 때문에 용서할 수 없는 것이 있고, 그 반대로 가족이기 때문에 신경 쓰지 않고 함께할 수 있는 부분도 있다. 그 범주를 벗어나지 않는 선에서, 우리는 사이가 나빴다.

우리 집에서 아버지의 모습이 사라진 것은 5년 전, 내가 초등학교 6학년 때였다. 그때부터 나와 어머니는 가능한 한 서로 마주하려고 애쓰다가 바로 필요 이상으로 그렇게 해 버린 것을 부끄러워하며 서로에게 등을 돌리는 일만을 반복하고 있었다.

내 현실감이 옅은 것은 분명 책과 텔레비전을 보며 자란 탓이 클 것이다. 그러나 그와는 별도로 그렇게 된 요인 중 하나는 틀림없이 어머니다. 그녀는 구두쇠라서 생활감에 가득 차 있었고 늘 그것을 드러내었다. 나는 거기에 시달리다가 질려버린 것이다.

꽃다발을 보고 기뻐하지 못하고 '아깝다'라는 말밖에 할 수 없는 어머니.

나는 아버지를 잘 따르는 아이였다. 나에게 책을 사 주고, 내 이야기를 재미있게 들어주는 아버지가 좋아서 뒤를 졸졸 따라다녔다. 내가 좋아하는 만화나 소설을 저속한 것이라고 생각해 못 보게 하고, 문부성에서 추천한 장애인 문제나 전쟁 이야기만 양질의

도서라고 주장하는 어머니가 보기 싫었다. 놀러 갔다 올게요. 누구랑 노는데? 뭘 하고 노는데? 간섭하려고 하면서도 내가 대답하는 순간에는 이미 그 질문에 흥미를 잃은 후다. 어머니는 내 개성에서 '아이' 이상을 보려고 하지 않았고, 이야기의 내용을 진지하게 들어준 적이 없었다. 아버지와는 그 부분이 달랐다.

'아빠는 너한테 이것저것 사 주고 하니까 네가 따랐지만 나는 거의 안 사줬잖니. 그래서 너는 날 안 따른 거야.'

언제였는지, 그렇게 말하는 걸 듣고 기가 막혔다. 그 말을 하는 어머니의 목소리에 안타까운 기색은 전혀 없이 덤덤했다. 자신과 아버지와의 차이를 무언가를 사주느냐 아니냐로밖에 생각할 수 없는 건가, 화가 났다. 정말 자기 편한 대로만 해석한다는 생각에.

아버지가 사라지고 나서 첫 번째 여름, 마쓰나가가 나와 어머니에게 유원지에 가자고 했다. 1박 예정으로 자신의 가족들과 함께. 부인과 시오리도 대환영이라고 했다. 여행을 갈 때면 어머니는 꼭 일찍 일어나 도시락을 싼다. 하지만 그 유원지 입구에서 음식물은 가지고 들어갈 수 없으며 식사는 모두 원내의 매점이나 식당에서 하라는 설명을 들었다. 나와 어머니는 그 유원지에 간 것이 처음이라 그것을 몰랐다.

마쓰나가의 부인은 먹을 것은 하나도 준비해 오지 않았다. 어머나 큰일이네, 어쩌지. 우아하게 쓴웃음을 지으며 어머니의 짐을 바라본다. 그 옆에서 어머니는 모처럼 가져온 도시락을 전부 버리라는 거냐며 유원지의 시스템에 화를 내고 있을 뿐이었다. 계속 발을 구르며 유원지 안으로는 들어가려 하지 않는다.

가족이라는 것은 답답하고 때로는 잔혹하다.

여러 가지 일을 겪으며 그럭저럭 지내고 있던 중학교 3학년 봄. 나와 어머니는 크게 싸웠다. 수험생이 되던 해, 나는 당시 사귀고 있던 남자 친구와 그때 화제가 되었던 영화를 보러 가려고 했다. 어머니가 얼굴빛을 바꾸며 그것을 막았다.

'공부는 어떻게 할 거니? 가지 말고 집에 있어. 엄마는 불안하단 말이야.'

'뭐가?'

나는 그녀의 말에 코웃음 쳤다. 누구에게나 부끄러운 젊음의 시기가 있는 법이고, 나는 당시가 그랬다.

'뭐가 불안한데? 나도 이제는 아무것도 못 하는 애가 아니라고. 내 일은 내가 책임질 수 있어. 시험에 붙든 떨어지든, 그건 다 나 혼자 책임이니까.'

'떨어지든이라니, 떨어지고 나면 다 늦은 거야.'

어머니는 한심하다는 듯이, 한탄하는 듯이 쓴웃음을 지었다. 내가 아주 싫어하는 반응이었다. 예전부터 어머니는 이렇게 화를 내었다. 무시하듯이 '한심하게'라는 표정을 짓는다. 그것이 얼마나 내 신경을 거슬렸는지 모른다. 만약 어머니가 그걸 노리고 그랬다면 그 절대적인 효과에 머리가 숙여진다.

그때의 나는 어머니를 앞에 두고 생각했다. 해서는 안 될 끔찍한 말을.

엄마, 미안하지만 나는 이미 내가 엄마보다 머리가 좋다는 걸 알거든.

히든카드로 이 말이 준비되어 있다는 것이 기분을 고양시켰다. 나는 코끝으로 웃으며 어머니에게 반박했다.

'떨어지고 나서 따지든 화를 내든 하지 그래? 그런 거 잘하잖아?'

별말 아니라고 생각했다. 그때까지 싸웠을 때 더 심한 말을 한 적도 있는 것 같았다. 하지만 그 말을 한 순간이었다. 어머니의 얼굴이 순식간에 창백해졌다. 눈을 크게 뜨고, 나를 똑바로 응시한다.

'리호코.'

이름을 부른다. 그리고 울음을 터뜨리며 그 자리에 주저앉았다.

나는 어리둥절했다. 생각도 못 했다. 당황하며 어머니에게 달려간다. 울린 것에 대한 죄책감 때문은 아니었다. 영화가 시작될 시간이 가까워지고 있었다. 남자 친구와 만나기로 한 시간에 늦게 된다. 첫 회를 놓치면 점심시간도, 그 뒤 쇼핑 시간까지 전부 예정이 틀어져 버린다.

'엄마.'

어머니를 향해 달려간다. 주저앉은 어머니의 얼굴을 가린 양손 사이로 오열이 새어 나왔다. 나는 걷어 올린 블라우스 소매에서 뻗어 나온 어머니의 팔을 만졌다. 탄력을 잃은 마른 팔. 손가락에 부드러운 주름의 감촉이 느껴졌다. 가능한 한 빨리 상황을 수습하고 싶었다. NHK의 아침드라마에서 볼 수 있는 한 장면처럼, 나는 어머니를 끌어안으려고 했다. 나는 그때까지 그런 일을 한 번도 한 적이 없는 딸이었지만, 그것이 가장 빠르게 해결할 수 있는 길이었다.

그때였다. 어머니는 내 손이 닿은 팔을 크게 휘둘렀다. 아이가 떼를 쓰는 듯한 울음소리와 함께 나를 거절한다.

'한심해. 질렸어.'

어휘가 부족한 것까지 어린아이 같았다. 몸을 구부린 어머니를 앞에 두고 나도 울어버릴 수 있었으면 좋겠다고 생각했다. 울 수 있으면 좋을 텐데 마음이 완전히 식어서 그럴 수 있을 것 같지 않다. 아아. 그날은 날씨가 아주 좋아서 우는 어머니 뒤편의 창으로 푸른 하늘이 보였다. 안쪽 세탁실 쪽에서는 세탁기 돌아가는 소리가 나고 있었다.

그 당시의 나는 아무리 해도 어머니를 다정하게 대할 수 없었다. 이렇게 다투고 난 직후에는 언제나 마음이 풀리지 않은 채 평행하게 반성한다. 가정(假定)의 이야기를 생각한다.

만약에 지금 어머니가 죽는다면 나는 후회할 거라고. 후회해서 눈물이 마를 때까지 울며 자책할 것이 틀림없다고. 더 잘해줄 걸, 더 많이 이야기를 나눌 걸. 그리고 그것을 알면서도 현재의 어머니를 다정하게 대할 수 없다는 것도 알고 있었다. 인간은 부조리하고 업(業)이 많고, 그리고 운이 없는 생물이다.

어머니는 그해 가을, 갑자기 쓰러져서 입원했다. 의사는 이미 징후가 있었을 것이라고 했다. 어쩌면 어머니는 나와 싸운 그 봄날에도 암의 통증과 싸우고 있었는지도 모른다. 그 생각을 하자 제멋대로인 나는 가슴이 찢어질 것 같았다.

어머니의 개성은 조금 · 불행 (Sukoshi · Fukou)*이다.

병마에 시달리고 있는 지금도, 아버지가 갑자기 실종되어 버린 5년 전부터의 생활도. 그리고 아마 그전에도. 그녀의 얼굴에는 불운과 불행의 그림자가 비친다. 하지만 그녀는 거기에 몸을 맡기고 울지는 않는다. 아무도 보지 않는 눈물을 어쩔 수 없이 흘리기는 해도, 동정을 구하지 않고 의연히 이야기한다. 그러니 이 불행은 '조금'이라 부르기에 적합하다. 불행에 익숙해진 사람 특유의 만성적인 안정과 달관. 어머니는 내 눈에 강하고 아름답게 보인다.

꺾어질 정도로 마른 몸이어도. 어머니의 팔은 서리가 내린 죽은 나뭇가지를 연상시킨다.

"그럼 갈게요. 내일 올 때는 책 아무거나 가져올게."

"아, 그럼 만화책 좀 갖다 줄래? 아빠 서재에 있었잖아. 조금씩이라도 괜찮으니까 갖다 줘. 〈도라에몽〉."

상당히 의외다. 나는 뚫어지라 어머니를 바라보고 나서 물었다.

"무슨 바람이 불어서?"

"그냥 보고 싶어져서. 안 돼?"

---

* 원문 'ふこう'.

"안 되는 건 아니지만, 그럼 어떤 거? 대장편이랑 그냥 만화 중에서."

대장편은 매년 봄에 상영되는 영화판 〈도라에몽〉의 원작이다. 아버지는 어른이면서도 만화를 아주 좋아했는데, 그중에서도 〈도라에몽〉을 비롯한 후지코 F. 후지오의 작품을 특히 사랑했다. 그리고 나도 그 영향을 받았다.

주로 어머니는 그런 아버지와 나를 멀리서 보고 있는 경우가 많았다. 매년 봄에는 같이 영화를 보러 갔지만, 극장에서 나오자마자 어느 레스토랑에서 밥을 먹을까 쪽으로 흥미를 옮기고 영화의 내용에 대해서는 거의 이야기하지 않는다. 계속 팸플릿을 쳐다보는 우리를 놓고 백화점으로 쇼핑을 간다. 그런 식이었다.

왜 이제 와서 보고 싶어졌을까.

"그럼 부탁해."

어머니가 사무적인, 감정을 읽을 수 없는 목소리로 말한다.

"학교가 바쁘면 무리해서 내일 안 와도 돼."

"엄마는 그래도 괜찮아? 좀 쓸쓸한데."

가볍게 삐진 척 말해보자 어머니가 "설마" 하며 희미하게 웃었다.

"바보구나. 당연히 매일 만나고 싶지."

그러고 나서 내 머리카락을 쓰다듬었다. 어색하게, 굳은 손가락으로.

입원한 지 얼마 안 되었을 때, 어머니는 언제나 병문안을 왔다 돌아가는 나를 병원 입구까지 배웅했다. 그것이 서서히 복도 끝이 되고 병실 문 앞이 되더니 지금은 침대 위다.

내 머리를 쓰다듬는 그녀의 손가락은 뼈가 다 드러날 정도로 말랐다.

병원을 나와 휴대전화를 다시 켠다.

자동문에서 한 발짝 벗어나니 미지근한 여름 바람이 나를 맞이한다. 나는 크게 숨을 들이쉬고, 걸으면서 지금 자신이 막 나온 병원을 쳐다보았다. 저 창, 저 층의 저 위치에 있는 저 창문이 어머니가 있는 곳이다. 언제부터인지 병문안을 마치고 돌아가는 길에 반드시 쳐다보고 가는 것이 습관이 되었다. 무슨 감개가 있어서 그러는 것은 아니다. 어머니는 아마 그런 것은 아랑곳하지 않고 병실에 누워 있겠지만.

문자 메시지를 확인해 보니 새 문자가 두 건이 와 있었다. 미야와 가오리가 보낸 것이다.

[리호, 오늘 안 와—? 전화 안 되던데 누구랑 있는 거야? 아, 혹시 지난번에 본 미야하라? 수상한데—.]

웃는 얼굴과 하트, 이모티콘이 잔뜩 들어간 문자 메시지. 액정화면을 만져보니 조금 따뜻하다.

머리가 나쁘고, 외로우니까 쓸데없이 시간이나 때우고자 모이고, 친구 놀이를 한다. 내가 그녀들에게 느끼고 있는 이 감상은 더없이 정확하다. 하지만 나는 오늘 밤에도 나갈 것이다.

혼자 있으면 가슴이 답답하고, 다 함께 떠들고 놀아도 그렇다.
나의 '조금 · 부재'는 요즘 들어 심각하다.

제2장

불쌍해지는 메달

* 불쌍해지는 메달

이것을 목에 건 동물을 보면, 누구든지 그 동물이 너무나 불쌍해서
견딜 수 없어진다.

1

만나기로 한 역 앞에서, 와카오 다이키는 책을 읽고 있었다. 벽에 등을 기대고, 변함없이 멋지게 서서.

헤어지고 나서 가끔 전화로 이야기를 나눈 적은 있었지만, 얼굴을 보는 것은 처음이었다. 개찰구를 빠져나와 내가 그의 모습을 발견하고 얼마 안 되어 그도 나를 발견했다. 눈부신 것을 보기라도 하듯 눈을 가늘게 뜨고 표정 없이 손을 흔든다. 표정과 미묘하게 따로 노는 움직임. 그것도 변함없었다.

"오랜만이야, 리호."

"살 빠졌어? 왠지 이상하다. 여태까지 거의 매일 만났었는데."

손을 흔들며 다가서는 내 목소리가 차분한 것을 알자마자 와카오는 무표정했던 얼굴을 무너뜨리며 활짝 웃었다. 인생 경험이 부족한, 그러니까 몇 년 전의 나 같은 여자아이라면 그것만으로도 홀딱 반할 듯한 감미로운 미소. 와카오는 내가 알고 있는 사람들 중에서도 특별히 아름다운 용모를 가졌다.

머리카락을 갈색으로 물들인 요즘 젊은이들과는 타입이 다른 미남. 패션잡지만 흉내 내는 요즘 아이들이나 호스트와는 다른 얌전하고 깔끔한 얼굴이다. 영화〈인게이지먼트〉에서 불행한 미소년을 연기한 가스파르 울리엘과 분위기가 비슷하다. 촌스러운 느낌이 전혀 없는, 송곳니 없는 짐승.

와카오는 읽고 있던 책을 덮어 가방에 넣으며 벽에 기대고 있던 몸을 일으켰다. 발치에 놓여 있던 종이봉투를 손에 들고 말했다.

"어디 갈 거야? 이 근처에 아는 가게 있어? 문자 봤어? 월남쌈 먹으러 가자."

"…어딜 가면 그게 있으려나."

중얼거리며 나는 아아, 역시 그렇구나, 하는 생각을 한다. 와카오는 두 달 전 나와 헤어졌을 때와 달라진 게 없다. 자기가 가자고 한 주제에, 가게에 대해서는 아무 조사도 하지 않고 전부 나에게 맡긴다. 가게에서 밥을 먹어도 분명 더치페이일 것이다. 그게 설사 내 생일이었다고 해도.

그것도 그렇지만 내가 월남쌈을 좋아했던 건 그 당시뿐이다. 지금은 먹지 않는데, 그의 시간은 그때에 멈춰 있다.

"어쨌든 걸을까?"

그가 재촉하며 걷기 시작한 내 곁으로 다가와 내 손을 잡았다. 마치 애인들이 하는 것처럼 손가락을 얽는다. 나는 놀라서 그를 보았다. 쑥스러운 듯 눈치를 보는 시선이 나를 향하고 있었다.

"안 돼."

그의 손을 떨쳐낸다.

"헤어졌잖아."

"리호, 남자 친구 생겼어?"

"안 생겼지만 안 돼. 편한 상대니까 물론 아무렇지 않게 팔짱도 낄 수 있고 손도 잡을 수 있지만, 그래서 더 안 되는 거야. 이러지 말자."

"왜? 너한테 남자 친구가 생겨도 나는 이래도 될 것 같은데."

그 녹아버릴 듯한 웃음에, 삐친 듯이 일말의 서운함을 내보이며 말한다. 진지하지 않은 목소리였다. 다시 한 번 내 손을 잡고는 꽉 쥔다. 조금 전처럼 커플이 손잡는 방식은 아니었지만, 그래도 강한 힘이 들어가 있어 쉽게 떨쳐낼 수 있을 것 같지 않았다.

와카오 다이키. 내 옛 남자 친구. 가오리가 주최한 대학생과의 술자리에서 만나 고등학교에 입학한 직후부터 두 달 전까지 1년 하고도 조금 더, 나는 그와 사귀었다. 당시 사립대 법학부 4학년이 던 와카오는, 지금은 졸업해서 흔히 말하는 사법고시 재수생의 신분이다.

나는 장래에 변호사가 될 거야. 보통사람들은 그냥 되는 대로 살 수 있을지 모르겠지만, 나는 왠지 그게 안 돼. 바보처럼 큰 꿈을 품고, 괴롭지만 그것과 공존하는 방법을 생각해야만 해. 안 그러면 어떻게든 해방될 텐데.

당시 와카오의 말버릇.

변호사가 되는 건 초등학교 때부터 그의 꿈이었다. 초등학교 4학년 때 와카오는 같은 반 여자아이를 좋아했는데, 그녀는 매우

가난해 열악한 환경 속에서 살고 있었다고 한다. 그 아이를 구해내고 싶다, 언젠가는 데리러 가고 싶다. 그런 결의를 마음에 품은 이후 그는 사법시험을 목표로 했다. 사립대의 법학부에 합격해 열심히 공부하고 있던 대학 2학년 여름, 그는 자신이 좋아했던 그 여자아이가 이미 다른 남자와 결혼해서 현재 행복하게 살고 있다는 것을 알게 되었다. 마음의 등불처럼 생각하고 있던 그 아이가 길 앞에서 사라져 버렸다.

그래서 지금 나는 그 아이와는 상관없이 당시의 그 아이 같은 사람들을 구하기 위해 노력하고 있어.

사귀기 전, 처음 만난 지 얼마 안 되었을 때 바로 들려주었던 그의 꿈 이야기 일부이다. 따지고 들 구석이 널려 있는 이야기다.

지금이라면 알 수 있다. 그것이 그의 일방적인 시선에 의한 이야기라는 것을. 상대 여성을 무시한, 자신만을 위한 로맨티시즘의 산물. 거기에는 체온이 느껴지는 등장인물은 나오지 않는다.

그런데도 당시의 내가 와카오에게 부여한 개성은 조금ㆍ부자유(Sukoshi ㆍ Fujiyuu)*였다. 요즘 같은 세상에서나 사회의 시스템 안에서 그의 투명한 영혼은 살아나가기 힘들 것이 틀림없다. 그렇게 생각해서 이름 붙인 개성. 나는 그를 순수하다고 생각했다. 커다란 꿈과 숭고한 정신에 무너질 것 같으면서도, 그래도 싸워나가는 아슬아슬함에 가득 찬 남자. 나는 그것을 함께 나누고 싶었다. 그는 내가 연애에서 얻고자 하는 모든 것을 만족시키고 있었다.

---

* 원문 'ふじゆう'.

고상한 꿈. 그야말로 내가 좋아하는 소설과 영화, 픽션 속에서만
존재할 것 같은 폐쇄감과 고독. 그것을 마주 보고 선 그에게서는
나와 같은 냄새가 났다. 현실을 살아가는, 땅에 발을 붙인 다른
남자들과 달리 와카오의 한쪽 발은 늘 꿈속에 쏙 들어가 있었다.
생활감과 현실감이 옅은 것이 나와 똑같아서 나는 그가 나를 필요
로 해주는 것이 기뻤다.

　그의 본질 같은 건 사실 처음부터 알고 있었는데, 내 마음은
그것을 직시하려 하지 않았다. 나도, 나에게 편리한 와카오가 거기
에 있어 주기를 바랐던 것이다.

　'곁에 있어 줄래?'
　떨리는 목소리로 그가 말했다.
　'가끔 불안해서 어쩔 줄을 모르겠어. 몸이 만성적으로 긴장해서
푹 쉴 수가 없어. 리호코, 지금만이라도 좋으니까 곁에 있어 줄래?'
　그 떨리는 손은 진짜였다. 내 손에 닿자 그는 살짝 안도의 숨을
내쉬었다.
　'따뜻해.'
　내 손에 손가락을 얽는 그의 가슴이 종을 치듯 울리고 있었다.
　그리고 나는 그 순간, 와카오의 취약한 영혼과 꿈의 매력에 굴복
했다.

　"헤어지고 나서 어떻게 지냈어?"

아시안 음식점을 찾으며 걷는 길에 나는 그의 얼굴을 쳐다보면서 물었다. 그는 여전히 내 손을 잡고 있었고, 한심하게도 나 역시 그 손을 떨쳐내지 않았다. 뭐 어떠냐는 생각이 들었던 것이다. 여태까지 사귀던 사람이었고, 이제부터 다시 누군가와 친밀한 관계를 만들어 애인이 되는 것보다 훨씬 간단하게 즐길 수 있는 가벼운 마음이었다.

사람은 무엇을 보고 자신의 마음에 연애 감정이라는 이름을 붙이는가. 앞으로도 계속 관계를 맺고 싶다, 가정을 꾸리고 싶다고 생각되는 상대가 아니면 '좋아한다'고는 할 수 없는 걸까. 나는 지금 옆에 있는 와카오에 대해 내가 가지고 있는 감정에 이름을 붙일 수 없다. 앞으로도 계속 그와 함께 있고 싶다, 함께 살아가고 싶다는 생각은 도저히 들지 않는다. 하지만 얼굴을 보면 반갑고 분위기가 그런 방향으로 흘러가면 키스나 섹스도 괜찮다고 생각한다. 이걸 사람들이 '정'이라고 부르는 것일까. 헤어지고서도 깨끗이 정리되지 않은 관계를 나타낼 때 자주 듣는 그 말. 내가 와카오에게 느끼고 있는 것도 그것일까.

"사법고시, 올해는 결국 1차에서 떨어졌어. 역시 그때는 생각만큼 공부가 잘 안 되었나 봐."

희미하게 웃으며 와카오가 슬쩍 말했다. 예상한 대로였다. 나는 그렇구나, 라고 대답했다.

그는 부자연스럽게 내 손을 잡은 채 고개를 끄덕이며 말을 이었다.

"우울함이라는 게, 나중에 천천히 오더라고. 내년에도 또 볼 거지만, 결과를 보고서는 한동안 열이 나서 누워 있었어."

"아깝게 됐네."

"기대를 저버려서 미안해. 너한테 열심히 하겠다고 약속했는데."

미안한 듯 눈을 내리깐 옆얼굴을 바라보며, 나는 그가 얼마나 진심일까를 생각한다. 나는 처음부터 알고 있었고 기대 같은 건 하지 않았다. 와카오가 붙을 리가 없다. 나는 부자연스럽게 보이지 않도록 주의 깊게, 그의 손에서 천천히 손을 풀어낸다.

너는 언제까지 꿈속에서 살 거야?

"여기 들어갈까?"

미야네랑 있을 때처럼, 나는 와카오 앞에서도 다른 개성이 된다. 머리가 나쁜 척하며, 진심이 담긴 의견을 말하지 않는다. 모든 것은 그의 마음을 상하게 하지 않기 위해. 그의 어리광을 받아주기 위해서.

길가에 있는 가게 앞에서 발을 멈춘 나에게 와카오가 고개를 들고 "응" 하며 고개를 끄덕였다. 붉은색을 기조로 한 간판 옆에 화려한 옷을 두른 코끼리 장식품. 한눈에 아시안 요리점이라는 것을 알 수 있다. 가게는 빌딩 2층에 있는 듯 좁은 계단이 간판 뒤로 이어져 있었다.

불길한 분위기가 술렁대는 것이 느껴진다. 인적 없는 계단에 내가 한 발 들여놓은 순간, 와카오가 숨을 죽이는 것이 느껴졌다.

나를 안을 틈을, 입 맞출 틈을 노리고 있다는 것을 직감하고 나는
필요 이상으로 얼굴을 숙였다. 재빨리, 서둘러 계단을 올라간다.
숨이 찼다.

별로 그렇게 되어도 상관없다. 조금 전까지 그렇게 생각하고
있었는데, 막상 닥치고 보니 마음도 몸도 그렇게 간단히 움직여
주지는 않았다. 살짝 화가 나고 혐오감이 든다. 하지만 정말 너무
자기 멋대로만 하는 것 같다.

"저기 리호. 나 사실은 할 말이 있어."

내 거절을 깊이 생각하는 기색도 없이, 와카오가 말을 꺼냈다.

"네가 쇼크 받을까 봐 지금까지 말을 안 했는데, …지금도 쇼크
라면 미안해."

서론이 길었다.

그는 지금도 내 성질을 알아차리지 못했다. 방금 거절한 것도
정말로 모르고 있는지도 모른다. 어라? 고개 숙인 것 같은데 타이
밍이 나빴군. 나중에 한 번 더 해 보지 뭐. 아마도 그 정도로밖에
인식하지 않았을 것이다.

"뭔데?"

나는 계단 앞의 문을 열면서 물었다. 와카오는 어색하게 웃으며
내용과는 달리 밝은 목소리로 말했다.

"나 말이야, 너랑 헤어진 다음에 정신과에 다니고 있어. 지금
약도 먹고 있고."

가벼운 목소리를 내려다가 어정쩡하게 힘이 들어간 것이 전해져

왔다. 나는 와카오를 돌아보았다. 내 말을 막으려는 듯, 그의 말이 빨라진다.

"아버지가 아는 선생님인데, 나 있잖아, 그 왜, 너무 긴장해서 몸이 굳기도 하고 그러면 천식 때문에 기침이 안 멎기도 하고 그랬지? 그런 게 정신적인 문제에서 오는 건지도 모른다고 한 번 상담을 받아보라고 해서. 약을 처방받기는 했지만, 기분이 나빠졌을 때만 먹는 거야. 상용하는 건 아니야."

"별로 안 놀라운데."

진심이었다. 와카오는 원래부터 무척 신경질적이어서 나와 사귀던 당시에도 무슨 일만 있으면 바로 짜증을 내거나 침울해했다. 그리고 최종적으로 그 모든 것은 분노로 귀결된다. 그는 그런 의미로는 '참을성 없는 요즘 젊은이'의 부류에 들어간다고 할 수 있다.

차광커튼을 쳐서 완전히 어둡게 만들지 않으면 잠들지 못한다. 옆집에서 들려오는 아무것도 아닌 생활 소음이 신경 쓰여 공부에 집중하지 못한다. 안절부절못하다가 초조해져서 손톱을 깨물고 머리카락을 쥐어뜯는다. 아직도 어제 일처럼 생각이 난다. 나는 와카오의 그런 점을 싫어했다. 언젠가는 낫기를 바라고 있었다.

내 반응에 와카오는 놀란 듯 눈을 깜박였지만, 바로 안심한 듯 안도의 한숨을 내쉬었다. 가게에 들어가자 싸구려 아오자이를 입은 웨이트리스가 영업용 미소로 우리를 맞이한다. 둘인데요, 내가 오른손으로 브이 사인을 만들어 몇 명인지를 알린다.

"별거 아니야."

와카오가 거듭 말하고는, 자리에 앉자 기다렸다는 듯이 담배를 꺼내어 입에 물고 불을 붙인다. 어쩌면 사귀고 있었을 때보다 니코틴 의존율이 높아졌는지도 모른다.

"게다가 병원에 다니기 전보다 지금은 훨씬 정신적으로나 육체적으로도 안정되어 있어. 다른 사람을 대하는 것도 편해졌고. 다들 정말 열심히 살고 있다는 생각이 들어."

그 말을 하는데 발음이 조금 이상해진다. 두서없이 또 말한다.

"맞아, 다들 열심이야."

다시 나를 보며,

"리호, 전에 말한 적 있지. 나하고 넌 비슷한 사람이라고."

"그런 말을 했나?"

몇 번 그런 이야기를 나누었던 것 같기도 하지만, 와카오가 무엇을 가리켜서 하는 소리인지를 알 수가 없었다. 내가 흐려진 눈으로 그를 바라보며 그의 꿈을 함께하는 시늉을 했던 달콤한 시절의 이야기인지, 그의 가면 위에 칠해져 있던 도금이 벗겨지기 시작해서 본성이 보일 듯 말 듯 했던 시기인지, 아니면 헤어질 순간을 카운트다운하고 있던 그때인지.

와카오는 즐거워 보였다. 왜인지는 알 수 없었지만, 그가 이야기하면서 점점 흥분하는 것을 알 수 있었다.

"했어. 너무하네, 잊은 거야? 내가 사람을 사람으로 안 본다고 했잖아. 나는 그 말을 듣고 쇼크 받았다고. 분명히 흉보는 거라고 생각했어. 하지만 네가 너도 그렇다고 해서 용서한 건데 ──."

단정한 얼굴이 순진한 웃음을 띤다. 흥이라는 어휘가 마치 초등학생 같았다. 종업원이 갖다 준 물로 입술을 축이며 말을 이었다.

"내가 '모두들'이라는 말을 쓸 때는 다른 사람들한테 다정하다고. 세계 평화를 기원하거나 전쟁에 화를 낼 때는 다정하지만, 옆집에 살고 있는 누구누구 씨나 자주 가는 가게의 점원같이 '모두들'에 포함되는 인간에게 얼굴이 생기고, 그 사람들이 거기서 살고 있는 누구라는 개성을 가지게 되면 갑자기 다정하게 대하지 못하게 된다, 머리가 좋은 사람은 이상하게 그렇게 생활감이 옅다고 그런 적이 있어."

"화났어? 와카오."

"안 났어. 벌써 옛날 일이잖아. 지금은 네가 그때 한 말이 무슨 뜻이었는지 알 것 같아. 내가 평범한 월급쟁이가 되는 건 상상할 수 없지만, 지금이라면 그런 사람들도 힘들겠다는 건 알 수 있어. 생활을 하려면 돈이 드는 법이잖아."

맥락 없는 말을 하면서 그는 제멋대로 고개를 끄덕였다.

아니잖아? 그런 말은 안 했잖아?

테이블 위에 점원이 두고 간, 간판이나 출입문과 똑같은 빨간색의 메뉴판을 펴고 음식을 고르는 척하면서, 나는 진절머리가 나 눈을 가늘게 떴다.

나와 그는 타인을 대하는 현실감이 옅다는 공통점이 있다. 그것은 분명히 비슷했지만, 그 외에는 오히려 반대. '모두가 행복해졌으면 좋겠다'며 아무 저항 없이 세계 평화를 기원할 수 있는 와카오와, '누구나 사람은 제멋대로에 머리가 나쁘다'며 '모두들'을 경멸하는 나. 옆에 있는 친구가 소리 높여 웃는 목소리에 귀가 따가워서 화가 나고, 방금 자신의 어깨를 치고 지나간 가족에게 상식이 없다며 크게 분개하는 와카오와, 멍청하고 찰나적인 젊은이들 사이에 미야라든가 가오리라는 이름이 생긴 순간 그 사람과 충돌할 수 없게 되는 나.

월급쟁이도 힘들겠다. 그 말을 하는 그의 목소리에 얕잡아 보는 뉘앙스가 스며 나온다. 그가 직업을 차별하면서 자신은 그렇지 않다는 것에 우월감을 느끼고 있는 것이, 좀 심하다 싶을 정도로 드러난다.

와카오가 학회 시험에 떨어졌을 때의 일이다.

그가 다니던 학교에는 유별나게 인기가 많은 학회가 있었는데, 매년 그 학회 출신 중에서 많은 사람들이 사법고시를 패스했다. 학회에 들어가기 위해서는 난이도가 높은 시험을 봐야 했고, 와카오는 그 시험에 떨어졌다. 시험이 있던 날, 그는 기침이 멈추지 않아 학교에 갈 수 없었다. 아침에 침대에서 일어날 수 없었다고 한다.

'자신의 책임이 아닌 이유'로 학회에 들어가지 못한 와카오는 펄펄 뛰었다. 우리 집에 와서 가만히 고개를 숙이고 말없이 있다가는 갑자기 마구 심한 말을 내뱉었다. 그렇게 되면 나는 손을 댈 수가 없었다.

이상하지 않아? 리호. 교수가 재시험을 받아주지 않았어. 어쩔 수 없잖아, 천식은 내 힘으로 어떻게 되는 게 아닌데. 불가항력이었다고. 바보 아냐? 나 대신 학회에 붙은 녀석들을 너한테도 보여주고 싶다. 솔직히 말해서 나보다 머리가 좋을 것 같지 않아, 나중에도 절대로 시험에 못 붙을 거야.

당시의 나는 와카오의 약함과 그 이면에 존재하는 그의 오만함, 높은 자존심을 사랑했다. 바보 같게도 그에게 원하고 있었던 것은 그 약함과 약하기 때문에 그가 나를 원하는 마음 그 자체뿐이었다. 그래서 나는 그를 대할 때 성의를 다하지 않았다. 내 의견 때문에 그의 의지가 꺾이는 것을 보고 싶지 않았고, 너무나도 튼튼한 자존심의 감옥에서 나오지 못하는 와카오와 어긋나는 말들로 언쟁을 하는 것이 귀찮았다.

격앙하는 그에게 강도 높은 말로 충고할 수도, 그렇다고 같이 화를 낼 수도 없어서 나는 그저 허둥대며 걱정하는 연기를 할 뿐이었다. 괜찮아? 안됐다. 정말 안됐다.

와카오는 그런 나의 태도를 당연하게 받아들였다. 흘려보내듯 받아들일 뿐, 거기에 기대지도 않는다. 대부분은 누군가가 어리광을 받아주지만, 와카오는 그것에 대해 감사하는 마음이 더할 나위 없이 부족했다. 화를 분출할 다른 곳을 필사적으로 찾아 헤맨다.

내 탓이 아닌데, 제기랄. 그렇게 중얼거리면서 자신의 친구나 부모에게 전화를 건다.

"나 사법고시에 꼭 붙을 거야."

와카오는 전화 상대에게 내뱉듯이 말했다. 나는 그것을 가만히 듣고 있었다. 잡지를 펼쳐 그곳에 시선을 두고 듣지 않는 척을 하며 듣고 있다.

"그 학회에 떨어져서 내가 들어간 데는, 시험을 안 볼 거라면 정말 의미가 없는 데야. 분명 4학년이 되면 교수가 그저 그런 삼류 기업을 소개해 주고, 그러면 거기서 일하는 거지. 그런 선배들뿐이 더라고. 아니면 지방공무원 시험이나 뭐 그런 거든가. 나는 그런 아무나 할 수 있는 일을 하는 건 절대로 싫어. 그런 별 볼 일 없는 덴 딱 질색이야."

너무나 교과서적인, 스테레오 타입의 잘못된 대사. 이게 만화였다면 주인공에게 형편없이 당할 악역이나 입에 담을 말이다. 하지만 와카오는 자신을 권선징악의 주인공이라 믿어 의심치 않았다.

지금 현재 세상에서 일하고 있는 회사원이나 공무원. 그 어디에 그를 떨어뜨려 놓더라도 그는 분명 제대로 일할 수 없을 것이다.

그의 부모님은 국회의원이라 지역 명사였다. 공부할 시간이 아깝다는 변명을 그대로 믿고 아들이 원하는 만큼의 생활비를 아무렇지도 않게 입금하는 인심 좋은 아버지.

고등학생 때도 대학생 때도, 와카오는 아르바이트를 한 적이 없다. 자기 손으로는 1엔도 번 적이 없다. 그것은 전형적이었고 상징적이었다.

월남쌈과 코코넛 향이 나는 그린 카레를 깨작깨작 먹으며 서로의 근황을 주고받는다. 와카오는 기분이 좋은지 말이 많아져 나는 주로 듣기만 했다. 그 앞에 놓인 재떨이는 이미 꽉 찼다. 가오리보다 페이스가 더 빠르다.

"내년에도 또 시험 볼 거야. 그런데 너 알아? 지금은 법과대학원이 생겼잖아. 그것 때문에 조금 고민 중이야. 너무하지, 나는 그런 것과는 상관없이 열심히 시험공부를 해 왔는데, 처음부터 다시 해야 되다니."

꾸물꾸물 다른 말을 갖다 대면서, 와카오는 도망치고 있다. 내년에 자신이 시험을 보지 않을지도 모른다는 변명. 정말 하고 싶은 일이라면 가장 빨리 그곳에 다다르기 위해 노력을 해야 하는데, 효율성이나 더 좋은 조건을 찾고 있다는 등 다른 이유를 찾아내어 더 멀리멀리 돌아가려고 한다.

그를 좋아했던 나는 트러블을 일으키고 싶지 않았기 때문에 많은 말들을 삼키며 언젠가 그가 땅에 발을 붙이기만을 기대하고 있었다. 그러지 않으면 도저히 미래를 생각할 수 없는 남자 친구. 이상주의의 극치. 늘 여기가 아닌 다른 어딘가를 꿈꾸며, 그곳에서 살아가는 남자.

"나는 잘 모르겠지만, 어쨌든 힘내. 앞으로는 도망칠 수 없으니까."

게다가 나와는 이미 관계없는 일이다. 헤어지자는 말을 꺼낸 것은 와카오였지만 먼저 마음이 식은 것은 내 쪽이었다. 그에게 마지막 인사를 듣던 날, 감상적인 기분으로 눈물을 흘리면서도 마음은 편안했다. 이제 나는 더 이상 이 사람이 제대로 살기를 바라지 않아도 된다고. 이제는 소용없는 기대를 접어도 되는 것이라고.

와카오는 나보다 여섯 살이나 위였지만 어린아이였다. 할 일이 없어서 쓸데없는 데에 노력을 쏟는 F고의 동급생들조차도 와카오에 비하면 훨씬 '살아 있다'는 느낌이 든다. 이 남자는 어떤 책임을 지는 것을 견뎌내지 못한다.

"그래 맞아. 나는 늘 도망치지 않고 너무 열심히 해서 벽에 부딪히는 거야. 리호, 너는 잘 알지?"

기분이 상했는지 입을 삐죽인다. 카레로 더러워진 입가를 냅킨을 가져와 신경질적으로 문지른다. 그리고는 갑자기 표정을 바꾸어,

"맞다, 리호. 문자로 내가 주고 싶은 게 있다고 했었잖아? 뭘 거 같아?"

1년을 사귀는 동안 와카오에게서 선물을 받은 적은 한 번도 없었다. 나는 아르바이트도 안 하고, 부모님한테 받은 돈으로 여자 친구한테 뭘 사준다는 건 좀 아닌 것 같아. 최신 게임기와 만화책이 흩어져 있는 방에서, 와카오는 그렇게 나를 타일렀다.

"응? 상상도 안 돼. 뭔데?"

지금 여기서 밥을 먹고, 가게 밖에서 나는 그와 헤어질 것이다. 그러면 어차피 그 후로 한동안은 만나지 않겠지. 평생 안 만날 가능성도 없다고는 할 수 없다. 그러니 지금은 조금쯤 바보처럼

신난 척을 해도 괜찮겠지.

와카오는 자신의 발치로 손을 뻗었다. 만났을 때부터 가지고 있었던 종이봉투였다. 방금 근처에서 무언가를 사 온 듯한 분위기는 아니었다. 크래프트지인 봉투 겉면에는 주름이 있었고, 입구에 붙였던 테이프는 뗐던 흔적이 있다. 손잡이 끈 아래가 약간 찢어져 있었다. 와카오는 얼굴은 어이없을 정도로 미형인데, 이런 부분이 허점투성이였다. 이렇게 쇼핑백을 가방 대용으로 사용하는 것에 아무런 반감도 없다.

그는 요리 접시를 구석으로 밀고 테이블 위에 자리를 만들었다.

"이거 굉장하지 않아?"

봉투를 거꾸로 들어 내용물을 쏟아낸다. 자그마한 비닐봉지들이 테이블 위로 줄줄이 떨어져 산처럼 쌓였다. 기세가 지나쳤던 몇 개가 테이블을 벗어나 바닥으로 떨어진다. 그것이 무엇인지를 확인한 나는 말을 잃었다.

그것은 산더미 같은 과자였다.

허쉬의 키세스초콜릿, 츄파춥스, 스나이더즈의 프렛즐. 잡화점 코너에서 파는 예쁘게 포장된 수입 과자. 종류대로 전부 모은 게 아닐까. 허쉬의 쿠키&크림, 밀크, 캐러멜비터. 스나이더즈의 바비큐, 허니 머스터드, 어니언.

잔뜩 쌓인 대량의 츄파춥스. 그중 몇 개가 데굴데굴 테이블 위로 굴러떨어졌다. 보고 있으려니 눈이 아플 지경이었다. 색소가 잔뜩 들어간 곰 모양 젤리.

나는 어이가 없어서 무슨 표정을 지어야 할지 망설였다. 와카오가 무슨 생각으로 이것들을 지금 가지고 왔는지 알 수 없었다. 일부러 불러내어 이것을 건네는 이유. 선물이라고 말하는 이유.

"리호, 어때? 기뻐?"

내가 말을 잇지 못하고 있다는 것을 전혀 눈치채지 못하고 있다.

"어디서 난 거야? 이거."

질문하는 내 목소리가 쉬어 있었다. 포장조차 하지 않은, 오래된 종이봉투에서 나온 선물. 와카오는 만족스럽게 그 감미로운 미소를 띠고 어딘지 자랑스럽게 설명한다.

"요즘에 공부하다가 기분 전환으로 슬롯머신을 하러 가거든. 너 과자 좋아했잖아. 그게 생각나서 열심히 따 왔지. 그게 모인 거야. 슬롯머신 말인데, 그거 머리 나쁜 애들은 절대 못 하잖아. 어딜 어떻게 한다는 계산이 필요한 데다 반사 신경도 상당히 필요하거든. 기분 전환이긴 하지만 결국 두뇌 체조를 하는 셈이야."

와카오가 내 얼굴을 들여다본다.

"리호, 기뻐?"

그 순간 위가 뜨거워졌다. 그 이유는 설명할 수 없었다. 분노와도 비슷한 부조리한 감정이 솟아오른다. 공부하다 기분 전환. 슬롯머신. 대량의 과자. 선물. 기쁘지? 확신하는 미소. 기쁘다고 말해, 리호.

나 내년 사법고시 어떻게 할까. 월급쟁이같이 아무나 할 수 있는 일은 나한테는 절대로….

"기뻐, 고마워."

웨이트리스가 볼까 봐 나는 과자를 종이봉투에 쓸어 담았다. 예전부터 이런 경향이 있기는 했지만, 와카오 다이키가 이런 사람이었나. 내가 사랑했던 그가 이렇게 망가진 사람이었나.

왜 그렇게 약한 거야. 부탁이야, 정신 차려.

울고 싶을 만큼 한심한 기분이 되어 나는 필사적으로 웃는 얼굴을 만들었다. 사귀던 1년 동안 언제나 참아왔으니 지금도 할 수 있을 것이다. 더는 상관하고 싶지 않다면 필사적으로 본심을 숨겨야 한다.

"고마워, 정말 기쁘다. 진짜 받아도 돼?"

"다행이다. 너라면 분명히 좋아할 줄 알았어. 리호네 집 냉장고에 그 초콜릿이 있었잖아? 나 기억하고 있었거든. 또 따서 가져올게."

와카오의 웃음은 상쾌하고 무구하기 그지없다. 성격이 나쁘다는 것은 아니다. 다만 어쩔 수 없을 만큼 머리가 나쁜 것뿐이다. 악의가 없는 만큼 아주 질이 나쁘다. 헤어지기 얼마 전에 생각했다. 그는 백치라고. 살아가는 데 필요한 힘이 전혀 없다.

와카오 다이키는 나와는 전혀 다른 관점에서 타인을 무시하기 때문에 누구에게도 경의를 표하지 못한다. 그가 나에게 집착할 수 있었다면, 그래도 다른 사람과 관계를 맺고 싶다는 생각이 있었다면, 나는 그를 계속 좋아했을 것이다. 함께 있고 싶다고 지금도 생각했을 텐데, 그는 간단하게 나를 놓았다.

공부하는 게 바빠서 네가 부담돼. 그렇게 말했다.

내가 그러자고 하자 맥이 빠졌는지 매일같이 전화를 했다. 헤어지기 전과는 비교도 할 수 없을 만큼. 서로의 관계에서 '애인'이라는 라벨이 떨어진 순간 만나고 싶어 하고, 어리광을 부리고 싶어 하며, 나를 안고 싶어 했다. 그 모든 행동은 그것들에 책임질 필요가 없어졌기 때문일 것이다.

지금 그의 개성은 조금 · 부패(Sukoshi · Fuhai)*다. 손댈 수 없을 만큼.

처음부터 썩어 있었는지, 지금 막 썩기 시작했는지. 그건 알 수 없고 알고 싶지도 않다.

"이제 뭘 할까?"

가게를 나서자마자 와카오가 나에게 물었다. 식사만 하고 바로 헤어질 생각이었던 나는 곤혹스럽게 그의 얼굴을 바라본다. 사귀고 있었을 때, 그렇게나 시간이 없어 못 만나겠다는 말을 반복했던 그와는 다른 사람 같다. 말과 태도에는 여유가 있었지만, 그것이 좋은 일인지 나쁜 일인지는 다른 얘기다.

"공부 안 해도 돼?"

"지금 정도는 괜찮아. 시험에 떨어진 지 얼마 안 됐으니까. 오늘은 너랑 있고 싶은데."

나는 와카오 말고도 몇 명 사귀었던 사람이 있었지만, 깊은 사이

---

* 원문 'ふはい'.

였다고 볼 수 있는 남자는 와카오 하나다. 그래서 모르겠다. 남자들은 모두 이렇게 자기가 차버린 여자가 언제까지나 자기를 좋아하고 있을 거라고 생각하는 것일까. 거절당할 가능성은 생각하지 않는다.

"오늘은 이만 갈게. … 병원에도 가야 하고."

솔직히 지쳤다. 그는 헤어지기 전과 하나도 달라지지 않았다는 것도 알았고, 그 때문에 내가 느끼는 답답함과 안타까움도 당시 그대로라는 것을. 그리고 내가 그것에 충격을 받았다는 것 자체가 내 기분을 피곤하게 만들었다.

분명 나는 오늘을 기대하고 있었던 것이다. 와카오가 변해서 땅에 발을 딛고 앞을 보고 있을 것을. 다른 사람과 관계를 맺고 싶다는 절실한 욕구를 가지고 있을 것을.

혹여 기대했던 대로 되었다면 나는 어떻게 할 생각이었을까. 나도 내 마음을 모르겠다.

"그렇구나."

와카오는 유감스럽다는 듯이 중얼거렸다. 이대로라면 돌아갈 때 키스라도 한 번 할 것 같은 기세였다. 그는 외로운 것이다. 욕구가 쌓여서 너무나도 천박한 의미로 사람을 만지고 싶은 것이다. 새로운 여자와 관계를 쌓아나갈 만큼의 활기가 없어서 익숙한 나를 선택한 것일 뿐. 나라는 개성이 아니라도 상관없는 것이다.

병원에 간다는 것은 지금 갑자기 생각해낸 말이었고, 사실은 일단 집에 갔다가 저녁에 나올 생각이었다. 아버지 서재에 들어갈 마음이 들지 않아서 아직 어머니가 부탁한 〈도라에몽〉을 꺼내지 않았다.

아픈 어머니를 만난다고 하면 할 말이 없을 거라고 생각했는데, 와카오는 잠시 후에 고개를 들더니 제안했다.

"나도 병원에 같이 가면 안 돼?"

내 표정이 얼어붙은 것을 느낄 수 있었다.

"뭐?"

"너희 어머니, 나 만난 적 없잖아. 우연히 병원에서 친구랑 만났다고 하면 부자연스럽지 않을 거야. 괜찮지? 나 따라간다."

"충분히 부자연스러워. 잠깐만."

나는 숨을 뱉으며 이 상황을 믿을 수 없다는 기분으로 와카오를 바라보았다.

"무슨 생각이야? 엄마하고 나는 조용히 만나고 싶어. 알 거 아냐. 지금 어떤 상황인지."

"아—, 알았어. 알았어."

와카오가 얼굴을 찡그리며 어쩔 수 없다는 듯 고개를 끄덕인다.

"쳇, 리호는 너무 딱딱해. 그럼 다음엔 언제 만날 수 있어?"

왜 그가 지금 이런 말을 하는지 알 수 없었다. 말이 통하지 않는다는 것, 마음이 전해지지 않는다는 것을 통감하며 나는 놀랐다.

그때였다.

"아—, 리호다."

혀짤배기소리가 뒤에서 나를 불렀다. 돌아보니 미야가 있었다.

그녀는 혼자였는데, 노출이 심한 캐미솔 톱에 핫팬츠 차림이었다.
백화점 로고가 들어가 있는 쇼핑백 두 개를 들고 있다.

"미야."

"와아, 이런 데서 만나다니 놀랍다. 뭐 해?"

손을 흔들며 나에게 다가온 미야가 옆에 있는 와카오를 보고
숨을 삼켰다. 실제로 만나는 것은 처음이었지만 몇 번 사진을 보여
준 적이 있으니 얼굴은 알고 있었다.

"안녕하세요."

어떻게 된 거야? 눈으로 나에게 물으며 미야가 와카오에게 인사
를 한다. 그도 우아한 미소로 대답한다.

"안녕하세요. 리호, 친구야?"

"응. 미야라고 하는데…, 학교는 다르지만. 가오리 씨 알지? 가
오리 씨 통해서 알게 됐는데, 지금은 사이가 좋아."

좋은 않은 장면을 들키고 말았다는 생각에 어쩔 수 없이 미야한
테도 소개한다.

"미야, 이쪽은 와카오 다이키. 내 옛날 남자 친구."

"알아. 그렇구나, 이 사람이 그 사람이구나."

그다지 좋은 이야기는 안 했을 것이다. 미야는 무언가를 생각하
는 듯한 시선으로 와카오를 가만히 쳐다본다. 그러고 나서 내 쪽으
로 시선을 옮겼다.

"오늘 무슨 일인데?"

"오랜만에 그냥 만난 건데 지금 집에 가려던 참이야. 미야는?"

"미야는 쇼핑. 굽 높은 샌들이 갖고 싶었거든, 지금 세일이라 싸게 팔기에 보러 왔었어."

"재밌었겠다."

와카오가 끼어든다. 미야가 "응"이라며 고개를 끄덕이고 생긋 웃었다. 그 표정에 나는 안도한다. 와카오에게 나쁜 감정을 가진 것 같지는 않았다.

"젊은 것 빼면 시체라서요. 지금 놀 만큼 놀아야지."

"왠지 리호보다 훨씬 어린애처럼 보이는데, 나이는 비슷해?"

"아, 너무하다. 동갑이에요. 너무해, 리호, 와카오 씨는 무례한 사람이구나."

입을 삐죽이며 화를 내는 척하면서 표정과 분위기로 나에게 호소한다. 멋지잖아. 말로만 들었던 것보다 훨씬 괜찮은데. 그렇게 이야기하듯이.

"용서해 줘. 악의는 없으니까."

나도 장난을 받아친다.

"미야가 예뻐서 나도 모르게 그런 말을 한 거야."

"으응—, 아니 그것보다, 와카오 씨도 예쁜데요. 얼굴. 그야 제가 더 예쁘긴 하지만…?"

부끄러운 듯 살짝 고개를 기울여 보인 미야는 이어서 나에게 시선을 보낸다. 나중에 어떻게 된 일인지 말해줘. 그렇게 말하고 있다.

"그럼 리호, 와카오 씨. 다음에 또 봐요."

무거워 보이는 새 쇼핑백을 들고 샌들 굽을 또각또각 울리며 미야가 역 쪽으로 멀어져 간다. 지금 신은 것도 충분히 높은데, 대체 저 쇼핑백 안에는 몇 센티미터 굽의 샌들이 들어 있는 것일까. 나는 느긋하게 상상한다.

옆에 있던 와카오가 말없이 걷기 시작한다. 그는 사람을 만나는 일에 익숙하지 않다. 내 친구에게 소개한 적도 거의 없었고, 나도 그의 친구를 소개받은 적이 한 번도 없었다.

"미안. 재미있는 아이인데, 좀 시끄럽지."

먼저 앞을 걷고 있는 그를 쫓아가 웃으며 말했을 때였다. 와카오가 힘을 주어 옆머리를 쓸어 올렸다.

"그런 건 상관없지만, 뭐야 쟤."

"응?"

강한 목소리였다. 조금 전까지와는 전혀 다르다. 짜증을 내듯 다시 머리를 쓸어 올린다. 그 팔에 희미하게 소름이 돋아 있었다.

그제야 와카오가 화를 내고 있다는 것을 겨우 깨달았다. 조금 전까지는 얌전히 웃고 있었는데 그 낙차가 소름 끼칠 정도여서, 그가 화난 건 알겠지만 무엇 때문인지는 전혀 짐작할 수 없는 나를 곤혹스럽게 했다.

와카오의 옆얼굴을 보니 뺨 근육이 점점 굳어가는 것이 보인다. 피부가 하얗게 색을 잃고 눈에 위험한 빛이 감돈다.

"처음 보는 사람한테 무례한 사람이 뭐냐? 실례는 자기가 해 놓고. 성격이 왜 저래, 뭐야 저거."

"잠깐, 잠깐 와카오."

나는 조바심이 났다.

"미야는 그냥 장난친 거잖아? 왜 화를 내?"

"장난인지 아닌지, 나는 처음 만난 거니까 말해주지 않으면 모른다고!"

와카오가 소리를 질렀다. 지나가던 사람 몇 명이 그 소리에 우리를 돌아본다. 내 목소리도 그런 타인의 시선도, 와카오는 아무것도 의식하지 않는 것 같았다. 거칠게 숨을 쉬며 말을 잇는다.

"그런 말투는 장난인지 아닌지 바로 판단할 수 없잖아. 아아, 진짜, 그 정도 얼굴로 자기가 예쁘다고 생각하는 거야? 너 봤어? 그렇게 굵은 팔로 잘도 그런 속옷 같은 옷을 입었더군. 다리도 다 드러내고."

미야는 마른 편이었다.

그야 잡지 모델이나 길에 나붙어 있는 포스터의 아이돌들에 비하면 그렇지 않을지도 모르지만, 표준 체형과 비교하면 말랐다. 왜 그런 점을 공격하는지 모르겠다. 미디어 속의 연예인 같은 완벽함을 갖추지 못한 것이 그렇게 마음에 안 드는 것일까.

"와카오."

내 얼굴이 우는지 웃는지 알 수 없는 표정을 짓는다. 그를 말려야 한다고 생각했다. 어떻게 하지. 수습할 수가 없다.

목적지도 없이 걸으면서 와카오가 자신의 옷 주머니를 뒤진다. 거기서 꺼낸 것은 하얗고 작은 봉지였다. 오늘 그가 들고 왔던 종이봉투보다 훨씬 주름이 많아 표면은 완전히 부드럽게 변해 있었다.

와카오는 그 안에 아무렇게나 손을 집어넣더니 재빨리 흰 알약을 꺼내어 입에 털어 넣었다. 신경질적으로 그것을 까득까득 씹는다. 그 소리가 옆에 있는 나에게까지 들려온다.

사탕을 먹는 것 같았다. 새파란 와카오의 얼굴. 기분이 안 좋은 듯 눈을 가늘게 뜨고는 크게 꿀꺽, 턱을 움직였다. 목이 떨렸다.

그가 꺼낸 손안의 봉지. 거기에 쓰여 있는 그의 이름과 프린트된 활자. '클리닉'이라는 글자가 시야를 스쳐 나는 잠시 숨을 멈췄다. 찬물도 따뜻한 물도 없이. 게다가 여기는 옥외이고 지금은 한창 걷고 있는 중이었다.

"저기, 리호."

와카오가 나를 돌아보았다. 그 봉지를 못 본 듯하려고 나는 거의 반사적으로 얼굴을 숙였다.

"왜?"

"뭐 할까? 나 지쳤어. 어디 들어가자."

어리광을 부리는 듯한 목소리로 말한 후 나를 쳐다본다. 당장이라도 울 것 같은 눈으로.

그것을 보자 나는 이게 대체 무슨 감동적인 영화의 한 장면이냐고 묻고 싶어졌다. 그의 아름다운 얼굴은 그를 지키는 의미로는 몹시 효과적이다.

와카오가 진정된 것은 그 후에 들어간 커피숍에서 30분 정도가 지나고 나서였다. 안절부절 담배를 피우는가 싶더니 갑자기 아무 전조도 없이 온화한 얼굴로 돌아온다.

"미안, 리호. 그러고 보니 리호 친구였지, 그 애."

조금 전까지 미야를 욕하고 있었는데 그 목소리가 갑자기 기세를 잃었다. 여기에도 낙차가 존재한다. 격앙과 애무. 게다가 용서를 구하는 목소리는 미야를 향한 것이 아니다. 나를 향해 용서를 구하는 것일 뿐이다.

와카오는 너무나도 다정하고 어른스러운 표정을 짓는다.

"미안했어."

그 얼굴에 떠오른 웃음이 약의 효과인지 아닌지, 나는 두려워서 물을 수가 없었다.

와카오와 헤어진 직후에 휴대전화로 문자 메시지가 왔다. 지난 술자리에서 소개받은 미야하라. 그때 이후로 몇 번 둘이서 만났다. 소개해 준 가오리의 체면을 생각해서 적당히 두세 번. 다음에 연락이 오면 대충 거절하려고 생각하고 있었다.

[리호코, 내일 밤에 시간 있어? 같이 저녁 먹지 않을래?]

나는 왠지 그의 제안에 응하고 싶어졌다. 지금 당장이라도, 누구라도 좋으니 만나고 싶었다.

어째서 오늘은 헤어진 남자 친구 같은 걸 만나러 갔을까. '조금·부재'라면 계속 그것을 밀고 나가면 되는데. 스스로가 너무나 꼴불견이다.

한심했다. 나도 와카오도, 모든 것이 어정쩡했다.

2

벳쇼가 교실로 찾아온 것은 모델 의뢰를 받은 다음 주 월요일의 일이었다.

전에 도서실에서 만났을 때 그렇게 말하기는 했지만, 실제로 다시 그가 나를 찾아올 거라고는 생각하지 않았다. 그 이후 병원에서 마주치는 우연도 찾아오지 않았기 때문에 그를 만나는 것은 오랜만이었다.

점심시간에 다치카와와 둘이서 점심을 먹은 나는 자리에서 책을 읽고 있었다.

다치카와는 다음 수업 교과서를 안 가져와서 교무실로 오늘 범위를 복사하러 가고 없었다. 옆자리 아이에게 보여 달라고 한마디만 하면 될 텐데, 그녀에게는 그것이 불가능했다. 소심하기 때문인지, 아니면 철없는 학생회장이 따돌리는 분위기를 조장해서 그런지. 어느 쪽인지 알 수 없었지만 나는 내 교과서를 그녀에게 빌려주었다. 다치카와는 내가 교무실까지 같이 가 줬으면 하는 눈치였지만, 내가 그걸 모른 척했기 때문에 지금은 혼자서 담당 교사에게 교과서를 안 가지고 온 사실을 사과하고 있을 것이었다.

"리호코."

책에 몰두하면 나는 그 세계에 빠져든다. 주변 소리가 들리지 않을 때도 적지 않은데, 이때의 나는 그의 목소리를 알아들었다.

얼굴을 든다. 교실 입구 근처에 벳쇼가 서 있었다. 그렇게 큰 목소리로 부른 것도 아닌데 신기하게도 그의 목소리는 잘 들렸다.

"아아."

나는 고개를 끄덕이고 그를 바라보았다. 시선이 마주치자 벳쇼가 웃는다. 투명한 미소였다.

다른 학년 남학생이 찾아왔는데도 같은 반 아이들은 그에게 거의 반응을 보이지 않았다. 아주 자연스럽게 옆을 지나가고, 내 쪽을 흘끔거리지도 않는다. 모른 척하는 그 모습이 의도적인지 아닌지 판별되지 않았지만, 나중에 한꺼번에 질문을 받는 사태는 피하고 싶었다.

나는 말 없이 일어서서 아무도 없는 복도로 나갔다.

"안녕."

벳쇼가 인사했다.

"미안, 불러내서."

"아니에요."

나는 고개를 젓는다. 다시 모델 이야기가 나오면 또 거절할 생각이었다. 그걸 아는지 벳쇼는 살짝 웃고 나서 "경계하지 않아도 돼"라며 선수를 친다.

"오늘은 모델 얘기가 아니라 다른 걸 부탁하려고 왔어. 물론 사진도 포기한 건 아니지만."

"다른 부탁?"

"응. 리호코, 이번 주말 금요일에 시간 있어? 수업 끝나고 뭐 사러 가는데 같이 가 줬으면 해서."

왜 나일까. 영문을 몰라 그를 쳐다보니 벳쇼는 조용히 웃고 있었다.

"실은 내가 좋아하는 사람한테 줄 선물을 사고 싶어서. 그 아이한테 좀 부탁할 게 있어 목걸이 같은 걸 선물하고 싶어. 폐가 되지 않는다면 너한테 골라 달라고 해도 될까 해서."

쑥스러워하는 기색도 없이 말한다. 그렇다고 자신감이 넘쳐서 그러는 것 같지도 않았다. 그것은 내가 지금까지 겪어온 어떤 남자 친구들에게도 없던 성질이었다.

"안 될까?"

"어째서 저한테? 다른 아이들도 있잖아요? 같은 반 친구라든가, 동아리 후배도 있고."

"이 일을 같이하기에는 이 사람이 제일 낫다, 그런 느낌이 있잖아? 도서실에서 같이 공부할 때는 이 사람, 영화를 같이 보러 갈 때는 이 사람. 영화 중에서도 연애물은 이 사람이지만 액션은 이 사람인 것처럼. 그 상대와의 관계가 얼마나 가까운가 하는 건 상관없잖아. 제일 좋아하는 사람이라도 같이 하기에는 별로인 일도 있고."

한가롭게 말을 자아내며 벳쇼가 말을 이었다.

"그래서, 내가 지금 같이 가고 싶은 건 너야."

"그러니까 어째서 저예요? 같이 쇼핑을 할 상대로 적당한지 어떤지 모르잖아요. 저하고 벳쇼 선배는 두 번째 만나는 거니까."

"그렇지, 처음 만나는 거에 가까울 거야. 너한테는."

그는 분위기에 걸맞지 않게 끼어들었다. 그리고는 즐거운 듯 허공을 보며 말한다.

"응. 그럼, 이렇게 하자. 같이 쇼핑을 하기에 맞는지 안 맞는지 시험해 보러 같이 가지 않을래?"

"꼬시는 거예요?"

선문답 같은 대화에 싫증이 나서 그렇게 말하자 벳쇼는 웃으며 고개를 저었다.

"꼬시는 거 아니야. 사귀자는 말을 이렇게 빙빙 둘러서 하는 것도 절대 아니고."

"그래도 금요일 저녁에 같이 쇼핑하는 걸 다른 사람이 보면 소문이 날 거예요. 이 고등학교 사람들은 한가하니까요. 분명 엄청난 속도로 퍼질 텐데요."

"안 퍼져. 절대로."

그가 간단하게 단언했다. 내가 놀라서 멍청히 있자 이번에는 짧게 소리 내어 웃었다.

"고집이 센데, 과연. ——그렇지. 굳이 말하자면 닮아서 그래."

"닮았다고요?"

벳쇼는 완전히 사태를 즐기는 표정이었다.

"너는 내가 좋아하는 그 사람하고 닮았어. 특히 눈에 힘이 있는 게. 그런 이유로는 무리인가?"

아, 괜찮아. 그 아이는 미인이니까.

그렇게 덧붙인 벳쇼는 종잡을 수 없는 사람이었다. 그의 개성을
어떻게 처리하면 좋을지 모르겠다.

그를 보면서 나는 생각한다. 오늘 밤에는 미야하라와 만날 예정
이다. 그 남자아이와 내용 없는 이야기를 나누며 시간을 보낼 것이
다. 주말에 벳쇼와 같이 외출하는 것도 그와 비슷한 일일지도 모른
다. 요는 혼자만의 시간을 없애기 위한, 고독을 회피하기 위한 수
단일 뿐이라는 이야기다.

나는 여름밤에 혼자 있는 것이 두렵다.

"…잘 안 맞으면 돌아가도 되나요?"

내 말에 벳쇼가 불쑥 고개를 든다. 그리고 고개를 끄덕였다.

"물론이지."

그가 만족스럽게 웃었을 때, 점심시간이 끝났음을 알리는 종이
머리 위로 울려 퍼졌다. 흰 반팔 셔츠에서 뻗어 나와 있는 오른팔에
찬 시계를 시선 높이까지 올려 슬쩍 본 벳쇼가 작게 말했다.

"그럼, 일단 금요일 방과 후에 보자. 정말 고마워."

벳쇼가 복도 저편으로 사라진다. 그제야 비로소 주위에 있던
같은 반 아이들 중 몇몇이 내 쪽을 보고 있는 것을 깨달았다. 역시
다들 모르는 선배의 방문에 흥미가 있기는 있었나 보다. 질문을
받는 게 귀찮아서 나는 아무하고도 시선을 맞추지 않으려고 애쓰
며 내 자리로 돌아갔다. 그때 교무실에 가서 돌아오지 않은 다치카

와의 자리에 시선이 멈추었고, 그것을 보자 한 가지 사실이 떠올랐다.

다치카와는 신문 동아리 소속이었고 그곳의 선배를 짝사랑하고 있다. 그 선배는 안경이 잘 어울리며 태도가 다정한 남자고, 벳쇼도 신문 동아리에서 사진을 찍고 있다.

다치카와가 지금 자리에 없다는 사실을 어떻게 느껴야 하는 것일까. 귀찮은 일이 일어나지 않으면 좋으련만. 나는 평온을 사랑하니까.

읽던 책을 펼친다. 그곳에서는 현실보다도 즐거운 사랑과 농도 짙은 불행이 소용돌이치는 세계가 나를 기다리고 있었다.

3

에어컨 바람을 쐬면 몸이 나른해진다.

미야하라와 들어간 레스토랑은 추웠다. 한 접시에 이천 엔짜리 파스타를 느릿느릿 먹었더니 도중에 식어 버렸다. 고르곤졸라, 치즈 크림. 처음에는 그렇게 맛있었는데 거기에서 김이 사라짐과 동시에 질량이 늘어난 것 같았다. 한 입 한 입이 무겁다.

미야하라에게서는 양지 냄새가 났다. 건전하고 그늘 한 점 없는 웃음을 띠고, 산뜻하게 축구의 매력이나 요즘 좋아하는 연예인 이야기를 한다. 내가 즐거워하는지를 적절히 신경 쓰면서.

가오리가 사람을 보는 눈은 정확했다. 그는 훌륭하게, 제대로 그곳에 살아 있다. 나에게는 눈부시게 보인다. 지난번에 와카오를 만났을 때 느꼈던 불쾌함이나 후회가 없는 즐거운 시간.

그는 나를 집까지 바래다주었다. 집에 들르고 싶다는 흑심은 털끝만큼도 보이지 않았다. 헤어질 때, 그가 나에게 에메랄드빛 녹색의 작은 상자를 건넸다. 나는 당황해서 상자를 돌려주려고 했다. 선물의 표면에는 눈에 띄지 않는 서체로 티파니 로고가 보였다.

괜찮으니까, 받아 줘.

미안해하는 내 손에 상자를 쥐여 주고, 오늘 고마웠다는 말을 전한 뒤 멀어져 간다.

상자 안에는 테디베어 모양의 은목걸이가 들어 있었다. 내 취향은 전혀 아니었지만, 나는 고맙게 생각하며 책상 서랍에 넣어 두었다.

─얘기 들었어, 리호코. 와카오랑 만났다며?

집에 들어간 후 가오리에게서 전화가 걸려왔다. 미야가 이야기했나. 뭐 우연히 만났을 때부터 각오는 하고 있었지만.

"응. 만났어요."

냉방에 체력을 전부 빼앗긴 듯하다. 나는 침대 위에 드러누워 휴대전화의 핸즈프리로 통화하고 있었다. 한숨 섞인 가오리의 목소리가 귓가에서 말한다.

—그만두라니까. 솔직히 그 녀석이 너한테 헤어지자고 했을 때 나는 안심했었거든. 네가 먼저 헤어지자고 했으면 분명히 큰일 났을 거야.

나와 와카오가 알게 된 계기를 만들어 버린 속죄의 마음이 미야하라인 걸까. 흠잡을 데 없는 조금·평범(Sukoshi·Futuu)*한 남자아이. 물론 여기에서 '평범'하다는 건 칭찬이다.

—미야하라랑 잘해 봐.

전화 속에서 가오리가 말한다.

—괜찮은 애야. 지금은 안 좋더라도, 같이 있으면 분명히 끌릴 거야. 와카오는 관둬. 나 네 일로 걔랑 얘기한 적 있는데, 별별 말을 다 하더라. 그다음부터 와카오에 대한 내 인상은 최악이야. 논리 정연하게 따지기만 하잖아. 그런 녀석은 이성을 잃으면 무슨 짓을 할지 모르는 게….

"괜찮아요."

말을 자르며 내가 웃었다. 뭘 그렇게 걱정하는 거지?

"그 사람, 자신의 영역 밖으로는 못 나가거든요. 다른 사람에게 상처를 입히는 짓은 절대로 못 할 거예요. 게다가 만약 누군가에게 위해를 가하는 일이 있다고 해도, 나한테는 아무 짓도 안 할 거예요."

그가 나에게 보이는 그 어리광 부리는 얼굴을 떠올리며 대답한다. 그 어리광을 받아주는 한 그는 나에게 위해를 가하는 일은

---

* 원문 'ふつう'.

없을 것이다. 그러나 가오리는 물러서지 않았다.

　—그래도 그 녀석이 누군가를 칼로 찌르는 장면을 옆에서 보고 싶지는 않을 거 아냐? 인연 끊어. 전화번호랑 메일 주소도 바꾸고, 앞으로는 안 만나는 게 좋을 거야. 리호코, 미련 같은 건 없지?

　"우리 집을 알잖아요."

　가오리가 사용한 '찌르다'라는 어휘에 무심코 웃어버릴 뻔했다. 거창하긴. 가오리는 그 사람을 과대평가하고 있다. 와카오는 스스로를 정당화하거나 도망치는 것밖에 못 하는데.

　—어쨌든 연락하면 안 돼.

　가오리의 목소리는 진지했다.

　—내가 몇 번이나 말했지? 수신 거부해.

　"알겠습니다."

　대답하면서도 나는 내가 그렇게 하지는 않을 거라고 생각했다. 나는 와카오를 지켜보고 싶다. 그는 다른 사람과 접하는 게 서툰 주제에, 나와 달리 전혀 그것을 자각하지 못하고 있다. 자신은 정의의 편이라고 믿어 의심치 않는 것이 옆에서 보고 있으면 안타깝다. 나와 동류이지만 나보다 정도가 심하다. 그렇기 때문에 나는 그와 사귀었던 것이다.

　마음속 깊은 곳에 인간으로서 최악의 욕구가 꿈틀대고 있다. 나는 그가 타락해 가는 모습을 보고 싶다.

　"아, 그러고 보니 오늘 미야하라한테서 티파니 받았어요."

　생각이 나서 말하자 그 순간 전화 너머의 공기가 튀어 올랐다.

가오리의 목소리 톤이 바뀐다.

—우와, 진짜? 너무해, 리호코. 미야하라랑 연락 잘하고 있었구
나? 다행이다!

가오리는 안심한 듯 숨을 내쉰다.

"어떡하죠? 돌려주는 게 좋겠지요? 은목걸이예요."

—꺄! 오픈 하트 같은 거 아니지? 보석은? 언제 라인일까. 돌고
래? 별? 무슨 모티프?

"테디베어."

시골에서 최대의 엔터테인먼트는 연애지만, 그다음을 꼽자면
해외 명품일까. 잡지에 나오는 싸고 세련된 스트리트 브랜드 가게
가 없어서, 우리는 가치가 이미 정해져 있는 것에 기대어 멋을
부리게 된다. 가오리도 예외는 아니었다.

무엇보다도 명품이 좋아! 거리낌 없이 노골적으로 말하는 그녀
가 나는 알기 쉬워서 좋았다.

—귀엽잖아, 목도리 같은 리본이 달린 거지?

"잘 아시네요, 과연 가오리 씨."

—그거 분명 몇 년 전인가 단종된 디자인일 거야. 미야하라는
그 목걸이를 어디서 구했을까. 아니, 그 이전에 이 동네에서 티파
니를 사다니, 가게도 없는데 어떻게 한 걸까. 도쿄에 갔을 때 사
온 걸까? 아니면 일부러 그걸 사려고 먼 데까지 간 건가? 대단한
데.

"이거 비싸요?"

— 비싸. 아마 삼만 엔 가까이 했던 것 같은데. 리호코, 그거 꼭 받아. 돌려주면 안 돼, 하고 다녀. 걔 너를 좋아하는 거야.

"에이, 그렇게 괜찮은 남자는 저 같은 사람한테 안 온다니까요. 분명히 장난하는 거예요."

가볍게 대답하며 그렇구나, 미야하라는 축구를 직업으로 삼고 있는 거구나 하는 생각을 한다. 수입은 그렇게 좋지 않을지도 모르겠지만 착실하게 꿈을 이루고 있다. 나이는 와카오보다 아래지만 현실 속에서 올바르게 자립하고 있다.

그러고 보니 와카오한테 받은 과자 더미는 냉장고에 넣을 기력도 없어서 그냥 거실 테이블 위에 놔두었다. 확인해 보지는 않았지만, 사탕과 초콜릿 전부 끈적끈적하게 녹아버렸을지도 모른다.

전화를 끊고 나는 체력을 회복하려고 눈을 감았다.

4

금요일 방과 후. 나는 모두가 돌아간 교실에 혼자 남아 있었다. 집에 안 가느냐고 묻는 다치카와에게 약속이 있다고 하자 그녀는 조심스레 그 상대를 알고 싶어 했다. 내가 애매하게 얼버무리자 집요하게 굴었다가 미움받는 것이 불안한지 바로 포기하고 먼저 돌아갔다.

그녀가 가요의 신발장에 편지를 넣어둔 일을 떠올린다. '나한테서 리호코를 뺏는 건 싫어.' 같은 편지가 오늘 내 신발장에 들어 있는 것을 상상해 보았다.

'나한테서 벳쇼 선배를 뺏는 건 싫어(;;).'

"미안, 리호코. 기다렸지."

목소리에 얼굴을 든다. 지난번처럼 교실 입구에 벳쇼가 서 있었다.

적당히 마른 몸과 메탈 프레임의 약간 어린아이 같은 안경. 방과 후라 오늘은 검은 가방을 어깨에 메고 있다. 겉에 상표명이 새겨진 에나멜 소재의 네모난 가방. 호오, 하고 생각한다. 아무래도 그는 보기와 달리 꽤 괜찮은 패션 센스를 가졌는지도 모른다.

그가 메고 있는 가방의 제조회사는 미국의 유명한 스포츠메이커였지만 이미 몇 년 전에 도산했다. 지금에야 NBA의 스타 선수가 거기 신발을 애용하는 것이 미디어에서 크게 다루어져 인기가 급등. 새로 만들어져 나오는 것이 없는 탓도 있어 지금은 이 메이커의 가방을 손에 넣기가 상당히 어려울 터였다. 회사가 살아 있을 때는 헐값이었는데. 뭐, 프리미엄이라는 건 주로 그런 법이다.

술자리에서 옆에 앉았던 남자아이가 자랑스럽게 일련의 경위를 이야기하며 인터넷 옥션에서 낙찰한 그 회사의 가방을 보여주었던 일을 떠올린다.

벳쇼는 태연한 얼굴로 가방을 고쳐 멨다.

"교무실에 들렀다가 고토 선생님한테 잡혀서. 좀 싸웠어."

"싸우다뇨?"

벳쇼는 손이 가지 않는 성실한 타입의 학생으로 보인다. 성적도 나쁠 것 같지 않은데. 나의 질문에 그가 어깨를 으쓱여 보였다.

"응. 어느 대학에 응시할 건지 등등 내 진로에 대해서. ──아, 오늘은 정말 고마워. 가자."

그는 화제를 바꾸고 웃으며 나를 재촉한다.

"벳쇼 선배가 좋아하는 사람은 몇 살 정도 되었고 어떤 타입의 사람이에요?"

F고에서 백화점과 번화가가 집중된 곳까지는 전철로 한 정거장이다. 여름 저녁은 아직 대낮처럼 밝았다. 전철 창문으로 보이는 집들의 지붕이 희미하게 햇빛을 반사하고 있었다.

"동급생. 같은 반이야."

"흐응, F고 학생이군요."

그럼 더더욱 나랑 같이 있는 모습을 보이면 귀찮아질 텐데, 이상한 사람이다.

이 노선의 전철은 소리가 시끄럽고 심하게 흔들리는 것으로 유명했다. 달리 아무도 앉아 있지 않은 긴 의자에 둘이 나란히 앉았다.

"제가 도움이 될지는 모르겠지만요."

"하지만 교실에서 기다려 줬잖아? 고마워. 게다가 원래 그 아이는 액세서리나 화장품 같은 건 잘 몰라. 주면 뭐든지 어느 정도는 기뻐해 줄 거라고 생각해."

"그럼 더욱 제가 있을 의미가 없잖아요."

"그럴까? 안 그럴 것 같은데."

벳쇼는 불쑥 어른처럼 웃었다.

"나 혼자서 여자를 상대로 하는 가게에 들어가려면 용기가 필요하거든."

"절대로 그렇게 보이지 않는데요. 제 느낌이지만 벳쇼 선배는 어딜 가도 그렇게 표표하게 마이 페이스로 행동할 수 있을 거예요. 상대가 누구든 당당할 것 같은 분위기가 있어요. 누구하고라도 금방 사이가 좋아져서 자기 페이스에 끌어넣을 것 같아요."

"재미있는 얘기를 하네. 마이 페이스라."

그가 웃었다. 슬슬 역에 도착할 때다. 벳쇼가 창밖 풍경을 신경 쓰기 시작하며 의자에서 일어난다.

"나는 안 그런 것 같은데, 그런 걸까. 그런지도 모르겠군."

"종잡을 수 없다는 말 들어본 적 없어요?"

"자주 들어. 나는 그것도 잘 모르겠던데."

그는 쓴웃음을 지으며 안경의 오른쪽 다리를 잡고 위치를 고쳤다. 전철이 멈췄다. 차내 방송이 역명을 연달아 말해주는 것을 들으며 우리는 플랫폼에 내렸다.

"이런 거 어때요? 그렇게 화려하지도 않고, 제 취향이에요."

내가 가리킨 것은 앞에 붉은 돌이 달린 가는 줄의 팔찌였다. 산호를 생각나게 하는 밀키핑크색의 자잘한 돌들이 메인 돌 주위를 둘러싸고 있다.

나는 유리로 된 진열창 안쪽의 그것을 바라보고 나서 가격을 확인했다. 딱 오천 엔이군.

"예산에 맞으면 꼭 이걸로 하세요. 어떤 타입의 여자가 해도 이상하지 않을 디자인이라고 생각해요."

"예쁘다. 고마워, 이걸로 할게."

벳쇼는 선뜻 결정했다. 추천한 내가 더 놀랐다. 아직 첫 번째 백화점의 첫 번째 후보였다.

주면 뭐든지 어느 정도는 기뻐해 줄 거라고 생각해. 아까 벳쇼가 한 말인데, 그는 얼마나 진심으로 그렇게 생각하고 있는 것일까. 무심결에 묻고 말았다.

"괜찮아요?"

"응. 계산하는 동안 저기서 기다려 줄래? 고마워, 살았다. 나 이런 거 결정 못 하거든."

벳쇼는 에스컬레이터 맞은편의 벤치가 놓인 곳을 가리키며 해맑게 싱긋 웃었다. 공간을 세련되고 해방감 넘치는 분위기로 만들기 위해서인지 이 백화점은 중앙 부분이 뻥 뚫려 있다. 벳쇼가 가리킨 벤치 근처는 바닥이 투명해서 아래층을 보면 조금 다리가 떨린다.

"포장해 달라고 할 테니까 잠깐 기다려. 그게 끝나면 밥 먹으러 가자. 이 위에 아마 음식점이 몇 개 있었지?"

5

"다들 즐거워 보이네."

백화점 맨 위층에 있는 레스토랑의 손님은 대부분이 고등학생 아니면 학생풍의 커플이었다. 금요일 밤이어서인지도 모른다. 전국 체인의 이탈리안 레스토랑. 전에 미야하라하고 갔던 가게에서 먹었던 것과 똑같은 이름의 요리가 절반 이하의 가격으로 메뉴에 늘어서 있다.

이 백화점은 그렇게까지 냉방이 세지 않다. 나는 종업원을 불러 고르곤졸라 펜네를 주문했다. 음식이 나올 때까지 할 일도 없어서 가게 안의 커플들을 관찰한다. 모두 정말로 즐거워 보인다.

"일상적으로 보이는 남녀 둘이 커플일 확률은 얼마나 될까."

벳쇼가 태연한 얼굴로 나에게 물었으나 대답도 하기 전에 말을 이었다.

"나는 사귀는 사이일 가능성이 70퍼센트, 그 외가 30퍼센트 정도일 것 같거든. 지금 이 층에 있는 커플들도 그럴 것 같고, 혹시 사귀는 사이라고 해도 잘 되어 가고 있을 확률은 반반 정도 아닐까?"

"그럴지도 모르겠네요. 하지만 저는 여기 있는 그 커플들 전부가 사귀는 사이이고, 다들 지금 행복한 상태였으면 좋겠어요. 착한 척하려는 게 아니라, 어차피 저와는 상관없으니까 그러는 거예요."

무슨 말인지 알겠어요?

내가 바라보자 그는 고개를 끄덕이며 "시니컬하네" 하고, 진심으로 그렇게 생각한다는 듯이 말했다. 그 말을 듣고 나는 기뻐졌다. 벳쇼는 F고 학생인 만큼 두뇌 회전은 나쁘지 않은 것 같고, 어쩌면 파장도 맞는 것 같다는 것을 이 한순간에 알 수 있었다. 와카오나 미야와는 달리 말이 통한다. 바보인 척할 필요가 없을 것 같았다.

"달리 열의를 쏟을 무언가나 삶의 의의를 생각할 고상한 머리, 읽고 싶은 책도 없는 생활이라면 애인 없이는 살기 힘들겠죠."

"리호코한테는 그중에서 어떤 게 있는데? 열의를 쏟을 무언가, 삶의 의의를 고민하는 사고(思考), 읽고 싶은 책."

"글쎄요, 아무것도 없을지도 몰라요. 아아, 읽고 싶은 책만은 많이 있을지도. 저한테 독서는 완전히 생활의 일부라 그걸 취미라고 생각하지는 않아요. 하지만 '읽고 싶다'라는 자주성이 거기에 존재하는지는 의문이지만요."

"주위 아이들이 좋아하는 것들이 너에게는 그렇게까지 다가오지 않는 거구나."

벳쇼가 소리 없이 웃는다.

"나도 비슷한 데가 있어서 알 것 같아. 연애나 놀이에도 흥미가 없는 건 아니지만 다른 아이들처럼 온몸을 바치지는 못해. 마음 어디에선가는 늘 다른 사람을 바라보는 시선이라서 현실적으로 와 닿질 않거든. 나 자신을 포함해서 이런 성질을 가진 친구를 몇 명 알고 있는데, 그렇다고 해도 너는 칠십 대 할머니만큼이나 시니컬해. 십 대 여자아이의 사고가 아니야."

"그래요?"

말투가 편안해진다. 가게 안을 멍하니 바라보며 나는 컵 주위를
손가락으로 쓸었다. 쓰다듬은 곳에서 물방울이 사라지고 얇은 줄
이 그려진다.

"주위 아이들은 다들 훨씬 가벼운 마음으로 사람들과 관계를
맺고, 얄팍한 이념과 강하고 찰나적인 감정의 움직임 때문에 울부
짖으며 맺어지기도 하고 헤어지기도 할 거야. 하지만 너는 분명
그렇지 않은 거 같아. 강한 이념과 옅은 감정의 움직임으로 사람과
사귈 것 같거든."

"감정의 움직임은 그렇게 옅지 않아요. 울기도 하고 화도 내요."

"그래? 잘못 봤나 보네."

벳쇼가 내게서 시선을 돌리며 희미하게 웃는다. 그리고 혼잣말
처럼 말했다.

"지금 이야기로 생각해 보면 정신연령이 높다는 게 항상 좋은
것이라고는 할 수 없겠군. 너는 상당히 달관했구나."

"그건 그거대로 어떻게든 되는 법이에요. 대등하게 이야기하는
것만 포기하면 상대방과 잘 타협이 되는 일이 아주 많으니까요."

"연애에 빠진 척도 하고?"

"글씨를 해독할 수 있다는 걸 감추기도 하고요."

주문한 펜네가 나왔다. 지난번의 교훈으로 김이 나는 동안에
먹어버리려고 나는 바로 포크를 손에 들었다.

"잘 먹겠습니다."

"응. ──조금 전 이야기인데, 너는 책을 많이 보지? 내가 말을 걸려고 할 때면 늘 뭔가를 읽고 있었던 것 같아. 제일 좋아하는 책이 뭐야? 내가 아는 거려나."

"분명 아는 책일 거예요. 제가 여태까지 읽은 책을 순위로 매긴다면 1위에서 3위까지는 만화니까요."

"헤에, 그건 흥미로운데."

벳쇼가 천천히 눈을 깜박인 후 물었다.

"1위는?"

"후지코 F. 후지오의 작품들이요. 그중에서도 〈도라에몽〉을 좋아해요."

바보처럼 보일 각오를 하고 대답했다. 벳쇼가 나를 놀리지 않았으면 좋겠다. 만약 놀린다면 나는 그때부터 그에 대한 흥미를 잃을 것이다.

그렇게 유치한 게 좋아? 전에 농담으로 내게 그렇게 말한 남자아이가 있었는데, 나는 그 순간 그가 너무 싫어졌다. 아는 척하는 얼굴로 '꿈이 있는 걸 좋아하는구나!' '귀엽다'라고 대충 대꾸한 아이도 있었고, 반대로 조금 지식이 있는 대학생은 장황하게 자신의 지식을 늘어놓은 적도 있었다.

'〈도라에몽〉 이외에도 후지코 F. 후지오는 SF 단편이나 블랙 유머 작품도 그렸어. 일반적으로는 별로 알려지지 않았지만, 그게 평가가 높거든.'

너는 모르겠지만. 그렇게 말하고 싶어 하는 듯한 시선으로 나를 보며 무시한다.

모두 후지코 선생님과 도라에몽이 너무나 생활과 가까워서 거기에 '좋다'든가 '싫다'라는 개념을 갖지 못하게 된 것이다. 하지만 나는 그것을 굳이 입 밖에 내어 말할 뿐이다. 도라에몽, 너무 좋아.

"어떤 점이 좋은데?"

벳쇼의 반응은 그저 그랬다. 흥미가 없는 것도 아니고 너무 시끄러운 반응을 보이는 것도 아니다. 무리 없이, 자연스러운 반응.

"저한테 큰 영향을 끼쳤어요. 아버지가 후지코 선생님을 아주 좋아하셔서 만화랑 비디오가 전부 집에 있었거든요. 매일 그걸 보면서 자랐어요. 그래서인지 지금도 읽으면 그립기도 하고, 여러 가지 일들이 떠올라요. 완전히 일과처럼 되어버려서 어렸을 땐 의식하지 않았지만 지금 읽어 보고는 '아, 이 에피소드에는 이런 의미가 있었구나' 하면서, 일일이 그걸 깨닫게 되죠. 재미있어요."

"응."

"감동적인 이야기도 많아요. 지금도 읽으면 눈물이 나오고, 이걸 보고 울 수 없게 되면 인간 실격이라는 생각이 들어 특별한 날에만 보는 이야기도 있어요."

"그건 뭔데?"

벳쇼는 즐거워 보였다.

"도라에몽이 미래로 돌아가는 이야기. 노비타가 자이언한테 결투를 신청하는 내용이에요."

"아, 〈잘 가, 도라에몽〉."

벳쇼가 그 이야기를 알고 있다는 사실에 나는 웃음을 짓는다.
기뻤다.

"정말 좋아해요. 잘 아시네요."

"나도 어렸을 때 봤으니까. 어렴풋한 기억이라 너처럼 자세히는
모르지만."

그렇게 말하고 나서 벳쇼가 눈을 가늘게 뜨며 웃었다.

"굉장하다."

"뭐가요?"

"네 표정이 변했어. 정말 좋아하는구나, 갑자기 말이 많아졌어."

"…평소에는 이런 이야기를 나눌 기회가 잘 없으니까요."

새삼스레 지적을 받고 귀가 뜨거워졌다. 창피하다. 상대방이 그
게 뭐냐고 생각하는 게 싫어서 나는 항상 이런 분야의 화제를 피해
왔다. 도라에몽은 국민적인 스타라 술자리에서나 반 아이들과 잡
담을 나눌 때도 종종 등장한다. 그럴 때 나는 언제나 전력으로
이야기하고 싶은 욕구를 누르며 필요 이상으로 말이 없어진다.

하지만 어째서일까. 벳쇼가 상대라면 절대로 그렇게 생각하지
않을 것이라는 확신이 있었다. 그 화제에 얼마나 무게를 두고 있는
지에 상관없이, 그는 나의 이야기를 열심히 들어주리라 생각했다.
만난 지 며칠밖에 지나지 않은, 그것도 미야하라나 와카오보다
훨씬 어린 남자아이를 상대로, 신기할 정도로 편한 기분이 된다.
그렇다, 이건 아마 나이 문제가 아닐 것이다.

"──초등학생 때부터 저는 재수 없는 아이였어요."

"재수 없는 아이?"

"지금 선배가 한 말을 빌려서 말한다면, 묘하게 달관한 아이였거든요. 책을 읽는 걸 좋아하고, 그것 때문에 비틀린 구석이 있어서. 반 아이들이 너무 유치해 보였어요. 막상 본인은 연애를 해본 적도 없으면서 거기에 열중하는 다른 아이들을 보며 바보 같다고 생각했죠."

"초등학생 때부터?"

벳쇼가 감탄한 듯이 한숨을 흘린다.

"그래서?"

"그래서인지 제대로 된 친구가 안 생겼어요. 따돌림을 당한 것도, 괴롭힘을 당한 것도 아니지만 집에 가서까지 만나고 싶은 존재가 안 생겼거든요. 누구랑 이야기를 나눠도 정말 재미있다고 생각한 적이 없었어요. 언제나 빨리 집에 가고 싶었어요. 집에 가면 책을 읽을 수 있으니까."

이야기하면서 나는 당시를 회상했다. 학교에서 돌아온 내가 향하는 곳은 아버지의 서재였다.

"어두운 아이였죠. ──만화나 소설을 읽는 것 외에는 열중할 수 없었어요. 지금도 저는 누구랑 있어도 거기가 제가 있을 곳 같지가 않아요. 어디에 있어도 어딘가 부재중인 거예요."

"답답해?"

벳쇼가 묻는다. 나는 애매하게 "글쎄요"라며 쓴웃음으로 얼버무린다. 어느새 밖이 어두워지기 시작했다.

"그때 이 작품이 없었다면 지금 나는 살아 있지 않았을지도 모른다는 생각이 들 때가 있지. 그래서 네 마음도 잘 알 것 같아."

벳쇼가 고개를 끄덕이며 말했다.

"그런 사람은 분명 나나 너 말고도 많이 있을 거야. —— 책이 사람을 구원한다는 이야기는 호러영화가 청소년에게 미치는 악영향을 우려하는 풍조랑 동전의 양면 같은 거라서 그렇게 좋아하진 않지만, 그래도 정말 재미있는 책은 사람의 생명을 구할 수 있지. 그 책에 녹아 있는 철학이나 메시지와도 관계없이 말이야. 그냥 스토리 전개가 재미있었다, 그냥 주인공이 멋있었다. 그런 거라도 상관없고. 다음 달 신간이 기다려진다는, 그런 간단한 원동력이 아이들이나 우리를 살아가게 해 주는 거지."

"그럼 〈도라에몽〉은 제게 있어 그 시절의 책 전체의 상징과도 같은 거겠네요."

나는 벳쇼에게 감탄하고 있었다. 내 기분을 살피며 무난하게 대응하는 것도, 너무 노력한 나머지 엉뚱한 의견을 말하는 것도 아니다. 자신의 언어로 나와 대치한다. 요즘 만난 사람들 중에서는 최고의 보석이다. 이성으로 끌리는 건지 아닌지는 확실하지 않았지만 나는 서서히 즐거워졌다.

"그 세계는 내게 상처를 입히지 않았어요. 정말로 재미있고 상냥했죠. 생활 개그 만화라고 분류되는 것 같던데, 그래서인지 몇 번이고 다시 읽을 수 있었거든요. 감동적인 이야기는 심플하게 중요한 것들을 알려주었고, 평소의 바쁜 일상 속에 존재하는 즐거움도 지금 생각해 보면 엄청난 계산 위에 성립되어 있다는 것을 알 수 있어요. 도라에몽 주머니에서 나오는 도구들도 매력적이고요."

"뭐가 갖고 싶은데?"

"'들어가게 해 주는 거울'*이랑 '들어가게 해 주는 거울 오일'**, '휴대 낚시터'***요."

벳쇼가 그 도구들이 어떤 것인지를 알고 있는지는 알 수 없었다. 하지만 그가 "아하, 그렇구나"라며 고개를 끄덕였기 때문에 나는 이야기를 계속했다.

"우리 아빠가 심술쟁이 같은 말을 했었어요. ——'복사 거울'이라는 도구가 있는데, 이건 거울에 비춘 것을 뭐든지 구현화해서 손에 넣을 수 있는 거거든요. 그래서 만화책 같은 건 인쇄가 반전되니 읽을 수가 없고. 노비타는 돈을 비춰서 부자가 되려고 했는데, 지폐도 당연히 인쇄가 반대잖아요. 부자가 되겠다는 소망은 좌절되죠."

"응."

여기는 냉방이 센 것도 아닌데, 이야기에 열중하다 보니 나의 펜네는 식어가고 있었다. 그래도 한 입 먹어보니 그것은 미야하라를 상대했을 때보다 훨씬 가볍게 먹을 수 있다는 것을 알았다.

---

* 거울에 비친 좌우가 반대이고 사람이 없는 세계로 들어갈 수 있게 해 준다.

** 비치는 면에 바르면 들어가게 해 주는 거울로 만들어 준다.

*** 이 시트를 깔면 그 위로 다른 곳에서 물을 끌어올 수 있다.

"그런데 우리 아빠는 그게 갖고 싶대요. 인쇄가 반전된 돈을 한 번 더 거울에 비추면 이번에는 제대로 된 돈이 나올 테니까, 무한히 늘릴 수 있다고요."

나는 작게 한숨을 쉬었다.

"심술쟁이죠? 돈을 늘리기 위한 도구라면 더 효율적인 것도 있을 텐데, 꼭 그렇게 말을 했으니. 아마 노비타보다 한 단계 위를 생각할 수 있었던 게 기뻐서 참을 수 없었던 걸 거예요. 돈이 진짜 손에 들어올지는 아무래도 상관없이 말이에요."

"재미있는 아버지네. 너희 집은 부녀가 도라에몽에 푹 빠졌구나."

"가족 여행을 가면 계속 게임을 했어요. 도라에몽 도구 이름 대기요."

그리운 하얀 혼다 SM-X. 나는 뒷좌석에서 몸을 내밀고 아버지와 승부를 한다. 수영도 못하면서 바다를 참 좋아했던 아버지와 함께 우리 가족은 많은 해안을 찾아갔다. 가는 도중 차 안에서 조수석의 어머니가 "그것도 있었잖아, 이건 말했어?"라며 옆에서 끼어든다. 그러는가 싶으면 어이없다는 듯이 하품을 하며 우리를 내버려 두고 잠드는 일도 있었다. 초등학교 6학년 때의 그날까지, 우리는 그런 일상 속에 있었다. 지금 나에게 있어 〈도라에몽〉은 아버지의 추억과 이상하게 유리되어 있다. 함께 떠올릴 때가 있는가 하면 완전히 다른 것으로 처리될 때도 있다.

"예전부터 저는 후지코 F. 후지오 씨를 후지코 선생님이라고 불러요. 제가 초등학생이었을 때, 그렇게 부르는 걸 듣고 엄마가 무척 놀랐다고 했어요. 아는 사이도 아니니까 그냥 이름만 불러도 될 텐데 '후지코 선생님이 말이야'라고 말을 해서 귀를 의심했대요. 경의를 표하는 방법도 가지가지구나, 요즘 아이들 같지 않았다며 한심하다는 듯이 웃었어요. 이것도, 그래요. 아빠 영향인 것 같아요."

"아버지도 '선생님'을 존경했었던 거구나."

"아무도 보는 사람이 없어서 나쁜 짓을 저지를 것만 같은 때가 있잖아요? 신호를 무시하기도 하고, 슬쩍 물건을 훔치기도 하고, 거짓말을 하기도 하고. 안 들키면 되는 거겠지만, 그럼 거기에서 도덕적 해이가 생겨요. 자신에게 하나를 허락하게 되면 어영부영하는 사이에 정도가 더 심한 것도 허락하게 되고. 그럼 좀 곤란하잖아요. 처음에는 아무 일 없더라도 점점 스스로를 용서할 수 없게 될지도 모르고."

"응. 그거, 알 것 같아."

벳쇼가 고개를 끄덕이자 나도 끄덕였다.

"아빠는 그럴 때는 누구의 얼굴도 떠올릴 수 없었대요. 제일 먼저 떠올라야 할 부모님 얼굴을 떠올릴 수 없었다고 했어요. 우리 아빠는 데릴사위였는데, 제가 지금 살고 있는 집은 엄마 집이거든요——, 그것 때문에 할머니하고 다퉜다는 얘길 들은 적이 있어요. 제가 철들기 전에 할머니 할아버지는 둘 다 돌아가셔서 저는 두 분은 거의 모르지만요."

또 음식을 한 입. 그리고 물을 마신 후 다시 말한다.

"엄마나 저 같은 경우에 대해서도 '당연히 안 보고 있을 거다'라고 생각하니까 떠올릴 수가 없고. 그래서 그럴 때 언제나 '바보 자식, 아무도 안 보고 있다고 생각해도 어디선가 후지코 선생님이 보고 있다고'라고 생각하기로 했대요. 자기의 악행을 전부 보고 있다고. 선생님께 보일 수 있는 얼굴인가 자기 마음에 물어본대요. 너도 그렇게 하는 게 어떠냐고 권해 준 적이 있어요. —— 벳쇼 선배."

"왜?"

오늘은 사진 모델 의뢰 건은 말하지 않기로. 벳쇼가 그런 분위기를 준비해 온 것은 알고 있었지만 나는 스스로 그것을 무너뜨리기로 했다.

"저한테 사진 모델을 부탁한 건 제가 아시자와 아키라의 딸이라서인가요?"

벳쇼가 입을 다물었다. 그때까지 나를 똑바로 바라보고 있던 시선을 약간 떨어뜨리고 무언가를 말하려는 듯 입을 열다가 곧 다물더니, 잠시 후에 천천히 고개를 끄덕였다.

"넓은 의미로 말하자면 그 말이 맞아. 하지만 그건 네가 생각하고 있는 이유 때문은 아니야."

"저를 모델로 삼아도 좋은 사진 못 찍으실 거예요. 게다가 지금 저한테 사진가 아시자와 아키라는 완전히 타인이고요."

"타인."

벳쇼가 녹음기처럼 중얼거렸다.

"타인이란 말이지."

"더 말하자면, 그 당시 아빠의 사진에 찍힌 여자아이도 그게 저
라고는 생각할 수 없어요. 타인 같아요. 가끔 아빠를 아는 사람들
이 말을 걸 때마다 위화감이 느껴져서 그게 죄송하고요. 어떤 반응
을 보여야 될지 모르겠어요."

나는 웃으며 벳쇼에게 고개를 숙였다.

"도움이 못 돼 죄송해요."

"아버지를 싫어해? 이건 지금 네 심정을 묻는 거야."

벳쇼는 희미하게 웃었다.

"어렸을 때 네가 아버지를 좋아했다는 건 당시 아시자와 씨의
사진이나 지금의 네 이야기에서도 잘 전해져 와. 하지만 지금 너는
그를 타인이라고 생각하지. 이유가 뭘까?"

"저는 버려진 딸이에요."

일부러 자극적인 어휘를 써 본다. 벳쇼의 기가 꺾이길 기대하고
한 말이었지만 그는 꿈쩍도 하지 않았다. 짧게 숨을 들이쉬었을
뿐. 바로 숨을 내쉬며 말한다.

"아버지는 병이 있으셨다고 들었는데."

"네, 위암이었어요."

어머니도 아버지도, 내 부모는 암으로 죽는다. 암세포는 유전된
다는 걸 어떤 책에서 읽은 적이 있다. 그렇다면 나도 결국은 그들처
럼 죽어가는 것일까. 자신의 일인데도 실감이 나지 않는다. 하지만

체념에 대한 각오만은 이미 어렴풋이 되어 있다.

젊은 육체에서 암세포가 증식하는 속도는 경이로울 정도다. 처음 입원했을 때 아버지는 아직 삼십 대였다. 한 번 수술하고 난 후 재발. 폐에 전이되었다는 말을 듣고 그는 무슨 생각을 했을까.

내가 초등학교 6학년이던 해의 여름, 아버지는 돌연 증발했다.

"병원에서 외박 허가가 나온다고 해서 저는 기다리고 있었어요. 하지만 아버지는 두 번 다시 집에 돌아오지 않았어요.──그때부터 큰 고통이 따르는 투병 생활이 시작될 때였는데. 아빠 친구들은 아빠가 그렇게 괴로워하는 자기 모습을 가족에게 보이고 싶지 않았을 거라고 하더군요."

식은 펜네의 치즈가 본격적으로 딱딱해지기 시작한다. 바로 옆 테이블에서는 고교생처럼 보이는 커플이 말도 없이 마주 앉아 각자의 휴대전화를 만지작거리고 있었다. 가끔 내 쪽을 흘긋거리는 듯한 기색이 좀 싫다. 나는 신경 쓰지 않고 벳쇼를 바라보며 말을 이었다.

"아빠 사진은 인기가 높아서 지금도 여기저기서 사용 허가를 받고 싶다는 전화가 와요. 재작년에도 아빠 팬이라는 분이 잡화점에서 전람회를 하지 않겠느냐는 제안을 하셨어요. 그렇게 수는 적지만 열성적인 팬이 많은 사진가였죠.──아빠는 증발해 버리기 전, 아무도 모르는 사이에 모든 사진의 권리를 엄마한테 넘기는 절차를 밟았더군요. 자기 멋대로 혼자 준비를 해 놓고는 갑자기 사라진 거죠. 돈도 갈아입을 옷도 아무것도 없이. 자살이나 마찬가지예요."

"그건."

벳쇼가 신중하게 말을 고르는 것 같아서 나는 "죄송해요"라며 쓴웃음을 지었다.

"곤란하게 할 생각은 없었어요. 죄송해요. 그만두죠, 이런 얘기."

"아니, 괜찮으면 계속해 줄래?"

그도 쓴웃음을 짓는다.

"아버지한테서 그 후에 연락은 없었어?"

"전혀요. 아마 어디서 벌써 죽었을 거예요."

툭 내뱉고 나니 새삼스레 실감이 났다. 그렇다. 아버지는 이미 죽은 것이다.

"후지코 선생님처럼 되고 싶다고, 입버릇처럼 말했어요."

벳쇼의 얼굴을 보며 나는 아버지의 목소리를 떠올리려 한다. 하지만 잘되지 않았다.

"사진가와 만화가가 같은 크리에이터라고 생각하면, 모처럼 크리에이터의 능력을 타고났으니 선생님의 태도를 모범으로 삼고 싶다고요. 사진을 좋아하니까 마지막까지 자신이 만족할 만한 작품을 찍다가 죽고 싶다고. 후지코 선생님이 돌아가신 그날에도 마지막까지 원고를 하셨다는 걸 듣고 그런 말을 한 것 같아요. 아빠도 사진을 무척 좋아했으니까요."

아버지에 대해 어떤 감정을 가져야 할까. 분노, 슬픔, 안타까움.

그 모든 것이 맞는 것 같기도 하고, 그 모든 것이 희박하게 느껴지기도 한다.

"선생님은 일에 대해서나 가족에 대해서나 똑같이 멋진 분이라 동경한다고 아빠는 자주 얘기했어요. 그렇게 많은 작품을 그리면서 딸에게도 늘 다정한 아버지였대요. 선생님 부인이 선생님이 돌아가신 후에 한 말이 있어요. '가족은 감사하고 있습니다'라는 코멘트인데, 아빠는 그걸 보고 가슴이 벅찼다고 했어요. '나에게도 리호코가 있으니 후지코 선생님 같은 아빠가 될 수 있으면 좋겠구나. 리호, 바다에 갈까? 사진을 찍는 아빠를 보렴.'"

이건 실제로 아버지가 나에게 했던 말일까. 자기 자신의 체험이라고 생각되는 현실감이 전혀 없다.

"후지코 선생님 작품이 이야기하는 철학이나 꿈을 사진으로도 전하려면 기술만이 아니라 인격도 닦아야 해. 그건 개인의 성격과 상냥함이 만들어 낸 결과물이니까. 좋은 사람이 되고 싶다, 늘 그런 말을 했어요. ——사진가로서 자신이 성공할 수 있을지. 아빠는 몇 번이나 좌절할 뻔했대요. 생각대로 작품이 안 나와서 괴로웠던 시기가 있었다고. 그럴 때 후지코 선생님의 경력 연표를 보며 자신을 격려했다고 했어요."

"경력 연표?"

"후지코 선생님 특집을 낸 책에는 자주 실려 있어요. 몇 살에 무슨 작품을 출판하고 어떤 상을 탔는지. 그런 게 나열된 후지코 F. 후지오 히스토리."

아버지 서재에 있는 〈도라에몽〉 단행본 옆에는 그런 책자가 많았다. 〈나는 도라에몽〉, 〈후지코 F. 후지오의 세계〉, 〈도라에몽 완전대백과〉.

"그걸 보면서 '아아, 지금 내 나이에 선생님은 벌써 이렇게 많은 작품을 그리며 활약하셨나' 하는 감탄을 하는 거예요. 자신은 무리일지도 모르겠다고. 그 생각을 했을 당시 아빠는 이십 대였는데, 이십 대에 선생님은 한창 도키와장(莊) 시대였어요. 아세요? Ⓐˊ 선생님이나 이시노모리 쇼타로, 아카쓰카 후지오랑 같은 아파트에 살면서 만화를 그리던 시기요."

"응. 그건 알아. 아마 데즈카 오사무가 살던 아파트였지?"

벳쇼가 재미있다는 듯 웃으며,

"그런데 너 굉장하다. 후지코 Ⓐ 씨한테는 선생님 붙이면서, 이시노모리 씨나 아카쓰카 씨는 그냥 부르는 거야?"

"아아, 뭐랄까, 아마 별명 같은 거랑 똑같을 거예요."

나는 쓴웃음을 지었다.

"하도 많이 들어서 외우다 보니까 입력된 거예요. '선생님'이라는 부분까지 포함해서 저한테는 하나의 고유명사가 된 거죠. 다른 선생님들한테 경의가 없는 건 결코 아니에요. 후지코 선생님은 그야 특별하지만, 사실 제가 좋아하는 책 베스트 3은 이시노모리 쇼타로의 〈사이보그 007〉이거든요."

---

* 藤子不二雄Ⓐ ; 후지코 F. 후지오와 콤비 후지코 후지오[藤子不二雄]로 활동. 1988년 콤비 해산 후 '후지코 후지오'로 개명.

"베스트 2는?"

"마쓰모토 레이지의 〈은하철도 999〉."

아깝지만 펜네는 남기기로 했다. 나는 물을 한 모금 마시고 말을 이었다.

"이십 대 초반에 이미 잡지에 연재를 했고, 발표한 작품 수도 아주 많고요. 선생님처럼 되고 싶었던 아빠는 무척 초조했는데, 연표를 보고 깨달은 거예요. 후지코 선생님의 제일 유명한 대표작이자 평생의 라이프 워크였던 〈도라에몽〉을 연재하기 시작한 게 선생님이 서른여섯 살 때였다는 것을요. 그래서 아빠는 자기 자신의 목표를 그것으로 정했죠. 서른여섯이라는 것은 그런 나이라고. 자기의 길에서 의의를 찾아 모든 준비를 끝내고 내달릴 나이. 서른여섯이 되었을 때 그 준비가 되어 있지 않으면 내 인생은 끝장이다. 그렇게 생각했대요."

이제 막 초등학생이 된 나에게 그런 이야기를 하던 아버지는 어린아이처럼 들떠 있었다. 그때 그는 완전히 사진가의 궤도에 올라 있었다. 스스로가 목표로 설정한 나이에 늦지 않았다, 그런 자신감이 그를 빛나게 했을 것이다.

"아빠의 암이 발견된 게 서른다섯일 때예요."

나는 말한다. 벳쇼는 말이 없었다. 옆자리의 고등학생 일행이 서로 아무런 신호도 주고받지 않은 채 계산서를 들고 자리를 떴다. 멀어질 때 여자 쪽이 나를 흘긋 보고는 남자에게 말을 건다. 자리에서 일어나니 애깃거리가 생기나 보다. 웃기는 일이다.

다른 손님들의 말소리들, 웨이트리스가 식기를 정리하는 소리가 묘하게 먼 것처럼 느껴진다. 내 목소리만이 유달리 잘 울렸다.

"젊은 몸에 자리 잡은 암은 순식간에 증식하죠. 진행이 빨라요. 병명을 들은 아빠는 어떻게든 되겠지 하면서 첫 수술을 받았어요. 하지만 이미 늦었죠. 서른여섯, 후지코 선생님이 〈도라에몽〉을 연재하기 시작했던 나이에, 아빠는 엄마와 나를 두고 사라졌어요."

나는 벳쇼를 정면에서 똑바로 바라본다. 그는 차분했다. 곤혹이나 동요, 동정과 연민조차 느껴지지 않았다.

"저는 버려진 딸이에요."

"…그런데도 후지코 작품이 싫어지지 않았다니 대단하군."

"그러면 〈도라에몽〉과 후지코 선생님한테 죄송하잖아요. 그런 게 신경이 쓰이지 않을 만큼 재미있었으니까, 아무 문제도 없었어요."

나갈까요?

삼 분의 일쯤 남은 펜네 접시를 옆으로 치우며 내가 말했다.

"벳쇼 선배는 사람이 먹는 걸 자세히 보네요."

"미안. 나는 여자아이가 먹는 거 관찰하는 게 좋아. 변태 같은 취미지만 좀 봐 줘."

얼버무리듯 웃은 뒤 벳쇼도 일어선다. 그리고 갑자기 말했다.

"나도 없어."

"네?"

"아빠."

전혀 예상하지 못한 말이었다. 하지만 여전히 자연스러운 벳쇼의 얼굴에는 비애나 쓸쓸함은 조금도 없었다.

"너랑 똑같아. 어느 날 갑자기 말이야, 없어졌어. 우리 아버지는 어느 기업의 과장이었는데, 업무 성적도 웬만큼 좋았고 장래성도 있는 사람이었어. 지위도 있었고 가족도 있고. 옆에서 보면 부족한 건 아무것도 없었는데, 회사에서 젊은 여자한테 빠져서는 둘이서 도망갔어. 그걸로 끝. 우리 앞에서 간단히 사라졌지. 아무 예고도 없이."

나는 입을 열 수 없었다. 테이블에서 집어 든 계산서를 쥐고 그대로 움직이지 못하고 있었다. "미안" 벳쇼가 사과한다.

"나가려고 할 때 얘기할 내용이 아니었네."

"아버지는 그리고선⋯."

"도망가던 날, 집에 짐을 가지러 온 아버지랑 현관 앞에서 마주쳤어."

나는 숨을 삼켰다. 두근, 크게 심장이 뛰었다. 벳쇼가 말을 이었다.

"'꼭 다시 돌아올 테니까 기다려라.' 그랬지. 난 가볍게 받아들였어. 저녁까지는 돌아올게, 뭐 그런 거라고 생각했어. 왜 일부러 그런 말을 할 필요가 있었을까? 위화감을 느꼈지만 깊게 생각하지 않았거든. 아버지는 몇 년 후 아무 관계도 없는 데서 죽었어. 같이 도망갔던 상대한테서 연락이 왔더라. 사인은 심부전이었는데, 우리가 갔을 때 상대 여자는 이미 사라진 후였고."

꼭 다시.

나는 가만히 벳쇼를 바라보았다.

꼭 다시 돌아올 테니까.

나의 시선을 받던 벳쇼가 불쑥 웃으며 시선을 피한다.

"우리는 둘 다 부모에게서 버려진 아이들이지만, 그래도 다르구나. 나는 너랑 달리 그걸 슬퍼하거나 분개할 자격이 없어."

"…무슨 뜻이에요?"

"입장이 달라. 피해자와 가해자."

"그게 무슨…."

애매하게 웃은 벳쇼는 그 이상 이야기할 생각은 없는 것 같았다. 뭔가 있는 것처럼 말해 놓고는 대답하지 않는다. 가해자. 아버지의 실종 원인이 자기 자신에게도 있었다는 뜻일까. 말할 생각이 없으면서 어중간하게 나에게 보여주고 싶어 하는 욕구. 알리고 싶지 않으면 가만히 있으면 될 텐데, 그럴 수 없는 충동. 나는 조금 이해할 수 있었다.

"미안. 자, 가자."

그가 나보다 한발 앞서 출구를 향해 걸어간다. 그 뒷모습을 바라보며, 나는 아직도 그곳에서 움직일 수가 없었다. 벳쇼가 사용한 어휘가 나에게 말을 거는 것 같았다.

둘 다 부모에게서 버려진 아이들.

레스토랑에서 한 발 벗어난다. 뻥 뚫린 공간으로 아래층 단면도를 관찰할 수 있다. 많은 사람들이 움직이는 그곳은 움직이는 디오라마* 같다는 생각이 들었다. 리얼하게, 잘 만들어진.

6

"그러고 보니."

돌아가는 길에 벳쇼가 집까지 데려다주겠다고 했다. 나는 거절했지만, 그가 웃으며 "이야기를 더 나누고 싶어서"라고 하기에 그러기로 했다. 나는 그가 마음에 들었고, 더 이야기하고 싶은 건 마찬가지였기 때문이다.

가장 가까운 역에서 우리 집까지는 걸어서 십오 분 정도. 찌는 듯 더운 여름의 밤길을 우리는 아는 사람 이상 친구 이하의 거리감으로 걸었다.

문득 떠오른 게 있어서 내가 말했다.

"제 옛날 남자 친구, 도라에몽의 도구를 가지고 있었어요."

"오, 어떤 거?"

옛날 남자 친구라는 말에는 주의를 기울이지 않는다. 호감이 느껴졌다. 나는 조금 자조적으로 웃었다.

"옛날 남자 친구는 스물세 살인데요, 사법고시 준비생이라는 이유로 일을 하지 않아요. 공부한다는 구실로 아르바이트조차 한

---

* Diorama. 배경을 그린 길고 큰 막 앞에 여러 가지 물건을 배치하고, 그것을 잘 조명하여 실물처럼 보이게 한 장치. 스튜디오 안에서 만들 수 없는 큰 장면의 촬영을 위한 세트로 쓴다.

적이 없고. 좋은 가정에서 자랐으니 부모님이 오냐오냐하셨겠죠. 너무 좋은 부모님이 있다는 것도 생각해 볼 일이에요. 학력이 높고 머리는 좋으니까 다른 사람을 바보 취급하는 거예요. 아주 알기 쉬웠죠."

말하면서도 이렇게 특징을 나열하니 정말 인간적으로 최하였다는 생각이 든다. 그래도 힘내야지. 내가 좋아했던, 긴장 때문에 떨리는 목소리가 귀에 되살아난다. 나한테는 바보 같은 꿈이 있으니까. 그걸 갖게 되었으니까, 힘내야지.

나는 다른 편한 인생을 고르지 않는, 손해 보는 개성을 가졌으니까.

지금이라면 알 수 있다. 그가 선택한 그 길이 너무나 '편하다'라는 것을.

"이런, 이런."

벳쇼가 가볍게 맞장구를 친다.

"그거참 굉장한 개성을 가졌구나."

"다른 사람들이 그랬으면 저는 아마 용서 못 했을 거예요. 똑바로 못하냐고 혼도 냈을 거고, 같이 있으면 화도 났겠죠. 분명 친구도 못 되었을 거예요. 하지만 그 사람하고는 사귀었어요. 애인 사이였죠. 그를 용서했고, 어리광도 받아주고. 그도 그러는 데 익숙하니까 거기에 대해 고맙게 생각하는 마음은 전혀 없어서, 조금 불건전한 관계였어요."

아이가 아니라, 아기야.

언젠가 이런 가사가 있는 노래를 길에서 듣고, 나는 퍼뜩 깨달았다. 와카오는 아기인 것이다.

전혀 책임을 지지 못하는 와카오. 처음 만났을 때 이후로 몇 번 데이트하고, 꿈에 관한 이야기를 들어주고, 긴장으로 떨리는 그의 손을 잡았다. 키스를 하다가 섹스로 이어져 같은 침대에서 잠들었던 다음 날 아침, 그가 불안한 표정으로 내 얼굴을 들여다보며 물었다.

'저기, 우리를 만나게 해 준 애, 가오리였던가? 그 아이한테 이 얘기 할 거야? 우리 사귀는 게 되는 거야?'

그는 그저 외로웠던 것이다. 그때까지 계속 공부에만 힘을 쏟았다는 것은 사실일 것이다. 동급생들이 여자아이들과 사귀기도 하고, 적당히 나쁜 놀이를 하기도 하고. 그런 것들을 경멸하는 것으로 유혹을 견디며 자신의 세계에 틀어박혀 있던 그 당시의 와카오는 외로움 때문에 마침내 자신에게 그 경계를 풀 것을 허락했다. 그리고 나를 만났다.

'나 말이야, 전에 한 번 말한 적 있는 것 같은데. 공부해야 해서 평범한 남자들처럼 너한테 신경 써 줄 수 없어. 그러니까 사귄다고는 해도….'

우리 일은 금방 가오리에게 알려졌다. 축하해, 리호코. 남자 친구가 생겼다며? 아직 와카오 다이키의 개성이 어떤 것인지 몰랐던 가오리는 호들갑을 떨며 그 사실을 축하해 주었다. 물러설 수 없게 된 와카오는 우리 관계에 이름을 인정했다.

나와 와카오 외에는 다른 사람이 없었다. 그는 나와 둘이서만 지내는 시간을 좋아했고, 그 사이에 친구를 끼워 넣거나 세계를 넓히는 것을 싫어했다. 우리는 닫혀 있었다. 그 세계는 와카오에게 다정했고 그에게 상처를 입힐 것이라고는 아무것도 없는, 기분 나쁜 완벽함으로 가득 차 있었다.

그가 혼자 사는 집에서 자고 있었을 때, 나는 한밤중에 갑자기 배가 아파서 깼다. 급성 장염이었다. 아파서 몸을 굽힐 수가 없다. 자세를 바꿀 수 없다. 구토도 설사도 없는 것이 무서웠다. 그저 아플 뿐.

잠에서 깬 나는 언제 토해도 괜찮도록 그에게 부탁해서 화장실에 데려다 달라고 했다. 겨울이었다. 차가운 바닥에 머리를 대고 있던 나는 그가 곤란해하는 것을 알았다. 구급차를 불러야 하는 사태가 되면 어떻게 하나. 그걸 신경 쓰고 있었다. 그가 살고 있던 아파트의 주인은 그의 아버지와 아는 사이였다. 자기 집에 구급차가 왔다는 것을 집주인이 알게 된다면. 가능성은 적지만 그러다가 아버지 귀에 그 이야기가 들어간다면. 내 존재를 가족에게 알리고 싶지 않은 것이다.

나는 그다음 날 아르바이트가 있었다. 가오리가 소개해 준, 수입이 꽤 쏠쏠한 당일 시험감독관. 가만히 서 있기만 하면 만 엔. 다만이 괜찮은 아르바이트에는 주의점이 하나 있었는데, 결석을 해서는 안 되었다. 자신이 갈 수 없는 경우에는 대신 갈 사람을 반드시 보내야만 한다.

일하지 못하는 와카오는 아르바이트 하나 한 적이 없었고, 자신의 것이라 생각되는 돈을 가진 적이 없다고 종종 말했었다. 부모님이 보내주신 돈은 마음에 걸려 편하게 쓸 수 없다는 말도 했었고, 나에게 선물을 못 사 주는 이유도 그것이었다. 복통에 괴로워하면서 나는 이것이 기회가 아닐까 하는 생각을 했다. 간단한 일이라도 좋으니 와카오가 한 번 일을 해봤으면 좋겠다. 자신의 힘으로 돈을 번다는 것을 한 번 경험하고 나면 그것이 전혀 두려워할 필요 없는 싱거운 일이라는 것을 알게 되지 않을까. 나는 착각하고 있었다. 와카오는 처음부터 일하는 것을 별로 대단하게 여기고 있지 않았는데.

대신 아르바이트에 가 달라고 부탁하자 와카오는 받아들였다. 알았어, 대신 갔다 올 테니까 걱정 마. 그 말에 일단 마음을 놓고 있으려니, 잠시 후에 그가 갑자기 나에게 말을 걸었다.

'리호, 그거 내일 아침에 전화하면 안 가도 되지?'

나는 할 말이 없어서 그의 얼굴을 돌아보았다. 웃으며 말하는 그의 얼굴에 '일본은 민주국가잖아'라고 쓰여 있는 것이 보이는 것 같았다. '개인의 자유가 인정되지 않다니, 그런 일이 있을 리가 없어.' 그런 문장이 뒤로 이어진다.

당신 대체 어느 나라랑 착각하고 있는 거야?

나는 힘이 빠졌고, 동시에 포기했다. 하긴 아기니까 어쩔 수 없다.

'안 가도 돼.'

대답하고 나서 그가 눈치채지 못하게 조심스레 문자 메시지를 보낸다. '가오리 씨, 미안. 아무나 대신 갈 사람 좀 찾아 줘.' 그리고 허세를 부려 '와카오한테 부탁했는데, 내일 학교 쉴 수가 없대'라고.

통증이 심해졌다. 배를 누르며 앞으로 한 시간 동안 이대로라면 병원에 연락해 달라고 부탁한다. 그는 방의 시계를 보며 딱 부러지는 목소리로 말했다. '알았어. 앞으로 한 시간.'

한 시간이 지나기 전에 통증이 가라앉았다. 겨우 침대에서 잘 수 있게 된 나는 따뜻한 방으로 돌아갔다. 그는 부드럽게 내 배를 쓰다듬고 수건으로 이마의 땀을 닦는 등 구급차를 부르지 않는 범위에서 자신이 할 수 있는 간호를 했다. 침대 옆에서 손을 뻗으며 다정하게 말한다.

'나, 그대로 한 시간 지났으면 정말 구급차 부르려고 했어. 집주인한테 들켜서 아빠한테 연락이 가도, 너를 위해서라면 괜찮다고 생각했어. ──네가 나아서 정말 다행이야.'

아름다운 얼굴에 천사 같은 미소.

아침까지 얕은 잠에 들었다 깼다를 반복하다가 눈을 떴을 때, 나는 내가 살아 있다는 사실에 아아, 하고 탄식했다. 물론 과장된 표현이기는 하다.

와카오의 집에서 나와 바로 찾아간 병원에서 나는 약을 먹고 링거를 맞았다. 그곳은 어머니가 있는 병원이었는데, 그녀는 자신의 병실에서 내가 잠든 곳까지 달려와 주었다. 손을 잡고 "빨리,

빨리"라고 말했다. 조급한 목소리였다. 빨리빨리, 나아. 어쩌지, 빨리 나아라.

가벼운 장염. 수술도 필요 없고 불치병은 더더욱 아니었는데, 그녀의 목소리는 기도와도 같았다. 우리는 대화가 부족한 모녀였기 때문에 나는 곤란해졌다. 어머니가 운다. 뜨거운 눈물이 손에 닿아서 나는 잠든 척을 했다. 못 본 척, 모른 척했다. 그러지 않으면 마구 울어버릴 것 같았다. 나 자신 때문이 아니라 어머니 때문에 슬펐다. 어떻게 하지, 딸이 이러면 어머니는 분명 불안할 거다. 그러니까 부탁이야, 얼른 나아.

와카오가 나에게 한 처사. 그것에 처사라는 단어를 쓰는 것에도 지금은 위화감을 느끼지만, 나는 그것을 그렇게 심한 행위라고는 생각하지 않았다. 그도 그럴 것이 그는 와카오 다이키니까. 그와 사귀기로 한 이상 이것은 당연한, 뭐라 할 것도 없는 흐름이라고 받아들였었다.

그의 부모가 없는 동안 그의 집으로 놀러 갔을 때, 어머니가 갑자기 돌아오셨다. 그는 내게 벽장에 숨으라고 하더니 그대로 어머니가 다시 집을 나갈 타이밍을 쟀다. 그날 그의 어머니는 결국 외출하지 않아서 나는 하룻밤 내내 벽장 속에 갇혀 있었다. 창문으로 나가도 괜찮지만 들키면 큰일이잖아. 그러면서 피곤한 표정을 짓는 와카오.

저녁밥 남은 거 가져왔어. 버려진 고양이를 데려온 노비타가 했던 행동. 하지만 그 행동 원리는 전혀 다르다. 그날 밤, 벽장 안에서 했던 소리 없는 짧은 섹스. 미안한 기색도 없는 순진한 표정. 리호, 사랑해.

노비타는 착해서 개와 고양이를 지키기 위해 벽장에 감추었다. 하지만 와카오는?

여자아이를 감금한 죄로 붙잡힌 남자의 뉴스를 그해 여름에 보았다. 당연하지만 와카오는 아니었다. 텔레비전이 보여준 범인의 악의는 너무나도 오만했다.

와카오에게는 선의와 악의, 둘 다 없다.

"'불쌍해지는 메달'이라는 도구가 있는데 아세요? 저는 이 도구가 나오는 이야기를 어렸을 때 비디오로 봤어요."

물으면서도 벳쇼가 알고 있을 리가 없다고 생각했다. 나나 아버지면 모를까, 일반적으로 그 작품을 즐기는 사람들 입장에서 보면 도구 하나하나는 그렇게 인상에 남지 않을 것이다.

"모르겠는걸. 굉장한 이름인데, 그거 불쌍하게 느껴진다는 뜻이야?"

예상대로 고개를 저은 벳쇼의 질문에 대답했다.

"맞아요. 그걸 목에 건 동물을 보면 누구나 그 동물을 너무나도 불쌍하게 여기게 하는 효과가 있어요. 이거 원작에는 없거든요. 나중에 다시 보니까 만화책 어디에도 없었어요. 애니메이션 오리지널 스토리인가 봐요. 아니면 원작이 있는데 만화책에는 수록되지 않았을지도 모르고요. 〈도라에몽〉에는 그렇게 수록되지 않은 이야기가 많으니까."

역 앞의 상점가에 있는 모든 가게가 이미 셔터를 내렸다. 어스름한 어둠 속에 자동판매기의 빛과 술집의 간판이 휘황하게 빛나고 있다. 아이들을 자전거 뒷자리에 태운 할아버지가 우리와 엇갈려 지나간다. 대학생처럼 보이는 그룹 하나가 술을 마시고 나왔는지 2차 장소로 어디가 좋을지 이야기하고 있었다. 평화로운 여름의 역 앞 풍경.

"노비타가 학교에서 돌아가는 길에 매일 지나는 공터에서 버려진 고양이를 발견해요. 거기서 시작되는 이야기인데, 불쌍하기도 해서 주워가고는 싶지만 노비타네 어머니가 고양이를 키워도 된다고 할 리가 없는 거예요. 길에서 만난 다른 사람들한테 부탁도 해 봤지만 다 안 되고. 어떻게 할까 했을 때 도라에몽이 꺼내 준 게 그거예요. '불쌍해지는 메달', 핑크색 하트 모양이죠. 누가 고양이를 보면 목에 건 이 메달이 반짝 빛나면서 지켜줘요. 불쌍해라, 그러면서 고양이를 안아 올려 소중하게 쓰다듬는 거예요. 키워 줄게, 지켜 줄게. 그런 마음이 들게 하는 도구."

"〈도라에몽〉의 세계에서는 있을 법한 이야기네. 본 적이 있는 것도 같고 없는 것도 같고."

열심히 본 적은 없나 보다. 벳쇼는 무난한 대답을 하며 옆에서 걷고 있는 내 얼굴을 가만히 본다.

"그래서, 네 남자 친구가 그걸 가지고 있었다는 거야?"

"그렇게 태어난 것 같아요. 그래서 모두가 어리광을 받아주고, 원래는 용서하지 않을 것도 용서하게 되고. 나 노력하고 있어, 나기특하지, 난 약해. 그런 걸 전면적으로 메달처럼 밖으로 보여주는 거예요. 그렇게 계속 용서받아 왔어요."

그렇다, 메달이다.

왜 사귀는 걸까. 사귀기 시작한 후 그의 들척지근한 꿈 이야기에 질리기 시작하면서 나는 깨달았다. 일본처럼 평화롭고 풍족한 선진국에서 자란 인간이 아니면 있을 수 없는 나약함이라는 종류의 병.

신기해요, 나는 쓴웃음을 지었다.

"어째서 용서하게 되는 걸까."

"다른 건 그런 도구 없어?"

벳쇼가 태평스러운 목소리로 묻는다.

"도라에몽이라면 그 메달 말고도 뭔가 비슷한 걸 가지고 있을 것 같은데."

"'악마의 패스포트'라는 게 있어요. 아무리 추한 일을 해도 그걸 보여주기만 하면 용서받는 거예요. 노비타가 그걸 써서 책을 훔치기도 하고 시즈카의 치마를 들치기도 하고, 하고 싶은 일을 다 하지만 결국에는 책을 도둑맞은 책방 주인의 마음을 생각하게 되는 거죠. 그래서 책방 주인한테 돈을 내러 가고 엎어 놓은 쓰레기통을 고쳐놓기도 하고요. 도라에몽한테 도구를 돌려주죠. 그리고는 책방에서 거스름돈을 안 받았다는 걸 깨닫고 '아앗'하는 소리를 지르죠. 그걸 본 도라에몽이 '네가 악당이 되려는 게 무리인 거야'라는 말을 하는 데서 이야기가 끝나요."

"아아."

벳쇼가 너무나도 즐겁게 웃었다. 그리워하는 듯한 표정으로 "참 좋다"라고 말한다. 생각 외로 큰 반응이었다.

"노비타는 착한 녀석인데. 응, 정말로 착해. 그래서?"

"와카오는 이걸 잘 쓸 수 없을 거라고, 저는 생각해요."

무심코 고유 인명이 나왔다. 신경이 쓰여 벳쇼를 보았지만, 그는 아무렇지도 않은 것 같았다. 흘려들어 준다. 아니면 그런 데는 흥미가 없나.

"좋든 나쁘든, 그는 정의예요. 자신이 나쁜 사람이 될 일은 절대로 하지 않아요. 행동의 주체는 자신이 아니라 어디까지나 그를 둘러싼 주변. '불쌍해지는 메달'처럼 가지고 있을 뿐이죠. 가지고 있다는 것 자체도 어쩌면 자각이 없을 거예요. 그것 말고도 마시면 아주 괜찮은 느낌을 주는 사람처럼 보여서 주변 사람들이 좋아하게 되는 '미워할 수 없는 음료'라는 게 있는데, 이것 하고도 좀 다른 것 같아요. '불쌍해지는 메달'은 본 상대가 '불쌍하다', '내가 지켜줘야 해'라는 마음을 가지게 되는 게 포인트인데, 무엇보다 핑크색 하트 마크라는 게 제 남자 친구한테 딱 맞았어요."

내가 지켜줘야 해. 헌신하는 자신을 취하게 만드는, 상대방까지 만족하게 하는 어이없는 도구. 나는 메달의 포로였다.

"작품 속에서는 메달을 본 노비타의 엄마가 고양이를 집에 데려가요. 믿을 수 없게도 집에서 키우게 되고요. 엄마는 메달의 효과 때문에 그 고양이를 정말로 귀여워하게 되는데, 아들한테는 여전히 시험 0점 맞은 걸 혼내기도 하고, 심부름 갔다 오라고 사정없이 시키기도 하고요. 왜 나만 이런가 하는 생각을 한 노비타가 고양이 한테서 메달을 빼앗아 자기한테 걸어요. '불쌍해지는 메달'은 그런 이야기예요."

"그래서 결국 어떻게 되는데? 노비타는 그 메달을 돌려주나?"

"이러저러해서 결국 달고 있다가 잃어버려요. 그러면 고양이도 다시 버려질 거라고 도라에몽이 화를 내서 둘이 메달을 찾는데도 나오질 않고. 풀이 죽어서 집에 가 보니 고양이를 버린 원래 주인이 노비타네 집에 고양이를 찾으러 와서 데려가요. 잘 됐다고 웃고 있을 때 숙제는 했냐는 엄마 목소리에 '아, 깜박했다', '정말! 숙제 끝낼 때까지 저녁 없다!' 하는 패턴이죠."

나는 웃었다.

"'악마의 패스포트'랑은 달리 직접적인 이야기는 아니지만, 나는 〈도라에몽〉이 이렇게 초등학생을 있는 그대로 그린 점이 좋아요. 일부러 교훈을 끼워 넣지 않은 게요."

"역시, 후지코 선생님은 굉장하네. 잘 만드셨어."

벳쇼가 동의했다. 나에게 맞추느라 무리하는 것 같지는 않았다. 순수하게 이 화제에 흥미를 느꼈는지, 아니면 누구의 이야기든 이렇게 들을 수 있는 건지. 어느 쪽인지는 몰랐지만, 그는 분명 상당히 듣는 기술이 좋았다.

"지금은 어때? '불쌍해지는 메달'을 가진 그 사람. 과거형이던데, 헤어진 건 메달의 효력이 떨어져서?"

"떨어지지도 않았고, 그는 지금도 메달을 가지고 있어요. 헤어지자고 한 건 그쪽이었지만, 그가 메달을 가지고 있다는 걸 깨닫고 먼저 식어버린 건 제 쪽이었거든요. 그땐 행복한 러브스토리 책을 읽을 때마다 우울해졌죠. 메달을 버리지 못하는 그와 계속 사귀어봐야 이런 멋진 결말은 바랄 수 없다고요. 그럴 때 몇 번이나 먼저 헤어지자고 할까 생각했지만, 그때마다 비겁하게 메달의 효력이 제게 꿈을 보여주는 거예요."

"꿈?"

"꿈. 바보 같죠. 그가 꿈과 현실 사이에서 괴로워하다 자살하는 꿈을 꿨어요."

지나간 이야기다. 와카오에게 목숨을 내던질 만한 절박한 마음이 있었을까. 눈이 뜨인 지금이라면 알 수 있다. 그는 절대로 자살같은 건 하지 않는다. '나는 자살 같은 걸 하는, 그런 약한 인간이 아니야.' 그가 당당히 그렇게 말하는 걸 쉽게 상상할 수 있었다. 필사적인 태도는 어디에서도 볼 수 없다.

"그의 꿈이 이루어지면 좋겠다고 생각했어요. 이루어지지 않으면 어떻게 될까, 그렇게 생각했더니 그런 꿈을 꿨어요. 지금 헤어질 수는 없다고 생각했지만, 아침에 잠에서 깨어나서 깨달았어요. 아아, 만약 와카오가 자살을 해도, 나에게 그 사실을 알려줄 사람이 아무도 없구나, 하고."

벳쇼가 조용히 나를 보았다.

신기했다. 미야나 가오리, 가요나 F고의 친구들한테도 지금까지 이런 이야기를 한 적이 없다. 그야 그 아이들은 내가 도라에몽을 좋아한다는 것조차 모르니 당연하다면 당연한가.

"그는 친구한테도 가족한테도 저를 소개하지 않았어요. 내 친구들을 만나는 것도 싫어했고요. 완전히 독립된 관계를 만들려고 한 것 같아요. 자신이 대학생이니까 고등학생이랑 사귀는 걸 감추고 싶은, 그런 이유는 아니었을 거예요. 내가 같은 대학생이었어도, 사회인이었어도 분명 그랬을 거예요. 그러니까 헤어져도 아무 지장도 없고, 그에게 무슨 일이 있어도 나는 그의 관계자를 아무도 모르죠."

무엇보다도 그 경우, 자살한 그를 처음 발견하는 게 내 역할이었는지도 모르지만.

"헤어져야겠구나, 하고 생각했어요. 나처럼 메달의 힘에 지는 사람이 아니라, 그를 제대로 좋아해서 야단쳐 줄 사람에게 맡기고 싶었어요. 내가 먼저 말할 생각은 없었지만, 그가 헤어지자고 하면 망설임 없이 그렇게 하자고 결심했어요."

"엄청난 모성인데. 너는 뜨거운 개성을 가졌지만, 그 이상으로 냉소적이야. 자신의 일에 대해서도 아주 객관적이군."

"비난하는 건가요?"

"칭찬이야, 칭찬. 나는 머리 좋은 여자를 좋아하거든."

그런 뉘앙스는 털끝만큼도 섞이지 않은 목소리로 말한다. 진심도 전혀 느낄 수 없었다. 그리고 이성에 대해 느끼는 미묘한 긴장감도 벳쇼에게서는 전혀 느껴지지 않았다. 어째서일까.

"저기 리호코."

"왜요?"

"너, 그 남자 친구를 전혀 믿지 않았구나."

벳쇼의 말에 내 몸이 경직된다. 완전한 기습. 얼굴에서 스윽 온도가 내려간다. 나는 벳쇼를 보았다. 탓하는 말투가 아닌 만큼 그것이 반대로 충격적이었다.

벳쇼가 온화한 시선으로 나를 바라보았다.

"좀 이상해서. 왠지 모르겠지만, 넌 그가 시험에 합격하지 못할 거라고 생각하고 있어."

"──네."

"어째서?"

"…도망치니까. 공부를 해야 한다고 하긴 했지만 정말 하는지도 모르겠어요."

고개를 숙이고 말한다. 제삼자의 지적에 현실이 사정없이 눈앞에 들이닥친 기분이었다. 나는 와카오를 믿고 있지 않다. 그런데도 사귀었다. 그 앞에서는 계속 믿는 척을 했다. 나는 사랑에 빠져 있었으니까. 계속 그가 나를 필요로 하는 관계를 몽상하고 싶었으니까.

나는 그의 힘이 되어주고 싶었고, 그에게는 그 이상을 바라지 않았다. 굳이 말하자면 내게 의지해 주는 나약함. 그것만 있으면 되었던 것이다.

"도망친단 말이지."

벳쇼가 중얼거렸다.

"그렇구나. 그럼 그걸 그에게 지적해야 했을지는 확실히 미묘했겠네. 좋은 결과를 부를지 나쁜 결과를 부를지, 확률은 반반이니까."

역 앞길을 하나 꺾어 가로등이 드문 주택가로 들어선다. 여름 공기는 미지근하다. 우리 집 문이 보였다. 몇 년 전까지 누군가가 불을 켜고 기다리고 있었던 때가 존재했다는 게 조금도 믿어지지 않는, 쓸쓸해진 집.

"저기가 우리 집이에요."

가리키며 내가 말한다. 그를 향해 돌아서서,

"바래다주셔서 고맙습니다."

"아냐, 나야말로 오늘 고마웠어."

집 앞에서 그가 다시 말했다.

"그리고 리호코. 모델 얘기 포기한 거 아니야."

"그러니까 그건."

어이가 없어 한숨을 쉬며 말하자 벳쇼는 내 말을 막듯 고개를 저었다.

"여름에 콩쿠르가 있거든. 그건 벌써 네 이미지로 만들어 버려서 다른 사람은 어려워. 오늘 실제로 길게 이야기를 나눠보니까 더욱 그렇게 생각하게 됐어. 넌 정말 재미있는 사람이야."

한적한 길 위에 나의 흐린 그림자만이 어스름히 떠올라 있다. 나는 곤란해져서 자신의 발치에서 뻗어 있는 그 그림자를 바라보고 있었다. 벳쇼가 지지 않고 말했다.

"다른 친구들 앞에서도 그렇게 자기 이야기를 하고 싶은 만큼 하면 될 텐데. 자제할 것 없이."

"아이들이 이상하게 생각하는 게 싫어서요."

아무하고도 관계를 맺지 않는다. 내가 있을 곳은 아무 데도 없다. 나는 부재. 내 대답에 벳쇼는 어쩔 수 없다는 듯이 머리를 긁고 나서 다시 웃었다.

"또 무슨 일 있으면 불러내도 될까? 병원이나 학교에서 또 만날지도 모르고. 오늘은 정말 즐거웠어."

"그건 괜찮지만요. 그게⋯."

같은 반 다치카와의 동그란 눈동자를 떠올린다. 그것은 순간적으로 떠올랐다가 다음 순간에는 사라졌다.

"⋯저도 즐거웠어요. 조심해서 돌아가세요."

"고마워."

미야하라와는 달리 벳쇼는 망설이지 않고 내게 등을 돌려 걸어갔다. 그것을 보고 갑자기 깨닫는다. 미야하라는 역시 우리 집에 들어왔다 가고 싶었던 것이라고. 그리고 벳쇼는 전혀 그렇지 않다고.

뒷모습을 보면서 아아, 하고 생각했다. 그의 개성. 나는 처음 그의 가는 팔에 '조금 · 허약'이라고 생각했지만, 오늘 만나서 이야기를 나눠보고 그에게서 외모 이상의 개성을 느꼈다. 그것은 갱신하는 게 좋을 듯하다.

그가 내게 얼마나 흥미가 있는지는 모른다. 너무나도 중립적이어서 누구에게도 속하지 않는다.

그의 개성은 조금 · 플랫(Sukoshi · Flat)이다.

벳쇼와 헤어져 집에 들어가기 직전. 편지함을 확인해 보니 어머니 앞으로 온 몇 통의 DM에 섞여 노란 비닐봉지가 나왔다. 뭘까. 지나가던 사람이 편지함을 쓰레기통 대신으로 썼나. 그런 생각을 했지만 봉지는 꼼꼼히 접혀 있었다. 쓰레기처럼 보이지는 않았다.

펼쳐 보자 먼저 펭귄이 눈에 들어왔다. 아는 마스코트. 봉지 위쪽에 가게 이름이 있다. '돈키호테'. 채소에서부터 에르메스의 버킨까지 다양한 상품을 취급하는 흔한 디스카운트 스토어.

봉지에는 돈키호테의 경영 이념과 '이용해 주셔서 고맙습니다'라는 메시지가 손글씨체로 쓰여 있다. 정연한 레터링을 사용하지 않는 게 그 가게답다. 다시 편지함을 열고 손을 집어넣어 안을 확인해 보았지만 다른 건 아무것도 들어 있지 않았다. 아무래도 봉지뿐인 것 같다.

이건 뭘까. 잠시 생각했지만 깊은 의미는 없을 거라고 다시 생각한다. 세상이란 언제나 이런 무의미한 것들과 쓸데없는 일들로 가득 차 있다.

7

자기 전에 휴대전화를 체크해 보니 부재중 전화가 한 통 있었다. 벳쇼와 같이 레스토랑에 있었을 시간대다. 몰랐다. 착신 이력을 보니 표시된 이름은 '와카오 다이키'. 확인차 음성메시지 서비스를 들어보자 메시지가 남아 있었다.

첫 번째 메시지입니다.

'리호?'

목소리가 무척 굳어 있었다. 여유가 없었고, 조용하지만 차분하지도 않다.

'리호, 있잖아, 메일 주소 바꿨어? 오늘 안 보내지더라.'

삐 ─, 메시지가 끝났음을 알리는 전자음. 내용은 짧았다. 나는 고개를 갸웃거리면서도 어쩔 수 없이 와카오에게 전화를 했다. 가오리의 충고는 들을 생각이 없었다. 그녀는 걱정이 지나친 것뿐이다.

─ 리호?

"무슨 일이야, 와카오? 나 주소 안 바꿨는데. 왜 안 보내져?"

─ 어, 그래?

전화기 속에서 와카오가 안심한 듯 한숨을 내쉬었다.

─ 아아, 그렇구나. 이상하네, 안 되는 때가 있나? 미안, 리호. 내 착각이었나 봐.

메시지를 남겼을 때의 긴장된 목소리. 조용했지만 두려움과 떨림이 느껴지는 목소리. 내가 메일 주소를 바꾸면 그는 그런 목소리를 내는 건가. 와카오에게 있어 나는 무엇일까.

—저기, 할 얘기가 있어.

그 말에 나는 한순간 움찔한다. 이성으로는 처리 불가능한 마음 일부분이 한심하게도 긴장한다. 하지만 와카오의 다음 목소리를 들은 순간 그 긴장이 힘을 잃었다.

—더블 스쿨*에 있는 같은 반 녀석 말이야, 못 믿겠어. 나보다 모의시험 성적이 좋아서 그러는 것 같은데, 그 녀석이 글쎄, 나에게….

마음에 안 드는 친구 이야기. 상식 없는 친구의 험담. 세상에 이런 말도 안 되는 일이 있다니 믿을 수 없지?

기운이 빠진 나는 그저 동의할 뿐. 응, 그래. 와카오, 안됐다.

나는 와카오에게서 부재중 전화가 들어오면 그에게 다시 전화를 하고, 그에게서 전화가 오면 받는다. 왜일까.

나는 기대하고 있는 것이다. 무엇을 기대하고 있는 것일까. 그것은 명백했다. 나는 아직도 그가 나를 의지하기를 기다리고 있었다. 지금의 그는 정말로 구제 불능이다. 자기 생각만 하며 나를 안고 싶어 한다.

하지만 그가 나에게 집착하고, 함께이고 싶다고 진심으로 바라준다면 이야기는 완전히 달라진다. 와카오, 부탁이야. 나를 좋아한다고 해. 다시 시작하고 싶다고, 꿈보다 내가 우선이라서 나를 놓

---

* 한 대학에 재학하면서 다른 전문학교에도 적을 두는 제도.

고 싶지 않다고 해. 꿈이 이루어지지 않아도 내가 있으면 괜찮다고, 그렇게 속삭여 줘. 네 꿈은 이미 빈껍데기로 변해 너덜너덜하잖아.

말과 사고로 아무리 와카오를 엉망진창으로 폄하해도, 이 마음은 변하지 않는다. 그것을 알고 눈물이 나올 것 같다. 나는 추하다.

부탁이야, 와카오.

제발, 내가 필요하다고 말해. 그러면 반드시 도와줄 테니까.

제3장

만약에 상자

* 만약에 상자

전화박스 안의 수화기를 들고 '만약에 이런 세상이 있다면'이라고
말한다.

밖으로 나오면 세상은 그 말대로 되어 있다.

1

기억 속의 나는 초등학생용 가방을 메고 있다.

계절은 여름. 그날은 여름방학 하루 전날이었다. 종업식을 마친 나는 학교 책상 서랍 속에 들어 있던 것을 전부 집에 가져와야 했기 때문에 양손이 자유롭지 못했다. 오른손에는 책이 든 봉투, 왼손에는 학습 도구와 물감 세트.

땀에 젖어 집에 돌아온 나는 어딘가 가려던 참인 아버지와 마주 쳤다. 기억 속의 아버지에게는 얼굴이 없다. 인식되는 것은 마른 목과 팔.

나는 약간 놀랐다. 아버지는 지금 입원해서 병원에 있어야 했고, 외박도 다음 주부터나 가능했을 것이었다. 갑자기 돌아오게 된 것일까.

'이제 오니, 리호. 짐이 무거워 보이네.'

아버지는 웃으며 말하고는 내 손에서 짐을 받아 거실 바닥에 놓아 준다.

오늘은 학교에서 기분 나쁜 일이 있었다. 그래서 나는 그 이야기 를 아버지에게 하고 싶었다. 2교시에 반 아이들 전원이 도서실에

갔다. 방학 전에 도서실에서 다섯 권까지 책을 빌릴 수 있게 되어 있었는데, 그것을 빌리기 위해서다. 내가 고른 책은 다섯 권 전부 코난 도일의 셜록 홈스 시리즈였다. 여름방학을 기회로 독파할 생각이었다. 책을 다 고르고 자리에 앉았을 때 사서 선생님이 우리 앞에 섰다. 나는 그때 앞쪽에 앉아 있어서 그녀와 거리가 가까웠다.

'얘들아, 잠깐만 주목. 어떤 책을 빌려야 할지 모르는 아이들도 있으니까 책 고르는 법을 설명할게요.'

우리는 6학년이었다. 그런 강의를 듣지 않아도 안다. 아니면, 아아, 그렇다. 그런 아이가 있을지도 모른다. 모두 책을 읽는 행위에 익숙하지 않고, 머리도 나쁘니까.

나하고는 관계없다고 생각하며 책을 빌리기 위해 카드를 쓰고 있었다. 그때였다. 모두에게 무언가를 설명하던 사서 선생님이 갑자기 내 앞에 쌓인 홈스를 손에 들었다. 그리고 믿어지지 않는 말을 했다. '책을 빌리는 잘못된 방법을 설명할게요.'

시리즈는 장정이 통일되어 있다. 같은 색채, 같은 화가의 손에 의한 삽화. 비슷한 분위기의 다섯 권을 가리키며 그녀는 '이렇게 같은 종류만 빌리는 것은 좋지 않습니다'라고 말했다. '여러 종류의 책을 읽어보세요'라고.

나는 기가 막혀서 그녀를 쳐다보았다. 굴욕적이었다. 여러 종류의 책? 난 다 읽었어. 그래서 이번에는 홈스를 읽기로 한 건데.

그녀는 내 책을 책상에 돌려놓고 전부 설명을 끝낸 뒤에 나를 보며 쓴웃음을 지었다. 그리고 사과했다.

'미안, 아시자와. 그냥 가까이 있어서 그랬지. 아, 괜찮아, 괜찮아. 신경 쓰지 말고 그냥 빌려 가렴.'

당신 바보지? 나는 다른 아이들보다 한 단계 레벨이 높다고. 그걸 모르겠어? 아이들 상대니까 괜찮다고 적당히 넘어가려는 거지? 나는 어린아이지만 잊지 않을 거야. 당신의 우둔함을 언제까지나 잊지 않을 거라고.

아버지한테 이 이야기를 하고 싶었다. 아버지는 나를 무시하지 않는다. 그가 나에게 책이나 만화의 매력을 설명할 때는 늘 진지했다. 자신의 이야기가 딸의 기억 속에 남을 것에 대한 각오가 있다. 자신의 말이 앞으로 딸에게 축복이 되기도 하고, 또한 저주가 되기도 할 것을 충분히 이해하고 있다.

하지만 아버지는 지금 어딘가로 외출하려는 것 같다. 병원으로 돌아가는 걸까.

아버지는 가벼운 차림이었다. 들고 있는 짐은 아무것도 없다. 책가방을 내려놓은 내 머리를 쓰다듬으며 말한다.

'리호, 나를 기다리지 않아도 된단다.'

무슨 뜻인지 알 수 없었지만 나는 고개를 끄덕였다. 깊이 생각하지 않았다. 나갔다 올 테니까 저녁 기다리지 말고 먼저 먹어라. 그런 거겠지, 하고.

내가 고개를 끄덕인 것을 보고 아버지는 미소를 지었다. 얼굴은 여전히 떠오르지 않지만 그랬던 것은 기억하고 있다.

아버지가 나를 끌어안았다. 나는 놀라 아버지의 얼굴을 쳐다보려고 했다. 하지만 나를 누르는 팔의 힘이 의외로 세서 나는 고개를 들 수 없다. 아버지의 팔이 떨리고 있는 것을 알았다. 안았다기보다 매달렸다는 표현이 정확했다.

'엄마한테도 그렇게 말하렴.'

떨고 있으면서도 목소리만은 분명했다. 아버지의 몸이 내게서 떨어졌다.

현관문을 열고 그가 나간다. 밖의 세계는 눈부신 여름빛으로 새하얗다. 어두침침한 현관에 강한 햇살이 들어온다. 구두를 비추고, 현관 매트와 바닥을 비추고, 신발장 위에 놓인 드라이플라워를 비춘다. 여름이었다. 매미 우는 소리가 들리고 있었다.

아버지가 나간다. 문이 닫힌다. 빛이 사라지고 현관은 원래대로 어두워진다. 한 번 빛이 들어온 뒤의 어둠은 이전보다 어두워 보이는 법이다.

아버지는 그 후 다시는 집에 돌아오지 않았다.

만약에, 그때.

만약에 그때, 내가 아버지를 못 가게 했다면.

아버지를 마주 안아 주었다면. 그의 팔은 가늘었다. 마르고 혈관이 불거져 나와 있었다. 그 팔을 만지며 가면 안 된다고 울며 떼를 썼다면.

나는 아버지를 죽게 내버려 둔 것이다. 죽어 버릴 곳으로, 보내고 말았다.

만약에, 그때, 내가.

수화기를 들고 말을 한다. 수화기를 내려놓는다. 따르르르릉,
벨이 울린다. 박스 밖으로 나가자 그곳에는 눈 부신 빛으로 가득
찬 세계가 펼쳐져 있다. 그렇게 될 것이다.

있잖아, 만약에 내가 존재하지 않는 세계가 된다면, 뭐가 바뀔
까? 내가 부재한 세계는 분명 아무 영향도 없이 그대로 흘러가겠
지. 그것은 무슨 의미가 있을까.
그래서 나는 아무도 존재하지 않는 세계에서 살고 싶다. 나는
그곳에서 살아야만 한다.
내가 갖고 싶은 도라에몽의 도구. 들어가게 해 주는 거울, 들어
가게 해 주는 거울 오일, 휴대 낚시터. 아무도 없는 세계. 가끔
거울 속에 존재하는 바깥의 모습을 살펴볼 뿐.

2

오랜만에 아버지의 서재를 관찰한다.
나는 평소에는 이곳에 오래 있지 않는다. 필요한 책만 꺼내서
바로 나간다. 청소도 거의 안 해서 방 안에는 오래된 종이의 시큼한
냄새로 가득 차 있었다. 커튼을 여는 일조차 드문 어두운 방은

아버지가 나가버린 그 날 그대로다. 일할 때 쓰던 카메라와 사진이 책상 위에 난잡하게 놓인 채 먼지를 뒤집어쓰고 있다. 어머니도 나도, 그곳을 정리하지 않았다.

나를 기다리지 않아도 된단다.

아버지는 집을 나가던 날 나에게 그렇게 말했다. 같은 내용의 편지를 어머니 앞으로 남겨 두었다.

'나를 기다리지 말고 행복해져. 나는 내가 죽는 모습을 당신들에게 보이는 게 두려운, 나약한 남자야.'

'반드시 돌아올 테니까 기다리라고, 그렇게 말하더군.'

어제 이야기한 벳쇼의 목소리가 떠오른다. 어느 게 더 나을까. 대조적인, 두 개의 버려진 가족. 그는 가해자이자 피해자라고 했지만, 그럼 나는 어느 쪽일까.

아버지의 책장에는 책이 가득 차 있다. 시리즈는 시리즈끼리, 같은 작가는 전부 같은 곳에. 출판사별로 나뉘어 있는 곳도 있다. 아버지는 이 많은 양의 책을 정리하는 걸 좋아했다. 필요해서 하는 게 아니라 자신의 취미를 위해 책 배열을 바꾸는 것이다. 쉬는 날이면 아버지는 책장을 뒤엎었다. 어머니가 어처구니없다는 듯 한숨을 쉬며 질리지도 않네, 하는 표정을 짓는다.

책장은 깨끗한데 바닥에는 물건들이 어지럽다. 에나멜이라도 바른 듯 싸구려 광택이 나는 장난감 피아노. 이건 내가 유치원에 다닐 때 아버지를 찾아온 마쓰나가 아저씨가 준 것이다. 만화 캐릭터가 그려져 있는 색칠공부 소책자와 크레용, 색연필. 크리스마스에 산타클로스한테서 받은 실바니아 패밀리의 붉은 지붕 집. 그 모든 것들 위에 크레용으로 글씨가 씌어 있다.

'리하코.'

어렸을 때 나는 하루의 대부분을 이 방에서 보냈다. 아버지는 몇 권인가 사진집을 출판했는데, 그 구성이나 타이틀을 정하는 일은 언제나 어머니의 역할이었다. 아버지 사진의 권리는 지금은 직접적인 의미로 어머니에게 귀속되어 있지만, 그 당시에도 그런 의미에서 아버지의 사진을 관리할 권리를 가진 사람은 어머니였다. 부모님이 이마를 맞대고 작업하는 동안 나는 장난감을 가져와 일을 방해했다. 부모님과 함께 있고 싶었던 것이다. 가끔은 셋이서 각자 대화도 없이 책을 읽었다.

당시 나는 막 글자를 배워서 겨우 내 이름을 쓸 수 있게 되었을 때였다. 자기 물건 전부에 크레용으로 지저분한 선을 그었다. '리하코'라고. 왠지 모르지만 '호'를 쓸 때 한 획을 빼먹는다.* 아버지는 쓴웃음을 지으며 '큰일 났네' 하고 머리를 긁적였다.

'너무하네, 나는 리호코 이름 중에 '호'자를 특별하게 생각하고 있었는데 말이야.'

벽과 책상 위에까지 크레용으로 '리하코'. 가구에 써 버린 날에는 어머니한테 크게 혼났다.

그 일을 떠올리며 책장을 훑어보자 〈도라에몽〉이 전권 꽂혀 있었다. 나는 1권부터 10권까지 한꺼번에 꺼내어 안고 서재를 나왔

---

* 하;は, 호;ほ

다. 입구 부근에 노란 회중전등이 굴러다니고 있는 것이 눈에 들어온다. 플라스틱의 노란 몸체 위에 커다란 글자, 눈이 번쩍 뜨일 보라색으로 쓴 불완전한 내 이름. 나는 아버지의 회중전등을 자주 갖고 놀았다.

빅 라이트——, 스몰 라이트——.

도라에몽의 말투를 흉내 내며 아버지와 어머니하고 놀았다. 빛을 비출 때마다 몸을 뻗어 커진 척, 쪼그려 앉아 작아진 척을 하며 즐거워했다.

전등을 보며 나는 문을 닫는다. 이곳은 추억이 먼지에 매몰된, 시간이 멈춘 방이다.

3

토요일. 밤과는 달리 낮의 병원은 활기가 있다. 나는 한 손에 종이봉투를 들고 문병객으로 넘치는 복도를 걸었다.

병실에 들어가자 어머니가 침대에서 상반신을 일으켜 앉아 있었다. 아마 책을 읽고 있었던 것 같다. 손에는 커버를 씌운 문고책을 들고, 얼굴에는 무테안경을 쓰고 있었다. 내가 들어오는 것을 보자 책을 덮고 안경을 벗는다. "어서 와" 하고 덤덤하게 말했다.

"상태는 어때? 밥은 잘 먹었어?"

"오늘은 유카리* 밥이었거든. 엄마 그거 좋아하잖아."

마른 얼굴에 웃음을 띠자 마치 피부 아래에 있는 뼈의 움직임까지 보이는 것 같다. 살이 빠져 눈이 커진 것처럼 보인다. 새삼스레 바라본 어머니는 역시 나와 닮았다.

"다음에 뭐 사 올까?"

"정말? 그럼 단 거 좀 사다 줘. 거기, 사와미즈당(堂) 와플 아직도 하나? 너 좋아했었잖니. 사과잼 들어 있는 거."

"아아."

나는 고개를 끄덕였다. 사와미즈당은 우리 집 가까이에 있는 화과자 가게다. 일본풍으로 어레인지한 와플을 판다. 잼이 진해서 우리는 그 와플을 좋아했다. 안 먹은 지 오래되어서, 떠올리니 그리워졌다.

"알았어. 그럼 다음에 올 때 사 올게."

"고맙다. 정말 많이 좋아졌어, 식욕도 나고. 너 여름방학 중에 한 번 외박 허가를 받았으면 좋겠구나. 그러고 보니 언제부터 방학이니?"

"7월 20일. 안 바뀌었어."

"흐응. 그럼, 앞으로 보름인가."

누구에게라고 할 것도 없이 어머니가 혼자서 납득한다. 그것을 보며 나는 말 없이 호소한다. 어머니가 외박 허가를 받을 수 있을까. 그게 실현될 가능성은 거의 없다. 2년 전에 선고받은 어머니의 수명은 벌써 다해 가고 있는 것이다.

---

* 밥 위에 뿌려 먹는 마른반찬인 후리카케의 한 상품명. 붉은 소엽이 원료.

엄마, 솔직히 말해 봐. 무리하지 말고, 자기 몸이 어떤 상태인지 나한테 가르쳐 줘.

"그리고 이거 가져왔어. 만화책. 늦어서 미안."

만화책이 든 종이봉투를 책상 위에 놓자 어머니는 흠흠 하며 고개를 끄덕였다.

"아, 고마워. 진짜다, 옛날 생각나네. 〈도라에몽〉이잖아."

"일단 10권까지 가져왔어. 다 읽으면 말해. 다음 권 가지고 올 테니까."

"전부 몇 권이었지?"

"45. 영화 원작까지 넣으면 더 많아."

어머니가 얼마나 흥미를 느끼고 있는지는 모르겠다. 병실의 긴 하루를 보내다가 그냥 생각이 났을 뿐인지도 모른다. 다행히도 나에게 후지코 작품은 아버지의 추억과는 다른 주머니에 들어 있다. 하지만 어머니에게 있어 그것이 어떤 의미가 있을지, 솔직히 나는 알 수가 없다. 더 말하자면 어머니가 아버지에게 어떤 감정을 느끼고 있는지 나는 모른다. 그건 예나 지금이나 마찬가지다.

어떤 식으로 아버지와 이어져 있는지. 실종된 그에게 어떤 감정을 가졌는지. 어머니는 직접적으로 약한 소리를 한 적이 한 번도 없다. 발견되지 않았으니 어쩔 수 없지. 가벼운 실수라도 한 것 같은 얼굴로 생계를 위한 일에만 열중했다. 병으로 쓰러지던 날까지 그 태도는 바뀌지 않았다.

그러고 보니 어머니가 마쓰나가에게 받았다는 차를 아직 안 마셨다. 차라도 마실까, 그 말을 하려던 때였다.

똑똑, 병실을 노크하는 소리가 들렸다. 조심스러운 소리였다. 나와 어머니는 얼굴을 마주 본다. 의사나 간호사라면 더 당당하게 노크를 하고(아니면 아예 안 하던가) 바로 병실로 들어올 거라고 생각했다. 마쓰나가 아저씨인가? 아니면 다른 문병객일까.

"네, 들어오세요."

바로 어머니가 문 쪽에 대고 대답한다. "실례하겠습니다"라는 목소리와 함께 문이 열린다. 들어온 사람은 삼십 대 중반의 남성이었다. 어머니보다 상당히 젊다. 검은 테의 안경과 약간 러프한 인상의 여름 정장.

모르는 사람이었다. 수상하게 생각한 나는 고개를 기울이며 그 인물을 바라본다. 그는 조금 놀란 듯 입구에 서 있었다. 오른손에는 호화로운 과일바구니를 들고 있었다.

방을 착각했나. 나는 반사적으로 어머니를 돌아본다. 그녀도 면식이 있는 것 같지는 않다. 하지만 다음 순간 들어온 남자가 자세를 똑바로 하더니 정중하게 깊이 고개를 숙였다.

"죄송합니다. 갑자기 찾아와서 실례가 많을 줄 압니다만, 사진가이신 아시자와 아키라 씨의 사모님 병실인가요?"

"그런데요."

하늘색 가운 깃에 손을 대고 어머니가 대답했다. 그 목소리에 그가 한 발 병실 안으로 들어와 가져온 바구니를 바닥에 놓고는 가슴 주머니에서 명함을 꺼낸다.

"약속도 없이 죄송합니다. 대리인인 마쓰나가 씨에게 연락드렸더니, 이쪽으로 연락해야 한다고 하셔서. 저, 마쓰나가 씨는 아무 말씀 없으셨습니까?"

"아뇨, 아무 말도요."

어디선가 착오가 있었나. 조금·불완전한 마쓰나가답지 않은 실수라고 생각하며 어머니가 들고 있는 그의 명함을 보려고 했다. 그러나 내가 명함에 적힌 내용을 보기도 전에 어머니가 명함에서 고개를 들고 말했다.

"희담사(稀譚社)에서 오셨어요?"

"일반서 부문을 맡고 있는 이이누마라고 합니다. 오늘은 실례가 많습니다."

나는 놀라서 그의 얼굴을 보았다. 희담사는 대형 출판사다.

"저기, 괜찮으시면 이거 드십시오."

예의 바른 태도로 내게 과일바구니를 내민다. 그 안에 든 멜론과 사과 옆에 작은 꽃다발이 있다. 병문안용 상품이다. 멍하니 그것을 받아든 내게서 멀어진 이이누마가 어머니를 향해 몸을 돌렸다.

"마쓰나가 씨에게는 말씀드렸습니다만, 오늘은 부탁드릴 것이 있어 찾아뵙습니다. 마쓰나가 씨 혼자서 결정할 수 있는 사항이 아니라시며 이쪽으로 가 보라고 하시더군요. 저희 회사에서 아시자와 아키라 씨의 사진집을 출판하고 싶습니다."

그 말에 나는 마른 침을 삼켰다. 과일바구니를 든 손가락이 경직된다. 움직여지지 않는다.

아버지가 실종된 날부터 올해로 벌써 5년이 지난다. 왜 지금 그런 제의를.

그의 얼굴은 진지함 그 자체였다. 어머니가 뭔가 말하려는 듯 입술을 달싹인다. 그러나 그보다 먼저 내가 말했다.

"그건… 왜, 갑자기."

이이누마가 나를 돌아보았다. 나는 바구니를 옆 테이블 위에 놓고 쓴웃음을 지으며 물었다.

"그거, 어떤 취지의 출판인데요?"

"따님이신가요?"

"예. 딸인 아시자와 리호코입니다."

어머니에게 갑자기 꺼낼 화제가 아닐 텐데. 혀를 차고 싶은 기분으로 나는 고개를 끄덕이며 대답했다. 마쓰나가도 마쓰나가다. 연락을 잊는 것도 그렇고, 이런 내용의 이야기는 어머니한테 들어가기 전에 내 선에서 처리하고 싶었다.

아버지는 실종된 상태다. 어머니를 버린 것이다. 그리고 지금 어머니는 병상에 있다. 그게 무엇을 의미하는지, 조금만 생각하면 알 일이다.

"아버지의 작품집이라면 이미 출판된 게 몇 권 있어요. 아직 절판된 것도 아니고, 그런데 새로 다른 책을 낸다니 무슨 뜻이세요?"

"아시자와 씨의 대표작이 될 만한 작품집을 만들려고 생각하고 있습니다."

이이누마의 목소리에는 흔들림이 없었다.

"이것이야말로 아시자와 아키라라고, 그렇게 생각할 수 있을 만한 사진집을 내고 싶습니다. 저 자신이 아버님의 열렬한 팬이기도 해서, 예전부터 이 기획을 생각해 왔습니다. 꼭 낼 수 있도록 허락해 주십시오. 당시의 관계자분께 아시자와 씨의 미발표 작품이 많이 있을 거라는 이야기를 들었습니다. 저희는 그걸 보고 싶습니다. 그리고——."

이이누마가 거기서 처음으로 말을 삼킨다. 짧은 침묵 뒤에 말을 이었다.

"—— 지금까지 아시자와 씨 사진집에 실린 사진의 선정과 그 구성은 전부 사모님께서 하셨다고 들었습니다."

"잠깐만요."

그때와 지금은 상황이 너무나 다르다. 아버지는 실종 중이고, 어머니는 투병 중. 비상식에도 정도가 있다. 어이없는 듯한, 비난하는 듯한 굳은 목소리가 내 입에서 새어 나왔다.

"어머니에게 구성을 부탁할 생각이세요?"

"그건, 혹시라도 가능하시다면 좋겠다는 말씀을 드리고 싶습니다. 물론 몸에 무리가 있으실 것 같으면 거절하셔도 됩니다. 그 경우에는 저희에게 사진을 제공해 주시면 안 되겠습니까? 맡겨 주실 수 있으시다면——."

"그런 이야기를 이렇게 갑자기 하시면 곤란한데요."

나는 약간 필사적이었다. 어머니의 병실에 아버지의 화제를 들고 오는 것이 싫었다. 우리 모녀조차 묘한 거리감을 두고서만 이야기할 수 있는 화제. 마쓰나가도 이곳에 올 때는 아버지의 실종에 대해서 입에 담지 않는다. 그런데 이건 너무나 직접적이다.

게다가 —— 그렇다.

아버지의 사진집. 평판이 좋아서 이제부터 시작이라고 여겼을 때 병에 걸려 실종된 젊은 사진가의 비극적인 스토리. 아버지를 모르는 많은 독자에게 책을 홍보할 때 쓸 만한 이야기가 있다면 그것일 것이다. 거기에는 남겨진 부인이 관여해야 할 필요가 있다. 어머니에게 구성을 의뢰하는 것은 그 계산 때문임이 틀림없었다. 꿋꿋한 부인의 슬픈 미담.

바보 아저씨. 마쓰나가에게 화가 치민다. 엄마는 병에 걸렸다고요. 말라서 힘도 없는데, 그런 사람에게 일을 시킬 셈이야?

나는 당황했다. 어머니가 아버지에게 어떤 감상을 가지고 있는지 알고 싶지 않았다. 언제나 조금 · 불행한 내 어머니. 그녀의 불행이 '조금'이기 때문에 나는 겨우 어머니의 얼굴을 볼 수 있다.

한심해. 질렸어.

언젠가 내가 어머니에게 반항했을 때, 그녀의 입에서 내뱉어진 말. 이 말을 아버지에게 하게 된다면 농담이 아니게 된다. 그 말을 듣지 않기 위해 나는 언제나 어머니에게서 아버지의 이야기를 멀리 떼어놓았다.

"갑작스러워서 결정하기가 그렇네요. 마쓰나가 씨하고도 상의하고 싶고요…."

"리호코."

그때, 우물쭈물 이어지던 나의 말을 어머니가 막았다. 그때까지 조용했으면서 갑자기 끼어든다. 나는 바로 입을 다물고 그녀의 얼굴을 보았다.

어머니는 의연했다. 온화함이나 미소 짓는 분위기도 없는 대신, 분노와 쓸쓸함도 없다. 자연스러운 무표정이었다. 어머니는 나를 나무라던 그 표정으로 이이누마를 보았다. 그리고 말했다.

"좋습니다. 받아들이지요."

그 목소리는 담백했다. 감상적인 분위기는 전혀 없었다. 살짝 고개를 끄덕인 후 단조로운 목소리가 이어졌다.

"남편이 실종된 것을 감안하고 책을 만드는 거지요? 그게 하기 쉽겠네요. ──그러지요, 제가 사진 선정과 구성을 맡겠습니다."

4

"어라, 리호코? 여기서 만나는 거 처음이지?"

그 목소리에 문득 정신을 차리고 등을 편다. 황급히 고개를 들자 벳쇼가 서 있었다. 그는 따뜻한 시선으로 나를 내려다보고 있다. 나는 놀라 그냥 그를 쳐다볼 뿐이었다.

"벳쇼 선배…."

"무슨 일이야? 혼자 왔어?"

그가 나를 보며 웃는다.

"지금 고개 숙이고 있지 않았어?"

"아뇨."

매점 앞 자동판매기가 늘어선 음료 코너 한쪽에서 벳쇼의 말대로 나는 고개를 숙이고 있었다. 아직 집으로 갈 생각은 없었지만, 어머니의 병실로 돌아갈 기분도 나지 않았다. 안에서는 어머니와 이이누마가 대략적인 이야기를 나누고 있다. 오늘은 인사만 드리려고 온 겁니다. 돌아가려는 이이누마를 어머니가 붙잡은 것이다. 어떤 내용인지 좀 더 설명해 달라면서.

나는 거기에 있기가 곤란해져 매점에 간다며 뛰쳐나왔다.

"그래? 왠지 침울한 것 같았는데. 한순간 네가 아닌 줄 알았어."

휴일이었지만 그는 교복 차림이었다. 가늘고 창백한 팔이 반팔 셔츠 속에서 뻗어 나와 있다. "옆에 앉아도 돼?" 양해를 구하고 내 옆에 앉았다.

평일이라면 외래환자의 대기 장소였을 긴 의자에는 우리 외에 아무도 앉아 있지 않았다. 즐거운 듯 소란스레 의자 주위를 뛰어다니는 아이들이나 서서 이야기를 나누고 있는 아주머니들. 그들은 모두 우리가 보이지 않기라도 하는 듯 자신들의 시간에 열중하고 있다. 나와 벳쇼에게만, 마치 그들과는 관계없는 다른 공간이 준비된 듯한 느낌이다.

"…선배도 문병 온 거예요?"

"응. 그런데 조금 전에 친척들이 우르르 몰려와서 북적북적해. 다른 손님이 있으면 할머니도 외롭지 않을 것 같아서 잠깐 나온 거야. 사람이 많은 걸 별로 안 좋아하거든."

"아아. 선배는 왠지 그럴 것 같아요."

나는 고개를 끄덕였다. 무사히 평소와 다름없는 목소리가 나와서 그때까지 어깨에 들어가 있던 힘이 쑥 빠졌다.

"응. 그런데 너는 왜 이런 데 있어? 너도 어머니 문병 온 거지?"

"좀 예상 밖의 일이 있어서요."

나는 한숨 섞인 쓴웃음을 짓는다. 자기 자신의 감정에 이름을 붙일 수 없었다. 침울해 보인다는, 벳쇼가 보고 느낀 나에 대한 감상이 왠지 내 것 같지 않다. 우울한 건지, 화가 난 건지, 슬픈 건지… 기쁜 건지. 크게 나눠 그 분류 중 어디에 몸을 맡기면 좋을지 알 수 없었다.

"──조금 전 출판사 사람이 어머니를 찾아왔어요. 아버지의 사진집, 그것도 역작을 출판하고 싶다고."

"굉장한데."

벳쇼가 어린아이같이 솔직한 감상을 말했다.

"역시 멋지다. 아직도 그런 제안이 들어오다니 정말 굉장하다."

"그런가요."

자기 자신의 목소리가 왠지 공허하게 느껴진다. 오늘 병원 안은 냉방이 약간 세다. 에어컨 바람에 몸이 안 좋아지기 시작한 건지도 모른다. 나는 벳쇼에게서 시선을 돌려 내 발끝을 보았다.

"출판사 사람은 어머니한테 책 구성을 맡겼어요. 어머니는 입원 중인데, 너무 비상식적인 이야기잖아요…. 어쩌면 책을 팔기 위한 광고 문구에 이름만 빌리자는 말인지도 모르고. 마지막까지 안 들었으니까 모르겠지만."

"왜 마지막까지 안 들었어?"

"어머니가, 바로 승낙했거든요."

마치 자조하듯 볼이 경직된다. 벳쇼가 가벼운 목소리로 "흠" 하고 중얼거렸다. 크게 놀라거나 하지 않는, 말에 대한 감상이 부족한 리액션. 그 반응에 금세 나는 이야기하기가 쉬워졌다.

"저한테는 의외였어요. 거절할 줄 알았거든요, 분명히요. 어머니는 평소에도 아버지 이야기를 거의 안 하고. 그것도 의도적으로 생각하지 않으려고 한다든가, 그런 게 아니에요. 피하는 것도 아니고요. 전혀 흥미가 없는 것처럼 예전 이야기도, 아버지를 원망하는 말도 없고. 어머니는 그렇게 현재 상태를 받아들이며 살아갈 뿐이라고, 거기에 저같이 쓸데없는 감상(感傷)이나 말을 끼워 넣지 않는 사람이라고 생각하고 있었어요."

"그럴까?"

벳쇼가 입술 양 끝을 끌어올려 살짝 웃었다.

"흔한 표현이지만, 속마음을 감추려고 그러셨을 뿐인지도 모르잖아."

"감추는 것 같지도 않아요. 말은 잘 못 하겠지만, 어머니는 무리해서 태연한 척하고 있었던 건 아니라고 생각해요. 왜 하겠다고 했는지 잘 모르겠어요. 돈이 필요한 것도 아닐 테고, 아버지 작품을 많은 사람에게 보여주고 싶다거나, 그렇게 쉽게 말로 표현할 수 있는 이유도 아닌 것 같아요. 무슨 이유를 들어도 어딘가 달라요. 저는 이해할 수 없어요."

"어머니는 어떤 분인데? 사진가 아시자와 아키라 씨의 부인이자 아시자와 리호코의 어머니. 관심 있어."

"어머니는——."

조금 · 불행.

감상에 젖는 법이 없고 생활감과 현실감에 가득 차 있다. 살짝 망설인 후 나는 말했다.

"호화로운 꽃다발은 받아도 좋아하지 않아요. 그런 사람이에요."

"꽃다발?"

조금 전 이이누마에게서 받은 과일바구니에도 작은 꽃다발이 달려 있었다. 어머니는 그것을 화병에 꽂을 것이다. 하지만 분명 마음속으로는 아깝다고 투덜거릴 것이다.

"뿌리를 잘라버린 꽃은 오래 못 사니까 아깝대요. 그럴 거면 화분이 오래 가기도 하고 키우는 재미도 있다고요. 그런 주부다운 생활감이 너무 넘쳐서, 저는 그게 부끄러웠어요. 찰나적인 즐거움에 돈을 쓰지 못하는 건 여유도 없고 궁색해 보이는 것 같거든요. 그래서 저는 그 반대 가치관을 가지게 된 경향이 있어요."

"'궁색하다'니, 너 참 굉장한 표현을 쓰는구나."

벳쇼가 웃으며 말했다.

"너는 사치를 하는 데 저항감이 없어?"

"외식에도, 세탁에도 전혀 그런 거 없어요. 시간과 돈을 저울에 단다면 저는 망설임 없이 시간을 택할 거예요. 나와 어머니는 정반대의 측면에서 서로 자신이 합리적이라고 생각하는 모녀예요."

"그렇구나."

벳쇼는 자기 자신의 견해가 어느 쪽이라는 말은 하지 않고 그저 고개를 끄덕였다. 나는 고개를 들고 이번에는 아무것도 없는 허공을 바라보며 말했다.

"저는 어머니하고는 거의 깊은 이야기를 나눈 적이 없거든요. 이제 와서 감상에 젖어 '좋은 이야기'를 할 만한 분위기가 아니에요. 이상하게 부끄럽기도 하고, 못할 말도 있고. 가족이라 더 용서할 수 없을 때도 많아서 충돌하기도 했고요."

또 한숨이 나왔다.

"그래서 모르겠어요. 어머니가 어떤 마음으로 아버지를 보고 있는지."

오늘 이이누마 씨의 제안에 고개를 끄덕인 어머니는 평소와 같은 표정이었다. 무슨 결심을 품은 것 같지도, 사명감을 느끼고 움직이는 것 같지도 않았다. 그저 그런 시스템이라 그렇게 된다는 듯한, 높은 곳에서 낮은 곳으로 물이 흘러가는 듯한 막힘없는 승낙이었다.

문득 생각이 나서 나는 벳쇼의 얼굴을 보았다.

"벳쇼 선배, 자기 이름 좋아하세요?"

"나? 응, 좋아해. 아버지가 준 것 중에서는 아마 다른 것과 비교

할 수 없을 만큼 제일 좋은 것 같아. 그런데 그건 갑자기 왜?"

"저는 아버지가 실종되고 얼마 되지 않았을 때쯤, 딱 한 번 어머니한테 물어본 적이 있어요. 아버지와 어머니는 같은 학교를 나와서 그때부터 사귀었었는데, 아버지가 어머니한테 모델 부탁을 한 게 계기였나 봐요. 그때까지 이야기를 나눠 본 적도 거의 없었는데 어느 날 갑자기 부탁하더래요. 어머니는 놀라서 처음에는 거절했다고 하더라고요."

설명하면서 어디선가 들은 것 같은 이야기라고 생각하며 쓴웃음을 짓는다.

"저랑 선배하고 비슷하네요."

"진짜 그러네. 그럼 어머니도 너도, 기다리면 부탁을 들어주는 건가?"

"어머니는 그랬던 것 같아요. 저는 아니겠지만."

불행한 사람들에게서 볼 수 있는 덧없는 표정을 짓는 어머니의 얼굴을, 지금 나는 아름답다고 생각한다. 하지만 사진에서 본 고등학교 시절의 어머니는 평범하고 눈에 띄지 않는 타입이었다. 존재감이 흐릿하고 체격은 보통, 키도 중간.

"아빠는 엄마의 어디에 매력을 느낀 거냐고 물어봤어요. 어째서 어머니를 선택한 걸까. 그랬더니 어머니는 자기 이름 때문일 거라고 대답했어요."

"이름?"

"응. ──'엄마 이름이 시오코[沙子]라서 그랬을 거야'라고요."

우리가 살고 있는 이곳은 산이 주위를 둘러싸고 있어서 바다가 없다. 바다를 찍을 때 우리 가족은 다른 지방까지 드라이브를 즐겼다. 그때 생각이 나서 슬쩍 웃는다.

"저는 그런 말도 안 되는 이유는 아닐 거라고 했는데, 어머니는 진지한 얼굴로 '과연 그럴까?'라면서 고개를 갸우뚱거렸어요. '바다가 없는 이곳에서 바다랑 관련된 것을 찾다가 눈에 띈 거겠지. 계기라는 건 그런 거라도 상관없는 거란다', 이 말도 저는 이해할 수 없었어요. 아버지가 그런 이유로 어머니를 택했다는 게 아니라, 자신이 선택받은 이유를 그렇게 생각하면서도 그걸 받아들인 어머니가 말이에요."

"아니, 그렇지 않아. 괜찮잖아, 재미있는데."

벳쇼가 웃지 않고 진지한 얼굴로 말했다. 그렇게 대답했던 언젠가의 어머니처럼, 장난스러운 분위기는 하나도 느껴지지 않았다. 나는 조금 당황스러웠다.

아직 깊게 캐물어 본 적은 없지만, 그도 아시자와 아키라의 팬인 것일까. 팬의 심리는 스타의 모든 행동을 미화해서 보여준다. 나는 그런 것들이 환멸스럽다. 실제의 아버지는 내 생활과 직접적으로 연결되어 있다.

"어머니한테도 나만한 나이였을 때가 있었고, 그 당시에는 아버지를 여자아이다운 마음으로 좋아했을지도 모른다고 생각하려고 했는데, 그걸 들으니 역시 어려워요."

"일반적으로 자신의 부모님이 젊었을 때 연애했던 모습을 상상하는 건 어려울 거야. 반대도 그런 거 아닐까? 어머니에게 아버지가 느꼈을 연애 감정은 상상이 돼?"

"아아, 그건, 네."

부정이 돌아올 것을 예상하며 던져진 질문에 나는 긍정한다. 벳쇼는 의외였는지, "흠, 흥미로운데" 하고 중얼거렸다.

"그건 어째서지?"

"우리 아버지, 대학에 다니던 4년간, 홋카이도에 가 있었거든요. 홋카이도 대학에 진학했기 때문이었는데, 그때 어머니한테 같이 가자고 했대요. 바다 건너 먼 데서 따로 지내는 건 외로우니까 같이 가지 않겠느냐고요."

그런 부분이 고등학생 남자의 연애관이라는 느낌이 든다. 내 주변 남자들이 할 것 같은 말이다. 쉽게 상상할 수 있다.

"어머니는 승낙하셨어?"

벳쇼의 질문에 나는 고개를 저었다. 그렇다, 내가 이해할 수 없는 것은 그쪽이다.

"어머니는 거절했어요. 그럴 생각만 있었으면 얼마든지 아버지와 같이 갈 수 있었는데, 안 그랬죠."

특별히 부모님이 반대한 것도 아니었다고 들었다. 어머니는 고등학교 졸업 후 그 지역의 전문대에 다녔는데, 그것도 딱히 원해서 선택한 진로인 것 같지 않다.

나는 작게 한숨을 쉬었다.

"이유를 물은 적이 있었는데, 홋카이도는 춥기도 하고 귀찮아서

그랬다고 진지하게 말했어요. 불안하지 않았냐고 물었더니 글쎄
다, 그러면서 웃기만 하고. 옛날 일이라 다 잊었대요. 학생이었던
4년간, 아버지를 찾아간 적도 거의 없었대요. 그냥 여기서 기다리
기만 하고."

　처음 그 이야기를 들었을 때도 어떻게 된 거 아니냐고 생각했지
만, 지금 자신이 그 당시의 어머니와 같은 또래가 되어 보니 더욱
이해 불능이었다. 좀 더 소녀다운 감정으로 행동했으면 좋았을
텐데.

　"아버지는 대학 졸업 후 바로 여기로 돌아오셨어?"

　"네. 어머니가 있었으니까."

　그렇지 않았다면 그곳에 남았을지도 모르지만. 벳쇼는 즐거운
듯 고개를 끄덕이며 "그러고 보니," 하고 말을 이었다.

　"어머니 이름이 그런 것처럼, 네 이름에도 바다가 들어 있구나.
나만 그렇게 생각하는 건가? 리호코[理帆子]라는 이름에서는 범선
(帆船)이 바람을 받아 바다 위를 미끄러지는 이미지가 느껴져."

　부끄러운 듯 쓴웃음을 지으며,

　"위험한데, 시인 같은 소리를 해 버렸네."

　"괜찮아요. 아버지 의도대로니까."

　나도 쓴웃음으로 대답한다. 오늘 아침에 본 어린 자신이 한 낙서
가 눈앞에 떠오른다. 크레용으로 쓴 삐뚤빼뚤한 글자. '리하코'.

　'너무하네, 나는 리호코 이름 중에 '호'자를 특별하게…'

　먼 기억. 현실감이 적은, 아버지가 서 있는 모습.

"벳쇼 선배 이름은 저기…."

처음에 도서실에서 만났을 때 들었을 텐데 생각이 안 났다. 화제를 돌리려고 한 이야기인데 말이 막혀 버렸다. 내가 곤란해하는 걸 알아차렸는지, 벳쇼가 옆에서 쓴웃음을 지었다.

"아키라*야. 지금은 이름으로 불리는 일도 거의 없지만."

"밝은 이미지의 이름이네요. 벳쇼 선배한테 어울려요."

나는 얼버무리듯 웃었다.

"확실히 남자아이들은 점점 성으로 부르게 되지요. 여자아이들은 별로 그렇지 않은데. 그거 왜 그런 걸까요?"

눈앞에 늘어선 자동판매기를 가리키며 내가 물었다.

"뭐 드실래요?"

"네가 마시고 싶으면."

벳쇼가 미소를 지었다. 내가 일어서서 캔커피를 살 때 옆에서 벳쇼가 "있잖아" 하며 말을 걸었다. 덜컹, 캔이 떨어진다. 나는 그를 쳐다보았다.

"왜요?"

"실은 나도 꺾인 꽃은 별로야."

표면에 물방울 땀을 흘리는 캔커피. 그걸 들고 일어선다. 벳쇼는 가볍게 어깨를 으쓱이고 나서 뒤를 이었다.

"자, 여기서 문제. 왜 그럴까요?"

"어머니처럼… 아까워서 그런 거 아니에요?"

---

* 아키라; 일반적으로 밝다는 뜻을 가진 한자를 많이 쓴다. 明, 彰 등.

"아니야. 정답은, 잘린 꽃이 생물의 시체로 보여서야. 그 이외의 다른 것으로는 보이지 않거든."

나는 숨을 들이쉬고 잠시 그대로 멈췄다. 벳쇼의 얼굴을 가만히 응시한다. 그것을 밝힌 그는 조금이나마 만족스러운 듯이 보였다. 마술의 비밀이라도 밝힌 것처럼.

"그래서 왠지 기분이 나빠. 혐오감이라고까지 할 정도로 심한 건 아니지만 왠지 싫어."

"우리 어머니는 분명 그런 이유는 아닐 거예요."

"응, 아닐지도 몰라. 하지만 그럴 가능성도 있어. 궁색하다는 단어는 너무하잖아, 깜짝 놀랐어."

벳쇼가 경쾌하게 소리 내어 웃었다.

"너희 어머니는 분명 상냥한 분이실 거야. 꽃다발을 받고 기쁘지는 않더라도 버리지 않고 장식해 두시지? 오래 살려 두려고 고심하는 그런 분이실 테니. 거기에는 분명히 사랑이 있는 거야."

"그건 그렇지만."

꽃병의 물속에 꽃집에서 사 온 영양분을 넣는 어머니. 기억에 있다.

"말로 표현을 잘 안 하시니까 언뜻 보기에는 이해가 안 될 수도 있겠지만, 그런 건 문제가 아닐 거야."

느릿한 말투로 벳쇼가 이야기했다.

"아무 맥락 없는 것처럼 보여도 어머니에게는 확실히 이어져 있어. 지금까지 어머니가 아버지에 대해 어떤 감정을 가졌는지 몰랐다면 이번이 그걸 알 수 있는 기회일지도 모르지."

잘됐네.

그는 전혀 심각하지 않은 가벼운 목소리로, 나를 향해 속삭였다.

5

"리호코."

의자에 앉아 이야기하고 있는 나와 벳쇼 앞에 마쓰나가 나타난 것은 그때였다.

성량이 크고 늠름한, 하지만 허스키한 분위기의 목소리. 거기에 어울리는 형용사를 찾자면 '중후하다'일 것이다. 부르는 목소리에 돌아보니 여름인데도 진회색 재킷을 입은 마쓰나가 준야가 서 있었다.

일본 톱클래스의 지휘자. 그는 예술로 먹고살지만 더할 나위 없는 상식인이었다. 천재들이 흔히 그러듯이 기괴한 소행도 저지르지 않고, 미치광이 같은 용모도 아니다. 그가 평범한 사람들과 다른 점이 있다면 그것은 그의 내면이다. 스스로에 대한 압도적인 자신감. 그리고 그는 다른 이들 앞에서 그런 자신감을 감추는 것이 아주 능숙했다. 겸허하고 조심스러운 자세는 일본의 아주머니들에게 어필한다.

홀쭉한 볼과 쌍꺼풀 없는 선명한 눈이 인상적이다.

"여기서 뭐 해? 어머니는?"

"병실에요. ── 안녕하세요, 아저씨. 바쁘신데 와 주셔서 고맙습니다."

마쓰나가는 지금 막 병원에 들어온 것 같았다. 오른손에 무슨 봉지를 들고 있다. 꽃다발도 음식도 반기지 않는 어머니지만 그래도 무언가 위문품을 가져온 모양이다. 나는 그것을 보고 쓴웃음을 짓고는 살짝 짓궂은 시선으로 그를 노려보았다.

"엄마는 지금 병실에서 희담사에서 오신 이이누마 씨랑 말씀 나누고 계세요. 아저씨 우리한테 그 이야기하는 거 잊고 계셨죠?"

"뭐라고?"

마쓰나가가 콧등에 주름을 잡으며 얼굴을 찌푸렸다.

"그 사람 벌써 왔어? 그건 미안하게 됐구나. 오늘 설명하려고 했었는데 말이야."

내게서 시선을 돌리고 허공을 노려본 뒤 불만스러운 듯한 말투로 말했다.

"보통은 허락이 떨어진 걸 확인한 뒤에 방문하지 않나? 확실하게 말해 두어야겠구나. 아직도 병실에 있니?"

"괜찮아요. 어머니가 그 일을 하기로 한 것 같으니까요."

벳쇼와 이야기를 나눈 뒤가 아니었다면 훨씬 뼈 있는 목소리였겠지만, 상당히 마음이 가라앉았다는 사실을 남의 일처럼 깨달았다. 내 말에 마쓰나가는 놀란 듯 한순간 표정이 굳었으나 바로 고개를 끄덕인다.

"그럴 거라고 생각은 했지만 그렇다고 해도 빠른 결정이군. 시오코 씨다워."

아아, 마쓰나가도 어머니의 선택을 납득한 것이다. 거기에 저항감을 느끼는 건 딸인 나뿐이다. 그가 턱을 어루만지며 다시 고개를 끄덕이고는 나를 바라보았다.

"알겠다. 내가 가서 이야기하고 오지. 리호코도 그럼 같이 갈래?"

"저는 여기 좀 더 있다가요."

슬쩍 벳쇼를 돌아본다. 그는 자동판매기 앞에 선 채 가만히 마쓰나가를 바라보고 있었다. 마쓰나가가 입을 다물고 내 시선을 따라온다. 벳쇼와 눈이 마주친 것 같기도 했고, 그렇지 않은 것처럼 보이기도 했다.

어른들 일에 끼어들 마음은 들지 않았다. 어머니의 간결한 대답이 내 안에 있는 아버지에 대한 감상적인 로맨티시즘을 비웃는 것 같았다. 실제로 이렇게 살아 있는 사람의 말이나 자기도취 저편에 가지고 있는, 달콤하지 않은 생활감. 마쓰나가와 어머니는 그것을 알면서 지금도 아버지와 이어져 있는 것일까.

"…화났니?"

의아하다는 듯 마쓰나가가 물었다. 나는 고개를 젓는다. 조금 더 다른 사람과 이야기하고 싶을 뿐이다. 그는 내게 무언가 말하려는 듯 입을 열었지만, 옆의 벳쇼를 의식했는지 포기하고 살짝 턱을 당겼다.

"그래라. 그리고 오늘 괜찮으면 저녁 같이 먹을까? 뭐 맛있는 거 먹으러 가자."

"아주머니도 같이요?"

"아니, 우리 둘만. 불만이니? 아내는 지금 시오리 피아노 콩쿠르 때문에 나가노에 갔거든."

마쓰나가가 쓴웃음을 짓는다. 그는 웃으면 볼에 깊은 주름이 잡힌다. 나는 그것을 보는 게 좋았다.

"시오리도 널 만나고 싶어 했는데, 타이밍이 안 좋구나."

"시오리, 피아노 아직도 치는군요."

"일단은. 지금부터 아무리 연습해도 그걸로 먹고살 만한 레벨은 되지 않겠지만, 집사람이 열심이야."

가족 이야기인데도 가차 없이 말한다. "그럼 이따가 보자" 짧게 말을 남기고 그가 복도를 떠났다. 그럴 사이는 아니라고 생각했는지 나와 벳쇼의 관계는 묻지 않는다. 인사조차도 하지 않는 점이 너무 완벽할 정도다. 마쓰나가는 언제나 내 연애나 밤늦게까지 놀러 다니는 등의 개인적인 문제는 전혀 입에 담지 않았다.

다만 이번에는 좀 노골적으로 무시하는 것이 마쓰나가답지 않았다. 살짝 목례 정도는 해야 하는 것 아닌가. 나는 그 대신 벳쇼에게 무례를 사과했다.

"죄송해요, 급한가 봐요. ── 저 사람, 지휘자인 마쓰나가 준야 씨예요. 아버지 친구죠."

"알아. 친한 친구라고 어느 책에서 읽었어."

그에게서 마음이 상한 기색은 보이지 않았다. 마쓰나가가 사라진 복도 저쪽을 바라보며 말한다.

"멋진 사람이네."

"네, 너무 완벽하죠."

조금만 더 이야기해도 될까요, 내가 제안했다.

"어머니하고 아저씨들 일이 일단락된 다음에 돌아가고 싶어서요."

"좋아."

우리는 다시 아까와 같은 의자에 나란히 앉았다. 화제를 찾느라 한순간 침묵이 흐른다. 방금 산 캔커피를 한 모금 마시고 내가 물었다.

"저는 요전에 물으셨을 때 대답했는데, 벳쇼 선배는 도라에몽 도구를 준다면 어떤 것을 가지고 싶으세요?"

물론 그가 이름을 기억하고 있을 도구는 그렇게 많아 보이지 않았지만.

"아무거나 괜찮은데. 생각나는 거 있어요?"

"그러게. 네가 보기에는 너무 뻔해서 재미없을 것 같은 대답밖에 없는데."

깊이 생각하는 것 같더니, "그건?" 하고 묻는다.

"타임머신은 도라에몽 도구 중에 있나?"

"있기는 한데, 다른 데서도 많이 볼 수 있는 발명품이라 딱히 〈도라에몽〉의 도구라는 느낌은 안 드네요. ──타임머신이 좋으세요? 과거랑 미래, 목적지는 어느 쪽인데요?"

"우리 또래 중에서 미래를 본다는 것에 흥미가 있는 사람은 적지 않으려나. 앞으로 자신이 어떻게 살게 될지, 무엇이 될지. 막연하게나마 어느 정도는 예상하고 있을 테니까. 그래서 더욱 보고 싶지 않기도 하고. 게다가 자기 수명이 이미 다한 예측 불가능한 미래라면 사실 아무래도 상관없고. 결국 지금이랑 대체로 비슷한 세계 아닐까?"

"그럼 가고 싶은 곳은 과거군요?"

"그때 이렇게 할 걸, 만약 그때 이게 있었다면, 그렇게 아쉬운 순간이 있잖아. 나는 고치고 싶은 일이 많아."

"자주 듣는 말이지만, 그렇게 실패해 온 부분들의 연속 집합체가 지금인 거잖아요."

내 지적에 벳쇼가 쓴웃음을 짓는다.

"뭐, 미래로 가서 자기가 한 일들을 수습하는 게 맞는 경우도 있겠지만."

그가 갑자기 내 얼굴을 들여다보았다.

"도라에몽은 아마, 이대로라면 무서운 일이 벌어질 노비타의 인생을 개선하기 위해 미래에서 온 거 아니었나? 미래를 바꾸는 거잖아. 그건 나쁜 건가?"

"아, 그거 자주 토론 테마로 나오나 봐요. 우리 학교는 그런 걸 해 줄 것 같지는 않지만요."

말하면서도 우리 고등학교에서 그런 걸 한다 해도 자신은 그

토론에 참여하지 않을 거라고 생각한다. 자기 의견을 내세우며 화르륵 타오른 뒤에 현실로 돌아온다. 그것을 생각하면 끔찍하다.

"미래를 바꾼 것이 옳은지 그를지를 긍정파와 부정파로 나뉘어 토론하는 거예요. 자기 진영의 주장을 논증하는 데 성공한 쪽이 이기는 거죠. 그것 말고도 노비타에게 도라에몽이 도움이 되었는 지를 토론하는 경우도 있는 것 같아요. 텔레비전에서 어떤 고등학교가 하는 걸 본 적이 있어요."

도라에몽의 도구 때문에 노비타가 게으름을 피우는 것이다. 아니다, 만화 속에서 노비타가 도구를 쓸 때, 그 사용법은 발전적이고 그 꾀는 훌륭하다. 그가 머리를 쓰게 만드는 데에 도움이 되고 있다.

미래를 바꾸어 시즈카와 결혼하게 한 것은 어떤가. 아니 그 둘이 결혼하는 그해까지 도라에몽이 노비타네 집에서 지냈던 것 같지는 않다. 이 결혼은 시즈카가 스스로 선택한 것이며 그녀가 그렇게 한 것은 노비타 자신이 매력적인 청년으로 성장했기 때문일 뿐이다.

다정하고 다른 사람의 마음을 배려할 줄 아는 훌륭한 개성. 그렇게 키운 것은 도라에몽이다. 말할 것도 없이 나는 긍정파. 노비타에게는 도라에몽이 있어서 정말로 다행이었다.

"과거로 돌아가 미래를 바꾼 경우, 이미 실현된 미래는 어떻게 되는 거지?"

벳쇼가 물었다.

"이미 그곳에 존재하는 미래의 노비타의 아이들이나 손자, 그들은 사라져 버리는 거야?"

"세와시라고, 노비타 손자의 손자에 해당하는 소년이 있는데, 도라에몽은 그 사람이 보낸 거예요. 지금 자신의 상황이 나아지려면 할아버지가 똑바로 살아야 한다고요. 노비타는 지금 벳쇼 선배가 말한 것처럼 그 아이가 태어나지 못하게 되면 어쩌나 하고 걱정하는데, 세와시의 말을 빌리자면 '그건 어떻게든 잘 맞출 테니까 괜찮아요'래요. 교통수단이 달라져 봤자, 비행기로 가나 전차로 가나, 결국 같은 목적지에 도착할 거라고요."

나는 미소 지었다.

"그냥 그건 그렇게 넘기세요. 만화잖아요."

"어쩌면 그럴지도 모르겠네. 과거에 끼어들었더라도 결국은 같은 현실로 돌아가는 거야. 극적인 변화는 그렇게 많지 않을지도 몰라. 노비타처럼 결혼 상대까지 바뀌는 건 큰 변화지만."

그가 어깨를 으쓱였다.

"내가 고치고 싶은 과거도, 어차피 현재에 미치는 영향은 없을지도 모르지."

"모르는 일이에요. 나비효과 아세요? 북경에서 나비가 한 번 한 날갯짓 때문에 뉴욕에서는 폭풍이 생긴다고요."

유명한 카오스 이론의 한 이야기를 꺼내자 벳쇼가 그것을 알고 있는지 싱긋 웃었다.

"그럼 그건? '만약에 상자'였나? 만약에 이러저러했다면 하고 전화에다 말하면 그대로 되는 거."

"있었죠."

"메이저한 도구밖에 몰라서 미안. 너처럼 지식이 있으면 좋았을
텐데."

뱃쇼가 쑥스러운 듯 웃으며 말했다.

"어렸을 때지만 정말 갖고 싶었지. '만약 마법이 존재하는 세계
가 된다면'이라든지, '시험이 없는 세계가 된다면'이라든지. 정말
부러웠어. 그걸로 '만약 그때 이 선택을 하지 않았다면'이라는 부
탁을 하는 건 무리일까?"

"괜찮지 않을까요? 〈도라에몽〉 만화에서 그렇게 사용한 적은
없었지만, 아마 가능할 거예요. 도라에몽에 의하면 '만약에 상자'
는 일종의 실험실이라고 해요."

"실험실?"

"'만약에 이런 일이 생기면 어떻게 되는가'를 보여주는 실험실.
거기서 부탁한 세계는 이 세계와는 독립된 패럴렐 월드라서 거기
에서 일어나는 것들은 전부 실험. …확실히 타임머신으로 실제의
과거를 바꿔 버리는 것보다 좋을지도 모르겠네요. '만약에 그때
내가 이렇게 했다면, 이라는 세계'를 부탁하는 거예요."

말하던 도중에 실존하지도 않는 도구의 이야기에 열을 올리고
있다는 것을 깨닫고 쓴웃음을 지었다.

"〈도라에몽〉에서 보여준 타임머신을 타고 간 과거, 현재, 미래
도 일종의 패럴렐 월드 같으니 정의는 애매하지만, '만약에 상자'

가 더 확실하고 안심이 되죠. 만약 거기에 펼쳐진 세계가 마음에 들지 않으면 다시 상자에 들어가 '원래 세계로 돌려놔 줘'라고 부탁하면 되니까요."

"실험 세계가 더 좋은 경우에는? 상자의 효과가 끊겨서 실험이 끝나기도 해?"

"아뇨, 그건 아니에요. 〈도라에몽〉에는 상자가 버려져서 원래 세계로 돌아갈 수 없게 되자, 원래 세계로 돌아가기 위한 대모험을 하는 영화가 있을 정도니까요."

실험 세계. 벳쇼에게 있어 되돌리고 싶은 과거는 어떤 것일까. 그것은 내가 후회하는 마음으로 생각한 상자의 사용법과 비슷한 것일까.

의자 주변에서 서로 술래잡기를 하며 뛰어다니던 아이들은 아직도 같은 놀이를 하고 있다. 질리지도 않고 있는 힘껏 달리고 있다. 서서 이야기를 나누고 있는 여성이 어머니인 듯하다. 얘들아, 그만 좀 해. 그녀의 목소리가 그들을 나무란다.

그것을 바라보다가 문득 생각이 나서 나는 아이들에게서 벳쇼에게로 시선을 옮긴다.

"슬슬 갈게요."

너무 오래 붙잡아 두는 것도 미안하다. 나는 일어나서 그를 향해 고개를 숙였다.

"오늘 정말 고마웠습니다. 저기 선배, 이야기 잘 들어준다는 소리 자주 듣지 않으세요? 저 다른 사람한테 이렇게 후지코 선생님이야기한 거 처음이에요. 왠지 모르지만, 벳쇼 선배는 상대를 적절한 페이스로 이끄는 게 능숙해요."

과연 조금 · 플랫. 말로는 하지 않고 그를 칭찬한다. 벳쇼 자신도 자신의 성질을 자각하고 있을 것이다. 그는 어깨를 으쓱이며 웃었다.

"글쎄. 그건 모르겠지만 네 이야기는 언제 들어도 재미있어. 나야말로 고마워. ──아, 맞다. 그러고 보니."

내게 촉발된 것처럼 의자에서 일어서며 벳쇼가 말했다.

"그것도 갖고 싶다. 평범하지만, 대나무 헬리콥터. 하늘을 날아 보고 싶어."

6

"시오코 씨가 여름쯤 되면 외박할 수 있을 것 같다는 이야기는 들었어?"

마쓰나가가 그 사실을 알려준 것은 그와 함께 들어간 패밀리 레스토랑에서 첫 번째 음식이 나왔을 때였다.

흔히 볼 수 있는 이 체인점은 어머니 병원 근처에서 가장 가까운 식당이다. 어머니를 만나고 나온 마쓰나가는 자기가 잘 가는 음식점에 나를 데려가려고 했다. 내가 평소에는 절대로 갈 일이 없을 고급 프랑스 음식점. 그 이름을 듣고 내가 그에게 그냥 여기서 먹자고 했다. 얻어먹으러 가는데 먼 데까지 가는 게 꺼려졌기 때문이다.

슬슬 입시 준비도 해야 하고, 코스 요리를 먹으며 유유자적할 기분이 아니라는 내 말에 그는 고개를 끄덕였다.

마쓰나가는 패밀리 레스토랑에 와 본 적이 없는 것 같았다. 드링크 바 사용법도 모르고, 웨이트리스를 부를 때 누르는 버저의 존재도 모른다. 그것을 알려주는 내게 너무하다 싶을 정도로 정중하게 하나하나 고개를 끄덕인다. "여기 굉장하구나." 새 메뉴 사진이 붙어 있는 내부를 둘러보며 그가 말했다.

"먹을 만한 음식에다 가격도 싸고, 무엇보다 가게가 깨끗해. 이래서는 개인 레스토랑이 못 이기는 것도 이해가 되는구나."

그 말에서 본심이 느껴지는 것이 황송하다. 그렇게 많이 먹을 수 있는 것도 아닌데 조금이라도 많이 사주고 싶었는지 그는 메인 요리 외에도 샐러드와 수프, 다른 단품 요리까지 시키고 싶어 했다. 나에게 디저트를 고르라고 하자, 그 부분에서 스톱시켰다.

그의 입에 맞을 리가 없는 콘소메 수프를 서로 한 입씩 먹었을 때 마쓰나가가 그 이야기를 한 것이다.

시오코 씨의 외박. 나는 놀라서 얼굴을 들고 그를 바라보았다. 어머니는 지난 1년간 외박을 한 적이 없었다. 집에 돌아올 수 있는 건가.

"몰랐어?"

"몰랐어요. 그러고 보니 오늘 그런 이야기를 잠깐 흘리던데, 그거 진심이었나 보네요."

"도중에 이이누마 군이 와서 그런 거겠지."

오늘 얼굴을 보았을 뿐인 편집자를 아주 자연스럽게 '군'이라고 부른다. 과연 다르다. 사람을 부리는 것이 몸에 익어 있다. 한 모금 먹고는 예상대로 수프에는 더 이상 손대지 않고 옆으로 치우면서 그가 말을 이었다.

"잘 되었지. 오봉에 맞춰 집에 갈 수 있게 되었으니. 오랜만이지? 내가 차로 마중을 갈 거고, 집사람한테도 준비 도우라고 할게."

"고맙습니다, 아저씨."

나는 구김 없이, 그리고 왠지 허탈한 마음으로 고마움을 표한다. 오늘은 왠지 이런 일들뿐이다. 생각지도 않았던 일들이 잇달아 일어난다.

어머니가 돌아온다면 집의 먼지를 어떻게든 해야 된다. 청소를 하고 엉망이 된 마당도 손을 봐야 한다. 어머니가 집에 계셨을 때 작은 마당에는 늘 꽃이 피어 있었다.

"시험공부 하니 말인데, 학교는 어떠니?"

마쓰나가가 물었다.

"너라면 아버지를 닮아 머리가 좋으니, 틀림없이 가고 싶은 대학에 갈 수 있겠지."

"글쎄요, 아직 몰라요."

얼버무리듯 나는 웃는다. 가고 싶은 대학이라고 해도 별로 가고 싶은 데가 없는 나는 무엇을 기준으로 진로를 정하면 좋을지 모르 겠다.

그러고 보니 오늘 벳쇼와도 이야기했지만, 남자끼리는 나이를 먹으면 성으로 부르게 된다. 하지만 마쓰나가는 아버지 이야기를 할 때 항상 이름으로 부른다. 고등학교 때는 성으로 불렀던 것 같은데, 지금은 성으로 부르는 것이 꺼려진다고 한다.

아버지와 어머니, 그리고 마쓰나가는 내가 다니던 고등학교의 선배인데, 같은 반이었다.

"아저씨도 머리 좋았죠?"

"전혀 아니었어. 흥미 있는 것 말고는 머리가 일을 안 하거든. 그래서 너희 부모님을 참 귀찮게 했지. 열등생이었어."

농담처럼 웃더니 그가 갑자기 목소리 톤을 다정하게 낮추며 내 게 말했다.

"학비에 대해서는 아무 걱정할 것 없다."

나는 가만히 그를 보았다. 마쓰나가가 진지한 얼굴로 말을 잇는 다.

"신세 진다는 생각은 절대로 하지 마. 나는 너희 아버지에게 아 무리 감사해도 모자랄 정도니까."

또 그 은혜 이야기다. 나는 고개를 끄덕이고, 그리고 깊이 머리 를 숙였다.

"고맙습니다, 아저씨."

나는 이 사람의 호의를 받아들여 대학에 가게 될까. 다른 사람들도 다 그렇게 하니까, 그들을 따라 진학한다. 무엇을 하고 싶다는 목적도 없이. 사귀고 있었을 때 와카오가 자주 경멸하던 사고방식이다. 레저 시설로써 대학을 즐기는 사람은 그의 말에 따르면 쓰레기나 마찬가지였다. 그렇게, 되는 걸까.

가게를 나와 마쓰나가와 헤어졌을 때 전화가 울렸다. 가오리였다. 다 같이 술을 마시고 있는데, 미야하라도 있다고 한다.

─이쪽으로 와, 리호코. 지금 밖이야? 미야하라한테 받은 티파니 안 했어? 하고 오면 아마 걔 진짜 좋아할 텐데.

나를 위해 돈을 쓴 그에 대한 감사와 가오리의 참견에 대한 보답, 나 자신의 외로움. 그것들에 등을 떠밀려 나는 가겠다고 대답한다.

언제나처럼 알맹이 없는 대화. 떠들다 취해서, 집까지 바래다준 미야하라와 분위기가 흘러가는 대로 가벼운 키스도 했다. 현관 앞에서 헤어지자 문손잡이에 요전번과 같은 노란 비닐봉지가 걸려 있었다. 안은 비어 있다. 그것도 지난번과 마찬가지다.

표면에는 '돈키호테'라는 글자. 누군가 우리 집을 쓰레기 버리는 곳으로 생각한 것일까. 깊이 생각하지 않고 구겨 버린다. 노란 바탕에 검은 글씨는 호랑이 색깔이라고, 왠지 모르지만 그런 생각을 곰곰이 했다.

노랑과 검정의 배합은 위험물에 대한 경고의 색이기도 하다. 그때 나는 그런 생각은 하지도 못했다.

제4장

싫은 일 퓨즈

* 싫은 일 퓨즈

이것을 목덜미에 달아 두면 아주 안 좋은 일이 있었을 때 퓨즈가
끊긴 것처럼 아무것도 느끼지 못하게 된다. 호흡과 맥박이 멈추어
기절한 상태가 되며 얼마 후 깨어난다.

1

나는 약속 장소에서 와카오를 발견할 수 없었다.

요즘 그에게서 매일 전화가 걸려오고 있었다. 나는 어쩔 수 없이 그것을 받게 된다. 그가 나와 진지하게 마주 보기를 기다리는 마음 반, 도망치는 쪽으로 하강하기 시작한 그가 얼마나 우스울까를 보고 싶은 욕구가 반. 어느 쪽이 우위인지 알 수 없는 두 충동으로 구성된, 저질스러운 동기.

빌린 책을 돌려주겠다는 와카오의 말은 거절하려면 얼마든지 거절할 수 있었다. 따라서 내가 여기 온 것은 전부 내 탓이다. 내가 잘못한 것이다.

사람들이 약속을 정할 때 자주 이용하는 역 앞의 큰 가로수. 나무 주변을 서성대며 나처럼 상대를 찾는 젊은이들이 여러 명 있었다. 도착해서 주변을 둘러보고, 눈에 들어오는 범위에서 와카오의 모습을 확인할 수 없었던 나는 나무 근처의 울타리에 기대어 서 있었다. 그는 시간을 정확하게 지키는 성격이라 늦는 것은 드문 일이었다. 넌 왜 그래? 약속했잖아. 지각할 때마다 나는 그에게 혼났다.

갑자기 전화가 울렸다. 화면에는 와카오의 이름이 있다.

"여보세요?"

—여보세요, 리호? 지금 어디야? 나 벌써 와 있는데.

"어, 정말?"

나는 서둘러 울타리에서 몸을 일으키고 가로수 주변을 둘러보았다. 와카오는 없었다.

"나도 도착했는데, 와카오 어디——."

전화에 대고 말하던 내 목소리가 멈췄다. 가로수 그늘, 내가 서 있던 장소의 대각선 방향 뒤쪽. 거기에 전화를 귀에 댄 젊은 남자의 모습이 있었다. 내가 아까 도착했을 때부터 거기에 있었던 인물. 나는 말을 잃었다. 그가 몸의 방향을 돌려 주변을 둘러본다. 그 얼굴이 나를 발견하고 멈췄다.

아아, 하고 알았다는 듯한 표정을 짓는다. 전화를 귀에서 떼고 통화를 종료한 다음 내 쪽으로 다가온다. 나를 향한 웃음. 와카오였다.

"리호, 오랜만이야. 더 빨리 만나고 싶었는데, 너도 바빴지?"

나는 목소리가 나오지 않았다. 믿어지지 않았다.

와카오의 외모는 알아볼 수 없을 만큼 변해 있었다. 지난번까지 검었던 그의 머리카락은 요란하게 탈색한 금발이었다. 색이 다 빠져 거의 흰색에 가깝다. 길이도 상당히 짧아졌다.

머리카락 사이로 보이는 두 귀에는 어울리지 않는 은귀걸이. 티셔츠 위에 걸친 현란한 꽃무늬 알로하셔츠. 얼굴 인상도 변했다.

이전까지는 조금 다듬기만 했던 눈썹을 대담하게 정리했다. 전부 밀어 버린 뒤에 인공적인 선으로 갈색 눈썹을 그려 넣었다. 피부도 엉망이다. 입술이 거칠게 갈라져 있었다.

"뭐 먹으러 갈까? 또 월남쌈? 너 좋아했었지."

그가 그렇게 말하며 내 손을 잡은 순간, 엄청난 향수 냄새가 콧구멍을 자극했다. 이 냄새는 알고 있다. 틀림없이 샤넬 No.5. 생각한 순간 팔에 소름이 돋았다. 향수 때문인지, 내 오른팔에 닿은 와카오 손의 온도 때문인지 모르겠다.

와카오의 손을 바로 뿌리친 내 입에서 겨우 말이 나왔다.

"어떻게 된 거야… 그거."

"아, 머리?"

빛을 받아 반짝이는 금발에 손을 대며 와카오가 웃었다. 하지만 그 웃음도 이전과는 완전히 다르다. 불쌍해지는 메달을 가진 그만이 가질 수 있었던, 오싹할 정도로 산뜻하고 달콤했던 웃음. 그 매력이 뿌리째 뽑혀나가고 없었다. 나는 그의 눈에 전혀 빛이 없다는 것을 깨달았다. 깨달음과 동시에 오싹해졌다.

인간의 얼굴이 단기간에 이렇게까지 바뀌어 버릴 수 있는 것일까. 마지막으로 그를 만난 지 2주도 채 지나지 않았다. 머리카락 색깔이 변한 것 때문만은 아닌 게 확실했다.

"머리카락도 그렇지만, 와카오, 왠지."

"왜, 이상해? 난 꽤 마음에 들었는데."

와카오가 메달을 가질 수 있었던 최대의 이유는 그의 무구함에 있었다. 악의가 없는 점, 아무것도 모르는 아기 같고, 계산하지 않는 점. 타고난 아름다운 용모에 그는 그때까지 거의 손을 대지 않았다. 천연 그대로인 윤기 있는 검은 머리, 튀지 않는 밋밋한 노 브랜드의 옷을 자연스레 소화하며, 겉모습을 꾸미는 데 필사적인 다른 사람들을 바보 취급하는 오만함. '외모에 그렇게 시간과 돈을 들이다니, 난 이해가 안 되는데.'

금색 단발이 몸의 균형을 완전히 무너뜨리고 있었다. 내가 알고 있는 와카오 다이키의 용모는 완벽하고 우아했는데. 눈앞의 그는 그 모든 것을 망쳐놓았다.

웃을 때 보이는 이가 노랗다. 이것이 그인가? 그는 이런 얼굴과 몸을 가지고 있었나.

"내가 보기엔 좀 아닌데. 와카오는 예전이 더 괜찮았어."

내 목소리가 희미하게 떨리고 있는 것을 깨닫고, 나는 필사적으로 그가 그것을 눈치채지 못하게 하려고 노력했다. 메마른 목소리를 얼버무리려니 얼굴에 부자연스러운 웃음이 떠올랐다. 필요 없는 힘이 들어가 뺨 근육이 내 마음대로 움직이지 않는다.

"그 옷은 뭐야?"

"아, 그러고 보니 나 이런 옷 입은 적 없었지. 생각이 조금 바뀌었어. 의외로 취향에 안 맞는 옷도 잘 어울릴 거라면서 가게 점원이 추천하길래. 재미있어, 그 형. 밴드를 하는데, 그것도 제법 본격적이거든. 좀 사이가 좋아지니까 라이브에도 불러주고 그러더라. 넌 그런 거에 흥미 없어?"

와카오의 말이 점점 주제를 벗어난다. 그는 내가 어이없어하는 것을 느끼지 못하는 것 같았다. 빨간 바탕에 짙은 색으로 그려진 커다란 꽃. 셔츠 가슴을 잡아당겨 펴며 와카오가 말한다.

"사실은 파란색으로 하려고 했는데 사이즈가 없어서. 그게 꽃이 더 커서 멋졌거든."

그가 나를 바라본다. 가까이서 보니 내 눈은 더욱 그의 눈썹을 응시하게 된다. 눈썹의 원래 형태가 똑똑히 보일 정도로 뚜렷하게 남아 있는 민 자국. 다시 펜슬로 그린 선은 서글퍼질 만큼 서툴렀다. 노는 법을 모르는 아이가 애써 그 흉내를 내는 것을 보고 있는 듯한 안타까움. 피어오르는 자신의 향수 냄새를 그가 어째서 자각하지 못하는지 이해할 수 없었다. 한도를 넘었는데.

팔꿈치를 가볍게 내밀어 살짝 그의 손을 뿌리친다. 그가 상처받지 않도록 자연스럽게 거리를 두어 멀어지려면 어떻게 해야 할까. 머리로는 그 생각을 한다. 얼굴에서는 핏기가 사라져 간다. 나는 아직 믿을 수 없었다.

이 사람이 내가 사귀던 그 와카오 다이키인가? 얼굴이 완전히 딴사람이다. 확실하게 안 좋은 쪽으로 변화했다. 부자연스럽고 꼴사납다.

"그래? 친구들은 괜찮다던데, 너는 이런 화려한 색은 싫어하는구나. 나 은발로 할까도 생각했었는데, 그게 나을까?"

"나는 원래의 그 머리가 좋았으니까…. 아무리 그래도 갑자기 너무 화려하게 한 거 아냐?"

겨우 말을 잇는다. 적당히 이 자리를 모면하고 싶어서——하지만 와카오가 원래대로 돌아와 주었으면 하는 마음도 약간 있기는 했다——나는 그의 머리카락을 만졌다. 손을 잡고 싶은 생각은 전혀 없었고 오히려 그러지 말아 주기를 원했지만, 머리카락이라면 괜찮다. 지금 와카오를 달래는 데 가장 좋은 것은 스킨십이다. 그는 외롭고, 스킨십에 굶주렸고, 그리고 약하다.

타산적인 생각으로 그렇게 한 내 손에 끈적끈적한 감촉이 느껴진다. 장난치듯 말하던 목소리가 멈춘다. 내가 손을 빼기도 전에 그가 "하지 마"라며 머리카락을 눌렀다.

"세워놓은 게 망가지잖아."

그저 짧게 밀기만 했을 뿐인 그의 헤어스타일. 그 어디에 그렇게 많은 스프레이나 정발제를 쓸 데가 있었는지 모르겠다. 거기에 닿은 내 손은 끈적끈적했고 들척지근한 냄새가 났다. 후회가 된다. 나는 코를 막고 싶은 기분을 참으며 얼굴을 들고 물었다.

"향수 뿌렸어?"

"응. 요즘 담배가 늘어서 그 냄새 지우려고. 가게에서 남자용도 봤는데, 결국 이게 제일 괜찮은 것 같더라. 너 이거 어디 건지 알겠어? 여자용인데."

"코코 샤넬."

즐거운 듯 이야기하는 와카오의 모든 것에 위화감을 느꼈다. '비싼 돈을 주고 명품을 사는 바보 같은 여자들은 무슨 생각인지 모르겠어. 화장이라니, 그런 거 안 해도 되잖아? 꿈이나 목표 없이,

그저 막연히 살기만 하는 사람들은 분명히….'

너의 불쌍해지는 메달은 그것이었다. 남을 생각하지 않는, 어수룩하고 오만한 무구함과 그에 따르기 마련인 나약함. 엄청나게 잔혹하고 유리처럼 투명한 영혼.

와카오. 왜 그렇게 된 거야. 불쌍해지는 메달의 효력이 순식간에 사라지고 있어. 메달 표면의 칠이 후드득 벗겨지고 있어.

"굉장하다, 리호도 아는구나. 대단해."

와카오가 눈을 동그랗게 뜨고 말한다. 표정이 풍부하고 목소리도 활기차지만 눈 속에는 변함없이 힘이 없다. 지난번 만났을 때는 분명히 존재했던 생기가 털끝만큼도 보이지 않는다.

나는 혼란스러웠다.

"와카오, 네가 명품 물건을 사다니 의외야."

중얼거리는 내 목소리가 애원의 빛을 띠고 있다. 이건 마치 어머니 같다. 세상 물정 모르는 아들이 속세에 물드는 것을 한탄하는 것 같다. 하지만 아니다. 나는 허전해서 그것을 막으려는 게 아니었다.

"뭐 먹을까? 리호."

하늘을 우러러보듯, 와카오가 고개를 들고 자세를 고친다. 가슴이 웅성웅성 시끄러웠다.

나와 와카오는 역 건물 2층에 있는 패스트푸드점에 들어갔다. 창가 쪽 자리. 지금 와카오와 둘이 있는 것을 아무에게도 들키고 싶지 않았지만, 그가 그 자리를 골랐기 때문에 어쩔 수 없었다.

외모는 변함없이 단정하지만, 지금의 와카오에게는 매력이 없었다. 눈의 배치, 코의 높이, 입술 모양. 모든 것이 같은데도 거기에 이전과 같은 웃음은 바랄 수 없다. 그런 생각을 하다가 깨닫는다. 그의 메달은 그 아름다운 용모에 뒷받침되고 있었다는 것을. 떨어져 가는 메달의 가치.

햄버거 하나를 눈 깜박할 사이에 다 먹은 와카오의 입술 아래에 그 흔적이 남아 있었다. 케첩을 묻히고도 모른다. 나도 지적하지 않았다. 그가 그 상태로 말한다.

"아까 옷가게 형도 그렇지만, 나 요즘에 친구가 늘었어."

꿈을 꾸는 듯이 들뜬 목소리였다. 와카오는 다 먹고 한숨 돌리자마자 담배로 손을 뻗어 불을 붙였다.

"나 요새 사람이라는 존재에 흥미가 많아. 왜 있잖아, 뭐라고 하지? 나는 여태까지 머리가 나쁜 사람들 말이야, 이렇게 말하기는 뭐하지만 바보 취급했었는데, 요즘에는 머리가 좋고 나쁜 건 단순한 특징이라고 생각하게 되었어. 모두 같은 인간이고, 그사이에 경계라는 건 없이 키가 크고 작은 것처럼 단순한 특징일 뿐이라고 말이야. 그렇게 되니까 어떤 일에라도 감사할 수 있고 자연스럽게 다정해지게 되고. 전에 모의시험 결과 게시판을 보다가 옆에 있던 모르는 여자한테 '어떻게 됐어?'라고 말을 건 거야. 그 아이는 놀라기는 했지만 그리고 나서 잠깐 얘기도 하고. 지금은 사이좋아. 예전의 나였다면 상상도 못 하지. 머리가 이래서 좀 무서운 사람이라고 생각했다고 하더라. 그런데 좀 얘기해 보니까 말이야——."

"사법시험은 그 상태로도 괜찮아?"

끊임없이 흘러가는 와카오의 말에 역행하듯 내가 의문을 던졌다. 머리가 아프다. 내 말에 그는 울컥한 듯 입술을 다물었다가 "아아" 하고 소리를 뱉었다.

"이대로 면접에 가는 바보짓은 안 해. 하지만 뭐 어때? 내년 시험까지는 아직 시간도 있고, 오히려 취직하고 나면 이렇게 자유로운 스타일은 못 할 거고. 할 수 있는 동안에 하고 싶은 걸 해보지 않으면 못 하게 되잖아. 너는 우리 아버지 같은 소릴 하는구나. 진짜 짜증 나, 우리 부모님. 이대로 집에 가면 너 제대로 공부하고 있는 거냐면서 화를 내는 거야. 어이가 없어서. 그거랑 이거랑은 관계없잖아."

"와카오."

"맞다, 짜증 난다니까 생각났는데 전에 말했던 같은 반 녀석, 진짜 어쩔 수 없는 녀석이야. 뭐랄까, 정말로 시험에 관한 생각이 수준 이하인 데다 미지근하다니까. 이 시기에 여자 친구를 사귀더니 그 이야기를 나한테 하고 싶어서 죽으려고 하더라고. 귀찮아 죽겠어. 뭐, 어차피 여자가 생긴 녀석은 떨어지게 돼 있으니까 상관없지만. 웃기는 게, 여자 친구도 같은 수업에서 사법시험 재수 중인 애야. 그 커플, 둘 다 어려워. 자멸할 거야, 자멸."

신경질적으로 담배를 비벼 끄더니 그 손으로 새 담배를 한 개비 꺼낸다.

나는 계속 내 우롱차를 빨대로 마시고 있었다. 음식을 위에 넣을 기분이 아니었다. 하고 싶은 말이 많았지만 오랜 습관 때문에 말할 수가 없었다.

구제 불능인 이 사람의 어리석음을 비웃고 싶다, 한탄하고 싶다. 내게는 오락에 불과한 와카오 다이키를 굳이 갱생시킬 마음이 없어서 그런 것일까.

아니면 나는 그렇게까지 위악(僞惡)적으로 굴지 않아도 용서받을 수 있을까. 그를 좋아하니까 참아왔다고, 영웅주의에 취해 눈물을 흘린다. 그럴 권리가 있을까.

영웅주의 때문은 결코 아니라고 말할 수 있지만, 나는 울어버릴 것 같았다. 한심했다. 이야기 도중에 기분이 고조된 척을 하며 와카오가 틈만 나면 내 몸을 만진다. 빛이 없는 눈으로 웃으며 애인 사이처럼 얼굴을 가까이 들이댄다. 나는 그 모든 것에 거절을 표시했다.

"왜 그래, 리호."

"뭐가?"

"피곤해? 얼굴에 힘이 없어."

"그래?"

한시라도 빨리 그와 헤어지고 싶었다. 이번에야말로, 다음부터는 그가 만나자고 해도 만나지 않을지도 몰랐다. 와카오는 이상하다는 듯 나를 바라보고 있었다. 괜찮아? 다정한 목소리를 내며 묻는다.

"이제 어디 갈까? 나 오랜만에 너희 집에 가고 싶은데. 옛날 생각이 나."

"지금은 지저분해서 안 돼."

조금·부패에서 '조금'이 떨어져 나간다. 나는 한심했다. 하지만 그것은 이런 사람과 사귀었던 자신이 그렇다는 것도 아니고, 이렇게까지 되어서도 그에게 확실한 말을 할 수 없는 자신이 그렇다는 것도 아니다. 나는 와카오의 무엇일까. 나는 와카오 본인이 한심하게 느껴졌다. 그저 와카오 다이키가 한심했다. 싫은 일이 있으면 퓨즈를 끊어 버리고 휙 도망친다. 그리고 싫은 일의 역치(閾値)가 점점 낮아져 간다.

얼굴을 숙인 내게서 어떤 기분을 느낀 듯 와카오가 입을 다물고 잠시 무언가를 생각하는 모습을 보인 뒤에 "잠깐 화장실"이라며 일어섰다. 나는 자리에 혼자 남아 식어서 딱딱해진 감자와 그가 완전히 끄지 않아 가느다란 연기를 내뿜고 있는 재떨이의 담배를 바라보고 있었다.

그가 시간이 지나도 돌아오지 않는 것을 얼마 후에 깨달았다. 무엇을 하고 있을까. 전화는 테이블 위에 놓고 갔으니 그냥 돌아갔을 리는 없겠지만. 의자에서 몸을 내밀고 역 앞길을 오가는 사람들의 물결을 관찰한다.

'일상적으로 보이는 남녀 둘이 커플일 확률은 얼마나 될까. 나는 사귀는 사이일 가능성이 70퍼센트, 그 외가 30퍼센트 정도일 것 같아.'

뜬금없이 벳쇼의 말이 떠오른다. 그렇다면 와카오와 나는 어떻게 보일까. 그는 아직도 돌아오지 않는다. 이대로 그가 없어져도 나는 아무렇지 않다. 그런 생각을 했을 때,

"리호. 어떻게 해."

목소리가 나를 불렀다.

얼굴을 든다. 나는 입을 벌리고 그대로 숨을 삼켰다. 오늘은 이 이상의 일은 일어나지 않을 거라고 생각하고 있었는데, 크게 눈을 부릅뜬다. 와카오가 돌아왔다. 하지만 그의 그, 조금 전까지 금발이었던 머리가 크게 달라져 있었다. 그의 머리를 응시한다. 지저분한 진회색 머리카락. 금발 위에, 군데군데 얼룩처럼 회색이 들어가 있다. 그는 부끄러운 듯 웃으며 서 있었다. 가벼운 웃음.

"어떡하지. 더러워졌어. 네가 싫어해서 좀 바꿔 본 건데. 이건 은발이 아니라 그냥 회색이네."

그 말을 하는 그의 앞머리 끝에서 뚝뚝 흐린 먹물 같은 물방울이 떨어진다. 입고 있던 알로하셔츠의 어깨도 같은 색 물에 푹 젖어 있었다.

염색약의 코를 찌르는 냄새가 향수와 섞여 나에게 닿았다. 주위에 있던 몇 명의 손님이 와카오를 바라보며 웅성댄다. 그의 발치에는 흘러내린 물이 작은 웅덩이를 만들고 있었다. 그러고 보니 이역 빌딩 아래에는 약국이 있었지. 상황에 어울리지 않게 그런 생각을 한다.

"야, 리호."

애교 있는 목소리가 아무 말도 못 하는 내게 반응을 재촉한다.

"이 색하고 아까 금발 중에 어떤 게 나아?"

그 얼굴을 본 순간 등줄기를 따라 차가운 것이 떨어져 내렸다. 징후가 있었을지도 모른다. 이전에 만났을 때부터 이미 시작되어 있었을지도 모른다. 하지만 어리석은 나는 그의 외모가 벗겨지고 아름다운 얼굴이 무너져 내리지 않아 그것을 알 수 없었던 것이다. 그의 변화는 더 이상 내가 구경하듯 관찰할 수 있을 만한 아픔을 품지 못했고, 그가 타인에게 매달리고 싶다고 바랄 만한 여유나 절실함과도 상관없는 곳에 있다.

진정하려고 숨을 들이쉬는데 가슴이 꽉 막혀서 숨을 내쉴 수가 없다. 이렇게 간단하게.

너무나도 쉽게, 그는 무너져 내리기 시작했다.

2

사자자리 유성군을 보러 가자, 그가 그렇게 말했다. 내가 환상에 빠져 와카오를 좋아하던 겨울의 일이었다. 매년 11월 17일부터 18일 심야의 북쪽 하늘을 중심으로 볼 수 있는 수많은 유성. 그중에서도 그해의 유성군은 별들의 궤도 때문에 수가 많을 것으로 예상되었었다.

며칠 전부터 텔레비전에서 시끄럽게 떠들던 그 소식을 보고, 와카오가 갑자기 그런 제안을 했다. 차를 빌려올 테니까 드라이브

가자. 어딘가 인공적인 네온과 인가의 불빛이 없는 데까지 가서 별을 보자고.

나는 기뻤다. 그 당시 그에게는 여유가 있었다. 아직 대학에 적을 두고 있을 때라 명확한 신분이 있었기 때문일지도 모른다. 평소였다면 나중에 남지 않을 찰나적인 레저 따위에 분명히 부정적인 반응을 보였을 것이다. 하지만 어쩐 일인지 변덕을 부린 그날만은 그가 멋지기까지 한 행동력을 보였다. 집에서 차를 빌려와 어디를 갈지 장소 후보지까지 내 앞에 지도를 펼쳐놓고 상담했다. 관동 근교의 산속, 고원목장, 유원지 주차장. 인터넷에서 검색하며 제일 좋은 장소를 신경질적으로 고른다. 기왕 갈 거라면 후회를 남기고 싶지는 않잖아. 다른 커플이 많은 데는 싫단 말이야.

내가 아는 괜찮은 곳이 있었다. 가는 김에 바다도 보자고, 내가 그에게 제안했다.

그곳은 아버지가 집에 있었을 때 매년 한 번쯤 데려가곤 했던 시즈오카의 K 해안이었다. 시골이고 관광객도 거의 없다. 바다와 도로 하나를 사이에 두고 야트막한 산이 여럿 늘어서 있다. 낮에 바다를 보고 밤에 그 산에서 유성군을 보자, 내가 제안했다.

스무 살 정도의 젊은이가 운전하는 세르시오*. 바닷바람을 맞기에도, 산길에 들어가기에도 더없이 부적합한 차였다. 그 언밸런스에 둘이 웃으며, 그래도 왠지 멋지다고 나는 속삭였다. 어울리지 않기는커녕 너무나도 좋았다. 겨울 바다는 아버지와 마지막으로

---

* 도요타 자동차의 고급 세단

왔던 그때와 하나도 달라지지 않았다. 파도 소리를 듣고 하얀 입김을 뿜으며 나와 와카오는 해안을 걸었다. 그 고장 사람들밖에 가지 않을 작고 더러운 식당에서 라면을 먹고, 밤에 차로 산에 들어갔다. 말라 죽은 나무들이 이어져 있는 산길, 중간에서 아스팔트 길이 끊기고 가로등이 없는 산길이 된다. 여기서부터는 차로는 갈 수가 없다. 걸을까? 누가 먼저라고 할 것 없이 한 말에 산으로 들어간다. 깜박이는 별과 달이 믿어지지 않을 만큼 밝았고, 무엇보다도 그와 둘이었기 때문에 불안하지 않았다. 즐거웠다.

길도 아닌 길을 나아가는 동안 갑자기 공터 같은 곳이 나왔다. 늘어선 옷장과 더러운 냉장고, 화면에 금이 간 텔레비전, 뚜껑이 열린 세탁기. 쓰레기장이네, 와카오가 중얼거렸다.

"나 텔레비전에서 본 적 있어. 산속에 이런 대형 쓰레기를 무단으로 버리는 장소가 꽤 있대. 공무원들이 애를 먹고 있다던데. 치워도 치워도, 밑 빠진 독에 물 붓기라나."

"꿈같은 분위기네, 나는 좋은데."

생활감이 부족한 나는 간단하게 말한다. 〈도라에몽〉에 나오는 뒷산의 비밀기지나 아무도 없는 세계 속에서 그들이 구축하는 아이들만의 세계. 그런 연상을 불러일으킨다. 달빛을 받아 빛나는 녹슨 텔레비전 안테나. 그것은 무엇을 수신하는 것일까.

"그럼, 여기서 볼까?"

와카오가 곧장 고개를 끄덕였다. 그는 이럴 때 나의 유치한 상상력을 비웃지 않는다. 적극적으로 말을 받아준 적도 없고 실제로 어떤 마음이었는지도 모르겠지만, 내 허무맹랑한 어린아이 같은 부분을 이해해 주었다. 그의 그런 점을 좋아했다.

고장 난 텔레비전 화면에 내 얼굴이 비친다. 고물로 만들어진 산 속에 하얀 입김을 뱉으며 서 있는 와카오가 너무나 아름다워 보였다.

"리호, 이쪽으로 와."

웃으며, 하얀 손바닥을 내보이면서 말한다. 뼈가 튀어나온 남자다운 손. 내가 손을 뻗자 그가 바로 잡아당겨 자기 코트 주머니 속에 넣는다. 따뜻했다. 별이 한 줄기 흘러내린다. 그것이 신호였다. 잇따라 밤하늘에 별이 흘러간다. 쉭쉭, 짧은 궤적을 그리고는 깜박이며 사라진다. 이것이 CG 같은 것이 아니라 지금 실제로 존재하는 별이라는 것이 믿어지지 않을 정도였다. 실체를 가진 아름다움.

"나 이럴 때는 절대로 내 소원 안 빌어."

와카오가 말했다. 그의 얼굴은 별의 강한 빛을 받아 푸르스름하게 빛나고 있었다.

"자기 힘으로 이룰 수 있는 일은 빌어 봤자지. 세계 평화를 비는 거야. 옛날부터 그랬어."

뺨에 와 닿는 공기가 차갑고 추웠지만, 나는 계속 와카오와 그렇게 있고 싶었다. 잡지나 드라마 속에서나 존재할 듯한, 누가 보아도 부정할 수 없는 매력을 지닌 미소. 와카오가 그 미소를 띠고 내 얼굴을 들여다보았다.

"리호의 행복을 빌 거야. 행복해졌으면 좋겠다."

함께 행복해지자는 말은 절대로 하지 않는다. 하지만 나는 만족했다.

나는 별에 아무것도 빌 수 없다. 나는 옆에 있는 와카오의 꿈도 빌 수 없었다. 별의 깜박임은 짧고, 사람이 비는 힘은 너무나 무력한 것이다. 아무 의미도 없다. 그래도 한 가지를 빈다면, 나는 자신이 조금 · 부재에서 벗어났으면 좋겠다는 생각을 했다. 이럴 때 단순하게 와카오의 꿈을 응원할 수 있는, 그런 개성을 가졌으면 좋겠다고 생각했다.

둘이서 하나의 유성을 동시에 보게 되면 그걸 마지막으로 산에서 내려가자. 그렇게 생각했지만 잘 안 되었다. 내가 보고 있을 때 그가 딴 곳을 보고 있거나, 아니면 그 반대거나. 둘이 겨우 같이 봤나 했더니 그 뒤에 새로 나타난 유성을 나나 그 혼자만 보기도 해서 타이밍이 맞지 않는다. 하지만 그런 것 전부가 즐거웠다.

"여기 정말 괜찮은데."

그가 진심으로 감동한 듯이 말했다. 나도 동감이었다.

그곳을 내려온 후로 벌써 반년 넘게 지났다. 그 불법 쓰레기장은 이미 철거되어 없어졌을지도 모른다.

그 후 와카오가 졸업논문 때문에 바빠져서 만나지 못하는 날들이 이어졌다.

어디선가 그 이야기를 들은 가오리는 심하게 화를 냈다. 그 자식,

무슨 생각이야. 너를 이렇게 방치해 두다니. 크리스마스도 신년 참배 때도 안 만나겠다, 그런 거잖아?

나를 위해 화를 내는 거겠지만, 나는 가오리의 짧은 생각에 실소를 흘렸다. 찰나적인 즐거움에만 정신을 빼앗겨 와카오가 하려고 하는 일의 의의도, 그것이 얼마나 힘든 것인지도 모른다. 일이 바빠 만날 수 없다는 것에 화내며 우는 여자가 있다는 이야기를 듣기는 했지만, 그게 이것인가 하고 깨닫는다. 왜 그렇게 다들 머리가 나쁜지. 해야 할 일의 우선순위 중 가장 위에 있는 것은 연애나 애인이 아닌 것이다.

선물을 하나도 못 받은 것, 마음대로 만날 수 없었던 것, 식사하러 가자고 해 놓고 가게도 정하지 않은 준비성 부족. 그런 것들은 결국 나에게는 아무래도 상관없었다. 다만 그런 말을 하면 이야기가 부드럽게 흘러가 가오리나 미야가 내게 맞장구치기 쉬워진다. 그래서 이야기했을 뿐. 그것은 내 서비스 정신이다. 사귀고 있는 동안, 나는 그에게 그런 기대는 일절 하지 않았다.

와카오는 머리 나쁜 너희들과는 다르고, 그랑 사귀는 나도 분명 너희들하고는 어울리지 않는 곳에서 살고 있는 거야. 우월감이 느껴졌다. 나는 와카오를 선택하길 잘했다고 생각했다. 괴로워도 피하지 않고 싸우는 그의 목에서 반짝반짝 빛나는 불쌍해지는 메달.

"선물만이라도 주러 갈까?"

"됐어, 괜찮아. 내년에 그만큼 두 배로 하자."

"케이크는?"

"내가 바쁘다고 그랬지, 리호."

시험 삼아 말해 본 것뿐이었지만, 내 짧은 말에도 와카오는 짜증을 감추지 않았다. 과도할 정도로 거부반응을 내보인다. 노력하고 있는 자신에게 끈질기게 상대해 달라고 하는 여자 친구. 그는 그 상황에 혼자 취해 있었다. 그것은 한창 연애 감정 속에 있었던 나도 마찬가지였다. 그가 그렇게 노력하고 있는데, 불쌍한데, 만나고 싶어 하는 내가 어리석다고 생각했다.

크리스마스, 어머니의 병실에서 둘이 케이크를 먹고 집에 가 보니 놀랍게도 거기에서 와카오가 기다리고 있었다. 나는 놀랐다.

"리호, 미안. 어쩌다 보니 오게 됐네. 이거, 별거 아니지만 다른 건 생각이 안 나서."

편의점에서 산 샹메리*와 작은 케이크. 케이크에는 아몬드와 설탕 시럽으로 만든 진지한 얼굴의 산타클로스가 얹혀 있다. 와카오는 트레이닝복에 헐렁한 바지를 입고 있었다. 평소에 집에 있을 때의 스타일이었다. 머리카락도 수염도 다듬은 흔적이 없이 지저분하고, 세수만 겨우 하고 온 것 같은 정도. 마지막으로 만났을 때와 비교해 볼이 홀쭉해지고 말랐다.

정말 미안.

그가 반복한다. 집에서 입고 있던 옷 그대로, 조금 전까지 공부하고 있다가 갑자기 생각나서 나온 듯한 분위기였다.

---

* 샴페인과 비슷한 알코올 없는 음료.

"더 괜찮은 데서 케이크를 사고 싶었는데, 벌써 다 닫아서. 맛없을지도 모르겠다. 그리고 미안, 나 지저분하지."

미안해하는 와카오의 얼굴을 본 순간, 나는 가슴이 벅차서 고개를 흔들었다. 아무것도 필요 없다고 생각했다. 아무것도 필요 없어. 케이크도 선물도, 네 꿈의 성공도.

그것을 본 와카오가 안심한 듯 웃음을 띤다.

"다행이다."

금방이라도 울 것 같은, 심약한 목소리가 말한다.

"몇 번이나 보고 싶어서 죽을 것 같았는데, 결국 오늘은 안 되겠더라. 기쁘다, 믿어지지 않아. 진짜 리호라니."

그가 주저하며 내 머리를 쓰다듬는다. 오랜만이라 긴장하고 있는 것이 그 손가락을 통해 전해져 온다. 남자 냄새와 담배 냄새가 섞인, 와카오의 냄새가 났다.

3

— 길에서 와카오 봤어. 그거, 어떻게 된 거야?

"뭐가요?"

— 환골탈태했더라. 힘 좀 줬던데. 여태까지 그런 데는 전혀 관심도 없어 보이더니.

전화기 속의 가오리 목소리에 나는 드러누운 채 쓴웃음을 짓는다. 그녀와의 통화는 변함없이 핸즈프리다.

환골탈태. 그렇구나, 아무 생각 없는 제삼자가 보면 그런 정도의 변화일 뿐인가. 그 후 나는 와카오를 데리고 도망치듯 가게를 나왔다. 병원에 어머니 문병 가야 해, 지금 바로 갈 거니까 따라오지 마. 필사적인 목소리로 그에게 말하고 헤어졌다.

"얘기했어요?"

—아니. 멀리서 봤을 뿐이라 처음에는 와카오인 줄 몰랐을 정도야. 헤어진 남자가 변해 가는 걸 보는 건 어쩔 수 없는 일이지만 안타깝기도 하고 뭔가 허전하지. 어때, 리호코? 만약 와카오한테 새 여자 친구가 생기면. 정리할 자신 있어?

"글쎄요, 상상이 안 돼요."

지금 그 상태의 와카오에게 여자 친구라. 알지도 못하는 여자에게 헌팅이 목적이라는 자각도 없는 채 갑작스레 말을 걸어버린다. 너무 가깝거나 너무 멀거나. 타인과 거리를 두는 게 너무 극단적이다. 그래도 언젠가 누군가는 힘을 잃어가는 메달의 위력에 이끌릴 것이다. 언제 나타날지도 모르는 그 사람이 불쌍하다고 생각하는 내가 이상한 걸까.

이제는 관계도 없고, 아무래도 상관없다. 나는 원래부터 사람에게 집착하지도 않고, 어디에 있어도 그곳이 내 자리라는 생각은 들지 않는다. 와카오는 동류라서 한때 같은 곳에 있었지만, 그것도 그가 먼저 끊어버리고 나니 그렇게까지 이어져 있고 싶다는 생각은 안 든다. 그렇지, 아시자와 리호코? 봐, 그도 너를 필요로 하지 않아.

전화를 끝내고 눈을 감는다. 나는 괜찮다. 혼자라도, 어디에서라도 살아갈 수 있다.

그 마음이, 다음 날 단숨에 뒤집혔다.

4

그날은 많은 사람이 죽었고, 나는 그 끔찍한 뉴스의 제1보를 아침 방송에서 보았다.

한창 학교에 갈 준비를 하고 있을 때였다.

마구 연기가 나는 지하철역. 성이 난 목소리, 울음소리, 사이렌. 누가 좀 살려줘요, 딸이 안에 있어요. 밀지 마! 지금 구출하는 중입니다. 지금 장난하는 거요? 어떻게 된 거냐니까.

화면에는 방화로 화재가 일어난 도쿄의 지하철역이 비치고 있었다. 피어오르는 연기가 자욱한 일대. 지하로 이어지는 지상 출구에서 연기와 열기가 넘쳐 나오고 있는 것을 텔레비전 화면 너머로도 알 수 있었다. 길 위로 옮겨져 치료를 받고 있는 사람들. 쓰러져 있는 그림자들이 전부 인간이라는 것이 믿어지지 않는다. 축 늘어진 손은 힘이 없었고, 지금 찍힌 그 사람이 살아 있는지도 알 수 없었다. 도망칠 때 계단에서 떨어져 이마가 깨진 남자가 보였다.

힘없이 어깨를 축 늘어뜨리고 주저앉아, 흘러나와 굳어버린 피를 닦고 있다. 그 피가 선정적이라는 것을 알고 있는 텔레비전 카메라가 그의 모습을 계속해서 찍었다.

사망자는 적어도 오십여 명 이상. 지하 터미널은 너무나 처참했다.

정규 편성을 크게 바꾸어 방송은 현장 중계를 집중적으로 방송하고 있었다. 그곳이 같은 일본이라는 생각이 들지 않았다. 조기에 구출된 남자 하나가 자신이 불을 붙였다고 진술했다. 그는 삼십대의 무직 남성으로, 자살하려고 그랬다고 했다. 혼자서는 결심이 안 서서 아침 지하철을 죽을 장소로 골랐다고.

그가 처음 불을 붙인 것은 만원 전철 안에서 자신의 눈앞에 서 있던 여성의 치마였다. 등유를 주변 승객에게 뿌린 후 라이터로 불을 붙였다. 순식간에 오렌지색 불꽃이 타올라 스커트를 입은 그녀를 둘러쌌다. 불덩어리가 되어 쓰러져 구른다. 그는 그것을 보고 생각했다. 죽는 건 무섭다. 자살을 그만두기로 했다.

전철이 다음 역에 설 때까지의 몇 분 동안, 차량 안은 지옥이었다고 한다. 사람에게서 사람으로 불이 옮겨붙는다. 이어지며 증식하는 불꽃과 죽음의 릴레이. 비명 소리와 혼란. 콩나물시루 같은 상태에 공기를 마시는 것조차 자유롭지 못한 곳에서 타기 시작한 몸 일부분의 불을 끌 방법은 아무것도 없다. 역에 도착해서 문이 열리자 그곳에 갇혀 있던 연기가 한꺼번에 방출된다. 비명, 울음소리. 불을 붙인 남자도 같이 전철에서 내린다. 그는 옷 일부가 타고 가벼운 화상을 입었지만, 생명에 지장은 없었다. 구명 활동을 열심히 하고 있는 구급대원 하나를 붙잡고 말한다. 내가 했거든요, 그래서 자수하고 싶은데요.

끔찍한 사건이었다. 사건이 벌어진 역은 일본 최고학부와 가장 가까운 역으로 남자는 그곳에 다니는 사람들을 증오했다고 했다. 나는 대단한 사람인데, 아무도 그것을 인정하지 않는다. 내 가치를 깎아내린다. 의사가 되고 싶었다. 자신은 도쿄 대학에 붙을 예정이었다고 진술했다.

내 눈은 텔레비전에서 떨어지지 않았다. 눈을 떼고 싶은데, 호기심과도 같은 강박관념 때문에 그럴 수 없었다.

엉망이 된 양복을 입고 안경을 쓴 아저씨가 현장에 있었다. 머리가 헝클어져 있다. 그와 닮은, 안경을 낀 여자아이의 사진을 들어보이며 말한다. 이 아이를 못 보셨나요? 텔레비전 카메라가 그를 둘러싼다. 필사적인 표정이었다. 딸이 집에도 학교에도 없어요. 여기에 탔다고밖에 생각할 수 없어요. 여기에 타고 있었다고밖에.

그는 입가를 눌렀다. 그 이상은 참을 수 없었다. 나는 텔레비전을 끄고 팔을 껴안은 채 그 자리에 주저앉았다. 지금부터 자신이 학교에 가야 한다는 것을 떠올리는 데 긴 시간이 필요했다. 상상이 되지 않았다. 꺼진 텔레비전 안에서는 아마 지금도 고함 소리와 혼란이 이어지고 있을 것이다. 누군가는 계속 울 것이고, 지금 이러고 있는 동안에도 연기는 생명을 삼키고 있을 것이다.

가슴이 심하게 뛰고 있었다. 마음을 덮고 있던 껍질이 순식간에 전부 없어진다. 폭력이라는 것은 언제나 이렇게 갑작스럽고 무자비하다. 나는 숨을 삼키고 방 안을 둘러본다. 어머니가 돌아올 테니까 청소를 해야 한다. 아아. 눈이 아프다. 머리가 아프다.

지금 그 전철에 아버지가 타고 있었으면 어떡하지.

문장으로 만들어 생각하자 내 다리가 떨리기 시작했다. 아직까지 살아 있을 리가 없다. 예전에 죽었을 것이다. 하지만 생각하게 된다. 연기에 삼켜져 그 한순간에 소중한 사람의 목숨이 끊어지는 것. 어떤 개성이나 의의를 가지고 있어도, 압도적인 힘 앞에서는 전부 무력하다는 것. 오늘의 참극으로 가족이나 애인을 잃은 사람들은 텔레비전이 비추지 않는 곳에서 언제까지나 오늘을 저주할 것이다. 그곳에 있었던 불운을 탓하며, 평생 잊을 수 없을 상처를 지고 가게 될 것이다.

휴대전화에서 문자 메시지 수신을 알리는 짧은 멜로디가 울렸다. 나는 놀라서 자세를 바로 했다. 그럴 리 없는데, 어깨가 긴장되어 있었다. 마쓰나가가 보낸 거면 어떡하지. 아버지가 발견됐다는, 그런 용건이면 어떡하지. 생각해 보면 그에게는 휴대전화 번호를 알려주지도 않았고, 그런 일은 문자 메시지로 알릴 만한 내용도 아니다. 하지만 무서웠다. 아빠가 죽었으면 어떻게 하지.

[안녕 ——, 리호. 오늘 밤 술자리가 있는데 한 사람이 모자라서. 괜찮으면 리호가 왔으면 좋겠어. 연락 기다릴게.]

문자 메시지는 미야가 보낸 것이었다.

겨우 교복으로 갈아입고 학교로 향한다. 도쿄의 지하철에서 참극이 일어난 것과는 관계없이, 오늘도 전철이 나를 무사히 F 고등학교까지 데려다주었다. 같은 반 아이를 만났다.

"안녕, 너 아침에 뉴스 봤어? 그거 무섭지 ——."

가요가 내게 말을 건다. 그녀는 가까운 사람이 아니면 분노를 발동시키지 않는다. 범인의 행위에 분개한 흔적이 없는 목소리. 비슷한 대화가 교실 여기저기에서 들려왔다. 진짜 무섭지 않냐? 사람이 불에 타긴 타는구나.

거기에 강하게 감정을 이입하는 쪽이 이상한 것이다. 현실에 대해 느끼는 거리감이 먼 만큼 픽션에 대한 고집이 심각한 나. 그래도 이번 일은 현실이었다. 도망칠 데라고는 없었다.

"리호코, 괜찮아?"

가요가 다른 친구에게 간 것을 확인한 뒤에 다치카와가 내게 다가왔다. 불안한 듯 눈을 가늘게 뜨고 내 얼굴을 들여다본다.

"안색이 나빠 보여."

"괜찮아."

나는 억지로 웃음을 지었다.

2교시 수업 중에 휴대전화가 깜박였다. 매너모드로 해 놓으면 문자 메시지가 들어올 때 이런 신호가 온다. 가오리였다. 평소에는 수업 중에 확인하지 않지만, 그때 나는 될 대로 되라는 기분이라 수업을 들을 마음이 없었다. 전화기를 들고 메시지를 본다.

[미야한테 얘기 들었어? 나도 갈 거니까 너도 와. 미야하라한테
는 비밀로 해 줄게——.]

오늘 밤 뉴스는 분명 계속 그 끔찍한 사건을 전할 것이다. 지금도
어쩌면 정규 방송을 변경해 계속 현장을 중계하고 있을지도 모른
다. 하지만 멀리 떨어진 이곳에서는 변함없이 시간이 흐르고 놀자
는 메시지가 들어온다. 아무 상관없이, 오늘 밤도 아침까지 아이들
과 즐긴다.

갑자기 엄청난 분열감과 혐오감이 덮쳐 왔다. 논리적으로 설명
할 수 없었다. 부조리한 역겨움. 나는 입가를 누르고 책상에 엎드
렸다. 토할 것 같다. 아무 맥락도 없이 어제 만난 와카오를 떠올렸
다. 와카오. 그가 떠오르자 갑자기 소리를 지르고 싶어졌다. 나는
진심에 충실하지 않았다. 변해 버린 그의 성질. 표변한 얼굴. 벗겨
진 메달. 쇼크를 받은 게 아니다. 나는 그게 어떻든 상관없다. 리호
코, 그 자식 일은 정리된 거지?

하지만 나와 와카오는 사자자리 유성군을 보았다.

지저분한, 입고 있던 옷 그대로 집을 뛰쳐나와 편의점에서 케이
크를 사 들고 만나러 와 주었다. 우리 집에서 그것을 먹고, 잠깐
머물다가 졸업논문이 끝나지 않았다며 막차를 타고 돌아갔다. 자
고 가라는 내 말을 웃음으로 거절하며.

그게 와카오 다이키다. 내 남자 친구다.

어제 만난 그 사람은 누구였을까. 나를 뺀 다른 사람들은 그
역시 와카오라고 인식하는 것일까. 하지만 아니다. 거기 있던 것은

와카오지만 더 이상 와카오가 아니다. 그 몸속에서 내 애인은 죽어 버렸다. 틀림없이 살아 있는데, 그 안에 있는 것은 전혀 다른 누군가다.

유성의 빛을 받은 창백한 옆얼굴이 사라져 버렸다. 돌려줘, 나는 생각한다. 왜 그러는 거야, 돌려줘. 내게 와카오 다이키를 돌려줘.

마음이 약해지고 나서야 깨닫는다. 내가 좋아했던 사람은 전 세계를 다 뒤져도 이제는 없다. 나는 와카오를 좋아했다. 그는 산 채로 죽어 버렸다.

"선생님."

손을 든다. 반 아이들의 시선이 일제히 나를 향했다. 다치카와가 조심스레 나를 바라보고 있다. 어쩔 수가 없었다.

"조퇴시켜주세요."

5

평일 낮 전철 안은 한가했다.

병원으로 갈까. 집 반대 방향으로 가는 전철을 탄 나는 목적지도 없이 그저 전철 기둥에 이마를 갖다 댔다. 집에 갈 마음도, 학교로 돌아갈 생각도 없었다. 모든 것을 잊고 싶어 자려고도 생각했다. 하지만 눈을 떴을 때 나 혼자일 걸 생각하면 소름이 끼친다. 누군가와 같이 있고 싶었다. 그것은 와카오도 아니었고, 가오리나 미야도 아니며 어머니는 더더욱 아니었다.

내가 앉은 맞은편 자리에 아이와 어머니가 앉아 있었다. 초등학생 정도로 보이는 소녀와 그 어머니. 하얀 붕대를 감은 소녀의 손목이 삼각건으로 목에 걸려 있다. 부러지기라도 했나.

멍하니 그 모습을 바라보고 있으려니 문득 떠오르는 것이 있었다.

내가 초등학생이었을 때, 같은 반 여자아이가 나를 계단 위에서 떠민 적이 있다. 아무 예고도 없이. 걸어가고 있는데 어느새 그 아이가 등 뒤에 있었다. 나는 떠밀려 굴러떨어졌다. 큰일은 없었지만 발목을 삐었고 다리가 긁혔다. 피가 났다. 당연히 문제가 되었다. 그 아이와 나, 양쪽 어머니가 학교로 호출되었다.

'우리 딸, 딸아.'

안색이 변해 교무실로 뛰어 들어온 상대 어머니와, 아무렇지도 않은 듯 '상처는 별거 아닌 것 같군요'라며 들어온 우리 어머니.

사키코의 어머니는 동네에서도 유명한 목청 높은 타입의 아주머니였다. 나중에 어머니 배구팀 주장이라는 이야기를 듣고 '어쩐지' 하는 생각이 들었다. 교무실에 들어오자마자 '우리 사키코는 괜찮나요?'라고 묻는다. 어디서 어떻게 그런 해석이 나왔는지 모르겠지만 '둘이 싸우다가 한쪽이 계단에서 떨어진 거죠?'란다. 그녀의 머릿속에는 이미 완전하게 스토리가 짜여 있었다.

담임 선생님이 틀린 부분을 정정한다. 리호코가 떠밀려 다친 겁니다. 싸운 게 아닙니다.

사키코는 고개를 숙이고 있었다. 얌전한 아이였다. 나하고는 사이도 좋았는데. 그녀의 어머니는 선생님 말에 '네에?'라며 그럴 리 없다는 듯한 소리를 낸다. 기분이 나쁘다는 것을 감추지도 않는다. '딸아, 진짜니?' 사키코는 말이 없다.

이 어머니는 자기 딸을 '딸아'라고 부르는군. 나는 멍하니 그런 생각을 하고 있었다.

'아이들 싸움이죠, 뭐.'

우리 어머니가 말했다. 다른 사람이 보기에는 냉정하고 차분한 대응이었을 것이다. 우리가 피해자지만 원만하게 해결해도 괜찮습니다. 하지만 사키코의 어머니는 그것도 불만인 것 같았다. '우리 딸 얘기도 들어봐야 알죠.' 그 말을 반복했다.

다른 방에서 둘이서만 이야기를 나눈 사키코의 어머니는 딸의 손을 끌고 나와 우리 어머니를 노려보며 말했다.

'들었어요. 우리 딸이 같이 놀자고 했더니, 댁네 아이가 책을 읽을 거니까 싫다고 했다는군요. 그럼 같이 책 보자니까 방해되니까 오지 말라고 했대요. 그게 뭐죠? 아이답지 않게.'

불쌍하게도. 우리 딸은 잘못한 게 없어. 그런 뉘앙스가 듬뿍 담긴 시선으로 나와 어머니를 노려본다. 그러더니 갑자기 미소를 지으며 선생님과 내게 말했다.

'어쩔 수 없네요. 이미 일어난 일이기도 하고, 애들 사이에 그럴 수도 있죠.'

나는 초등학생이었지만 사키코 어머니의 행동이 이기적임을 알 수 있었다. 아무 일도 없었다는 듯한 목소리로 당당하게 나오면서, 책임을 지거나 돈이 드는 상황을 피하려 한다. 뻔뻔하다고 생각했다. 그때였다.

'네. 같은 반이니 앞으로도 잘 부탁합니다.'

평소와 다름없는 목소리로 어머니가 말했다. 그 말이 양해의 신호가 되었다. 그것으로 모든 문제가 없었던 일이 되었다. 돌아가는 길에 나는 분해서 눈물이 날 것 같았다. 이를 악물고 견뎠다.

나는 사키코가 부러웠다. 우리 딸, 어머니가 그렇게 허둥대며 싸우길 바랐다. 어머니의 태도는 사회적으로는 훌륭했다. 그것은 이해할 수 있었고, 사키코네가 나간 뒤 교무실에서 담임 선생님도 그렇게 말했다. 하지만 나는 어머니가 내 편을 들어 주길 바랐다. 거리낌 없이 상식을 버리고, 우리 리호코라 불러 주길 바랐다.

돌아가는 길에, 자기 뒤에서 걷고 있던 딸의 발이 멈춘 것을 안 어머니가 돌아보았다. 그녀는 놀랐다.

'왜 그래, 리호코, 갑자기 울고. 다리 아파?'

눈앞에 앉아 있는 이 아이의 어머니는.

이 전철이 가는 방향에는 어머니가 입원한 그 병원도 있다. 그녀는 지금 딸을 병원에 데려가는 것일까. 이 아이가 다쳤을 때, 그녀는 어떤 마음이었을까. 어떻게 대처했을까.

딸이 어머니 귀에 무언가 속삭인다. 딸의 말을 들은 어머니는 살짝 웃으며 "그렇구나, 그러자" 하고 고개를 끄덕였다. 양호하고 평화로운 관계로 보였다.

하지만 어떤 가족이나 부모와 자식 사이에도 반드시 문제가 있고 모두 각자 힘든 일이 있을 것이다. 나는 입술을 깨문다. 저 아이도 충돌할 때가 올 것이다. 충돌하지 않고 사이가 좋다면 분명 그 나름대로 다른 곳에서 문제가 생긴다.

어머니가 예뻐하면 예뻐하는 대로, 어머니가 싫어하는 행동을 하지 않는 이상적인 딸은 필연적으로 세계를 바라보는 시야가 좁아지게 된다. 전에 우연히 갔던 슈퍼마켓에서 나는 몇 년 만에 '사키코'를 보았다. 그녀는 계산대에서 아르바이트를 하고 있었다. 그녀와 닮은 그 아줌마가 바로 옆 계산대에서 일하고 있었다.

그 슈퍼마켓은 사키코네 집에서 경영하고 있는 것은 아니다. 그녀의 어머니는 원래부터 그곳에서 파트타임으로 근무하고 있었다. 어머니랑 같은 곳에서 아르바이트를 하다니, 나는 그건 아니라고 생각했다. 결코 어머니를 배신하지 않는, 그래서 친구들과 노는 법을 모르는 채 커버린 얌전한 딸. 예전에 있던 일은 전부 잊어버린 듯한 얼굴로 아줌마가 '어머, 리호코' 하고 나를 부른다.

'아르바이트를 하고 싶다고 해서 내가 일하는 델 소개해 준 거야. 그게 그렇잖니, 모르는 데 보내면 걱정되잖아. 여긴 내가 잘 아는 데니까.'

고개를 숙이고 가격을 찍는 사키코는 나를 못 본 척하고 있었다.

아아.

이제 와서 깨닫는다. 내가 친구를 거부하지 않는 이유, 다치카와와 함께 있는 이유의 근원은 분명 그녀다.

전철이 병원이 있는 역에 도착했다. 앞의 모녀가 자리에서 일어
나 내린다. 나는 뒤따르지 않았다. 그녀들과 같은 곳에서 내리고
싶지 않았다. 어디에 가고 싶다, 무엇을 하고 싶다는 명확한 목적
도 없이 흔들리며 가는 여행. 나는 답답했다. 멀리 가고 싶었다.
모르는 곳의 산속에서, 아무에게도 방해받지 않고 별을 보고 싶었
다.

그 역에서 나와 같은 차량에 한 소년이 탔다. 초등학생 정도로
보인다. 아까 붕대를 감고 있던 소녀와 비슷한 나이일까. 지금 초
등학교는 수업 시간일 텐데, 그는 혼자였다. 타자마자 앉을 자리를
찾아 차내를 둘러본다. 한순간 나와 눈이 마주쳤다.

나는 기둥에서 몸을 일으켰다. 그의 눈빛이 너무나 공허하게
앞만 보고 있었기 때문이었다.

작고 마른 아이였다. 긴 앞머리가 얼굴 대부분을 가린다. 창백한
피부와 홀쭉한 뺨. 얇은 입술은 옅은 자줏빛이었고, 반바지에서
뻗어 나온 가는 다리는 피부가 뭉그러져 있었다. 아토피인지도
모른다. 병원에는 그것을 치료하려고 온 것일까. 하지만 혼자서?
보고 있으려니 너무나도 불안정한 육체였다. 너무 말랐고, 너무
하얗다. 눈만이 그 체구에 어울리지 않게 크고 동그랗다. 아아,
그렇다. 그는 새끼고양이를 닮았다.

이 차량이 마음에 들지 않았나 보다. 누군가를 찾는 것 같기도
했다. 그가 차량 끝으로 걸어가더니 옆 차량 문을 연다. 멀어지는
그의 손에 들려 있는 퀼트 천 가방이 내 시선을 빼앗았다. 그의

몸에는 어울리지 않게 큰 가방. 누가 만들어 준 듯한 그 가방은 도라에몽이 그려진 천으로 되어 있었다. 한눈에도 정성을 들여 만들었다는 것을 알 수 있었다. 천 윗부분에 히라가나로 '이쿠야'라고 쓰여 있었다. 그의 이름일 것이다.

나는 눈으로 그를 좇았다. 그때였다. 나는 옆 차량에서 벳쇼 아키라의 모습을 발견하고 숨을 삼켰다. 언제 거기에 탔을까. 그도 돌아가는 길인지 어깨에 그 프리미어 가방을 메고 있었다. 설마 나와 같은 이유에서는 아니겠지만 조퇴한 것 같았다. 병원 역에서 안 내려도 되나.

벳쇼는 부드러운 표정으로 책을 읽고 있었다. 자신이 타고 있던 차량에 들어온 자그마한 아이의 모습에 고개를 든다. 그리고 그 얼굴에 따뜻한 웃음을 띠었다. 내가 있는 곳에서는 '이쿠야'의 뒤통수밖에 보이지 않아 그 표정에 그가 어떻게 대답하는지 확인할 수 없었다. 작은 그가 가는 다리를 뻗으며 벳쇼 옆에 앉는다. 벳쇼의 눈은 다시 읽던 책으로 돌아간다.

신기한 거리감이 느껴지는 풍경이었다. 특별히 무슨 이야기를 나누는 것도 아니고, 둘이 나란히 앉아 전철의 진동에 흔들리고 있다.

그 모습을 바라보며 나는 눈을 감았다. 이제 어디로 가지. 그 생각을 하면서 다시 천천히 이마를 기둥에 댄다. 차가운 금속이 시원했다.

벳쇼와 그 소년의 뒤를 따라가려고 생각한 것은 그때의 나에게는 자연스러운 흐름이었다.

어느새 깜박 잠이 들었나 보다. 평소에 못 들어본 역 이름을 연호하는 안내 방송에 퍼뜩 정신을 차리고 고개를 든다. 당황스럽게 눈을 깜박이며 반사적으로 옆 차량을 보았다. 벳쇼와 아이가 앉아 있던 곳. 그곳에는 이미 아무도 없었다. 서둘러 일어나서 얼떨결에 플랫폼에 내린다. 내려 본 적도 없는 모르는 역이다.

전철에서 내린 사람은 많았고, 나는 두리번두리번 그 속에서 시선을 움직였다. 내가 자는 동안에 그들이 여기 말고 다른 역에서 내렸을 가능성이 컸다. 하지만 어쩌면 아직——.

찾다가 나는 그 도라에몽 가방을 발견했다. 히라가나로 된 이름 아플리케. 있다, 그 아이다. 벳쇼와 둘이, 변함없이 신기한 거리감을 느끼게 하며 플랫폼 계단을 내려간다. 내 발은 자연히 그들을 쫓는다. 쫓아가서 뭘 하겠다는 생각은 없었다. 정신이 들고 보니 그러고 있었다. 나를 여기까지 태워 온 전철 문이 닫히고 출발한다. 바람 소리가 귀를 스쳤다.

서둘러 따라간다고 갔는데, 내가 계단을 내려왔을 때는 벳쇼와 그 남자아이가 이미 개찰구를 빠져나간 뒤였다. 불러세울 수 있는 거리도 아니다. 뒤를 쫓으려고 개찰구에 정기권을 대자 삐삐삐삐, 높은 소리가 울리며 내 앞길이 막힌다. 깜빡 잊고 있었다. 정산을 해야 한다.

고개를 들고 벳쇼의 모습을 찾았다. 둘은 역 앞의 소란스러운 길을 오른쪽으로 돌아가는 참이었다. 시야에서 완전히 모습이 사라졌다. 나는 그들을 놓쳤다.

아버지는 낯선 길을 걷는 것을 좋아했다.

전혀 모르기 때문에 그곳을 사랑할 수 있을 때도 있다. 그곳 사람들에 대해 책임져야 할 것이라고는 아무것도 없기에 조건 없이 말할 수 있다. 사람들이 좋아. 작은 내 손을 잡고 낯선 거리를 걷는다. 카메라를 목에 걸고 찍고 또 찍는다. 나와 거리, 낯선 초등학교 교정. 화단과 놀이기구.

아빠랑 같이 있어서 좋겠구나, 공주님. 멋지네요, 사진 찍으시나 봐요. 가끔 길을 가는 사람들이 말을 건다. 맞아요, 멋지죠? 나는 자랑스러웠다.

벳쇼가 내린 이 역은 주택가로 개발된 곳이었다. 도심과 내가 사는 동네의 딱 경계 부근. 비싸 보이는 고층 아파트와 똑같은 모양의 분양주택이 늘어선 길. 빌딩 사이로 부는 여름 바람이 머리 위로 불어와 내 머리카락을 흐트러뜨렸다.

점심시간이 다가오고 있었다. 지나던 길옆 공원에는 도시락을 먹고 있는 두 가족이 있었다. 주먹밥과 닭튀김. 유모차 옆에 걸린 미니 페트병에 든 차. 어머니 둘이 서로 웃으며 이야기를 나누고 있다.

본 적 없는, 완전히 처음 오는 곳이었다. 이름을 모르는 큰 강이 앞에 있다. 다리를 건넌다. 문양이 들어가 있는 난간을 손으로 훑으며 걸었더니 손가락이 새까매졌다. 코에 대 보니 쇠 냄새가 난다.

도라에몽의 도구 중에는 '버려진 강아지 경단'이라는 것이 있었는데, 이것은 먹으면 두 번 다시 집에 돌아갈 수 없게 되는 도구다. 필요 없어진 애완동물을 버릴 때 먹인다. 이 도구가 나온 화(話)의 제목은 '집이 점점 멀어진다'였다. 실수로 그것을 먹은 노비타는 점점 모르는 곳으로 가게 된다.

나는 어렸을 때 이 이야기를 무서워했다. 도대체 어떤 기술로 그렇게 했는지 모르겠지만, 후지코 선생님이 그리는 마을이 정말 모르는 마을로 보였다. 비슷하게 그려진 배경이었지만 그것이 노비타의 평소 생활권이 아닌 것을 알 수 있었다. 그 사실이 읽고 있는 나를 불안하게 만들었다.

설마 정말로 돌아갈 방법이 없는 건 아닐 텐데. 최악의 경우에는 택시를 타고 알고 있는 장소까지 돌아갈 수도 있고. 무작정 걷다가 나는 문득 큰 아파트 앞에서 발을 멈추었다.

바람을 타고 내 발치로 비눗방울이 날아왔던 것이다. 소리도 없이 조용히 터진다. 나는 그것이 날아온 방향으로 고개를 돌렸다. 그러자 바로 새로운 비눗방울이 햇빛을 반사하며 다시 눈앞으로 날아온다. 세제가 만들어내는 기하학적인 기름 무늬를 띠고 반짝반짝 빛난다. 큰 것도 있고 작은 것도 있다. 이어진 작은 거품이 한꺼번에 휘익 날아왔다.

외관이 똑같은 세 채의 고층 아파트. 그중 하나는 입구가 석단으로 되어 있었다. 그 앞에 서 있는 아이들의 모습. 전철에서 본 그 소년이다. 퀼트 천 가방을 단 위에 놓고 작은 분홍색 플라스틱 병을 든 채 비눗방울을 불고 있다. 부드러운 바람이 그것들을 흔든다. 계단 맨 아래에 벳쇼가 앉아 그것을 보고 있었다.

조용하고 느긋한 시간이 흘렀다. 그들은 서로 말을 건네지 않았지만 흘러가는 빛의 방울을 통해 대화하는 것처럼 보였다.

"도련니 —— 임."

갑자기 목소리가 들렸다. 그 소리에 소년이 고개를 들고 위를 본다. 커다란 눈이 목소리의 주인을 찾아 움직인다. 한 번 더 목소리가 났다. 이번에는 더 가까운 곳이었다.

"도련님, 여기예요. 곧 점심시간이니 들어가요."

아파트 입구에서 앞치마를 입은 할머니가 나온다. 할머니라고는 해도 등이 곧아 자세가 꼿꼿하고 다리와 허리가 정정했다. 통통한 몸매에, 염색을 했는지 깨끗한 검은 머리카락이었다. 나이는 육십대 초반 정도. 소년의 할머니라고 해도 이상하지 않았지만 방금 그녀가 소년을 '도련님'이라고 부른 것으로 보아 아니다. 그녀는 가정부일지도 모른다.

얼굴을 든 소년은 입에 대고 있던 빨대를 떼고 가만히 고개를 끄덕였다. 던져 놓았던 가방을 들고 벳쇼를 지나쳐 달려가더니 가정부 할머니 옆에 섰다.

그때였다.

가정부가 나를 보았다. 멍하니 서서 그들을 바라보는 내게 시선을 주더니, 왠지 숨을 들이켰다. 마치 무언가에 놀란 듯 눈을 크게 뜬다. 나는 가만히, 같은 표정으로 서 있었다. 그리고 그녀는 숨을 내쉬며 내게 가볍게 인사를 했다. 이유도 모른 채 나도 인사한다. 그녀는 무언가 더 말하고 싶은 것처럼 보였지만, 살짝 고개를 끄덕이기만 하고는 결국 그 이상 아무 말도 하지 않았다. 마른 소년을 데리고 아파트 안으로 사라진다.

그 직후에 계단에 앉아 있던 벳쇼가 일어섰다.

"오, 이런 데서도 만나네."

조금 전까지 소년을 향하고 있던 미소를 띠고, 그가 내게 말을 걸었다.

6

아까 지나쳤던 큰 강 위에 놓인 다리를 걸으며 벳쇼가 설명해준다.

"이 다리 건너 저쪽 다리에서 매년 불꽃놀이를 해. 그것도 여름이 아니라 10월 말에. 이 근처랑 아까 그 아파트에서는 정말 멋지게 보이거든. 이런 주택가에서 하는 거라 사람도 적고, 나만의 스페셜 이벤트지."

낮의 태양 쪽을 가리키며 말한다. 강 저쪽에 이 다리보다 조금 폭이 넓고 새것처럼 보이는 다리가 있었다.

"선배 집이 이 근처에요?"

"나? 글쎄, 그렇다고 할지. …그걸 '집'이라고 해야 하나?"

그는 웃으며 자신만 이해하는 말로 화제를 마무리 지어 버린다. 그리고는 다시 내 얼굴을 보았다.

"정말로 예기치 않은 곳에서 만났네. 어쩐 일이야? 이런 데까지."

"…기분이 안 좋아서 학교 조퇴하고 병원에 가려고 했는데, 전철에서 자다가 역을 지나쳐 버렸어요."

솔직하게 말했다. 그러고 보니 학교에서는 그렇게 심했던 구토기가 지금은 신기하게도 가라앉았다.

"전철에서 선배를 봤어요. 말을 걸려고 쫓아가다가 길을 잃었거든요. 그러다 그 아파트까지 간 거예요. 선배야말로 왜 이런 데에?"

그리고 그 소년과는 어떤 관계일까. 새끼고양이 같은 마른 체구와 둥근 눈을 가진, 허약해 보이는 창백한 아이.

"그냥 좀 싫증이 나서. 그래서 친구 만나러 왔지."

두루뭉술한 표현이었다. 어디까지 사정을 말해 줄 생각인지 보이지 않는다. 나도 그 속을 더듬으며 말을 이었다.

"싫증이 나다니, 공부가요? 벳쇼 선배 3학년이죠. 여름이 되면 우리 학교 진로지도 때문에 선생님들이 정신없이 귀찮게 굴긴 하죠."

"흠, 그것도 있다면 있을 거야. 조금이지만."

"진로 때문에 신경전을 벌이고 있다고 전에 그러셨죠?"

"응."

"선배는 어디로 진학할 거예요? 괜찮으면 가르쳐 주세요."

그가 얼마나 진지한 마음으로 사진을 찍고 있는지는 몰랐지만, 어쩌면 그는 대학에 갈 생각이 없는지도 모른다. 그 가능성이 문득 머리를 스쳤다. 하지만 다음 순간, 그는 단숨에 대학 이름을 줄줄이 이야기했다.

"시즈오카대, 쓰쿠바대, 이바라키대, 치바대, 니가타대, 그리고 조금 멀지만, 홋카이도 대학이랑 류큐대. 거기 말고도 많아."

"그게 뭐예요."

나는 무심코 웃었다. 농담이라고 생각했다. 하지만 나를 대하는 그는 장난을 치는 것이 아니었다. 너무한다며 머리를 긁는다.

"이거 진심이야. 아무 데나 좋아, 바다가 가까운 데면."

나는 웃음을 멈추고 그를 바라보았다. 벳쇼가 걷기 시작했다. 사람도 차도 얼마 없는 다리 위를 우리는 천천히 걸었다.

"바다요?"

"사진, 나 꽤 진지하게 하고 있거든. 나는 지금까지 뭐든 제법 잘하는 사람이었어. 성적도 나쁘지는 않고, 운동도 못 해서 곤란했던 적도 거의 없고. 큰 실패 없이 해 왔는데, 사진만은 잘 되다가 아니었다가, 그 폭이 크잖아. 그게 재미있어서."

그가 부끄러움을 감추려는 듯 한숨을 쉰다.

"어머니가 대학에 갔으면 하더라고. 아무 데나 상관없지만, 사진으로 먹고살 수 없게 되었을 경우 보험 정도는 되겠지, 취직해야 될 수도 있다면서. 그래서 대학에는 가겠지만 사진은 계속하고 싶어. 그걸 생각하면 가까운 곳에 바다가 있는 데가 좋겠다는 생각이 들더라. 일 년 내내 바다 가까이에서 지내는 거야."

"많이 좋아하시나 봐요."

"응, 좋아. 우울해지면 꼭 보러 가. 같은 바다라도 계절이나 날씨에 따라 완전히 느낌이 달라지거든."

그 이야기를 하는 그는 생생하게 빛나는 것처럼 보였다. 우리 동네에는 바다가 없다. 곁에 그것이 없어서 바다에 대한 그의 동경은 더욱 강한지도 모른다.

"하지만 그렇게 후보가 많으면 반대로 고르기가 어렵잖아요. 1지망은 어디에요? 어디 바다가 좋다든가."

"그건 뻔하지. 난 홋카이도 대학에 가고 싶어."

다리가 끝난다. 나는 그를 향해 고개를 돌렸다. 홋카이도 대학.

"남쪽이 아니네요. 북쪽 바다라니 의외예요."

"유빙(遊氷)이 보고 싶어."

벳쇼는 흘러가듯 말해다. 그 말을 들은 순간, 이 계절에 어울리지 않는 얼음 바다가 머릿속에 떠오른다. 차게 식은 공기가 떠오른다. 눈이 흩날리는 바다.

나는 가만히 벳쇼를 바라보고 있었다. 그가 설명한다.

"몇 년 전에 텔레비전에서 얼음 아래 갇힌 고래 가족 뉴스를 봤었는데…, 너는 본 적 있니?"

"네."

다만 내가 정확하게 기억하고 있는 것은 고래가 아니라 범고래 무리였다. 몇 년에 한 번, 생각난 듯이 세상을 시끄럽게 하는 계절 뉴스. 어쩌면 매년 어딘가에서 같은 비극이 일어나고 있는지도 모르지만, 화제가 될 때도 있고 되지 않을 때도 있다.

벳쇼가 정면을 본 채 말을 이었다.

"지금도 기억이 나. 그게 처음에는 세 마리였을 거야. 좁은 얼음 사이로 교대로 숨을 쉬러 얼굴을 내미는 거야. 헬리콥터로 위에서 취재하고 있던 리포터가 말을 못 하더라고. 나한테는 그게 의외였어. 아, 저런 일을 하는 사람도 분명 사람이라, 지금 여기에 있는 고래의 아픔 때문에 우는 거구나, 묘한 감개를 느꼈지. 얼굴을 허공에 내밀고는 힘을 다해 고래가 숨을 쉬고."

벳쇼가 눈을 가늘게 떴다.

"하지만 바로 다시 내려가. 차갑고 어두운, 숨 막히는 얼음 바다로. 그거, 일본하고 러시아 경계 부근에서 일어난 일이었거든. 평소에 그 부근 상황은 긴박하잖아. 그야말로 살얼음을 밟는 것처럼."

벳쇼가 웃음을 지으며 가볍게 말한다. 그러고 나서 다시 진지한 얼굴로,

"그 시기 일본과 러시아의 관계가 여러 가지로 원만했던 덕도 있었겠지. 서로 협력해 각각 기재를 가져와서 막대한 비용을 들여 가며 얼음을 부수고 고래 구출 활동을 시작했는데, 여론은 들끓었어. 그래봤자 고래다, 의도적으로 미담을 만들려고 한다는 식으로.

나는 텔레비전으로 조금씩 바다가 넓어져 가는 과정을 보고 있었어. 너무너무 궁금해서 채널을 돌리려는 어머니한테 화를 냈지. 내가 보고 있다고 진전이 되는 것도 아니지만, 나는 고래가 구출되길 바랐어. 지금도 그 마음이 기억나. 안타깝고, 불안하고. 그리고 무서웠거든."

내가 기억하고 있는 범고래 무리 뉴스를 떠올린다. 흰 얼음으로 가득 찬 바다. 그것은 '유빙 덫'이라 불렸다. 얼음에 갇혀 움직일 수 없게 되는 것이다. 저녁 식사 시간, 켜져 있던 텔레비전에서 흘러나온 뉴스. 아버지가 집에 있을 때였다. 어머니도 건강했다.

'불쌍하게도.'

눈을 가늘게 뜨고, 먼 곳을 바라보듯 아버지가 말한다. 죽어가는 범고래들. 건져 올린 그 시체 하나에 바싹 달라붙은 작은 개체 하나가 있었다. 어머니와 함께 죽은 아이. 범고래는 높은 위험 회피 능력과 고도의 사회성을 함께 가지고 있다. 한두 마리가 약해졌을 때 버려두지 않고 무리 전체가 희생되는 쪽을 선택한 것인지도 모른다. 막 태어난 아이를 지키느라 밀려오는 유빙으로부터 도망치지 못했을 가능성도 있다고, 텔레비전에서 전문가가 말했다.

"괴로웠을 거야."

자꾸만 아래를 향하는 시선으로, 벳쇼가 불쑥 그렇게 중얼거렸다.

"창피한 얘기지만 나 수영을 못하거든. 그래서 바다는 아주 좋아하지만 두려움의 대상이기도 해. 그 두려운 것에 끌리는 부분도 있을지도 모르지. 어쨌든 그 뉴스를 보는 동안, 나는 너무 무서워서 참을 수가 없었어. 바다 밑은 소리도 빛도 없는 세계잖아. 그곳으로 가라앉아 가는 기분을 상상하니까, 그것만으로도 다리가 떨리더라."

"그 뉴스에서 고래는 결국 어떻게 됐어요?"

"학교에서 오자마자 텔레비전을 켰어. 그랬더니 얼굴을 내미는 건 두 마리뿐이고, 한 마리는 더 이상 숨을 쉬러 올라오지 않더라. 그 바로 뒤에 뒤따르듯이 또 한 마리. 마지막 한 마리는 동료들이 잠긴 바다에서 고독을 견뎠어. 숨도 못 쉬면서. 일본과 러시아의 막대한 비용을 들인 구출 작업도 효과가 없었지. 여론이 비난한 것과는 전혀 다른 의미로, 나는 오싹했어. 사람이 지금 가지고 있는 최고의 기술을 전부 쏟아부었는데도, 그래도 어쩔 수 없는 일이 있다고 생각하니까 무서워서. 나는 과학을 만능이라고 생각하고 있었던 걸까."

마지막 말은 그냥 덧붙인 혼잣말같이 들렸다.

"마지막 한 마리의 곁에 가고 싶었어. 왜 그렇게 감정을 이입했는지 모르겠지만, 옆에 가고 싶었어. 생명이 다해가는 걸 그냥 보고만 있을 수 없어서 어떻게든 해 주고 싶었는데."

"살았나요?"

"아니. 얼음을 부수는 작업이 늦어서, 세 마리 다 가라앉았어."

벳쇼는 단숨에 말하더니 견디기 힘든 듯 눈을 내리깔았다.

가족이 도시락을 먹고 있던 아까 그 공원 앞으로 나왔다. 거기에는 이미 아무도 없었다. 갑자기 벳쇼가 쓴웃음 비슷한 웃음을 지으며 내게 물었다.

"네가 좋아하는 도라에몽이라면 무슨 수가 있었으려나? 22세기의 과학이라면 고래를 구할 수 있어?"

"── 해저를 모험하는 영화가 있어요. 〈노비타의 해저 귀암성〉. 그것 말고도 수영을 못하는 노비타를 위해 도라에몽이 바닷속에서도 아무렇지 않게 있을 수 있는 도구를 꺼내 주기도 하고요. 지금은 이름이 잘 생각 안 나는데, 먹으면 산소가 나와서 숨을 쉴 수 있게 되는 사탕이나, 쪼이기만 하면 어느 곳에나 적응할 수 있게 되는 라이트 같은 거. 아, 바르면 수압에 견딜 수 있게 되는 크림도 있어요."

"그렇구나."

벳쇼는 눈부신 것이라도 보는 듯 내 이야기를 듣는다. 고개를 끄덕이며 살짝 웃는다.

"너도 이름을 전부 기억하고 있는 건 아니구나."

"그야 그렇죠. 얼마나 많은데요."

"그러네, 미안."

벳쇼는 또 웃었다. 그리고는 갑자기 자기 뒤를 돌아보았다. 아무도 없는 길, 아까 그 아파트가 있던 주택가 쪽을 보며 내게 밝혔다.

"아까 그 아이, 마쓰나가 준야 씨 아들이야."

갑작스러웠다. 나는 놀라서 완전히 표정을 잃었다. 벳쇼가 하는 말을 이해할 수 없었다. 그는 나를 바라보며 왠지 쓸쓸해 보이는 웃음을 지었다.

"마쓰나가 이쿠야. 초등학교 4학년, 아홉 살."

"그럴 리가 없…."

마쓰나가의 부인과 딸 시오리를 떠올린다. 그럴 리가 없다. 그에게 아들이 있다니, 들은 적도 없다. 시오리는 외동딸이었는데.

거기까지 생각했을 때, 새끼고양이 같았던 그 소년의 얼굴을 떠올렸다. 뒤따르듯 떠오르는 말. 조금 · 불완전. 아무 결점도 보이지 않는 마쓰나가에게 내가 명명한 개성.

아저씨, 당신은 ──.

벳쇼가 다시 그늘진 웃음을 띤다. 그리고 대답했다.

"사생아야. 호적에도 올렸으니 마쓰나가 씨 부인도 그 아이가 있는 건 알고 있을 거야."

"…몰랐어요."

내 목에서 메마른 목소리가 나왔다. 믿어지지 않았다. 충격으로 가슴이 흔들리고 있었다. 벳쇼는 차분한 얼굴로 "응" 하며 고개를 끄덕였다.

"그럴 것 같았어."

"그 아이 어머니는요?"

"이쿠야가 네 살 때 돌아가셨어. 원래 몸이 건강한 편이 아니었나 봐. 그 후로는 그 가정부하고 둘이서 거기 살고 있어."

가만히 비눗방울을 부는 자그마한 아이. 그것을 바라보는 벳쇼의 시선.

아아. 나는 생각한다. 어째서 우리 주위에는 부모를 잘 만나지 못한 아이가 이렇게 많은 것일까.

"선배는 어떻게 그걸 알았어요?"

"우연이었어. 돌아가신 이쿠야 어머니랑 조금 아는 사이였거든. ── 그리고. 리호코, 눈치챘어?"

"뭘요?"

"이쿠야, 말을 못 해."

나는 가만히 그에게 시선을 돌린다. 벳쇼는 조용히 내 시선을 피했다. 여름 하늘 아래에서 매미가 울고 있었다. 흘러온 비눗방울이 소리도 없이 터지던 그 순간을 떠올린다.

조금 · 부족(Sukoshi · Fusoku)*.

머리에 글씨가 떠오르고, 그것이 그대로 그 아이의 개성이 된다. 벳쇼의 표정이 바뀐다. 이 이상 이 화제를 이어갈 생각은 없는 것 같았다. 지금부터 어떻게 할 거야? 그가 물었다.

"너나 나나, 벌써 몸은 괜찮아졌는데 조퇴해 버렸으니. 이러면 꾀병이잖아."

"── 선배."

왜 자신이 그런 마음을 먹었는지 모르겠다. 하지만 깨달았을 때 나는 이미 말하고 있었다. 벳쇼가 이상하다는 듯이 나를 주시하고 있다.

"저, 모델 제의 받아들여도 될까요?"

---

* 원문 'ふそく'.

"진심이야?"

그가 놀란 듯 눈을 깜박인다. 내 얼굴을 내려다보며 잠시 숨을 멈췄다가 고맙다고 했다.

"기쁘다, 정말 다행이야. 제대로 사례도 못 하지만——."

부모를 잘 만나지 못한 아이. 평범한 일상에 갑자기 덮친 불행, 사라져서 돌아오지 않는 자신의 소중한 사람. 어차피 내가 받아들일 마음이 든 것에 이유 같은 건 존재하지 않는지도 모른다.

돌아보니 시야 한쪽 구석에 방금 지나온 다리가 보인다. 아파트는 이미 꼭대기밖에 보이지 않았다.

제5장

미리 약속 기계

* 미리 약속 기계

이 기계와 약속을 하면 그 결과를 먼저 얻을 수 있다. 약속한 것은 나중에 반드시 실행해야 한다.

1

집에 돌아와 사복으로 갈아입고, 내친김에 아버지 카메라를 꺼
낸다. 몇 년이나 쓰지 않은 카메라라서 제대로 작동할지 모르겠지
만 그래도 프로가 쓰던 것이니만큼 물건은 상당히 괜찮다. 가지고
가면 벳쇼가 좋아할지도 모른다는 생각이 들었다.

"많이 기다리셨죠."

일단 헤어졌다가 다시 만났다. 어제 와카오를 찾지 못해 헤맸던
그 가로수 앞에서, 이번에는 바로 벳쇼를 찾을 수 있었다. 그는
아까 전철 안에서처럼 문고를 펼쳐 읽고 있었다.

"어 ──."

고개를 들고 상쾌하게 웃는다. 책을 덮자 제목이 보였다. 마쓰모
토 세이초, 〈제로의 초점〉. 조금 의외다. 그건 어머니가 좋아하는
책이라 나와 비슷한 나이대가 읽을 만한 것은 아니라는 인상을
주었기 때문이다.

"마쓰모토 세이초네요."

"응. 집에 잔뜩 있어. 부모님 중 누군가가 좋아했는지도 모르
지."

그는 눈치 빠르게 내가 한 손에 들고 온 카메라에서 시선을 멈추었다.

"그거."

"아버지 거예요. 이걸로 찍으세요. 잘 찍힐지는 모르겠지만."

나올 때 젖은 수건으로 살짝 닦았지만, 그래도 케이스 표면에 먼지가 남아 있다. 일단 땅에 그것을 내려놓았다가 다시 들었다. 벳쇼가 눈을 가늘게 뜬다. 눈이 부시기라도 한 듯이.

"——고마워."

사진을 찍을 때 나는 셔터 소리가 좋아서, 나는 그것을 들으면 흥분이 된다.

제일 선명한 기억은 후각. 현상액이 배인 냄새를 맡으면 순식간에 옛날로 돌아간다. 두 번째가 청각. 셔터 소리다. 세 번째는 플래시가 터질 때 느끼게 되는 시각일까. 눈이 부신 것은 물론이고, 섬광 뒤에 갑자기 빛을 잃는 그 순간의 그 느낌.

물에 들어가는 감각이나 여름날의 수영장을 잊고 있다가도, 어딘가에서 염소(鹽素) 냄새를 맡으면 차가운 물이 떠오르는 것과 비슷하다.

무조건 사진을 찍었다. 길을 걸으며, 되는대로 마구 찍었다. 사진을, 셔터를 누르는 것을 좋아한다는 것이 느껴진다.

가로수, 가로등, 피곤한 듯 걷는 회사원의 뒷모습, 여름 하늘, 네온이 깨진 간판. 흥미를 끄는 모든 것에 카메라를 들이댄다.

"널 찍을 장소는 정해 놨어. 그게 학교 옥상이거든. 그러니까 오늘은 무리겠지."

"그러네요."

나는 고개를 끄덕였다. 오늘은 조퇴했으니 학교로 돌아가기는 그렇다.

"심심해?"

아스팔트를 뚫고 자라난 잡초에 렌즈를 들이대고 셔터를 누른다. 찰칵, 하는 소리와 함께 내게 묻는다.

"아니요, 옛날 생각이 나요."

"고마워, 너는 정말 소질이 있구나. 예상대로야."

"뭐가요?"

"모르겠으면 몰라도 되는데, 정말 센스가 좋아."

자신만 아는 이야기를 계속한다. '파인더에 집중해.'

먼 곳에 있는 사람에게 말을 거는 듯한 목소리로, 벳쇼가 말한다.

"머리가 좋은 사람은 고독하구나."

"네?"

"너를 봐도 알겠어. 사람은 머리가 좋아서 사고 능력이 뛰어나면 뛰어날수록, 필연적으로 고독해질 수밖에 없는 거야. 리호코, 전에 나한테 이야기 잘 들어준다고 했던 거, 기억나?"

"네."

나는 고개를 끄덕였다.

"선배는 정말로 상대방 이야기를 잘 들어줘요. 뭐라고 할까요,

음, 다른 사람을 거절하지 않으면서 상대에게 흥미를 느끼고 자기 일처럼 이야기를 들어요. 정말로 선배가 자기 일처럼 생각하는지는 둘째 치고, 이야기하고 있는 사람이 그것을 '내 이야기가 재미있어서 그래, 나만 특별한 거야'라는 착각을 하게 할 만큼 완벽해요. ──카운슬러가 적성에 맞을 것 같아요."

나만이 특별. 조금·불안한 공주님, 다치카와의 얼굴을 떠올린다. 아아, 그렇구나.

"여자한테 인기 많죠? 친구를 보면 아는데, 여자는 그렇게 자신을 받아들여 주는 사람한테 아주 약해요."

"이성으로 사귀고 싶다는 의미로라면 전혀 인기 없어. 게다가 네가 말한 대로 내 일처럼 생각하는 것도 아니야. 나도 알아. 나는 무조건적으로 공감을 표하며 사람을 받아들이는 척하는 데 능숙하지. 이야기도 들어주고. 남자 친구랑 헤어지거나 잘 안돼서 헤어지기 직전인 아이들이 나한테 상담하러 많이 와. 괜찮아질 때까지 그러다가, 다시 좋아하는 사람이 생기면 멀어져 가는 거지. 실속 없는 역할인 것 같아."

카메라에서 얼굴을 들고 그가 역 반대 방향으로 가도 되냐고 묻는다. 나는 고개를 끄덕였다.

"드래곤 퀘스트나 파이널 판타지 같은 RPG 속에는 정령의 샘 같은 힐링 포인트가 있잖아? 그거랑 비슷할지도 몰라. 그야 카운슬링에 재능이 있는지도 모르지만, 그래도 나는 그냥 들어주는 것뿐이야. 거기서 구해 주겠다는 생각 같은 건 전혀 없으니까. 너무 차가운 건가? 다정한 척은 잘하는데."

"일부러 '척'이라고 생각하는 게 문제인 거 아니에요?"

"그럴지도 모르지. 하지만 나한테 상담하러 오는 아이들은 모두 이미 스스로 결론을 낸 경우가 많아. 아무도 찬성하지 않을지도 모르지만 나는 그렇게 하고 싶다, 그런 이야기를 털어놓고 내가 승인하기를 기대하는 거야. 그래서 나도 그렇게 하고. 가끔 생각해. 내 존재에는 의미가 있는 건가 하고. 내가 있든 없든 변하는 건 없으니까. 그 아이들은 자기 하고 싶은 대로 하는 거야. 그냥 말하고 싶을 뿐인 거고."

그의 목소리는 말하는 내용과는 달리 별로 그것을 슬퍼하거나 어이없어하지 않았다. 어디까지나 중립적인 목소리. 차갑다는 인상조차 없다.

"늘 그런 패턴인데, 가끔 처음 만났을 때부터 놀랄 만큼 잘 맞는 상대를 만나게 될 때가 있어. 아무도 들어주지 않을 것 같은 이야기지만, 이 아이라면 들어줄지도 모른다고 생각하게 되는 상대. 그런 내 성질을 좋은 쪽으로 발견해 준 경우, 그건 대체로 자기 고민이나 신상 이야기가 아니라 영화나 소설 이야기, 자신이 일상에서 느끼는 감성적인 이야기인 경우가 많아. 그런 사람은 정말로 신나게 이야기를 해 줘. 지금까지 그런 이야기를 대등하게 주고받을 수 있는 상대가 없었구나, 라는 걸 알게 되는 거야. 그래서 고고함이나 고독이라는 건 그런 것 같아. 머리가 좋은 사람은 그야 그것 때문에 심각해질 수밖에 없겠지. 실제로 대등한 사람이 주변에 있느냐의 문제가 아니라, 그들이 없다고 자각한 게 문제니까. 그렇게 생각해 버리면 어쩔 도리가 없어."

벳쇼가 쓰게 웃었다.

"오만한 생각이긴 하지만 말이야."

"머리가 좋다는 건 어떤 걸까요."

역 반대 방향으로 돌아가는 동안에도 나는 계속 카메라 셔터를 눌렀다. 내 손가락이 그것을 누른다. 방치된 자전거, 주택에서 밖으로 잔뜩 뻗어 나온 정원수, 슈퍼마켓 앞에서 주인을 기다리는 개.

오늘은 여름 햇살이 무척 쨍쨍하다. 아아, 곧 여름방학이다. 내 말에 벳쇼가 웃으며 "으음" 하고 낮게 목을 울렸다.

"그거야말로 사람에 따라 해석이 달라지겠지."

"제 친구 중에, '난 원래 바보야'라는 말을 아무렇지도 않게 하는 아이가 있어요. '머리가 좋다·나쁘다'를 중요하게 생각지 않으니까 그러는 거겠죠. 딴 아이들 중에도 좋아하는 타입을 물어보면 '머리 나쁜 아이'라고 대답하는 아이도 있고. 저는 그걸 경멸할 때도 있고, 반대로 저 자신이 답답하고 쓸데없는 일에 집착하고 있다고 느껴질 때도 있어요."

나는 F고의 학생들 대부분이 시시하다고 생각한다. 그리고 아마, 와카오에 대해서도 그렇게 생각해 왔을 것이다.

"'미리 약속 기계'라는 거 아세요?"

"그것도 도라에몽 도구?"

벳쇼가 묻는다. 지금 벳쇼의 이야기를 듣고 나니 좋아하는 비유를 들어 시끄럽게 설명하는 건 좀 그렇게 느껴졌지만 그래도 말하고 싶었다. 돌아보니 어제 와카오와 갔던 역 건물이 보였다.

"트랜스시버* 형태의 도구인데, 거기에다 '나중에 꼭 그렇게 할게'라고 말을 하면, 그 결과만 먼저 받을 수 있어요. 배가 고플 때 '내일 밤에 꼭 배가 부르게 먹을게'라는 약속을 하면 포만감을 먼저 느낄 수 있고, '목욕할게'라고 하면 당장 몸이 깨끗해지고 개운해질 수도 있어요. 단 약속한 건 나중에 꼭 지켜야 해요. 밥을 두 배 먹거나, 목욕을 두 번 하거나."

"그건 글쎄. 꼭 필요하면 쓸지도 모르겠지만, 나는 별로 쓰고 싶지 않은데."

벳쇼가 얼굴을 찌푸리더니 쓴웃음을 짓는다.

"아무리 다음 날 두 배로 밥을 먹어도, 포만감은 벌써 얻었으니 그 식사의 반은 의미가 없는 거잖아? 게다가 약속을 못 지켰을 때를 생각하면 왠지 무서워서 못 쓰겠다. 나는 기본적으로 겁쟁이라서 말이야. 하지만 그건 현재의 수요를 잘 캐치한 발명이구나. 갖고 싶어 하는 사람이 많겠어."

"또 제 옛날 남자 친구 이야기인데요, 썼어요, 그걸."

벳쇼의 얼굴에서 웃음이 사라진다. 그가 나를 보았다. 나는 그를 보지 않고 역 앞 광장에 펼쳐진 하늘을 쳐다보고 있었다. 되도록 억양을 억누른 목소리로 뒤를 잇는다.

---

* transceiver. 근거리 연락용으로 사용하는 소형의 휴대용 무선 전화기.

"꼭 다른 사람보다 훌륭해질게. 미리 약속 기계에 그렇게 약속을 하고는 거기서 얻은 결과를 뿌렸죠. 처음에는 재미있었던 것 같아요. 나는 다른 평범한 아이들과는 다르다, 너희하고는 다른 곳으로 갈 거라면서 다른 사람을 경멸하고 무시하는데도, 그 모든 걸 용서받았어요. 전부 도구의 힘으로."

나는 내 말을 듣는 벳쇼의 얼굴을 볼 수 없었다. 앞만, 하늘만 바라보며 계속 시선을 피한다.

"더 나빴던 건, 그는 자기가 쓰고 있는 도구가 뭔지, 그걸 정확히 몰랐다는 거예요. 여기에다 대고 말만 하면 뭐든지 이루어 주는구나, 편하니까 계속 쓰자, 그런 생각으로 계속 썼어요. 하지만 나중에 그 대가를 치러야 할 때가 왔죠. 그는 그때 처음으로 자신이 썼던 도구가 '미리 약속 기계'라는 걸 알았어요."

언젠가, 꼭.

언젠가 꼭, 누구보다도 위에 설 테니까. 지위와 명성을 손에 넣어서.

"도구가 이루어준 소원들은 나중에 반드시 그 약속을 실행해야 해요. 만화에서는 노비타와 도라에몽 둘 다 클리어했거든요. 그래서 약속을 실행하지 않은 사람이 어떻게 되는지는 안 나와요. 언젠가 꼭. 그가 했던 약속의 조건은 '언젠가'였기 때문에 지금 당장 그것을 지불할 필요는 없어요. 다른 '미리 약속 기계'를 준비해서 카드를 돌려막듯이 계속 이어나갈 수도 있겠죠. 하지만 그렇게 되면 알면서 부정을 저지르게 되는 거예요. 아무것도 모르고 도구

를 쓰던 때로 돌아갈 수는 없어요. 언젠가는 청산해야 할 때가
올 거라는 생각에, 그래서 나는 그가 자살하는 꿈을 꾸었고 불안해
지기도 했어요. 하지만 어제 알았어요. 그 일에는 생각도 못 했던,
전혀 다른 해결 방법이 있었다는 것을요."

리호. 잿빛 물방울을 뚝뚝 떨어뜨리며 나에게 보여주던 비정상
적인 웃음.

"그는 자신이 쓴 '미리 약속 기계'를 벽에 던져 부숴 버렸어요."

매미가 지잉지잉 울고 있다. 벳쇼가 가만히 나를 보고 있었다.
나는 아직도 그를 볼 수가 없었다. 하얀 모자를 쓴 작은 소녀가,
할아버지처럼 보이는 남자 옆에서 아장아장 걷고 있다. 피사체로
는 더할 나위 없었지만 나는 움직일 수가 없었다.

"어떻게 하면 좋았을 것 같아?"

벳쇼가 조용한 목소리로 내게 물었다.

"언제 그것을 실행할 수 있을지 알 수 없어지고, 도망칠 수도
없게 된 그는 그것을 부숴 버리는 것 외에 어떻게 하면 좋았을
것 같아?"

"좌절해야 했어요."

내 목소리가 희미하게 떨리기 시작했다. 왜, 내가 이런 목소리를
내야만 하는 걸까.

"늘 지병 때문이다, 부모님 때문이다고 하면서 다른 것들만 탓했
어요. 하지만 잘못한 건 자신이라는 것을 인정해야 했어요. 전부
자기 책임이라는 것을 인정하고, 그리고 자신에게 실력이 없다는

것도 인정하고, 그리고 포기해야만 했어요. 온 힘을 다해, 정말로 할 수 있는 만큼을 다 한 사람만이 포기할 수 있는 거예요. 그래서 좌절이란 건 정말 어렵죠."

나는 변함없이 벳쇼의 얼굴을 볼 수 없었다. 같은 자세로 있지 않으면 억누르고 있던 감정이 단숨에 흘러나올 것 같았다.

"나는 그가 좌절하기를 바랐어요."

"그 사람, 스물셋이라고 했나."

벳쇼가 감정의 기복이 거의 느껴지지 않는 목소리로 중얼거렸다. 나는 그것이 고마웠다. 내가 가만히 고개를 끄덕이자 그가 말을 이었다.

"잘 모르겠지만, 아직 젊잖아. 왜 그렇게 간단히 부숴 버렸을까."

"남용했기 때문일 거예요. 누구나 한두 번은 쓰지만, 그 사람처럼 자주는 안 쓸 거예요. 그만큼 거기에 걸린 부하도 상당했을 거고요. 앞으로 약속한 것을 실행할 수 있는 가능성이 있기는 했겠지만, 그에게는 무리였을 거예요. 벌써 이 단계에서 그렇게 망가뜨려 버렸으니까."

"가엾게도."

벳쇼가 말했다. 아픔을 품은 다정한 목소리였다. 무조건적인 공감과 수용. 그가 그렇게 말한 지 얼마 되지 않았지만, 거기에 평온함을 느끼는 나는 지쳐 있는 것일까. 그의 얼굴을 바라본다. 애처로운 것을 바라보는, 위로의 표정을 발견할 수 있었다.

"너 그 사람을 정말 좋아했구나."

그 말을 들은 순간이었다. 나는 걸음을 옮길 수가 없게 되었다. 눈을 내리깔아 긍정하고 나자 목소리도 나오지 않게 되었다.

사랑이란 건 어차피 뇌 안의 물질이 보여주는 환영이고, 나는 자신을 동정하고 싶어 와카오를 동정했다. 실제의 그가 없는 곳에서, 나는.

어째서 눈물이 나오는 걸까. 나는 얼굴을 들 수 없었다.

"그거 무슨 도구더라? 〈도라에몽〉에서 내가 굉장히 좋아했던 이야기가 있었는데, 알려나?"

벳쇼가 나를 데려간 곳은 주택가에 둘러싸인 작은 아동공원이었다. 빛이 잘 들지 않고 놀이기구도 그네와 철봉밖에 없다. 지나가던 인상 좋은 할머니가 나를 보고 말을 걸었다. 어머나, 사진? 사진기가 크기도 하지, 멋지구나——. 눈물이 마른 얼굴에 웃음을 띠고, 나는 그녀에게 손을 흔들었다. 네, 고맙습니다.

파인더를 들여다보며 셔터를 누른다. 상당히 많이 찍었을 것이다. 가끔 태양을 등지고 필름을 갈아 끼운다.

"무슨 이야기에요?"

셔터를 누른다. 찰칵찰칵찰칵. 우리는 다른 사람들에게 어떻게 보일까.

"전에 네가 이야기해 준 '악마의 패스포트'하고 비슷한 이야기야. 자기가 싫어하는 사람을 스위치 하나로 이 세상에서 사라지게 하는 거."

"아아."

뭐야, 유명한 에피소드잖아. 나는 고개를 끄덕였다.

"'독재 스위치'군요."

"아아, 맞아. 그걸 거야."

카메라에서 얼굴을 들자 벳쇼가 고개를 끄덕였다.

"맞아 맞아, 독재자같이 자기한테 반대 의견을 내는 사람들을 차례차례 흔적도 없이 없애가지."

"저도 그 이야기 좋아해요."

"응, 그거 묘하게 리얼하지 않아? 사람 하나를 없애는 건 무서운 일이라고 노비타가 사용하기를 망설이는 마음이나, 그러다가도 무심코 화가 나서 눌러 버리는 충동 같은 게."

벳쇼가 미소 지었다.

"마지막에는 결국 다 없애 버리고 혼자만 남는 거지? 울면서 후회하더니 혼자서는 살아갈 수 없다는 것을 아는 거야."

"네. 그랬더니 사라진 줄 알았던 도라에몽이 홀연히 나타나서 '이건 독재자를 혼내주기 위한 발명품이야'라고 가르쳐 주는 거예요. 모든 것을 원래대로 돌려놓고, 노비타가 야구 연습을 하는 데서 끝나죠. 자이언이랑 스네오한테 진짜 못한다는 말을 들으면서, 주변이 시끄럽다는 건 즐거운 거구나, 하고."

"전에 들었던 '악마의 패스포트'도 그랬지만, 〈도라에몽〉 속에서 느껴지는 교훈은 노비타를 믿고 있기 때문에 성립되는 거구나."

다시 파인더를 들여다본다. 찰칵. 녹슨 그네를 찍는다.

"'독재 스위치'는 그가 그것을 후회할 거라는 전제가 없으면 성립하지 않는 도구잖아. 나는 〈도라에몽〉의 그런 점이 좋아."

"저기, 벳쇼 선배."

"응?"

"와카오는 아마 그거, 잘 쓸 수 없을 거예요."

내 얼굴 위로 찰칵찰칵하는 셔터 소리가 미끄러진다. 사람을 사람으로 생각하지 않는 개성. 기억은 나지 않지만 전에 나는 그에게 그렇게 지적한 적이 있었다고 한다.

"아침에 큰 인명 사고가 났다는 뉴스가 나왔는데. —— 보셨어요?"

"아니."

벳쇼가 고개를 젓는다. 나는 말을 이었다.

"자살하려고 남자가 지하철에 불을 질렀어요. 세상이 자신을 무시한다는, 말도 안 되는 동기로요. 요즘에는 안 좋은 뉴스가 많네요. 이해관계는커녕 사디즘이나 흉포성과도 관계없는 살인. 사람을 사람으로 생각하지 않는, 그저 거기에 있는 도구 정도로밖에 생각하지 않는 사건."

"응."

"그런 사건은 결국 수많은 '와카오'가 일으키고 있는 거예요. 현재 상태에 불만을 느끼면서도 그 원인을 자신에게서 찾지 못하고 다른 사람에게서 찾으려고 하는 거죠. 그러다가 아이를 죽이는 거예요. 자기보다 강해 보이는 사람은 공격하지도 못하고 정공법으로 대응하려고 하지 않으면서 약한 사람한테는 유괴나 살인을 저지르고. 그건 왜 그런 걸까요. 우울해져요. ——아, 고양이다."

갈색과 검은색이 섞인 얼룩 고양이가 공원 안으로 들어왔다. 목걸이를 한 걸로 보아 집에서 키우는 고양이인가 보다. 내가 셔터를 누르자 고양이는 민첩하게 움직여 잽싸게 카메라 앞에서 멀어져 간다. 도망칠 때 고양이가 차고 뛰어오른 그네가 흔들흔들 흔들렸다.

와카오는.

혼잣말을 중얼거린다.

"그 사람, '독재 스위치'를 써도 반성하지 못할 거예요."

그렇게 중얼거린 후 하늘을 올려다보니 커다란 구름이 떠 있었다. 저 구름은 도라에몽의 방울과 조금 비슷하다.

찰칵, 셔터를 누르는 소리.

2

그날 밤, 마쓰나가에게서 전화가 왔다.

—리호코, 괜찮니?

전화를 받자마자 그렇게 물어 와서 나는 놀랐다. 설마 정말 그 사고로 아버지가 죽은 건가. 한순간 그런 상상을 한 내 등에 기분 나쁜 긴장감이 스친다. 하지만 곧 냉정해졌다. 내가 오늘 학교에서 조퇴한 것을 어딘가에서 알았는지도 모른다.

오늘 내가 마쓰나가의 비밀을 알아 버렸다는 사실도 같이 떠올랐다. 하지만 나는 마쓰나가에게 입은 은혜가 있는 데다, 그의 부인이나 딸에게 친밀함을 느낀 적도 거의 없다. 게다가 무엇보다 현실감이 옅은 것이 나의 개성이다. 나는 그를 마치 드라마의 캐릭터라도 보는 듯 멀게 보고 있는 부분이 있다. 그의 불완전의 의미를 뒤집고, 또 뒷받침할 새로운 설정이 등장했다는 정도의 느낌이었다.

그러다 보니 오늘 그 사실을 알았다고 해서 마쓰나가에게 환멸을 느끼지도 않았고, 따라서 그를 비난할 생각도 거의 없다. 다만 내가 일방적으로 그 사실을 알고 있다는 게 거북했다.

"뭐가요?"

내가 속이 뻔히 보이는 질문을 하자, 그가 안심한 듯 숨을 내쉬며 그렇군, 괜찮구나, 하고 중얼거렸다. 나는 무슨 말인지 하나도 알아들을 수 없었다.

—음, 지금은 아무 문제도 없지만, 일단 말은 해 둘게. 실은 나하고 네가 같이 식사를 하는 사진이 주간지에 들어갔어.

"네?"

—어처구니없지, 정말 바보 같은 이야기야. 어째서 그렇게 되었는지 모르겠구나.

마쓰나가의 목소리는 확실히 화가 나 있었다. 이전에 이이누마가 무단으로 어머니가 있는 곳에 쳐들어왔을 때와는 완전히 다르다. 그것은 입장 때문이 아니라 명확한 개인적 감정에 의한 것이었다.

—미안하구나, 네게 폐를 끼쳐서. 지난번에 병원에서 집에 가는 길에 레스토랑에 들렀었지? 그때 찍혔나 보다.

마쓰나가는 목소리 톤을 낮추며 성의가 느껴지는 말투로 사과한다.

—사무실에 확인 문의가 들어왔어. 여고생과 그냥 식사하는 사진에 불과하기도 해서, 사실을 확인하겠다는 연락이 들어왔더구나. 전에 내가 인터뷰한 적이 있는 잡지였으니 신경을 써 주었지만 만일 양식(良識) 없는 곳이었으면 어떻게 되었을지 생각하면 오싹해.

마쓰나가가 깊은 한숨을 내쉬었다.

—제대로 설명했고 사진도 처리가 되었으니 아무 문제없어. 혹시라도 너한테 무슨 귀찮은 일이라도 생기지 않았나 걱정이 되어서 말이다.

"저는 괜찮은데요. …그냥, 놀랐어요."

나와 마쓰나가. 서로 알고 지낸 지도 오래되었고, 나이 차이도 상당해서 나는 그를 남자로 의식할 수도 없다. 도대체 누가 우리를 보고 그런 오해를 했는지.

게다가 그를 추락시키고 싶다면, 그에게는 나 같은 건 문제가 되지 않을 정도로 큰 스캔들이 있다. 나는 오늘 알았을 뿐이지만,

본격적으로 조사해 보면 바로 발각될 만한 것이었다.

"짚이는 데는 있으세요? 아저씨 팬이 질투한 거라든가. 아니면 단순한 괴롭힘?"

—악질적인 장난일 거야. 정말 미안하다.

"아뇨⋯."

—그리고, 시오코 씨 외박 건 말인데, 지금 구체적인 날짜를 얘기해도 될까? 덤으로 하는 말 같아서 미안하지만.

"아, 네."

말하면서 메모할 준비를 한다. 그러고 보니 방을 청소해야 한다. 느릿하게 그런 생각을 한다. 날짜 이야기를 하다가 깨달았다.

그러고 보니 이번 주에 벌써 여름방학에 들어간다.

오봉에 맞춰 어머니가 돌아온다. 사실 나는 그것이 고마웠다. 나는 일정 시기——아버지가 실종된 후로 오봉이 싫어졌다. 죽은 사람들이 돌아오고 그들을 맞이하는 풍습이 무서웠다. 생사를 모르는 아버지가 '돌아왔을지도 모른다'. 현관에서 배웅해 버린, 내가 죽여 버린 아버지.

향을 피우고 집 앞에 불을 붙인다. 바보 같은 이야기지만 나는 어렸을 때 그것이 아버지의 혼을 쫓아내기 위해서라고 진심으로 믿었던 시기가 있었다. 여기에 오면 안 돼요. 어딘가에서 살아 있어 주세요. 모순덩어리인, 엉터리 발상. 그런데 그것이 맞이하는 불이라는 사실을 들었을 때는 눈에서 색안경이 벗겨진 기분이 들었다.

3

여름방학에 접어들어서도 기본적인 내 생활은 바뀌지 않았다. 그냥 사람들과 놀고, 그냥 책을 읽고, 어머니 병문안을 간다.

8월에 접어들어 며칠 지난 어느 날, 미야가 집에 자러 왔다. 지금 짝사랑하는 상대가 있는데 그 사람에 대해서 상담을 하고 싶다고 한다.

나는 잠깐 생각한 뒤에 조건 하나를 붙여 승낙했다. 집과 정원 청소를 도와달라고. 미야는 잠시 눈을 동그랗게 떴지만 바로 뒤에 "응"이라며 고개를 끄덕였다. 미야의 좋은 점은 친구를 생각해 주는 점이다.

"그 애는 요즘 남자애들처럼 잡지나 흉내 내고 그러니까, 가오리나 리호가 보면 별로 멋지지 않을지도 몰라. 그래도 생각하는 게 제대로인 데다 어른스러워."

청소용 대걸레와 양동이를 산 우리는 나란히 걸으며 연애 이야기를 했다. 오면서 들은 이야기만으로 판단하자면 미야가 요즘 끌리고 있는 남자는 성격이 별로 좋지 않아 보였다. 잘 놀고 여자가 자신을 좋아해 주는 데 익숙한 데다 남을 잘 속인다. 하지만 미야는 그런 타입의 남자가 아니면 좋아지지 않으니 그건 어쩔 수 없다.

그만두라는 말도 못 하고 나는 "흐음" 하며 고개를 끄덕였다.

"어른스럽다니 어떤 점이?"

"남자들 사이에 있어도 늘 리더인 점이라든가, 웨이크보드 팀을 만들겠다는 이야기도 했고, 하여튼 잘해. 아—, 보고 싶다. 엄청 보고 싶다. 연락을 기다려야 되다니 너무 슬프잖아—."

집에 돌아와 보니 오늘도 현관 앞에 노란 봉지가 걸려 있었다. 이것으로 다섯 장째. 대체 누가 이런 짓을 하는 걸까.

"리호, 그거 뭐야?"

"응—? 글쎄."

돈키호테의 봉지를 빼내어 둥글게 뭉친다. 오늘도 안은 비었다. 언급을 피하듯 대꾸하며 문을 열고 미야를 안으로 재촉한다. 그녀도 깊이 생각하지는 않은 듯 "실례하겠습니다—"하고 기운차게 인사했다.

"너희 집 정말 오랜만이다. 어—, 깨끗하잖아. 청소할 필요 없겠는데? 우리 집이 훨씬 지저분해—."

"그게 보이지 않는 데는 먼지가 많다니까. 미안, 너한테 도와달라고 해서."

"아냐 아냐, 곤란할 땐 서로 도와야지. 우린 친구잖아."

가슴을 펴며 말하는 미야와 함께 방을 정리하기 시작한다.

창문을 열어젖혀 빛을 들인다. 먼지를 쓸고 바닥에 걸레질을 한다. 미야에게 바닥과 복도를 부탁한 나는 아버지 서재의 먼지를 털기 위해 서재로 들어갔다.

서재는 아버지가 나간 그날 그대로다. 어머니가 집에 있었을 때, 그녀는 가끔 이곳에 들어와 청소기를 돌리고 책과 기재에 쌓여 있는 먼지를 털었다. 감상적인 마음에서 그러는 것 같지도 않았다. 그저 집의 일부분을 청소하는 것에 불과하다는 듯이. 그러나 지금 생각해 보면 바닥 위에 놓아둔 물건의 위치를 바꾸지도, 이젠 사용하지 않는 기재를 버리지도 않았다.

"이 방 뭐야—? 카메라랑 책이 잔뜩 있네."

"응, 우리 아빠 방. 안 온 지 오래됐어."

대걸레로 복도를 다 닦은 미야가 안을 들여다보며 말한다. 그러고 보니 그녀가 있을 때 이 방문을 연 것은 처음이었다. 신기한 것이라도 보듯 미야가 방 안을 휙 둘러보더니 말했다.

"왠지 멋진데—. 리호네 아빠, 카메라맨이야?"

"아니, 월급쟁이. 취미야, 이런 건."

설명하는 게 귀찮아서 그냥 거짓말을 한다. 미야가 우와, 하고 다시 감탄했다.

"굉장하다, 책이 몇 권이야?"

어머니는 이이누마의 의뢰를 받아 지금 병원에서 아버지 사진집을 위한 작업을 하고 있었다. 책장 가장 위에 깨끗하게 먼지가 없는 부분이 한 곳 있는데, 거긴 사진이 든 상자가 쌓여 있던 공간이다. 내가 병원으로 가져갔다.

아래로 시선을 돌리면 빈 공간이 하나 더 있다. 이것도 어머니가 부탁해서 가지고 간 〈도라에몽〉이 있던 자리였다.

"아— 이거 되게 귀엽다."

미야가 귀여운 목소리로 말한다. 돌아보자 그녀는 바닥에 있는 손전등을 주워들고 있었다. 몸통 부분에 화려한 보라색 낙서.

"'리하코'래. 엄청 귀엽다, 리호 잘못 썼어."

"그거, 스몰라이트야."

나는 웃으며 대답한다. 미야가 이해가 안 된다는 듯 눈을 동그랗게 뜨고 손안의 전등과 내 얼굴을 번갈아 보았다.

"스몰라이트? 왜?"

"응 —, 어렸을 때 그러면서 놀았어."

책장에 엷게 쌓인 먼지를 물걸레로 닦으려던 순간이었다. 책과 책 사이, 아버지 책상에서 손에 닿을 위치에 얇은 플라스틱이 꽂혀 있는 것을 발견했다. 무엇일까. 먼지에 덮인 리본이 꿰어져 있다. 휴대전화에 다는 목걸이용 줄 같다. 언제든 어디든지 가져갈 수 있도록, 펜던트처럼 걸고 다닐 수 있도록.

초등학교 공작 시간에 만든 물건 같았지만, 내가 만든 것은 아니다. 아버지가 만들었을까. 먼지로 하얀 플라스틱 아래에 무슨 사진이 희미하게 보인다. 딸의 사진이라면 평범하게 감동해서 울지도 몰라, 하고 남의 일처럼 생각하며 닦아 보니 의외로 어머니의 모습이었다. 어머니 혼자뿐이다. 그것도 결혼한 후일 것이다. 거기에 찍힌 그녀는 지금보다 훨씬 젊기는 하지만 이미 생활감이 배어 나오기 시작해서 사랑스러움은 사라지고 없었다. 내가 아는 어머니의 얼굴을 하고 있었다. 묶여 있는 끈의 먼지를 턴다. 손으로 만든 액자. 마치 부적 같다.

"저기 리호 —."

전등을 바닥에 내려놓은 미야가 갑자기 내게 말을 걸었다.

"아버지 홀로 부임 언제까지야? 너는 언제까지 여기서 혼자 살고?"

"모르겠어. 내가 대학 때문에 집을 나가게 되면 아무도 안 남을지도 몰라."

지금 발견한 액자를 무심결에 앞치마 주머니에 넣는다. 그러고 나서 미야를 향해 돌아섰을 때였다.

"어."

짧게 소리를 내며 그녀의 얼굴에 그늘이 졌다. 나는 그 이유를 몰라서 "왜 그래?" 하며 그녀를 바라볼 뿐이다. 미야가 물었다.

"리호, 대학 다른 현으로 갈 거야?"

"아마도."

그때 어머니가 살아 있다면 나는 이곳에 남을 것이다. 그녀의 곁에 있고 싶으니까.

'어머니가 살아 있다면'. 자신이 생각한 말이 얼마나 잔혹한지를 뒤늦게야 깨닫는다. 하지만 1년이나 뒤의 일은 아직 나는 상상할 수도 없다. 나의 대답에 미야가 말했다.

"서운해."

자신도 자신의 감정을 잘 처리할 수 없는 듯한 말투였다. 그 말을 듣고 나서야 나는 처음으로 깨달았다. 미야는 아마 이곳의 전문대에 진학하거나 취직할 것이다. 이곳에 남는 것이다.

"서운해, 리호."

"아직 모르는 일이야. 게다가 나는 바보라 대학에 갈 수 있을지 어떨지도 모르고."

"거짓말이야, 머리 좋으면서."

입을 삐죽이며 말한다. 꾸밈없는 목소리였다. 나는 놀랐다. 그녀가 그렇게까지 내게 애착을 갖고 있다는 것이 놀라울 뿐이었다. 나에게는 미야네와 노는 곳이 내가 있을 곳은 아니다. 친구라는 것도 어영부영 생겼을 뿐이었다.

미야는 고개를 숙이더니 작은 목소리로 미안하다고 사과했다.

"내가 너무 내 생각만 한 건가 봐."

"아냐, 그런 거 아냐."

어떤 표정을 지어야 할지 모르겠다. 사람을 사람이라고 생각한다는 것은 아마 이런 것일 것이다. 나는 그에 당황하면서도 감사한다.

"기뻐. 고마워."

미야의 좋은 점, 친구를 소중하게 여기는 개성. 조금 · 프리에서 바꿀까. 조금 · 프렌들리십 (Sukoshi · Friendlyship).

조금(아니 꽤?) · 프렌들리십. 그런데 이거 발음하기가 어렵네. 상관없지만.

"저기, 너는 결국 미야하라랑 어떻게 됐어? 나, 미야하라가 채였다는 이야기를 들었는데."

세 시가 지났다. 일단 청소를 멈추고 마루에서 차를 마신다. 그 뒤에는 마당의 무성한 풀을 뜯었다. 아까 미야가 처마 끝에 걸려 있던 모래투성이의 풍경을 닦아 주었다. 느릿한 바람에 딸랑하는 가느다란 소리가 났다.

나는 쓴웃음을 지으며 미야에게 대답한다.

"안 찼어, 내가 채인 거야."

"거짓말하지 말고, 정말."

미야가 입을 내민다.

"네가 전화를 안 받는다고 하던데? 문자 메시지를 보내도 답이 없고. 나한테 상담했단 말이야."

"그렇구나, 미안."

거짓말을 했다는 의식도 별로 없이 나는 사과했다.

"왜 그랬어? 미야하라 정말 괜찮은 남자라고 생각했는데."

내 휴대전화에는 지금 매일같이 와카오에게서 전화가 걸려오고 있었다. 어제도 그랬고, 오늘도 올 것이다. 나는 그것을 받지 않았다. 더 이상 관계를 이어나가서는 안 된다고 스스로 다짐했다. 연애에 대해 내 모티베이션이 떨어진 것을 남의 일처럼 깨닫는다. 그와 함께 미야하라의 전화도 받지 않게 되어 버렸다.

"뭐라고 해야 할까, 그게 좀 안 맞아서. 괜찮은 남잔데, 나는 안 되겠더라."

"그렇구나."

미야가 아쉽다는 듯이 안타까운 한숨을 쉰다.

"잘 안 되는구나. 연애라는 건 어려워."

"너한텐 빨리 애인이 생겼으면 좋겠다. 난 당분간은 됐어."

"뭐라고? 이제부터 여름인데 그런 말 하지 마. 사랑의 계절이잖아—."

드물게도 나는 미야를 상대로 본심을 말하고 있다. 위험하다. 상당히 쇼크를 받았다는 증거다.

미야가 온다고 해서 미리 사 두었던 와플을 꺼냈다. 달고 맛있어, 미야가 칭찬해 주었다. 슈퍼마켓에서 산 페트병 차를 컵에 따르자 여름 햇살이 지면에 물그림자를 만든다.

택배가 온 것은 그런 한가로운 시간을 보내고 있을 때였다.

딩동, 벨 소리와 함께 "택배 왔어요" 하는 소리. 여름 안부를 묻는 선물이라기엔 시기가 조금 늦다. 게다가 어머니가 입원한 이후 우리 집은 그런 풍습과는 인연이 없게 되었다.

"네. ── 잠깐만 미안, 미야."

마루에서 몸을 일으켜 현관으로 나가자 나이가 좀 있는 배달원이 기다리고 있었다. 현관으로 이어지는 마루 끄트머리에 놓인 새하얗고 커다란 봉투. 구석에 전표가 살짝 붙어 있다. 봉투 표면에는 유명한 잡화점 로고가 있다. 가게에 주문한 기억이 없으니 누군가가 쓰던 봉투에 넣어 보냈는지도 모른다.

수취인 사인을 하려다가 손이 멈추었다. 보낸 사람 이름을 보았기 때문이다.

'와카오 다이키.'

"뭐가 이상해요?"

배달원의 목소리에 퍼뜩 정신을 차리고 고개를 든다.

"아뇨."

사인의 자기 이름이 일그러진다.

"고맙습니다."

배달원이 사무적으로 재빠르게 말을 한 뒤 바로 집을 나갔다. 남겨진 꾸러미. 이 봉투는 상당히 컸다. 아마도 그 가게에서 가장 큰 봉투일 것이다. 마치 이불이라도 샀을 때 주는 봉투처럼. 밖에서는 안이 보이지 않는다. 무엇이 들어 있는지 전혀 알 수 없다.

봉투의 입구 부분이 접혀 있고 신경질적일 정도로 잔뜩 테이프가 붙어 있었다. 안이 열리지 않도록 필요 이상으로 신경을 썼으면서도, 전혀 정리되지 않게 붙인 입구. 셀로판테이프 위에 박스테이프가 덧붙여져 있었다. 힘으로 끊은 듯이 엉망인 끝부분.

전표에는 사귀었을 때 그대로인 그의 필적이 있었다. 품명 '선물'.

"왜 그래, 리호?"

마루에서 미야가 현관을 살핀다. 나는 이상한 예감이 들기 시작했다.

어차피 심각하게 걱정할 만한 것은 아무것도 들어 있지 않을 것이다. 긴장했던 것이 기우로 끝나서 '뭐야' 하며 웃어버릴 종류의 물건밖에 없을 것이다. 그렇다, 분명 이것은 인형 같은 것일 거다.

하지만 열지 않는 게 좋을 거야.

가슴 어딘가가 내게 경고한다. 나는 봉투에 다가갈 수 없었다.

"그거 뭐야—? 거기서 뭐 샀어? 아, 알았다. 청소용품이지?"

미야가 이쪽으로 오려고 한다. 나는 공포를 이길 수 없었다. 그것은 그 안에 들어 있을 것에 대한 공포가 아니라, 안에 무엇이 들어 있을지 모른다는 상황에 대한 공포였다. 안심하고 싶다, 내가 하는 걱정이 기우라는 것을 지금 당장 확인하고 싶어 참을 수가 없어진다.

왠지 모르지만 미야가 오기 전에 뜯어버리고 싶다는 욕구가 강했다. 가위도 커터도 없이 나는 박스테이프를 뜯었다. 테이프에 붙어 당겨진 흰 비닐이 죽 늘어나 봉투에 손톱이 파고든다. 있는 힘껏 봉투를 찢어버린 순간이었다. 힘 조절을 못 해서 봉투가 크게 뜯어지고 그 충격으로 안에 있던 것들이 단숨에 바닥으로 쏟아진다. 바닥에 흩어진 그것들이 무엇인지 확인한 순간, 나는 눈을 부릅떴다.

허쉬의 키세스 초콜릿.

대량의 츄파춥스, 색소가 선명한 곰 모양 젤리. 패키지가 화려한 수입 과자. 스나이더즈의 바비큐, 허니 머스터드, 어니언. 웰더스의 쿠키.

눈을 깜박이는 것도 잊은 채, 내 눈은 뚫어지라 그것들을 보고 있다.

'이거 굉장하지 않아?'

언젠가 와카오가 했던 말이 들려오는 것 같았다.

'요즘에 공부하다가 기분 전환으로 슬롯머신을 하러 가거든.'

대체 얼마나.

목 안쪽이 파르르 떨린다. 얼마나 다니면 이만큼 모일까.

미야가 걸음을 멈추고 동그란 눈으로 흘러넘친 과자를 바라보고 있다.

"정말, 뭐 하는 거야, 리호. 겨우 치웠는데 다시 어지르려고? 이거 뭐야—? 진짜 많다."

태평스럽게 말을 거는 그녀 앞에서, 나는 쓰러진 봉투를 끌어당겨 대량의 과자 속으로 손을 집어넣었다. 마치 유원지에 있는 볼하우스에 빠진 듯한 모습. 봉투 바닥에서 한 장의 카드를 발견하고 나는 재빨리 눈을 움직여 내용을 읽는다.

[Dear 리호. 직접 주려고 했는데 전화 연락이 안 되어 우편으로 보내니 양해해 주세요.]

'양해해 주세요.'

남에게 말하는 듯한 이상한 거리감. 그 짧은 문장에 어떤 느낌을 느껴야 하는지, 와카오가 거기에 무엇을 기대하고 있는지. 거기에 있는 것은 분노라고 할 정도로 강한 감정은 아니다. 그는 아마도 삐친 것이다. 내게 반성하기를 촉구하고 있다. 형광펜을 써서 미묘하게 색을 바꾼 카드는 마치 여중생이 수업 중에 날리는 쪽지처럼 치졸했다.

힘이 쭉 빠졌다. 어질러진 과자들을 정리할 생각도 못 한 채 그저 서 있자니 나 대신 미야가 그것들을 그러모으기 시작했다.

봉투에 도로 담으려고 하다가 그녀의 눈이 거기에 붙은 전표를 보고는 표정이 바뀌었다. 깜짝 놀란 듯 얼굴을 들고 나를 본다.

"리호, 이거…."

"…'선물'이래. 웃기지."

있는 힘을 다해 밝은 목소리를 내려고 했다. 싸구려 과자들의 속삭임이 들려올 것 같았다. 네가 아무렇게나 대하고 있는 와카오는, 네가 전화를 받지 않는 그 사람은, 그래도 너한테 선물을 했어. 마음이 아프지? 마음이 아프지?

"저기, 말이야, 리호코."

드물게도 미야가 말이 막힌 듯하다. 리호에서 리호코로 호칭이 바뀔 때는 대체로 진지한 이야기를 하려고 할 때다. 나는 미야를 바라보았다. 그녀는 더 이상 과자를 치우려고 하지 않았다. 여름의 따뜻한 상온에 놓여 있는 대량의 초콜릿을 기분 나쁘게 바라보고 있었다.

"지난번에, 리호코가 안 왔던 술자리에 말이야, 가오리가 잡지를 가지고 왔어. '캬파', 알아?"

"응."

젊은 여자를 대상으로 하는 패션잡지. 가오리가 자주 본다.

"거기에 심리 테스트가 있었어. 당신의 남자 친구는 괜찮습니까? 하는 거, ── 스토커 진단 테스트."

나는 그렇게 말하는 미야를 멍하니 보고 있었다.

"거기 있던 남자애들도 체크하고, 나하고 가오리가 좋아하는 사람도 상상으로 체크했어. 전부 합치면 서른 개 정도 항목인데, 거기에 해당하는 거에 동그라미를 치는 거야. 그때 있던 남자아이들이나 내가 좋아하는 남자도 대부분 체크가 대여섯 개였거든. 많아도 열 개는 안 되고. 가오리가 웃으면서, '그래, 와카오도 해보자' 그래서 … 미안, 농담이었어. 리호코가 사귀던 사람인데, 우리가— 미안."

"괜찮아."

크게 고개를 젓는다. 나는 빨리 그다음 말을 듣고 싶었다. 미야는 시선을 아래로 내리깔며 내 눈을 피했다.

"와카오, 스물여섯 개였어."

왜 지금 이런 상황에서 그 이야기를 했는지. 아마 미야 본인도 자각하지 못하고 있을 것이다. 하지만 이런 아이들의 감각과 직감은 무시할 수 없다. 말과 어휘가 부족한 만큼, 가끔 그 감각과 직감은 놀랄 만큼 예리하다.

나는 그저 미야의 얼굴을 바라볼 뿐이다.

"해당되지 않은 건 기본적으로는 다정하고 누구하고 있어도 웃을 수 있다는 거나, 좋아하는 사람한테는 다정하다든가, 그런 거. ──나 한 번 만난 적 있었는데 그런 느낌 안 들었다고, 그렇게 말했거든? 그런데 가오리가."

"너무 심각하게 생각하지 마, 미야."

한숨 섞어 웃으며 말했지만, 아까부터 나는 진정이 되지 않았다. 몸 안쪽, 마치 내장 부근이 싸늘해지는 듯한 감각. '스토커'라는 미야의 말은 정말로 과장이 심한 것이지만 그 이상의, 말로 정의할 수 없는 곳에서 나는 불안해지기 시작했다.

"나는 스토커를 이해 못 하겠어."

그녀가 어찌할 바를 모르겠다는 듯한 목소리로 불쑥 말했다.

"전화를 걸어서 아무 말도 없이 끊기도 하고, 우편물을 훔치기도 하고. 상대를 곤란하게 만드는 게 재미있나?"

"그런 일은 없었어."

쓰게 웃는다. 그렇다, 상대가 곤란해하는 것을 보고 즐거워하는 감정, 그건 나도 이해가 안 된다. 당하는 쪽이야 폐일지도 모른다. 곤란하게 만들 생각으로 우편물을 훔친다. 상대방과 접점이라고는 없는 악의와 결과. 하지만 미야가 지금 건전한 의미로 말한 그 한 단계 위에 있는 악의의 존재를, 나는 알고 있다.

훔친 우편물은 안을 본 뒤 되도록 원래대로 우편함에 돌려놓고 싶어 하는, 그런 악의.

상대에게 직접적인 피해가 가는 것은 전자지만, 자신과 상대를 잇는다는 의미에서는 후자다. 어째서 나는 이런 생각을 하는 걸까. 가슴 안쪽이 어수선하고, 목덜미가 긴장되는 것을 자각한다.

바닥에 굴러다니는 대량의 수입 과자. 마음은 아프지 않다. 하지만 그것들이 속삭인다. 불쌍하지? 불쌍하지? 어쩌다가 경품에 섞여 들어갔는지, 바닥 위에 오락실의 코인이 떨어져 있었다.

반짝하고 빛나는, 은색의 코인 메달.

4

입구에 걸린 스크린 커튼을 걷고 병실로 들어갔지만, 침대에는 어머니가 없었다.

아버지의 사진들과 휘갈겨 쓴 메모지와 포스트잇. 시트와 책상 위에는 그것들만이 흩어져 있다. 침대 바로 옆에 의자가 꺼내져 있었다. 침대를 책상 대신으로 삼아 조금 전까지 거기서 사진을 보고 있었던 모습이었다.

켜져 있는 텔레비전에서는 아나운서가 온화한 목소리로 뉴스를 전하고 있다.

도쿄만, 평소에는 자연의 동물을 거의 볼 수 없는 이곳에 귀신고래 한 마리가 나타났습니다. 오봉이 가까운 요즘, 여름방학 중인 아이들과 가족나들이로 인기를 얻고 있습니다.

여름 초입에 있었던 지하철의 참극과는 다른 분위기가 흘러나온다. 더러운 바다에서 이끼와 따개비를 잔뜩 붙인 고래가 얼굴을 내밀더니 물을 뿜었다. 바다에 둘러쳐진 철책을 둘러싼 사람들이 오오 하는 환성을 지르며 박수를 친다.

그냥 수족관에 가라.

나는 텔레비전 스위치를 껐다.

이 방 창문은 개인 병실의 좁은 면적에 어울리지 않게 컸다. 부드러운 여름 바람이 하얀 커튼을 흔들고 있었다. 커튼과 창문 사이에 슬리퍼를 신은 마른 다리가 서 있는 것이 눈에 들어왔다.

"엄마."

내가 부르자 어머니는 그제야 내 존재를 안 모양이다. 커튼을 걷고 얼굴을 내민다.

"아, 고마워. 왔구나."

"그때 말했던 카메라 갖고 왔어."

"아아."

아버지의 작업 도구. 사진집 구성 때문에 가져오라고 했었다. 어머니는 만족스럽게 고개를 끄덕이며 내 손에서 그것을 받아든다. 카메라 가방을 긴넬 때, 내민 그녀의 손가락이 너무나도 힘없이 느껴져 나는 깜짝 놀란다. 하지만 어머니는 자신의 힘으로 그것을 받아 들더니 무뚝뚝하게 다시 고개를 숙였다.

"고맙다."

웃음이라고 할 만큼 명확하지는 않지만 부드러운 표정이었다. 아버지가 지금까지 출간한 사진집 전부, 산더미처럼 쌓인 사진과 필름. 그리고 덤으로 〈도라에몽〉 전권. 이 방은 지금 아시자와 아키라의 발자취로 가득하다.

"뭐에 쓸 건데?"

그러고 보니 사진집 의뢰를 받아들이고 나서 방에 일회용 카메라가 굴러다니는 것을 본 적이 있었다. 관계가 있는 걸까.

어머니는 특별히 의욕이 넘치는 기색도 없이 "응" 하며 고개를 끄덕이고는 나를 돌아보았다.

"맞다, 리호코. 이번에 엄마 사진 모델 안 할래?"

"모델?"

"그래. 아빠가 했던 것처럼 찍어 볼까 하고."

"사진집에 실으려고?"

"그래."

"그래도 되지만…. 엄마는 사진 초보잖아. 그래도 사진집에 실어 준대? 이이누마 씨가 안 된다고 하지 않을까?"

"응. 그러니까 어떻게 될지 모르는 사진이야. 우선 찍기만 하게."

"흐음."

벳쇼도 그렇고, 어머니도 그렇고. 지금까지 몇 년 동안 모델 같은 역할과는 인연이 없었는데, 있을 때는 한꺼번에 오는 모양이다. 깊이 생각하지 않고 그러자고 하자, 어머니가 카메라를 바닥에 놓으며 말했다.

"약속했다? 다음에는 예쁘게 하고 와."

"보는 사람은 일부러 꾸민 얼굴은 싫어하지 않을까? 아, 맞다. 그리고 말인데, 엄마 외박할 때를 대비해서 집 청소를 했더니."

"어머, 네가 청소를 다 했어?"

어머니가 가볍게 웃었다. 나는 쑥스러워져서 황급히 얼버무린다. 뭘 얼버무리고 싶은지도 모르면서 말이 빨라진다.

"뭐 어때. 청소할 수도 있지. 너무 지저분해서 하지 않을 수 없었다고. 그런데, 아빠 서재를 청소했더니 이런 게 나왔어. 나 조금 놀랐다?"

"뭔데?"

"이거."

찾아낸 지 얼마 안 된, 손으로 만든 액자를 가방 속에서 꺼낸다. 먼지를 닦아내고 보니 넥피스 부분은 희미하게 흐려진 물색이다. 처음에는 짙은 색이었는지도 모르지만, 세월이 흘러서인지 많이 바랬다. 그것은 안에 들어 있는 어머니의 사진도 마찬가지였다.

어머니는 가만히 그것을 받아들었다. 그것이 무엇인지를, 지긋이 바라보는 그녀에게 설명한다.

"책상에서 보이는 위치에 있는 책장에 끼워져 있었어. 펜던트같이 목에 걸 수 있게 되어 있지? 아빠는 나랑 엄마가 같이 찍힌 사진하고 나랑 아빠가 찍힌 사진은 차 같은 데에 잘 뒀잖아. 여기 찍힌 건 엄마뿐이고. 내가 태어나기 전에 찍은 사진도 아닌 것 같아서 의외더라."

"이게 뭐니. 웃긴다."

갑자기 엄마가 얼굴을 들고 말 그대로 경쾌하게 소리 내어 웃었다.

"진짜 이게 뭐야. 넣을 거면 더 젊고 예뻤을 때 사진을 넣을 것이지."

"웃지 마, 나는 감동했단 말이야. 그거 아빠가 직접 만든 걸까? 손으로 만든 것 같지 않아?"

"응, 직접 만들었겠지. 아아, 웃겨라."

어머니가 웃음을 멈추었다. 변함없이 내가 그것에 받은 감동과
는 전혀 인연이 없을 듯한 시선으로 사진을 내려다보고 있다. 조금
전의 웃음은 부끄러움을 감추기 위한 것이 아니었던 것 같다.

어머니가 갑자기 고개를 들었다.

"리호코."

나를 부른다. 예상치 못한 똑바른 시선으로 나를 보고 있었다.
가운 깃을 여미며 지금 받은 액자를 옆 책상 위에 둔다. 그리고는
말했다.

"엄마가 죽은 뒤의 이야기를 해 볼까."

차분하고 온화한 그 목소리에, 나는 누가 내 뺨을 잡아당기는
듯한 기분을 느꼈다.

가만히 어머니를 본다. 그녀의 얼굴이 엷게, 그러나 의연하게
미소 짓고 있다. 약간의 포기와 많은 외로움이 섞인 웃음이었다.
한탄이나 슬픔의 반대편에 있는 표정으로 생각되었다.

"엄마 장례식과 네가 살고 있는 그 집에 대해서."

"엄마…."

"마쓰나가 씨한테는 부탁해 뒀지만."

어머니가 거기까지 말했을 때였다. 똑똑. 분위기를 깨는 가벼운
소리가 병실 속으로 파고든다. 어머니가 말을 멈추었다. 다음 순간
에는 눈을 한 번 깜박임으로써 표정을 바꾸고 문을 향해 대답한다.
들어온 사람은 이이누마였다.

"실례하겠습니다."

"아, 네. 수고하시네요."

"몸은 좀 괜찮으십니까? 아, 이거 드세요. 매번 똑같은 거라 죄송합니다."

작은 과일바구니. 오늘은 꽃다발이 없다. 이이누마가 나를 보고 깊이 고개를 숙였다. 나도 그에 응해 가볍게 인사를 한다. 나와 어머니의 대화는 아무래도 중단된 것 같다.

이이누마와 어머니가 서로 짧은 인사와 별것 아닌 잡담을 나눈다. 그리고 침대 위에 펼쳐놓은 아버지 사진을 본다. 이이누마가 자기 가방에서 무언가 서류를 꺼내자 그곳의 분위기가 사무적으로 변한다.

"그렇지, 이전에 말씀드린 사진집의 타이틀 말씀입니다만⋯."

"리호코."

어머니가 중요한 이야기를 기대했다가 김이 빠진 나를 부른다. 이대로 일이 어떻게 진행되는지 들어보자고 생각했지만, 아무래도 어머니에게 나는 아직 어린아이에 지나지 않는 모양이다. 어른들의 이야기에는 끼워줄 수 없다는 판단을 내린 것 같다.

"미안, 오늘은 이제 됐어. 집에 가도 돼. 정말 고맙다."

그 한 마디로 아까까지 나와 했던 대화는 모두 없었던 일이 된 것 같았다. 쫓겨난 나는 말없이 고개를 끄덕이고는 어머니에게 등을 돌렸다.

감각이 잘 느껴지지 않는 발로 복도를 걸어 병원 밖으로 나왔다. 그리고 어머니의 병실 창문을 쳐다본다. 열린 창문 안쪽에서 하얀 커튼이 흔들리고 있었다. 예전에 막 입원했을 때의 어머니는 나를 배웅하러 현관까지, 여기까지 나왔었다. 그것을 떠올렸다가 바로 잊으려고 했다.

전화기를 꺼내어 병원에서 껐던 전원을 켜고 문자 메시지를 확인했다. 새로운 메시지는 없었다.

5

"고마워, 리호코. 더운데 와 줬구나."

역 앞에서 벳쇼와 만나 학교 옥상으로 향한다. 오늘은 날씨가 아주 좋았다. 사진 촬영에는 좋을지도 모르겠지만 너무 덥다. 옥상은 뜨거워져 있을 것이다. 벳쇼가 미안해하는 목소리로 말했다.

"정말 미안. 바쁜데 부탁해서."

"바쁜 건 선배가 더 하죠. 시험 전 마지막 여름이잖아요."

여름방학이라 늘 다니는 통학로를 걷는 사람은 우리 외에는 아무도 없었다. 태양이 마른 모래에 반사되어 눈부시다. 나는 무거운 카메라를 어깨에 메고 걷는다. 벳쇼도 뒤를 따랐다.

"아침에요, 도쿄만에 들어온 고래가 뉴스에 나왔어요. 나오기 전에 보고 왔거든요."

"응."

햇살이 비치는 길을 눈을 가늘게 뜨고 바라보며, 나는 이야기를 시작했다.

"선배, 아셨어요? 여름방학이라 가족들 나들이로 인기였대요. 그걸 보러 일부러 나오는 사람들도 있다고 보도하던데."

"본 것 같아. 그런데?"

"그 고래, 죽었대요. 아침에 그 뉴스를 하더라고요. 도쿄만에 던져두었던 그물에 걸린 채 발견되었다고. 단지 그게 그냥 덤으로 취급하는 듯한 뉴스라, 잠깐 관광 명소가 되었다는 걸 알려주던 때와는 너무 다르더군요."

나는 한숨을 쉬었다. 자신이 말하는 내용에 반, 오늘 더위에 반, 질려서 나온 한숨이었다.

"'오늘, 도쿄만의 그물에 고래가 죽어 있는 것이 발견되었습니다. 이 고래는 이전에 도쿄만에 들어왔던 그 고래와 같은 고래로 판명되었습니다'라고, 뭐라고 할까, 얼버무리려는 듯한 뉴스였어요. 아마 그 뉴스로는 모르고 넘어간 사람도 있을 거예요. 그렇게 크게 소란을 피우더니, 죽고 나니까 싫은 걸 안 보려는 듯이 살짝. 슬프다, 안타깝다, 그런 게 아니었어요. 아아, 죽었구나. 그렇게 크게 보도했는데 어쩌면 좋지. 그것도 사람이 쳐 놓은 그물에 걸리다니 정말 타이밍이 안 좋아. 그런 이유로 죽으면 어쩌자는 거야, 그런 분위기."

"그게 차갑게 느껴졌어?"

"인간이란 참 제멋대로라고 생각해요."

벳쇼가 부드럽게 웃었다.

"고래에 대한 보도에 차갑다든가 제멋대로라는 감상을 가지는 것 자체가 제멋대로인 것 같지 않아?"

"아아."

이마에 땀이 배어 나온다. 과연 조금 · 플랫.

"그럴지도 몰라요."

"그렇다고는 해도 참 그러네. 죽었구나."

학교 건물이 보인다. 여름방학 중에도 문은 열려 있을 것이다. 나는 온 적이 없었지만 자습 때문에 방학 중에도 학교에 나오는 학생이 있을 테니. 여름의 나른한 공기와 확 밀려드는 열기. 에어컨도 없는 저런 건물에서 자습하려는 사람들이 이해가 안 된다.

"벳쇼 선배. 뭐 하나만 물어봐도 돼요?"

"응. 뭔데?"

갑자기 생각나서 물어본다. 무거운 카메라 가방을 고쳐 메면서.

"스토커가 되는 요소는 뭘까요?"

"스토커?"

"스토커 진단 테스트라는 심리 테스트가 어느 잡지에 실렸대요. 해당되는 항목이 몇 개인가에 따라 그 사람이 스토커가 될 가능성을 보는 건데요. 당신은 완전하게 그 타입입니다, 아니면 당신은 잠재적으로 그렇게 될 수 있습니다, 그런 결과가 나오는 모양이에요."

와카오, 스물여섯 개였어. 미야의 목소리가 떠오른다. 그 화제를 계속하고 싶지 않았던 나는 어색하게 웃으며 그녀에게 그 이상

묻지 않았다. 그날 받은 과자들은 버릴 결심조차 서지 않아 아직 부엌에 방치되어 있다.

"여자아이들이 보는 잡지인데, '당신의 남자 친구는 괜찮습니까?'라고 쓰여 있었다고 하니까 자신이 분석하는 테스트라기보다 여자가 상대방의 행동을 보고 판단하는 것 같았어요."

"스토커라고 한 마디로 말하지만, 대상과 그 본인의 관계가 어떤지에 따라 다르기도 할 텐데. 자기 친구나 아는 사람에게 집착하는지, 알지도 못하는, 그야말로 길에서 본 정도의 사이인지, 헤어진 애인인지. 그 테스트, 자기 애인과 헤어졌을 경우에 대해서 하는 것처럼 들리는데."

"그러게요. 그런 것 같아요."

미야의 친구들이나 그녀가 좋아하는 남자는 체크한 항목이 다섯 개 정도라고 했다. 자세한 내용을 물어보지는 않았지만 그건 어떤 항목이었을까.

"그냥 내 생각을 말해도 될까?" 벳쇼가 양해를 구한 후 말했다. "여자 스토커와 남자 스토커는 원리가 달라. 나도 주변에 그런 사람이 있는 건 아니고 텔레비전이나 소설에서 본 이야기지만."

"그 둘이 어떻게 다른데요?"

"여자 스토커는 상대에 대한 애정이 비뚤어져서 그렇게 돼. 그래서 요소를 보자면 자기가 생각한 것을 굳게 믿는다든가, 어느 정도로 돌발적인 행동을 하는가, 라고 생각해. 그리고 남자 스토커는 자존심이 얼마나 센가에 따라서."

나는 벳쇼의 얼굴을 바라본다. 그는 날씨 이야기라도 하듯이 지극히 평온한 표정이었다.

"자존심… 프라이드요?"

"여자인 경우, 어떤 의미로는 자신을 돌아보지 않아. 그 상대를 손에 넣고 싶다는, 비뚤어지기는 했어도 애정에서 파생된 잘못된 집착에 따라 움직이지. 하지만 남자 스토커는 어떨까. 손에 넣고 싶다, 그런 건 아닌 것 같아. 알지도 못하는 상대에게 집착하는 것과는 달리 이건 헤어진 상대에 집착하는 경우의 이야기인데, 그래서 단언하지만, 그들은 상처받은 자존심을 되찾기 위해 기를 쓰는 거야. 나를 바보로 만들었다는 사실, 찼다는 사실, 그걸 취소해라 같은. 거기에는 그와 그 상태가 대치하고 있을 뿐 그 상대는 대부분 무시되고 있지. 뭐, 여자도 충분히 상대방을 무시하기는 한 건가? 자기 생각만 믿는 건 여자 스토커의 중대한 요소니까."

벳쇼가 쓴웃음을 짓고,

"남자인 경우, 상처받는 데 익숙하지 않은 사람이 상대에게 거절 당했을 경우 그렇게 되기 쉽지 않을까. 그런데 그건 왜? 갑작스러운 질문인데."

"저는 스토커뿐만 아니라 남을 괴롭히는 행위를 이해할 수 없어요."

나는 쓴웃음을 지으며 얼버무리듯 말을 돌렸다.

무서울 만큼 납득이 된다. 스토커 진단 테스트. 그의 자존심이 얼마나 강한지를 체크하는 항목. 그렇다면 와카오는 대부분을 체크했을 것이다.

"전화를 걸었다가 말없이 끊거나, 상대가 싫어하는 것을 보내기도 하고. 자신의 존재와 관계없는 곳에서 상대가 곤란해하는 게 뭐가 재미있는지 의문이에요."

곧 학교에 도착한다.

"상대방에게 도전할 때는." 내가 말을 이었다.

"상대방을 반성하게 하지 않으면 의미가 없잖아요? 자신이 무엇을 했는지 상대방이 충분히 인정하게 하고, 그러고 나서 사과를 받든지 후회하게 하든지 하지 않으면 의미가 없어요. 안 그러면 제가 분한 게 풀리질 않죠."

"그렇게 후회하게 해 주겠다고 기를 쓰는 마음이 심해져서 폭주하는 게 내가 지금 말한 남자 스토커야."

벳쇼가 차분한 목소리로 말했다. 나는 놀라서 발을 멈추었다. 천천히 그에게 시선을 준다. 곤란한 인간의 소질에 관해 이야기하고 있는데, 변함없이 땀도 흘리지 않는 시니컬한 태도였다.

"자신이 옳다는 것을 증명하고 싶다, 자신이 제일 똑똑하다, 정의라는 것을 상대방이 인정하게 하고 싶다. ── 리호코."

"네."

"인간의 맥락 없는 사고를 너무 가볍게 보지 않는 게 좋아."

그는 표정도 바꾸지 않고 말했다. 진지하게 충고하는 말투는 아니었다. 내가 지금 놓인 상황에 대해 어디까지 예측하고 있는지도 전혀 느낄 수 없는 목소리였다.

"어째서 그렇게 되는지 알 수 없는 원리, 모순투성이인 사고로도 사람은 쉽게 움직이지."

"알고 있다고, 생각은 하는데요."

하지만 전혀 심각하게 생각하지 않았다. 어차피 별로 큰일도 없는데, 거기서 과장된 말이나 개념을 꺼내는 것은 내가 지금 심심하기 때문이다. 매일 계속되는 따분함과 폐쇄감에 적당한 악센트를 주고 싶어 멋대로 소동을 일으킬 뿐. 와카오에게서는 매일 전화가 오고 나는 변함없이 그것을 받지 않았지만, 그 때문에 일부러 번호를 바꿀 생각까지는 하지 않는다. 그도 내게 문자 메시지를 보내지는 않는다. 결국은 그런 정도인 것이다.

"벳쇼 선배는 평소 태도가 정말 표표해요. 모든 것을 다 보고 있는 듯한 느낌인데도 불쾌하지 않고."

나는 모든 것을 바라보고 계산해서 움직이니까 전부가 다 불쾌하다. 비아냥거림과 선망을 담아 말하자 그가 쓰게 웃었다.

"그렇지도 않아. 사실은 내 내부에도 다른 사람들과 별 차이 없이 굴절된 마음이 가득 차 있어. 아마 너도 들으면 놀랄 거야."

그 말을 듣고 나는 새삼 생각한다. 벳쇼의 아버지는 우리 아버지처럼 실종되었다.

벳쇼가 남의 이야기를 잘 들어주고 남에게 불쾌감을 주지 않는 것은 그가 바르고 건전한 개성의 소유자이기 때문일까. 나와 그는 둘 다 아버지에게 버림받은 아이다. 바른 마음으로 버틸 수 없었을 텐데, 그는 자신이 짊어진 것의 무게를 상대방에게 조금도 보여주지 않는다.

"선배, 병원에는 할머니 병문안 때문에 간다고 했었죠? 외할머니예요?"

"아니, 아버지 쪽."

아무렇지도 않게 그가 말한다. 나는 무심코 그의 얼굴을 응시했다. 그 태도로 벳쇼는 내가 무슨 생각을 했는지 정확히 안 것 같았다. 부드러운 미소를 지으며 말을 이었다.

"혈연관계도 없는 할머니랑 어머니가, 사이에 있어야 할 사람을 잃은 채 같이 있는 거야, 우리 집."

"…네."

어떤 반응을 보여야 할지 몰라 우선 바보같이 고개를 끄덕인다. 벳쇼는 조용히 변함없이 그곳에 똑바로 서 있었다.

학교에 도착해 문을 통과한다.

"바로 옥상으로 가도 돼? 그전에 주스라도 사 갈까?"

벳쇼가 자연스럽게 내 얼굴을 들여다보았다. 어색한 이야기를 중단하기 위해 그랬는지도 몰랐지만, 그렇다고 해도 그런 부자연스러움을 전부 빼낸 목소리였다.

"그럼 차 같은 거라도 사 갈게요."

"알았어. 그럼 나는 먼저 옥상에 가 있을게."

피로 이어지지 않은 할머니와 어머니. 둘 다 아들과 남편이라는, 사이에 있어야 할 사람을 잃은 상태로 이어져 있다. 사라진 벳쇼의 아버지에 대해, 그리고 남겨진 서로에 대해 생각하는 바가 있을 것이다. 어쩌면 벳쇼의 집은 화목하지 않을지도 모른다.

무책임하게 상상하다가 문득 생각한다. 지금 아버지를 대신해 둘 사이에 서는 역할을 맡은 사람이 벳쇼가 아닐까 하고. 양쪽의 피를 물려받아, 타인들을 집안에서 연결시킨다. 그렇게 해야 한다면 숨이 막힌다. 왠지 벳쇼가 언젠가 이야기해 주었던 얼음 아래의 한 마리 고래를 연상시킨다.

숨을 쉴 수 없는, 얼음으로 꽉 찬 바다와 고래.

6

카메라 가방을 끌다시피 하며 계단을 올라 옥상으로 간다. 문은 잠겨 있지 않았다. 튼튼해 보이는 문이 아무 저항도 없이 쉽게 열렸다. 벳쇼는 이미 거기에서 기다리고 있었다. 무엇이 보이는지 모르겠지만 울타리에 손을 얹고 아래를 내려다보고 있다. 아무 망설임도 없이 정면에서 눈부시게 쏟아지는 태양 빛을 받고 있었다.

"벳쇼 선배."

이름을 부르며 콘크리트 위로 한 발을 내딛자 실내화를 신고 있어도 열기가 전해져 온다. 눈 위에 가볍게 손을 얹고 옥상 구석을 바라본다. 벳쇼가 돌아보았다.

"덥네. 고마워, 리호코. 얼른 시작하자."

내가 찍고 싶은 건 말이지, 시선이야.

벳쇼가 말했다. 카메라를 꺼내서 줌 기능과 파인더를 통해 보이는 시야를 확인한다.

"시선?"

"응. 인물화라는 게 꽤 어렵거든. 거기에 배경을 넣으면 조금 얼버무릴 수 있지만, 그래도 어차피 할 거면 더 집중적으로 정면에 얼굴을 넣고 싶어. 되도록 먼 곳을 보고 있는 걸 알 수 있는 표정을 찍고 싶었거든. 그리고 나는 그런 장소가 옥상밖에 떠오르지 않더라."

거기 앉아 볼래? 벳쇼가 지정한 곳은 물탱크 앞이었다. 완전한 정육면체의 콘크리트 덩어리 위에 페인트가 군데군데 벗겨진 동그란 구체가 놓여 있다. 나는 정육면체의 측면에 있는 사다리를 올라가 위에 섰다. 태양으로 덥혀진 사다리는 상당히 뜨거웠다. 어깨에 걸린 카메라가 옆구리에 닿는다.

"미안, 미안, 뜨겁지. 힘들면 그만둬."

아래에서 벳쇼의 목소리가 들린다. 나는 고개를 저었다.

반갑다. 이 느낌은 여름의 해변에서 느끼는 모래의 열기와 비슷하다. 아버지가 자주 그랬다. 리호, 발에 화상 입겠다——. 지금의 벳쇼처럼, 어딘가 심각함이 결여된 걱정.

"그러고 보니, 선배 좋아하는 사람한테 고백은 했어요? 그 선물 주면서 사귀자고 한다고 안 그랬나?"

셔터를 누르는 소리가 얼굴 위를 스치기 시작하는 것과 동시에 나는 말하기 시작했다. 불볕 아래 이렇게 무방비하게 있는 것은 오랜만이다. 머리카락 사이로 땀이 차기 시작하는 것이 느껴진다.

사진 모델도 그 사람한테 부탁하면 좋았지 않았을까. 생각하며 묻는다. 벳쇼는 부드럽게 고개를 젓고는,

"사귀자고 한다고는 안 했어. 부탁할 게 있어서 그걸 부탁하긴 했지만, 그게 용기가 잘 안 나서. 언젠가는 그렇게 되었으면 하는 생각은 해."

그러게, 슬슬 말해야지. 혼잣말처럼 말을 잇는다.

찰칵찰칵찰칵. 연이어 들리는 셔터 소리. 나는 똑바로 정면을 보며 푸른빛이 섞인 시야에 펼쳐지는 집들을 바라보고 있었다. 이 땅에는 주택가와 논밭이 완전히 섞여 있다. 어느 것 하나가 집중되어 있는 곳은 적었고, 새로 지은 아파트 옆에 뜬금없이 포도 울타리가 있기도 한다.

"어떤 사람이에요? 선배가 좋아하는 사람. 선배는 여자 친구에게 제일 바라는 게 뭐예요?"

"으—음, 연애의 계기라는 건 분명히 정말 사소한 것일 거야."

벳쇼가 쓴웃음을 짓는다. 아래를 보지는 않았지만 그 분위기로 알 수 있다.

"반에, 지금 괴롭힘을 당하는 아이가 있어."

"네."

"그게, '집단 괴롭힘'이라고 하면 너무 심각한가. 그렇게 말할

수 있을 만큼 심각한 상태라면 아마 대처법이 있을 거야. 담임이
끼어들거나, 그 아이 편을 드는 친구가 나타난다거나."

"고등학생이니까요."

앉은 채 다리를 가볍게 흔든다. 나도 한가로운 말투로 대답한다.
시선 이야기, 벳쇼의 목소리를 떠올리며 나는 되도록 멀리멀리
보려고 한다. 셔터 소리가 기분 좋다.

"아마 교묘하게 잘하겠죠? 따돌리거나, 다른 친구를 못 만들게
고립시키기는 하지만 명확하게 '약한 사람을 괴롭히는' 도식을 만
들지는 않고."

가요가 다치카와에게서 나를 떼어놓는 것처럼. 머리가 좋은 아
이들의 괴롭힘은 정도가 가벼운 만큼 오래 가는 데다 악질적이다.
수험 기간의 교실 속에서 숨 막히는 분위기가 낳는 병폐.

벳쇼는 고개를 끄덕이며,

"맞아. 그리고 잔혹하게 괴롭힘을 당하는 아이도 드라마나 소설
처럼 완전히 '본인에게 책임이 없는' 건 아니거든. 그 아이한테도
원인이 있어서 말이야. 물론 그렇다고 괴롭혀도 된다는 건 아니지
만, 상황 설명으로 보자면 아마 다들 '싫어하는' 거라고 보는 게
제일 가까워."

"네."

"어떻게 할 수 없는 일이기는 하지만, 가벼운 마음에 반 전체가
그런 분위기가 되는 건 참 기분이 나쁘지. 그렇다고 표면상으로
큰 문제가 일어난 것도 아니니까 누군가 개선하려는 움직임을 보

이게 되는 것도 아니고. 일이 곤란하게 되었는데, 교실 공기 자체가 히어로의 등장을 원하지 않아. 하지만 역시 그 일을 당하는 아이는 무엇으로도 대신할 수 없는 하나의 개성을 가진 아이니 큰일인 거지."

"알 것 같아요."

무엇으로도 대신할 수 없는 하나의 개성. 어떻게 하면 자연스럽게 그런 어휘가 나오는 것일까. 벳쇼의 목소리에는 흠잡을 만한 데가 전혀 없었다.

"이럴 때 괴롭히는 쪽을 지게 만들어서 분위기를 바꾸는 방법이 하나 있지. 그 아이가 등교 거부를 하는 거야. 그 상황이 그녀에게 명확한 피해자 꼬리표를 붙이면 그 순간 반 아이들은 가해자가 되고, 교실은 히어로를 요청하게 될 거야. 그녀 편을 드는 아이가 나타나거나, 선생님이 개입하거나. 아니면 명확한 피해자 꼬리표가 붙지 않더라도 흥이 깨지게 만드는 거지. 자신이 가벼운 마음으로 했던 일이 의외로 큰 결과를 가져온 것에 대한 죄책감이 발생하니까. 그게 없어져서 허전하다고 느끼는 마음에서 괴롭힘이 오락이었던 것도 자각하지 않을 수 없게 되고."

"냉정하네요. 선배도 그 상황 한가운데에 있으면서."

그런 기질은 나와 닮았지만, 다정함이 존재하느냐 아니냐에 따라 이렇게나 성격이 달라지는 것일까. 나는 벳쇼의 이야기를 흥미롭게 들었다. 그가 웃었다.

"그렇게 되면 싫겠다는 생각을 하면서 보고 있었거든. 비겁하긴

한데 완전히 방관하고 있었을 뿐이지만."

"선배가 좋아하는 사람은 괴롭힘을 당하는 쪽이에요? 아니면 괴롭히고 있는 쪽?"

벳쇼가 괴롭힘을 당하는 아이를 좋아한다면 다치카와에게도 희망이 있을지 모른다고 생각했다. 그것은 스토리로 치자면 괜찮은 이야기지만 아쉽게도 괴롭히는 쪽인 가요는 성격도 밝고 얼굴도 예쁘다. 아무 죄책감도 없이 발랄하게 다른 사람을 향해 분개하는 그녀는, 어른스럽지 못하게 남을 괴롭히더라도 역시 매력적인 것이다.

그러나 내 말에 벳쇼는 바로 고개를 저었다.

"아니야. 둘 다 아냐. 사실은, 등교 거부를 안 했는데도 지금 교실 분위기가 조금씩 바뀌고 있어. 괴롭힘을 당하던 그 아이한테 친구가 생겼거든. 내가 좋아하는 사람은 그 친구가 된 아이야."

나는 발치에 시선을 준다. 부끄러운 것 같기도 하고 옛 생각을 더듬는 것 같기도 한 시선으로 먼 곳을 바라보는 그가 거기에 서 있었다. 그 아이를 정말 좋아하는 거겠지. 부끄러워하면서도 이야기하고 싶어 하는 게 전해져 온다.

"그 아이도 나하고 마찬가지라, 위치적으로는 방관자였거든. 멋진 건 주위 분위기에 휩쓸리지 않았다는 거야. 적극적으로 두둔하지는 않았지만, 그 아이가 도움을 청했을 때는 그걸 받아들여서 그 아이가 있을 곳을 만들어 주었어. 나서서 뭘 하려고는 하지 않지만, 도움을 구하면 그에 응해서 교실을 이동할 때나 점심을 먹을 때도, 지금은 전부 같이 행동하고 있어."

"하지만, 그건….'

나 자신이 다치카와와 함께 있는 것을 돌아보며 말한다.

다시 먼 곳을 본다. 여름의 어느 날. 부드럽게 이어지는 선로 위를 전철이 천천히 미끄러지듯 흘러간다.

"별생각 없이 하는 거 아니에요?"

"그래도 멋지다는 건 틀림없어. 평범한 아이잖아. 괴롭힘을 당하는 아이와 사이좋게 지내다가 자기까지 표적이 될 가능성도 있는데 그 위험부담을 진 거야. 나는 감탄했어, 그래서 어느 날 그 아이가 혼자 있을 때 말했지. 너는 굉장하다고. 그랬더니 그 아이는 이상하다는 표정을 짓더니 나한테 이러는 거야. '이상한 말을 하네. 나는 무슨 이유나 논리 때문에 다른 아이랑 친하게 지내는 게 아니야. 그렇게 냉정하게 상황을 파악하고 있었다면, 나를 칭찬하기 전에 왜 네가 움직이지 않았니?'"

벳쇼가 가볍게 어깨를 으쓱했다.

"아차 싶었지. 할 말도 없었어. 그 아이는 괴롭힘이라든가, 그런 것과는 상관없이 지금 그 아이하고 친구인 거야. 마음이 맞는대."

"기만이 아니라?"

"아까도 말했지만, 만약 기만이라고 해도 위험부담은 있잖아. 게다가 기만이라면 내가 칭찬했을 때 더 기뻐했을 거야. 그 눈은 무서웠지. 나를 노려보더라."

"그게, 그녀를 좋아하게 된 계기인가요?"

"응."

벳쇼가 고개를 끄덕였다. 어딘가 자랑스러운 듯이.

"나는 너무 머리로 생각하거든. 너무 논리적으로만 움직이려고 하니까, 그렇게 행동력이 있는 사람이 부러워. 보고 있으면 나랑 비교가 돼."

"희망은 있어요?"

"글쎄, 노려본 표정으로 봐서 인상은 그렇게 안 좋을 거야. 제로는커녕 마이너스부터 시작하는 거지. 그래도 노력하려고."

벳쇼가 수줍은 듯 웃으며 내 얼굴을 쳐다본다.

"아, 지금 표정 참 좋다. 다시 정면 좀 봐 줄래?"

부끄러움을 감추려고 한 말인지도 모른다. 언제나 태연한 그에게 드물게도 감정의 파도가 비쳐 보인다. 플랫이어도 이렇게 누군가에게 집착할 수 있는 것이 멋지다.

그의 요청대로 나는 하늘로 시선을 향했다. 아무것도 보이지 않는 내 눈 같은 데 흥미를 보이다니, 벳쇼는 무슨 생각일까.

"조만간에 바다 보러 안 갈래? 정말 아름다운 해안이 있는데, 너도 마음에 들 거야."

"좋네요. 꽤 오랫동안 바다 보러 못 갔는데. 빈말로 끝내지 마세요."

"응, 고마워. 약속하지."

네모난 시야를 셔터 소리로 잘라낸다. 파인더에서 얼굴을 떼자 강한 빛에 또다시 눈이 시렸다.

7

아버지 흉내를 내며 몇 년이나 사용하지 않은 우리 집 암실에서 사진을 현상했다.

현상액과 물의 냄새가 좁은 방에 꽉 찬다. 그 감각이 반가웠다. 후각에서 오는 자극은 선명하게 기억을 불러일으킨다. 물을 채운 통 안에서 사진을 휘휘 움직이며 어머니가 돌아오면 보여주자는 생각을 했다. 어두침침한 가운데, 옥상에서 본 전원과 주택지가 섞여 있는 우리 동네가 떠오른다.

외박은 이틀간. 길지는 않지만 그래도 이 집에서 언젠가처럼 어머니와 자신이 다투는 모습이 쉽게 상상된다. 그 생각을 하면 지겹다. 그러고 싶지는 않지만, 분명히 충돌할 것이다. 지금까지도 늘 그랬다. 사소한 일이 눈에 띄지 않아도 좋지 않은 말들을 서로에게 던지며.

거리감이 있어야 편안하고 다정하게 대할 수 있는 관계를 생각한다. 그런 생각을 하다가, 그렇게 생각하는 나도 문제라고 반성한다.

흐릿한 방에 가득 차 있는 냄새를 들이마신다. 어머니가 오랜만에 집에 오는 것이 기쁜지 귀찮은지 스스로도 잘 알 수 없었지만, 둘 중 하나는 분명히 맞을 것이다.

오늘은 병원에 가서 마쓰나가와 어머니의 외박에 관해 이야기를 할 예정이었다. 어머니가 돌아올 날은 벌써 모레로 다가와 있었지만, 그가 시간이 나는 날이 이 금요일밖에 없었던 것이다. 어머니가 먹고 싶어 했던 근처 과자가게의 와플을 3인분 사고, 현상한 사진 중 한 장을 골라 가방에 넣었다. 갈색과 흰색 얼룩고양이를 찍은 사진이었다. 카메라를 들이대자 놀란 표정을 보이는 게 귀엽다.

여름 더위도 한풀 꺾인 날. 아침부터 날이 흐린 것이 신경 쓰이기는 했지만, 병원에 도착하니 미지근한 비가 한두 방울씩 내리기 시작했다. 우산을 안 가져왔지만 돌아갈 때는 마쓰나가와 같이 갈 거니까 괜찮겠지.

그날 병원에 도착한 나는 와플에 맞추어 차를 사 가려고 했다. 그것도 늘 사던 게 아니라 다른 브랜드에서 나온 차를 사고 싶었다. 자주 가는 매점 앞 자판기 외에 다른 자판기는 없었던가. 그런 생각을 하면서 평소에는 쓰지 않는 엘리베이터를 타고 어머니의 병실이 있는 층으로 갔다. 차를 찾아 여기저기 병동을 걷는다. 중간에 있던 편의점에서 사 올 걸 그랬나.

마쓰나가가 황급하게 달려온 것은 내가 태평스레 그런 생각을 할 때였다.

"리호코."

뒤에서 목소리가 들려 나는 등을 움찔 떨었다. 그가 내 모습을 발견하고 일순 무방비한 동정의 표정을 띤다. 안쓰러운 것을 보는,

노골적인 눈빛. 그것을 본 순간 불길한 예감이 들었다. 그가 알릴 소식을 듣고 싶지 않았다.

"리호코, 빨리 오렴. 다행이다, 전화가 안 돼서⋯. 역시 벌써 병원에 와 있었구나."

"무슨 일이에요, 아저씨?"

"시오코 씨가 감기에 걸렸어."

동정으로 가득 찬 조금 전까지의 표정을 지우고, 최대한 무리해서 쓴웃음을 띤다. 이까짓 거, 별일 아니야. 그렇게 말하고 싶어 하는, 무의미한 시도.

"열이 나고 조금 토했거든⋯. 지금은 진정이 돼서 안정 중이야."

그래서 외박을 못 하게 됐다.

그 한 마디를 어떤 타이밍에 꺼낼까. 그가 내심 머리를 쥐어뜯으며 마음 아파하는 것을 추측할 수 있었다. 나는 발걸음을 뗄 수 없었다. 재촉하는 마쓰나가를 바라보기만 할 뿐 움직일 수가 없었다. 그가 그것을 눈치채고는 걸음을 멈추고 나를 돌아본다.

"리호코."

다시 아픔을 참는 표정과 목소리. 가만히 내 어깨에 손을 얹는다.

"미안하다, 아쉽지만 어머니는."

내가 어리다는 게 화가 났다. 누군가 확실하게 말해줬으면 좋겠다. 정말 어머니는 외박을 할 수 있는 상태인가. 이것은 마지막 추억을 만들라는 뜻이 아니었을까. 누가 좀 말해 줘. 우리 엄마는 언제 죽는데? 앞으로 얼마나 살 수 있는 거야?

어머니에게서 본인의 장례식 이야기를 듣고 싶을 리가 없잖아.
바보 같으니.

어머니는 침대에 조용히 누워 있었다.

밖에는 본격적으로 비가 내리고 있다. 병실의 커다란 창 표면에
비뚤비뚤한 물의 궤적. 그것들이 무수히 겹쳐져 섞여 있었다. 선반
위에는 아버지의 필름이 지난번처럼 산을 이루며 늘어서 있다.
갈겨 쓴 메모와 포스트잇도 그대로다. 그녀가 감기에 걸린 것이
이 작업 때문이라고 말할 생각은 털끝만큼도 없었고, 이것 때문에
아버지나 이이누마를 원망하고 싶은 생각도 없었다. 하지만 병실
구석에 지난번에 왔을 때는 못 보았던 봉투가 있었다. 지금까지
이곳을 찾아온 손님에게서 받은 병문안 부조금이 고무줄에 묶여
다발로 들어 있는 것이 먼저 보였다. 선물 받은 과자, 옷이며 수건,
내가 빌려준 책, 〈도라에몽〉 만화책. 그것은 어머니가 집에 갈 준
비를 한 것이었다. 이곳을 떠나기 위해 자신의 짐을 정리해 둔
것이다.

그것을 보자 참을 수 없었다. 어째서냐고, 분해서 눈물이 나올
것 같았다. 누구를 원망해야 할지 모르겠다. 엄마는 왜 집에 돌아
올 수 없는 걸까. 나는 엄마가 돌아왔으면 좋겠다. 이렇게 어쩔
수도 없는 사태가 되고 나서야 늘 깨닫는다. 나는 하찮다. 계산하
고 끼워 맞춘 말로 상대를 깎아내리며 그 장소나 감정에 매달리지
않는 척하지만 이렇게 되고 나서 언제나 후회한다. 진심으로 생각

한다. 나는 엄마가 집에 왔으면 좋겠다.

어머니는 일요일에 집에 올 예정이었다. 오늘은 금요일. 눈앞이었다. 이미 눈앞으로 다가왔었는데.

옆 테이블에 내가 찾아낸 아버지의 액자가 놓여 있었다. 어머니의 사진. 그렇게 웃었으면서, 어머니는 가장 잘 보이는 곳에 그것을 둔 것이다.

"리호코…?"

침대에서 가늘게 눈을 뜬 어머니의 가운 틈 사이로 마른 쇄골을 보고 놀란다. 뼈와 피부 사이에 살이 거의 없다. 지금까지도 알고 있다고 생각했다. 하지만 이 어머니의 피부보다 더한 것은 아무것도 없다. 투병한다는 것은, 마른다는 것은 이런 것이다. 그와 대치하고 있는 것은 다름 아닌 내 어머니다. 이 사람이다.

"미안, 리호코. 엄마 감기래."

조금 전까지 자고 있었을지도 모른다. 목소리가 자꾸만 갈라진다. 나는 평소와 다름없는 목소리를 내려고 한심한 웃음을 지어낸다.

"어쩔 수 없지. 다음에 와."

다음 따윈 없다는 것을 나도 어머니도 알고 있다. 하지만 그것을 감추며 아무렇지도 않은 듯 매번 대화를 이어나간다. 어머니는 그렇게 할 거라고 생각했다. 하지만 아니었다. 어머니의 눈이 스르륵 가늘어진다. 완전히 눈을 감는 것과 동시에 표정이 무너졌다. 눈을 감고, 그녀는 이를 악물며 힘껏 무언가를 견디고 있었다. 그러나 한계였다. 뺨에 눈물이 흘러 떨어진다.

"청소도 해 줬는데."

숨소리만으로 말하는, 작은 목소리. 그 모습을 본 순간, 나는 코가 시큰거렸다. 어머니가 꾸린 짐을 풀어 원래대로 선반에 정리할 것이다. 그 작업을 어머니와 둘이서 할 생각을 하니 참을 수 없었다. 어째서 모든 것을 없었던 일로 할 수 없는 것일까.

"괜찮아."

목소리가 떨리는 것을 들키지 않으려고, 나는 필사적이었다. 울어버릴 것 같았다. 엄마, 그렇게 외치며 달려들어 껴안고 싶었다. 그것을 참는 데 온 힘을 쓰느라 목소리가 나오지 않았다.

한 방울 눈물을 흘렸을 뿐, 어머니는 눈가를 누르며 그 이상은 울지 않았다.

8

병원을 나오자마자 와카오에게서 전화가 와서 나는 그 전화를 받아 버렸다.

깊이 생각하지 않았다. 혼자 있고 싶어서 마쓰나가가 바래다준다는 것을 거절한 주제에, 누군가의 목소리를 듣고 싶었다.

— 리호?

그의 목소리는 마지막으로 만났을 때와 아무것도 변한 게 없었다. 맥이 빠질 만큼 그대로였다.

—무슨 일 있어, 리호? 요즘 전화도 안 받았지?

나는 대답할 수 없었다. 와카오가 어떻다는 게 아니라, 가슴이 메어서 견딜 수가 없었다.

—리호?

그가 그것을 눈치챘다. 목소리가 다정하게 바뀐다.

—무슨 일 있어? 울어? 리호.

구제 불능의 개성이면서, 어째서 이럴 때 전화해 주는 건 와카오일까. 어째서 내가 울고 있는 걸 알아차리는 것일까.

"오늘."

—응.

"오늘."

—응. 말해 봐.

최근 그의 목소리에서는 종교인에게서 자주 볼 수 있는 일종의 달관이 배어 나온다. 가까운 사람에게 화를 터뜨리기 직전까지 보여 주는 달콤한 치유와 인간 찬가. 나도 왜 이런 큰일을 이 사람에게 밝히게 되는 것일까.

"엄마가 감기에 걸려서, 외박을 못 나오게 됐어."

전화 속에서 와카오가 호흡을 다듬는다. 그리고 깊은 한숨과 함께 목소리를 낸다.

—그랬구나.

"응."

—리호, 너는, 너 자신도 알겠지만 언제나 옳아. 너무 옳고, 주위 사람들에게 기대려고 하지를 않아. 나도 지금까지 그랬으니까, 그래서 아는 거야. 나는 아마 반골 정신이 너무 강했기 때문이었겠지만.

　눈치도 없으면서, 이런 타이밍에 제대로 된 이야기를 하는 건 어째서일까. 감정을 갈 데까지 가져갔었으니, 점점 예전의 와카오로 돌아오고 있는지도 몰랐다. 그렇다, 원래처럼.

　그 생각을 하자 어깨에서 힘이 빠진다. 원래대로. 안도감이 가슴에 밀려온다.

　—하지만 이젠, 지금부터는 다른 사람을 의지해야 해. 나는 더 이상 다른 사람에게 지지 않겠다는 고집은 버리기로 했어. 그래서인지 모르겠지만 내가 생각하기에도 성격도 좋은 쪽으로 바뀌고 있는 것 같아. 저기, 리호. 타인에게도, 자신에게도 더 다정해져야 해. 나라도 괜찮으면 언제든지 이야기를 들어줄게.

　"있지, 와카오."

　—왜?

　비가 오고 있었다. 어머니는 오늘은 이제 걱정하지 않아도 된다고 했다. 지금부터 집으로 돌아가, 올여름에도 혼자서 오봉의 영혼을 맞이하는 불을 피운다. 이 빗속에 나갈 것을 생각하니 우울해졌다. 어차피 그럴 거라면 비를 맞으며 걸어가고 싶은 기분이었다.

　"와카오는 자신이 다른 사람에게 다정했던 것 같아?"

　전화기에 대고 묻는다. 그의 대답은 바로 돌아왔다.

─모르겠어. 그걸 판단할 수 있을 만큼 나는 다른 사람과 깊게 관계를 맺은 적이 없어. 너 말고는.

그 말을 들은 순간이었다. 아아, 내 가슴이 탄식한다. 눈물 때문에 뺨에 달라붙은 전화기를 향해 말한다.

"미안해, 와카오."

나는 지금껏, 너는 그걸 모르고 있다고 생각했어.

제6장

무드 살리기 악단

* 무드 살리기 악단
한 사람을 따라가 그 사람이 겪는 상황이나 그로 인한 감정의 움직임에 맞추어 음악을 연주하고 그 분위기를 살려 준다.

1

짧은 거리이기는 했지만, 병원에서 역까지 가는 셔틀버스를 타려고 했다. 한 시간에 한 대씩 병원이 무료로 운영하고 있다.

하필 이런 때, 그것도 금요일인데 미야나 가오리에게서 놀자는 연락이 없다. 와카오의 전화를 끊고 나자 내게는 정말로 있을 곳이 없다는 것을 새삼스레 알게 되었다. 내가 나서서 누군가에게 연락을 할 수 있을 것 같지 않았다.

아아, 그렇구나. 나는 '요술문' 따위는 갖고 있지 않았다는 것을 깨달았다. 어떤 친구에게든 맞춰주며 녹아들 수 있다고, 어디에든 들어갈 수 있다고 생각했지만 그렇지 않았다. 내가 가지고 있었던 것은 '올마이티 패스'에 지나지 않는다.

그 생각이 너무 딱 들어맞는 것 같아 무심코 자조적인 웃음이 새어 나온다. 아아, 그랬던 것이다. 나는 바보다. 이것을 보여 주면 어디에든 들어갈 수 있고 뭐든지 탈 수 있다는 만능 패스. 다만 이것은 사용 기한이 있어서 효력을 잃은 순간 그때까지 살갑게 맞이해 주던 사람들이 일제히 손바닥 뒤집듯 차가워진다. 너, 누구야? 너 같은 사람은 모르는데. 얼른 나가.

지금 효력이 다해 버리자 나는 그 순간 돌아가는 법을 모르게되었다. 아무에게도 갈 수 없다. 정말로 털어놓고 싶은 아픔을 들려줄 사람이 없다. 누군가와 같이 있고 싶다. 그리고 그 누군가가내게는 아무도 없다는 것을 깨닫는다. 그 사람은 이름이 있는 누군가가 아니라, 아무라도 상관없는 누군가인데도.

비에 젖어 완전히 색깔이 변한 아스팔트 주차장. 병원 정면의현관과 이어져 있는 버스 승차장은 위에 차양이 있어서 비를 피하기에는 딱 좋았다. 나는 언제나 그렇듯 어머니의 병실 창문을 올려다보며 버스를 기다리고 있었다. 그때였다. 버스 승차장에 있는세 개의 벤치. 그중 가장 끝에 있는 의자에서 나는 낯익은 아이의모습을 발견했다. 작고 마른 몸에 어울리지 않게 커다란 눈. 얼굴의 대부분을 덮은 긴 앞머리. 무릎 위에 놓인 퀼트 가방에 수놓인'이쿠야'라는 아플리케 문자.

마쓰나가 이쿠야였다.

그는 이전처럼 어딘가 공허한 시선으로 비에 젖은 아스팔트를바라보고 있었다. 갓 태어난 새끼고양이 같은 인상은 이전과 똑같았다. 병원에 온 노인과 병문안을 온 주부 사이에 파묻히듯 앉아있다. 왜 이런 곳에 있는 것일까. 지난번에도 병원에서 돌아가는길이었을까. 지금 병원 안에 아버지가 있다는 것은 알고 있을까.그리고 마쓰나가도, 이곳에 지금 자신의 아들이 앉아 있다는 것을알고 있을까.

이쿠야 옆에는 그보다 키가 큰 소녀가 앉아 있었다. 근시가 심한

지 두꺼운 안경을 쓰고 분홍색 머리띠를 하고 있다. 그 둘이 아는 사이인지는 모르겠다. 이쿠야보다 키가 커서 그런지 연상으로 보였다. 특별히 친해 보이지도 않았고 둘 사이에 무슨 의사소통이 이루어지는 기색도 없다. 그냥 둘이 나란히 앉아 멍하니 비를 바라보고 있을 뿐이다.

역으로 가는 버스가 왔다. 그곳에 있던 어른들이 일어서서 버스 안으로 들어갔지만 이쿠야와 그 소녀는 그러지 않았다. 버스를 쳐다보지도 않고 가만히 같은 자세로 앉아 있었다.

나는 버스를 타려고 내디뎠던 발을 멈추었다. 그들은 무엇을 기다리고 있을까. 호기심에 마음이 움직였다. 버스를 그냥 보내기로 한다. 타려고 하던 할머니가 그들을 보고 말을 건다.

"안 타니?"

그는 고개를 들고 크게 고개를 끄덕였다. 그것을 신호로 문이 닫히고 버스가 출발한다. 앉아 있는 두 아이와 그들을 바라보는 나만이 뒤에 남겨졌다. 그들은 변함없이 조용했다. 이쿠야가 심심했는지 다리를 뻗고는 무릎에 올려놓은 가방 위에서 손가락을 움직이기 시작했다. 신경질적이고 섬세한 움직임. 엄청난 속도로 컴퓨터 키보드를 치는 듯한.

이쿠야는 말을 못 해.

벳쇼의 목소리를 떠올린다. 그 사실과 그 손가락의 움직임이 왠지 묘하게 들어맞는다고 생각했다. 그는 무슨 병이라도 걸린 것일까.

나는 말없는 아이들 옆에 슬며시 앉았다. 그들처럼 가만히 아스팔트를 바라본다. 차양 위로 내리는 빗소리가 들렸다. 위급한 환자인지 삐뽀삐뽀 울리는 사이렌 소리와 함께 구급차가 현관 옆에 선다. 비 오는 주차장에 반사되는 회전등 불빛. 물웅덩이로 흩어지는 선명한 붉은빛이 아름다웠다. 이쿠야와 소녀가 내게도 구급차에도 흥미가 없어 보이는 것이 고마웠다. 마치 거짓말처럼 세상이 조용하게 느껴진다.

빵.

바로 뒤에 짧은 경적 소리와 함께 낡은 경자동차가 그곳으로 왔다. 여기저기 긁힌 듯한 흔적이 눈에 띄는 하얀 알토*. 그것을 보고 이쿠야의 표정에 희미한 변화가 나타났다. 일어서서 차를 확인하더니 소녀를 돌아본다. 반응이 거의 없는 그녀의 손을 톡톡 두드리고는 잡아당기려 한다.

스르르륵, 눈앞에서 운전석 창문 유리가 내려간다. 얼굴을 내민 사람은 언젠가 보았던 그가 사는 집의 가정부였다. 검은색으로 곱게 물들인 머리를 하나로 묶고, 처진 뺨 위에 엷게 볼 터치를 했다. 다정해 보이는 표정과 풍만한 체형. 따스함이 느껴지는 외모다.

"어서요, 도련님. 보면 모르시겠어요? 비도 오고, 마음이 급해요!"

잘 어울리는 목소리였다.

---

* 스즈키에서 나온 경자동차 이름.

그 말에 이쿠야가 고개를 끄덕였다. 소녀와 함께 일어선다. 빨리요, 재촉하던 가정부가 그때 나를 보았다. 그리고 언젠가 아파트 앞에서처럼 눈을 크게 떴다. 놀란 듯 말을 잃고 그대로 나를 응시한다. 무시하는 것도 이상해 보일 것 같았다. 게다가 무엇보다 눈이 마주쳐 버렸다.

"안녕하세요."

나는 겨우 빗소리에 지워지지 않을 정도의 작은 목소리로 인사했다. 가정부는 아직도 놀란 표정 그대로 눈을 깜박이고 있었다. 그러더니 차를 향해 다가가던 이쿠야를 부른다.

"도련님, 저 누나랑 같이 있었어요?"

그러나 이쿠야는 영문을 모르는 표정이었다. 가정부가 가리키는 내 쪽을 보더니 고개를 갸우뚱해 보인다. 저 사람 누구야? 그런 동작이었다. 가정부가 차를 주차장에 넣고 핸드브레이크를 당긴다. 그녀는 이쿠야와 소녀에게 먼저 타고 있으라고 한 뒤 천천히 차에서 내렸다. 버스 타는 곳에는 이제는 나뿐이었다. 그녀가 벤치 앞까지 와서 정중히 머리를 숙인다.

"히사지마 다에라고 합니다. 저기, 아까 그 아이, …이쿠야 군 집의 가정부예요."

그의 아버지를 생각해서일까. 이쿠야의 성을 말하지 않는다. 나는 뭔지 모르겠지만 "네" 하고 고개를 끄덕였다. 다에는 내 얼굴을 지그시 바라본다. 숨을 죽인 듯한 시선이었다. 그리고 물었다.

"저기, 아니라면 죄송해요. 아시자와 리호코 씨 아닌가요?"

이번에는 내가 눈을 크게 뜰 차례였다. 살짝 숨을 삼키고 나서 고개를 끄덕인다.

"네."

"아아! 역시나."

어떻게 나를 알고 있는지. 묻기도 전에 다에가 크게 손뼉을 치며 짧게 소리를 지른다. 네에, 네에, 네에. 나로서는 알 수 없지만, 그녀는 몇 번이나 납득한 듯 고개를 끄덕였다. 그럴 줄 알았어요. 네에, 틀림없을 줄 알았어. 그리고 밝혔다.

"아키라 씨가 자주 이야기하셨어요. 저에게나 도련님에게나, 아키라 씨가 참 잘해주셨거든요."

나는 더욱 크게 숨을 삼켰다. 다에가 말을 잇는다.

"저, 이상한 할머니라고 생각하지 말고 들어주세요. 혹시 지금 시간 있으세요?"

다에는 나를 향해 싱긋 웃었다.

차 뒷좌석에서 이쿠야가 멍한 시선으로 이쪽을 보고 있다. 어째서일까. 그는 변함없이 표정이 없었지만, 그의 감정이 공기를 통해 전해져 온다. 다에도 등 뒤로 그것을 느꼈는지 돌아보며 그에게 말을 건다.

"도련님, 잠깐만 기다리세요. 제가 지금 용기를 내서 아가씨에게 우리 집에 마실 오시라 하는 중이에요."

정중한 말투 속에 튀어나온 할머니의 단어가 어울리지 않았다. 다에가 나를 향해 돌아서서 조금 목소리를 낮추어 말했다.

"오늘 말이지요, 생일이에요. 도련님 생일. 지금 후미를 집까지 데려다준 다음에 저랑 도련님 둘이서만 축하를 하자니 심심하다는 생각을 하고 있었거든요. 도련님도 손님이 오면 분명 좋아할 거예요."

다에가 빠른 어투로 숨도 쉬지 않고 말했다. 후미가 지금 그 옆에 탄 여자아이의 이름인가 보다.

"부탁 좀 드리면 안 될까요?"

다에의 눈이 나를 들여다본다. 나는 어안이 벙벙했다. 그녀가 선수를 치려는 듯 말한다.

"물론 가실 때는 제가 집까지 모셔다드릴게요. 이야기도 나누고 싶고."

"──그거, 제가 가도 괜찮은 건가요?"

생일. 오늘 본 바로는 마쓰나가가 그곳에 나타날 일은 없을 것 같았다. 내 대답에 다에가 기쁜 듯 크게 고개를 끄덕인다.

"물론이죠. 제 쪽에서 부탁드린 건데요."

벳쇼가 온화한 표정으로 비눗방울을 부는 이쿠야를 바라보고 있던 모습을 떠올린다.

어머니가 언제 돌아올지 알 수 없는, 깨끗하게 정리된 집으로 돌아갈 마음은 아직 들지 않았다. 유효 기한이 끝난 줄 알았던 올마이티 패스를 마지막으로 한 번 더 쓸 수 있게 된 것 같은 신기한 기분이었다. 나는 고개를 끄덕이고 "그럼 실례하겠습니다"라고 중얼거렸다.

"아이스크림 케이크도 샀거든요. 그래서 빨리 가려고 했어요. 오늘은 비가 온 덕분에 좀 선선하지만, 여름에는 방심하면 바로 녹아버리니까 말이에요."

차 안에서도 다에는 쉴 새 없이 말했다. 작은 차의 창문 위로 끼익끼익 불안한 소리를 내며 와이퍼가 호를 그린다. 뒤에 탄 아이들 사이에는 변함없이 대화나 커뮤니케이션은 존재하지 않는 것 같았다.

"이 병원에 말하는 법을 가르쳐주는 교실이 있는데, 일주일에 두 번 거기를 다니거든요. 학교하고는 별도로."

내가 궁금해하는 걸 알았는지 다에가 가르쳐 주었다.

"자연스레 술술 말할 수 있게 되는 수업인데, 오늘은 금요일이니까요. 매주 화요일하고 금요일인데, 여름방학에도 똑같아요. 뒤에 있는 귀여운 여자아이는 후미라고 하는데, 도련님하고 같은 초등학교 4학년이랍니다. 이 교실에 다니기 시작한 건 이번 여름부터니까 도련님이 선배지요."

나는 뒷좌석을 돌아보았다. 뚫어지라 앞을 보고 있는 이쿠야와 눈이 마주친다. 웃어 보였지만 그의 표정은 바뀌지 않았다. 이 사람은 뭐지, 그런 시선으로 나를 쳐다보고 있다. 눈을 피할 타이밍이 없었다. 그도 그대로 무례할 정도로 똑바로 나를 바라보고 있었다.

나는 억지로 그에게서 시선을 떼어 옆에 앉은 후미를 본다. 그녀는 이쿠야보다 더 표정이 없었다. 무엇을 생각하고 있는지 전혀 분위기로 드러나지 않는다.

"집이 근처라서 같이 데려다주고, 또 데려오거든요. 어머니가 일을 다니느라 바빠셔서. 제가 대신하는 거죠. 오늘도 사실은 생일 파티에 부르고 싶었는데, 오늘은 후미, 어머니하고 밥 먹으러 간다며? 좋겠구나—."

다에가 말을 걸었지만 후미는 반응하지 않았다. 그저 무릎 위에 올려놓은 자신의 손등을 바라보고 있다. 분홍색 입술 사이로 보이는 앞니에 교정기가 끼워져 있다. 두꺼운 안경 속의 눈이 어디를 보고 있는지 짐작도 할 수 없었다.

이쿠야와 동급생이라고 했지만 그러기에는 이쿠야가 너무 작았다. 분명히 이 소녀가 표준적인 열 살의 체격일 것이다.

"리호코라고 불러도 될까요?"

다에가 천천히 물었다. 나는 뒤를 돌아보던 것을 멈추고 자세를 바로 했다.

"네."

"무슨 이야기인지 모르겠으면 그냥 흘려듣고 바로 잊으세요. 리호코는 도련님의 아버지를 아시나요?"

다에의 말은 유창하고 거침이 없었다. 얼굴에는 한 점의 어둠도 없는 온화한 웃음을 띠고 있다. 나는 고개를 끄덕였다.

"네, 알아요. 하지만 아저씨는 제가 알고 있다는 것은 모르실 거예요."

"그렇군요. 이상한 걸 물어서 미안해요. …선생님은 말이죠, 좋은 아버지예요. 도련님도 자주 보러 오시는데, 오늘은 아무래도 사정이 안 좋아서. 다른 날이라도 꼭 축하해 주시니까 나쁘게 생각하지 마세요."

마쓰나가 이야기는 거기서 끝인 것 같았다. 다에가 백미러를 보며 밝은 어조로 "오늘 수업은 재미있었나요?"라고 묻는다. 이쿠야가 고개를 끄덕였고, 후미는 아까처럼 반응이 없다.

"그랬군요, 다행이네요."

다에가 만면에 웃음을 띤다.

자동차는 전에 벳쇼와 걸었던 한적한 주택가로 들어섰다. 그중 한 집 앞에서 차가 멈췄다. 이쿠야네 아파트와는 달리 고풍스러운 가옥이었다. 뒤에 앉은 후미가 내릴 수 있도록 나도 일단 차에서 내렸다. 비가 머리카락과 어깨를 적시고, 다에는 빠른 말로 재촉한다.

"어서요, 어서. 큰일이네, 다 젖겠어요, 어서 움직여요. 감기 걸리겠어요."

후미를 내려주고 차가 출발한다. 가면서 뒤를 돌아보자 그녀는 이미 자기 집을 향해 문 안으로 사라져 가고 있었다. 작별 인사도 하지 않고 손도 흔들지 않는다.

"굉장히 충격적인 안 좋은 일이 있었대요."

계속 뒤를 보고 있는 나를 보고 다에가 알려주었다.

"그때까지는 정말 발랄하고 씩씩한 아이였어요. 머리도 좋고요.

그런데 갑자기 목소리가 안 나오게 되어서는, 불쌍하게."

이쿠야도 그런 걸까. 무심코 다에를 바라보자 그녀는 나의 그 질문을 잘 알아들은 것 같았다. 고개를 젓고는 이쿠야가 뒤에 있는 것도 아랑곳하지 않고 "우리 도련님하고 후미는 경우가 다르지요" 라고 대답한다.

차가 아파트 아래의 주차장에 도착했다. 전에도 생각했지만 꽤 고급 아파트임이 틀림없었다. 주차장에 늘어선 차는 대부분이 수입차 아니면 고급차거나 아주 세련된 새 차였다. 다에의 차처럼 낡은 경자동차는 하나도 없다.

"미안해요, 내릴 때 차 문 좀 잠가 주세요. 제 차는 삑, 하면 철컥, 하고 잠기는 요즘 차가 아니라서."

"확실히 오래되기는 했네요, 이 알토."

"익숙한 차가 아니면 무섭기도 하고, 아직 탈 수 있으니까 말이에요. 새로 사라고 선생님이 그러시기는 했지만…, 어라, 도련님 왜 그러세요?"

쳐다보니 이쿠야가 조심스레 다에의 옷깃을 잡고 있었다. 자신이 지금 앉아 있던 자리를 가리키고 있다.

"어머나. 아아, 아아. 뭐 떨어뜨렸군요?"

이쿠야가 고개를 끄덕였다. 나도 몸을 내밀고 들여다본다. 무슨 카드 같은 것이 아래 자리에 끼어 있다. 다에가 고개를 끄덕이고는,

"수업 때 쓴 카드예요?"

이쿠야가 고개를 끄덕인다.

"스스로 빼려고 해 봤어요?"

또 고개를 끄덕인다. 그것을 보자마자 다에가 깊은 한숨을 쉬며 이쿠야에게 말했다.

"도련님이 빼려고 해도 안 됐는데 왜 제가 집을 수 있을 거라고 생각하세요? 저도 무리예요. 자, 가요. 아이스크림이 다 녹겠어요."

그녀의 말에 나와 이쿠야가 똑같이 눈을 동그랗게 뜨고 놀랐다. 그 말을 하고 다에는 정말로 차에서 내려 트렁크에 실었던 짐을 내리고는 가 버렸다. 시험 삼아 빼 보려고도 안 한다. 나는 어안이 벙벙하여 한동안 그대로 있었지만, 이쿠야는 잠시 생각하는 듯하더니 살짝 고개를 끄덕이고는 차에서 내렸다. 많은 물음표와 그 말이 옳다는 납득, 둘 다 나타난 얼굴.

나는 시험 삼아 꺼내 보려고 손을 뻗었지만 역시 무리인 것 같았다.

"뭘 하세요?"

다에가 재촉한다.

"오늘은 정말 맛있는 걸 많이 만들었다고요. 리호코, 어서요, 어서. 가요."

뭐야, 이 두 사람. 진짜 괜찮은 성격인데. 나는 그것에 놀랐다.

다정해 보이는 용모와 시원시원한 말투, 그리고 성격.

히사지마 다에는 조금 · 프레시(Sukoshi · Fresh)로 결정. 응, 틀림없이 그렇다.

2

그들 둘이 산다는 그곳은 넓고 훌륭했지만 어딘가 간소했다. 필요 이상의 물건이 없는 방. 어린아이가 있다는 말을 듣고 상상하게 되는 난잡함과는 인연이 없는 집이었다.

예를 하나 든다면, 텔레비전 장식장 위에는 DVD 플레이어가 놓여 있었지만 그 주변을 아무리 찾아도 DVD가 없었다. 플레이어 위에 하나 놓여 있는 것은 마쓰나가의 취향일 듯한 클래식 콘서트가 수록된 DVD, 어린아이답지 않다. 전혀 없는 것은 아니겠지만, 어디엔가 깨끗하게 정리해 놓은 상태라는 것이 왠지 부자연스럽게 느껴졌다. 텔레비전 게임도 만화책도 없다.

아아, 이곳은 모델하우스와 비슷하다. 생활감이 전혀 없는 견본용 방.

"앉아 계세요, 지금 음식을 가져올게요. 거의 다 됐거든요. 조금 데우고 살짝 굽기만 하면 돼요. 아아, 아아, 리호코는 그냥 앉아 있어요. 손님이니까."

소파에 조용히 가방을 내려놓은 이쿠야가 내게 시선을 준다. 글쎄, 같이 온 이 사람은 누구였지? 다에가 그걸 보고 설명했다.

"아, 지난번에 도련님한테 얘기했죠? 그 사람이 역시 아시자와 리호코였더라고요. 이 사람이 리호코. 지난번에 아파트 앞에서 잠깐 만났잖아요."

그제야 비로소 생각이 났다는 듯, 다에가 나를 보았다.

"지난번에 있었죠? 집 앞에."

벳쇼와 만났을 때다. 변명하려고 입을 막 열려고 했을 때 부엌에서 삐익 하고 주전자 소리가 났다. 큰일 났다, 큰일 났어, 서두르는 어조로 말한 다에가 그쪽으로 돌아간다. 남겨진 이쿠야와 나는 시선이 마주쳤다. 이해를 했는지 못했는지. 이쿠야는 커다란 눈에 내 모습을 비춘 채 천천히 고개를 끄덕였다. 알았다, 이 사람은 아시자와 리호코. 그렇게 인증된 것 같았다. 내게서 눈을 떼고 소파로 걸어간다.

정면에서 마주 보다가 나는 놀라 움찔했다. 단단해 보이는 빰과 쌍꺼풀이 없는 선명한 눈. 그는 잔혹할 만큼 아버지와 닮았다.

다에의 말에 거짓은 없었다.

시간은 네 시쯤이라 차를 마시기에도 저녁을 먹기에도 어중간했지만, 그녀는 그런 걸 신경 쓰지 않았다. 엄청난 종류의 음식이 산처럼 테이블에 놓여 있다.

어떻게 이 양을 아이와 할머니 둘이서 소화할 수 있다고 생각했는지 신기할 지경이었다. 닭고기 튀김과 햄버그스테이크, 파스타는 미트소스와 나폴리탄 두 종류. 라자냐와 감자튀김. 아이들이 좋아하는 메뉴였다. 체형으로 보아 그는 도저히 그렇게 많이 먹을 것으로 보이지는 않지만, 이 음식들 앞에서도 이쿠야는 표정이 없었다. 입을 다문 채 조용히 앉아 있다.

밥 옆에 아무렇지도 않게 포테이토칩과 초콜릿 과자를 놓고 나자 준비가 전부 끝난 것 같았다. 다에가 오렌지 주스를 와인 잔에 따른다.

"자, 먹어요."

생일 축하 노래를 부르고, 건배를 하고, 탄수화물이 많은 어린이용 요리를 먹는다. 다에의 요리는 짭짤하고 맛있었다.

"정말 엄청나다."

무심코 내가 작게 중얼거린다. 말투가 자연스레 편해졌다. 그것은 아마 이 가정부의 역량과 분위기 때문일 것이다. 다에가 가슴을 폈다.

"당연하지요. 생일이니까. 자, 들어요, 들어."

이쿠야가 정신없이 손과 입을 움직이고 있는 것이 흐뭇했다. 그래도 잔뜩 남은 음식들을 옆으로 치우고 그녀가 아이스크림 케이크를 꺼내 온다. 나이만큼 열 개의 촛불을 꽂고 다시 생일 축하 노래. 축하해, 디어 이쿠야.

"선물이 있어요."

싱긋 웃으며 다에가 꺼낸 것은 토이저러스의 로고가 들어가 있는 커다란 꾸러미였다. 아까부터 보고 있으려니 다에는 무조건 양과 크기에 신경을 써서 연출하는 것 같았다. 아이들이 무얼 좋아하는지, 그걸 생각하고 있다.

멍하던 이쿠야의 눈이 아주 잠시 반짝인 것처럼 보였다. 눈에 띄게 좋아하지는 않았지만 가늘고 흰 손가락으로 어설프게 포장지를 뜬다. 안에서 나온 것은 축음기 모양을 한 오르골이었다. 그의 눈이 더욱 빛나더니 여러 각도에서 그것을 관찰한다. 들어 있던 상자를 옆으로 뒤집어 읽어보려 한다.

"스무 곡이나 들어 있어요."

다에가 자랑스럽게 말했다.

"도련님이 좋아할 만한 노래도 많아요. 놀라지 마세요, 저는 용의주도하잖아요? 당장 들을 수 있게 건전지도 사 왔지요."

그러고는 부엌 쪽에서 아직 팩에 들어 있는 건전지를 두 개 꺼내 온다. 큰 반응을 보이지는 않았지만 이쿠야의 표정이 즐거운 것처럼 보였다. 하지만 건전지 넣는 부분을 연 그의 표정이 굳었다. 어떻게 하지, 무표정하기는 하지만 곤란해하는 것이 전해져 온다.

"왜 그러세요? 아아, 어라라."

이쿠야가 연 그곳에는 AA전지가 네 개 필요하다고 쓰여 있었다. 다에가 가져온 건전지는 너무 커서 들어가지 않는다는 것을 이해했는지 이쿠야가 몇 번이나 다에의 안색을 살핀다. 그 모습을 보고, 오르골이 움직이지 않을까 봐 걱정하는 게 아니라는 것을 알 수 있었다.

그것을 깨닫는 것과 동시에 나는 놀랐다. 그는 다에를 걱정하고 있다. 그녀가 애써 생각해낸 연출이 헛수고가 될까 봐, 오르골이 작동하지 않아 그녀가 낙담할까 봐 절실하게 걱정하고 있다. 열 살짜리 아이가 가질 수 있는 마음이 아니다. 이 아이는 지금까지 대체 어떤 삶을 살아온 것일까.

"텔레비전이랑 에어컨 리모컨에서 건전지를 빼 오자."

무심결에 내가 일어섰다. 이쿠야가 고개를 들고 나를 본다.

"응? 그렇게 하자. 네 개 정도는 금방 나올 거야. 지금 들어보고 싶잖아."

그때였다.

"어머, 그래요?"

아무렇지도 않은 얼굴로 다에가 말한다.

"그건 그렇고, 도련님께 선물이 하나 더 있어요. 열어 보세요."

그녀의 손 위에는 어느 틈엔가 작게 포장된 것이 놓여 있었다. 조금 전의 오르골과는 너무 비교되는 크기였다. 이쿠야에게 열어 보라고 한다. 안에서 나온 것은 새 AA전지 팩이었다. 그것을 보고 이쿠야가 확 밝아진 얼굴을 든다. 나도 마찬가지였다.

그녀는 그냥 태연하게 "어라라"하며 이쿠야의 손을 들여다볼 뿐이다.

"다행이네요, 이제 오르골이 움직이겠군요."

생긋, 환하게 웃으며 말한다. 나는 어안이 벙벙했다. 굉장해, 이 사람 대체 뭐지. 하지만 이건…. 나는 아연해져서 다에를 바라보았다. 그때였다.

"하하하하하하하하."

그것은 너무나 작은 목소리로, '하'라기보다는 '카'에 가까운 발성이었다. "카카카카카." 방울을 굴리는 듯한, 경쾌한 웃음소리. 나는 놀라 그 소리에 고개를 돌린다. 이쿠야였다. 뺨의 긴장을 풀

고 하얀 이를 드러내며, 그는 멋진 얼굴로 웃고 있었다. '뀨――'
하는 바다사자의 울음소리 같은 목소리가 목을 통해 빠져나온다.
무심코 그렇게 되어 버린 듯한 발성이었다.

이 아이는 좋아하는 모습마저 고양이 같다. 눈을 동그랗게 뜨고
그것을 바라보는 내게 다에가 싱긋 웃어 준다. 눈을 가늘게 뜨고,
그리고는 안심한 듯 이쿠야에게 고개를 숙였다.

"좋아해 주셔서 기뻐요, 도련님."

그 오르골 중에서 이쿠야가 좋아하는 것은 어두운 느낌이 나는
일곱 번째 곡이었다. 상자를 보니 드뷔시의 '가라앉은 성당'이라고
쓰여 있다. 좋은 제목이라고 생각했다. 댐 건설 때문에 잠겨 버리
는 산속 마을이나 세계 어딘가의 해저에 잠긴 유적을 상상한다.
하지만 이것은 심정 묘사에서 붙여진 은유적 의미의 '가라앉다'인
지도 모른다. 거기서 물을 상상하는 내가 드문 부류에 들어갈지도.

이쿠야는 아버지가 아버지인 만큼 음악에 흥미가 있는 것 같았
다. 빅터* 마크에 그려져 있는 개처럼 축음기형 오르골에서 떨어
지려 하지 않는다. 바싹 귀를 대고 그 소리를 듣고 있었다.

"맞다."

생각이 나서 나는 일어섰다. 이쿠야가 깜짝 놀라 얼굴을 든다.
나는 내 가방 속에서 종이봉투를 꺼냈다. 오늘 어머니와 먹으려고
했던 사과잼 와플. 그리고 직접 현상한 고양이 사진.

---

* Victor Company of Japan, Limited (JVC); 축음기의 확성장치(나팔)에 코
를 대고 앉은 개의 그림을 마크로 사용

"나도 이거 선물. …생일이라는 건 갑자기 알아서 아무 준비도 못 한 데다, 지금 밥이랑 케이크도 엄청나게 먹기는 했지만. 사진은 덤이야. 고양이, 귀엽지?"

이쿠야의 손가락이 천천히 종이봉투를 받아 들고 그 표면을 쓰다듬는다. 얼굴을 가져가 흥미로운 듯 거기에 쓰인 '사와미즈당' 이름을 확인하고 있었다. 고양이 사진을 들어 바라본다. 그 모습도 새끼고양이 같다. 사진과 그가 묘하게 조화를 이룬다.

"열어봐도 돼. 와플이야. 정말 맛있어."

"어라라, 좋겠네요, 도련님."

다에의 말에 이쿠야가 고개를 끄덕인다. 나를 바라보며 이쪽을 향해서도 살짝 고개를 숙인다. 봉투를 열고 그곳으로 와플을 들여다보더니 다에에게 봉투를 가져가 그녀에게도 안을 보여준다. "어머 좋겠네요" 하며 그녀가 미소를 지었다.

그것을 보고 나는 어쩌면 좋을지 알 수 없어지고 말았다. 위문품을 재활용한 것인데 이렇게까지 기뻐해 줄 거라고는 생각지 않았다. 다음에는 뭔가 두 사람을 위한 것을 사 오자, 그렇게 결심한다.

3

"여기서 둘이 사는 거예요?"

잔뜩 남은 음식을 그릇에 옮겨 담고 설거지를 돕는다. 이쿠야는 아직도 거실에서 아까처럼 오르골을 듣고 있다. 부엌까지 그 음색이 울린다.

"그래요. 벌써 몇 년이나 되었더라. 도련님 어머니가 돌아가시고 나서 바로니까, 6년인가."

다에가 파스타에 랩을 씌우며 감개무량한 듯이 말한다. 나는 젓가락으로 햄버그스테이크를 반찬통에 옮기며 "6년"이라고 중얼거렸다.

"이쿠야가 네 살 때요?"

"어머니가 몸이 약했나 봐요. 그때까지 여자 혼자서 아이를 키우며 상당히 고생해서 말이에요."

다에가 한숨을 쉬더니 "혼나겠네요"라며 고개를 저었다.

"너무 사정 이야기를 많이 하면 이치하라 씨처럼 되어 버릴 거예요. '가정부는 보았다!'*, 였나요? 그게."

"마쓰나가 아저씨하고 이쿠야 어머니는 언제부터 사귀었는데요?"

"학생 시절, 그야말로 음대를 다니던 제일 좋았던 때부터 사귀던 사이에요. 서로 어긋나기도 하고 이런저런 사정이 있어서 결국 결혼까지는 안 갔던 것 같지만요. 지금 사모님보다 인연은 훨씬 길어요. 한 번 헤어졌는데, 그러고 나서 몇 년 지나 우연히 다시 만나서 또⋯. 그때는 이미 선생님이 결혼하셔서, 사이에는 딸도 있었지요."

---

* 일본 드라마. 이치하라 에쓰코가 그 주인공.

아까는 자제하는 듯한 말투였는데, 물으면 그냥 대답해 준다. 다에가 무슨 생각인지 모르겠다. 나니까 이야기한다는 것처럼 들리기도 했지만 내가 그런 대접을 받을 이유는 하나도 없다. 가만히 그녀의 이야기에 맡겨두기로 했다.

"그래서 그런가 봐요. 도련님이 배 속에 있는 걸 알고 어머니가 모습을 감췄거든요. 선생님 몰래 혼자 낳고 키웠어요. 그걸 선생님이 알게 되어서, 그래서 이 아파트를 얻어 주셨지요. 이 일은 사모님도 알고 있거든요, 그래서 조금 어려운 문제이기도 하지만."

음식을 담은 접시를 냉장고에 넣은 다에는 어딘지 모르게 외로움이 배어 나오는 눈길로 나를 보았다.

"선생님께 도련님에 대해서 알려주신 사람이 아키라 씨예요. 도련님의 어머니는 얼마나 고마워하셨는지 몰라요."

'나도 우연히 알게 됐어. 돌아가신 이쿠야 어머니랑 조금 아는 사이였거든.'

벳쇼의 목소리가 떠오른다. 반팔 교복에서 뻗어 나온 부드러운 팔. 온화한 미소. 집이 이 근처냐고 물은 내게, '그렇구나, 집이라고 해야 하나?' 하며 의미심장하게 고개를 끄덕였다. 그것은 무슨 의미였을까.

"도련님은 말이에요, 참 착해요."

다에가 진심이 어린 목소리로 중얼거렸다. 그가 있는 거실을 보면서.

"제가 왔을 때는 벌써 저런 상태였지요. 하지만 성격이 곧고,

정말 착한 아이예요."

오늘 처음으로 웃음소리를 들었다. 목 기관 자체에 문제가 있는 것은 아닌 것 같았고, 쇼크로 목소리를 잃었다는 그 친구와도 다르다고 한다. 이야기를 어디까지 물어봐도 되는지 알 수 없었다.

"어머니가 돌아가시고 한 번 선생님 집으로 데려가겠다는 이야기도 있었던 것 같은데, 사모님이 허락을 안 해 주셔서. 오늘도 자세히는 모르겠지만 사모님을 배려해서 여기에 못 오신 것 같아요. 분명 도련님 생일을 알고 있을 거예요. 민감해져 있으니까."

"그렇구나."

생일 정도는 좀 봐 줘도 될 텐데. 하지만 그 당사자의 입장에서 보면 민감한 문제라는 것은 상상하기 어렵지 않았다. 다에는 쓴웃음을 짓고,

"들어와 살면서 보호자 역할까지 할 수 있는 가정부. 면접을 하고 나서 제가 뽑혔어요. 처음에는 까다로운 아이일지도 모른다는 생각에 긴장하고 있었는데 전혀 그렇지 않았어요. 나도 아들 부부가 도쿄에 있는 아파트에서 살고 있고, 남편은 먼저 죽었고. 혼자 외롭게 지내는 것보다 도련님하고 같이 있는 게 얼마나 즐거운지 몰라요. 그래도 아, 그렇구나. 2년 전에 한 번, 아들이 같이 살자고 한 적이 있었는데. 손자가 태어나기도 했고 며느리도 앞으로 일을 하고 싶어 한다고."

말하면서 다에가 식기를 닦아 자기 옆에 쌓는다. 그 물기를 닦으려고 한 내게 고개를 저으며 "자연 건조"라고 한마디 했다.

"조금 고민하기는 했지만, 아들 있는 데로 가려고 선생님한테 그만두겠다고 했어요. 도련님도 이해해주고 해서, 저는 그만두게 되었지요. 오랫동안 같이 있기는 했지만 마지막은 그냥 이런 거구나, 그렇게 생각하고 있었는데 도련님이 말이죠, 그만두기로 정해지고 나서 매일 밤마다 혼자 우는 걸 알게 된 거예요. 우연히 밤에 방을 보러 갔더니, 이불 속에서 몸을 동그랗게 말고는 울고 있었어요. 아무한테도 그런 모습을 보이지도 않고 싫다는 의사표시도 전혀 안 하는 줄 알았더니. 그게 그냥 가슴이 꽉 메어서, 저는 남기로 했지요."

싱긋 웃는다.

"정말 착한 아이예요. 너무 많이 참아요. 그런 아이가 나를 필요로 해 준다니, 그게 기뻐서 말이지요."

옆방에서는 또 그 이쿠야가 마음에 들어 하는 일곱 번째 곡이 흘러나오고 있었다. 기운찬 '터키행진곡'이나 '아이네 클라이네 나흐트 무지크'도 있는데, 그가 선택한 것이 이 조용한 '가라앉은 성당'이라는 것이 지나칠 정도로 잘 어울렸다.

"제가 가끔 이 아파트에 손자를 데려오는데요."

다에가 다시 이야기하기 시작했다. 이제 다 치웠어요, 라고 내게 말하며 자신은 남은 케이크를 포크로 접시에 모은다.

"아직 한 살도 안 돼서, 유모차에 타고 있었을 때였어요. 이쪽에 돌아온 아들 내외한테 급한 일이 생겨 하루를 맡게 되었어요. 도련님이 질투하면 어떡하나 걱정을 했는데, 도련님은 우리 아기한테 정말 잘 해줬어요. 아기들은 손 앞에 내민 건 반사적으로 확 잡잖아요? 도련님은 그게 기뻤는지, 둘이 계속 악수를 하더라고요."

다에의 손자와 이쿠야가 그러고 있는 모습, 그때마다 이쿠야가 아까처럼 몸을 굽히며 짧게 소리 내 기뻐하는 모습이 상상되었다.

"조금 살 게 있어서 산책 삼아 둘을 데리고 나갔지요. 슈퍼마켓 앞에서 기다리라고 하고 유모차랑 도련님을 남겨두고 10분 정도 안에 들어갔다 왔어요. 돌아왔더니 도련님이 유모차 옆에 새파랗게 질린 얼굴로 서 있었어요. 제가 가게에서 나오자마자 팔에 매달리는 거예요. 꽉 잡고 놓지를 않더라고요. 안색도 안 좋고, 떨고 있기도 하고. 도련님이 평소에는 그렇게 안아달라거나 업어달라거나 하는 편이 아니라 깜짝 놀랐죠. 무슨 일인가 하고 주위를 봤더니, 유모차 가까이에 개가 묶여 있었어요."

그 정경을 떠올리듯, 다에가 눈을 가늘게 뜨며 말했다.

"큰 개였어요. 주인이 안에 들어가 있는 동안 묶어 둔 거겠지요. 울지도 않고 짖지도 않는 얌전한 개였는데, 도련님은 팔에 매달린 채 얼굴을 안 들고. 아아, 이 개가 무서웠구나. 그래도 도망치지 않고 유모차 앞에서 우리 아기를 지켜준 거구나, 하고 생각하니 눈물이 다 나더라고요."

"…이쿠야는 원래부터 말을 못 했나요?"

"아뇨. 어머니가 살아 계실 때는 안 그랬대요. 저는 당시 도련님을 만나기 전이었지만. 말을 하지 않는다는 것 외에는 아무 문제가 없어요, 오히려 머리도 아주 좋아요."

가만히 거실을 본다. 이쿠야는 아직도 같은 자세로 축음기에 귀를 기울이고 있었다. 정말 기뻤나 보다. 소파 위에 그가 늘 가지고 다니는 커다란 도라에몽 가방이 세워져 있었다.

"저 가방. 이쿠야가 늘 가지고 다니던데 직접 만든 거예요?"

"아아, 네. 귀엽죠?"

"네, 정말 귀여워요. 저도 도라에몽 좋아하거든요. ——아, 그러고 보니."

오늘은 분명 금요일이었을 것이다. 부엌에 걸린 벽시계를 쳐다본다. 7시 10분.

"저기, 다에 아주머니. 텔레비전 봐도 돼요?"

"네——. 뭘 보려고요?"

뭘 그런 걸 보냐고 하면 싫은데. 그런 생각을 하며 대답한다.

"〈도라에몽〉."

그 말을 들은 다에는 순간 완전히 표정을 잃었다. 눈도 움직이지 않고 내 얼굴을 보고 있다.

어라? 나는 이상하게 생각했다. 해서는 안 될 말이라도 했나. 어이가 없다거나 무시한다거나, 그런 반응도 아니다. 완전히 예상 외였다.

하지만 곧 다에는 짧게 숨을 들이쉬고 고개를 끄덕였다. 그리움과 쓸쓸함이 섞인 웃음을 띠고 있었다.

"보세요, 보세요. ——도련님, 오르골 꺼 두세요. 리호코랑 〈도라에몽〉 볼 거니까요."

4

그날의 〈도라에몽〉은 '무드 살리기 악단 등장!'이었다.

내가 좋아하는 도구 중 하나다. 한 사람을 따라가 그 사람이 겪는 상황이나 그로 인한 감정의 움직임에 맞추어 음악을 연주해서 그 분위기를 살려 준다. 이 도구는 무엇보다 그 형태가 귀엽다. 통통하고 작은 3인조 인형이 바이올린, 플루트, 드럼을 각각 들고, 노비타의 뒤를 따라 걷는다.

'사람은 말이지, 감정의 동물이라고 하는 거야. 즐거울 때는 펄쩍펄쩍 뛰면서 좋아하고 슬플 때는 엉엉 울지. 감정을 더 생생하게 표현해 봐.'

도라에몽이 설교하면서 노비타에게 '무드 살리기 악단'을 꺼내 준다. 감동적인 음악을 들으며 어머니가 만들어준 케이크를 칭찬하고, 용맹한 음악을 들으며 자신을 괴롭힌 자이언에게 복수를 하러 간다.

"나 〈도라에몽〉 좋아해."

그렇게 말을 걸자 이쿠야는 흠흠 하며 고개를 끄덕였다. 신기한 것을 바라보는 시선으로. 그것은 '이렇게 큰 누나가 좋아하다니 이상하네'인 것 같기도 했고, '당연한 이야기인데 일부러 그런 말을 하다니 이상하네'인 것 같기도 했다. 이쿠야의 반응은 그때마다 이쪽의 마음을 반사하는 거울 같다. 자기 좋을 대로 해석할 수 있다.

만화영화를 다 보고 나서 나는 책상 위에 종이봉투가 굴러다니고 있는 것을 보았다. 내가 이쿠야에게 건넨 와플 봉투. 들어 있던 와플이 두 개 줄어 있었다.

"이쿠야, 이거 먹었어?"

원래 세 개가 들어 있었을 것이다. 그만큼 음식과 케이크를 먹고서도 지금 〈도라에몽〉을 보면서 먹은 것일까. 이쿠야는 멍한 시선으로 나를 쳐다보고 있다가 말없이 끄덕였다. 남은 하나는 다에 몫으로 남겨둔 것인지.

텔레비전을 다 보고, 나는 아직 도울 일이 있나 싶어 다에에게 물어보려고 했다. 그때였다. 이쿠야가 갑자기 내 옷깃을 잡아당겼다. 부엌 반대쪽 거실 밖을 가리키며 무표정하게 나를 쳐다본다.

저쪽으로 가자. 그렇게 말하고 있다는 것을 깨달았다.

부엌에서는 다에가 일하는 물소리가 들려왔다. 이쿠야가 팔을 잡아당긴다. 망설이면서도 나는 그를 따라가기로 했다. 그가 나를 안내한 곳은 작은 공부 책상에 책가방이 걸려 있는 작은 방이었다. 이쿠야의 방인가 보다. 인상은 거실과 별반 다르지 않았다. 생활감이 적은, 딱 필요한 물건만 있는 방. 아이가 살고 있다는 설정으로 세팅된 것에 지나지 않는 모델 룸. 그래서 어지럽혀지지도 않고, 정연하다.

다만 그곳에는 초등학교에 다니는 남자아이 방과 어울리지 않는 물건이 놓여 있었다.

피아노다.

"피아노 치니?"

이쿠야가 평소와 똑같은 멍한 눈으로 고개를 끄덕인다.

검은색의 무광택 타입. 그러고 보니 마쓰나가의 딸인 시오리도 피아노를 배우는데, 그녀의 집에는 그랜드 피아노가 있다. 이쿠야도 배우고 있는 것일까.

아, 깜박했다. 갑자기 무언가를 떠올린 듯한 이쿠야가 나를 방에 두고 나간다.

남겨진 나는 피아노를 바라보았다. 그 위에 메트로놈과 작은 미니어처 신사(神社)가 놓여 있었다. 장난감인가. 그렇다면 이 방에 있는 유일한 장난감인 셈이다.

신사. 아까 오르골의 곡명을 떠올린다. 하지만 그것은 어떻게 생각해도 서양풍의 사원을 이미지한 곡이고, 이런 일본식 건물과는 분위기가 다를 것이다.

피아노 위의 신사는 새의 상자 집처럼 중앙에 둥근 구멍이 뚫려 있었다. 그것을 보니 뭔가가 떠오를 것 같았다. 그건 무엇일까. 뭔가 도라에몽 도구 중에 이것과 비슷한 것을 본 적이 있는 듯한 기분이 든다.

발돋움해서 안을 보자 안에 연한 갈색 종이가 접힌 채로 들어 있는 것이 눈에 띄었다. 자세히 보려고 다가섰을 때 이쿠야가 돌아왔다. 늘 가지고 다니는 그 도라에몽 가방을 손에 들고 있다.

피아노 연습 가방이었나 보다. 그가 안에서 악보 다발을 꺼냈다.

책을 복사한 것인지 색도화지에 풀로 붙인 악보. 끝부분이 접혀 조금 갈색으로 바래 있다.

이쿠야가 피아노를 연다. 겨우 페달에 발이 닿는 것 같다. 조용히 의자에 앉은 그가 악보 중에서 한 장을 꺼낸다. 몸을 내밀고는 힘들게 그것을 보면대에 놓았다. 펼쳐진 보면을 보고 나는 기겁했다. 거기에 펼쳐져 있는 것은 나에게는 해독이 불가능한 기호들이었고, 흩어진 음표의 수는 엄청난 양이었다. 높은 음계에서 낮은 음계로 이어지는 일련의 멜로디. 그게 어떤 곡일지 상상조차 할 수 없었다.

"이쿠야, 이거."

읽을 수 있어? 내가 묻기도 전에 그가 건반 위에 손가락을 올려놓았다. 악보와 대치하는 이쿠야의 눈 속에 빛이 깃든 것은 그때였다. 나는 마른 침을 삼키며 그 모습을 바라보고 있었다.

연주는 조금 전까지 그가 오르골로 듣고 있던 '가라앉은 성당'이었다. 그의 손가락 움직임은 매끄럽고 막힘이 없었으며 흐르는 듯했다. 마른 체구에 커다란 눈, 어딘가 어색한 체격을 가진 그의 언밸런스함이 전혀 의식되지 않았다. 오르골로 들을 때는 몰랐다. 이 곡에 흐르는 것은 종(鐘)의 선율이다. 흔들리지 않는 일정한 템포로 이쿠야가 조용히 종을 울린다.

그가 악보의 어디를 연주하는지, 나는 읽을 수 없다. 가만히 그의 손가락을 바라보고 있었다. 곡의 조가 바뀌어 살짝 밝아진다. 이쿠야가 온몸을 크게 비틀어 흔들며 건반과 몸 사이의 간격을 벌린다. 그것은 아주 큰, 온몸으로 힘껏 액셀을 밟는 듯한 움직임이었는데, 그는 기분이 좋아 보였다.

종의 여운이 사라져 간다. 흰 건반과 검은 건반 사이의 손가락에서부터 몸을 통째로 가라앉히듯이 조심스럽게 치는 음. 그것이 완전히 사라지고 연주가 끝났다.

이쿠야의 얼굴이 조용히 원래의 무표정으로 돌아간다. 나를 쳐다보며 조금 전의 격렬함이 하나도 느껴지지 않는 힘없는 팔로 악보를 덮는다.

피아노의 선율이 사라진 방에서는 침묵과 빗소리가 유난히 잘 들렸다. 밖에 비가 내리고 있다는 것을 지금 처음으로 알게 된 것 같았다. 대합실의 긴 의자에 앉아 무릎 위에서 손가락을 움직이고 있던 이쿠야. 재빠르게 키보드를 두드리듯이. 그 모습이 떠올라, 천천히 지금 눈앞의 피아노와 겹쳐진다.

놀랐다는 말로 끝날 것이 아니었다. 나는 아직도 그 충격에서 깨어나지 못한 채 이쿠야를 응시하고 있었다. 믿을 수가 없었다.

몇 년 전, 지금의 이쿠야보다 나이가 많았던 시오리가 참가한 피아노 콩쿠르를 보러 갔었다. 그때 그녀는 동상을 받았는데, 나는 그 연주를 듣고 잘 친다고 생각했다. 하지만 그 연주는 몇 년이나 피아노를 배운 사람이라면 그 정도는 할 수 있어야 한다는 범위를 넘지 않는 것이었고, 따라서 거기에는 이런 충격이나 감동이 없었다. 감동, 아니, 나는 감명을 받은 것이다. 그래서 그대로 꼼짝할 수 없었다.

'시오리, 피아노 아직도 치는군요.'

내 질문에 마쓰나가가 쓴웃음으로 대답했다. 자기 딸인데도 가차 없이.

'일단은. 지금부터 아무리 연습해도 그걸로 먹고살 만한 레벨은 되지 않겠지만, 집사람이 열심이야.'

피아노에서 내려온 이쿠야가 멍한 눈으로 나를 계속 쳐다보고 있었다. 그 눈, 그 얼굴을 보고 이해할 수 있었다. 마쓰나가의 부인은 분명히 이 아이를 용서하지 않을 것이다. 용서할 리가 없다.

"어머나, 어머나. 선물에 대한 답례군요."

그때 태평스러운 목소리가 들렸다. 앞치마에 손을 닦으며 다에가 방 안으로 들어왔다.

"도련님이 다른 사람한테 들려주고 싶어 하다니 별일이네요."

이쿠야는 가방과 악보를 그대로 두고 바로 방을 나가 거실로 가 버렸다. 남겨진 나를 보고 다에가 웃어 준다.

"미안해요. 수줍어서 저러는 거예요. 칭찬받을 걸 아니까 그런게 어색하고 불편한 거야. 정말 감정 표현이 서툴러서 오해받는 도련님이라니까요."

"놀랐어요."

겨우겨우, 나는 그 말을 한다. 간신히 목소리가 나왔다.

"놀랐어요. 굉장해요, 저 아이, 굉장해."

빈곤한 어휘로밖에 표현할 수 없는 게 미안했다. 그것까지 다 알아들어 주었는지, 다에가 미소 지으며 고개를 끄덕였다.

"하루도 연습을 빼먹은 날이 없어요. 매일 몇 시간씩 치니까. 좋아하는 거겠죠. 돌아가신 어머니가 음대 피아노과였대요."

"잘 모르겠지만, 초등학생이 칠 수 있는 레벨이 아닌 거죠?"

"글쎄요, 아마 그렇지 않겠어요? 저는 도련님 말고는 몰라서 잘 모르겠지만, 자랑스럽고 기뻐요."

밝은 목소리로 말한 뒤 조금 정색을 하고 내게 말한다.

"아키라 씨가 말이에요, 여기를 나갈 때 도련님에게 하고 간 말이 있어요. 절대로 피아노를 그만두면 안 된다, 무슨 일이 있어도 반드시, 하루도 쉬지 않고 해야만 한다고요. 도련님이 기억하고 있을지는 모르겠지만. 그래도 아키라 씨가 반복해서 몇 번이나 열심히 호소했거든요. 피아노 위에 있는 저 장난감도 아키라 씨가 주고 간 거예요."

나는 말없이 다에를 바라보았다.

이곳을 나갈 때.

지금 그녀가 사용한 단어에 신경이 쓰였다. 다에가 나를 이쪽으로 오라며 불렀다. 이쿠야의 방 정면에 있는 다른 방 하나로 나를 안내한다. 그 방은 이 전시장 같은 아파트 안에서도 다른 방보다 한층 더 살풍경한 곳이었다.

"아키라 씨 말인데, 여기서 살았던 적이 있어요. 2주 정도였던 것 같은데, 이 방에서."

다에가 어두운 방에 불을 켠다. 조명에 비쳐 떠오른 하얀 벽. 그 벽이 내 시선을 빨아들였다. 그 한 면 가득 사진이 붙어 있었다. 벽을 메우듯 늘어서 있는 그 전부가 아버지의 사진이었다. 그 중 한 장에 시선이 멎었다. 시선을 뗄 수 없었다.

색이 바랜, 유빙의 바다.

'유빙이 보고 싶어.'

벳쇼가 지나가듯 말했던 목소리를 떠올린다.

'몇 년 전에 텔레비전에서 얼음 아래 갇힌 고래 가족 뉴스를 봤었는데…, 너는 본 적 있니?'

아버지가 실종되고 나서 그다지 화목하지 못한 것 같았던 그의 집. 숨 막히는 환경에 신음하는 고래는 그 자신이었을까. 공기를 얻고자 한 가출이었을까. 이 집에서 지냈던 약 2주.

바다가 가까운 대학에 가고 싶다고 했다. 그것은 지금 살고 있는 이 땅을 벗어나고 싶다는 그런 절실한 바람일지도 모른다.

"이런 이야기는 싫으세요? 그럼 그만두죠."

다에가 말한다. 내가 고개를 젓자 그녀가 살짝 턱을 잡아당겨 끄덕였다.

"보세요, 여기. 여기 찍힌 거, 리호코 당신이죠? 나는 그래서 지난번이랑 오늘, 지금의 리호코를 보고 정말 놀랐어요."

"어느 거요?"

다에가 가리킨 것은 검게 그을린 소녀가 바닷가에서 뛰어다니고 있는 사진이었다. 분홍 물방울무늬 수영복. 건강해 보이는 피부. 나는 벌써 몇 년이나 피부가 그을린 적이 없다. 낮에 나가도, 바다에 가도. 창백해 보이는 내 피부는 붉게 부어올랐다가 가라앉을 뿐이다. 대체 어떻게 했기에 이렇게 되었던 때가 있었을까.

분명히 나다. 하지만 다에가 이것을 보고 지금의 성장한 나를 알아보았다는 사실이 나는 의외였다. 그 정도로 지금의 나와 그녀는 동떨어진 분위기를 풍기고 있다.

벳쇼가 내게 모델을 부탁한 이유.

'저한테 사진 모델을 부탁한 건 제가 아시자와 아키라의 딸이라서인가요?'

그가 입을 다물었다. 잠시 후에 천천히 고개를 끄덕였다.

'넓은 의미로 말하자면 그 말이 맞아. 하지만 그건 네가 생각하고 있는 이유 때문은 아니야.'

'저를 모델로 삼아도 좋은 사진 못 찍으실 거예요. 게다가 지금 저한테 사진가 아시자와 아키라는 완전히 타인이고요.'

나는 그렇게 대답했다. 오래된 사진 구석에는 전부 아버지의 서명이 들어 있다. 'A. Ashizawa'. 그는 이 사진들에 둘러싸여, 이곳에 살았던 시기가 있었던 것인가.

"도련님은 아키라 씨를 참 좋아했어요."

다에가 말했다. 벽에 펼쳐진 다양한 표정의 바다를 바라보며.

"잔혹한 이야기일지 모르겠지만 잘 들으라며 아키라 씨는 도련님한테 계속 들려주었지요. 네가 살아나가는 동안, 앞으로 믿을 수 없을 만큼 괴롭고 힘든 일이 많이 있을 거야. ──하지만 견디렴."

벳쇼의 부드럽고 다정한 미소를 떠올린다. 그 얼굴로 그는 말했던 것일까. 어린 이쿠야에게 인내를 가르친 것일까.

"잔혹한 이야기일지 모르겠지만, 어쩔 수 없는 일이니까 굳이 말하는 거야. 너는 앞으로 아무것도 바라서는 안 되고, 기대해서도 안 돼. 정말로 너를 필요로 하는 사람이 나타날 때까지 결코 아무것도 바라지 말고, 괴로운 일도 전부 견뎌내야 해. 꼭이야. 그리고 피아노를 계속해야 해. 괜찮아, 네 재능과 나랑 한 이 약속이 있는 한 너희 아버지는 그것만으로도 절대로 너를 버리지 않을 거니까. 아버지는 너를 필요로 하게 될 거야."

너무나도 담담한 말투로, 다에가 말을 이어간다. 나는 말없이 그 자리에 우두커니 서 있었다. 지금 그대로의 단어로, 그대로의 목소리와 어조로 그가 말했겠지. 단숨에 그 흉내를 낸 다에가 얼굴의 긴장을 풀었다.

내 마음에 정체를 알 수 없는 차가운 바람이 불었다. 그 약속의 내용 때문이 아니라 그의 말이 어디까지나 옳다는 것, 너무나 바른 말이라는 것에 대한 감상이었다.

마쓰나가 준야가 나쁜 사람이라고는 생각하지 않는다. 충분히 책임과 가책을 느끼고, 그에 따라 살아갈 수 있는 사람이라고 생각한다. 하지만 지금 다에가 말한 약속은 적나라하게 사태의 핵심을 찌르고 있었다. 그것만 지키면 마쓰나가는 절대로 이쿠야를 버릴 수 없다.

왜일까. 날개를 뜯긴 새를 상상하게 된다. 피아노를 치는 그는 하늘을 날 듯 경쾌하여 마치 기분 좋게 하늘에서 뛰노는 새 같았다.

날개를 잃은 새. 혹은 날개는 있지만 새장 안. 그런 뜻일까. 피아노 위의, 그가 놓아두었다는 새의 상자 집 같은 미니어처 장난감.

'나도 없어, 아빠.'

여전히 자연스러운 분위기로 그 말을 하는 그에게서는 비애도 외로움도 느낄 수 없었다. 그러나 움직임이 없어서 더욱 떠오르는 격렬함이라는 것도 이 세상에는 있을 것이다.

표표하게 주위에 휩쓸리지 않는, 중립적인 모습의 미스터 플랫.

"괜찮으면 또 놀러 오세요."

나를 집까지 데려다주며 다에가 말했다. 자동차 라이트가 비가 멎은 아스팔트길을 비춘다. 나는 조수석에서 다에를 쳐다보았다. 이쿠야는 집을 보고 있었고 차 안에는 나와 그녀 둘뿐이었다.

"아까처럼 리호코랑 도련님이 둘이서 텔레비전 보는 뒷모습을 보고 있으니까 말이에요. 아키라 씨가 집에 있었을 때도 곧잘 그렇게 보고 있었다는 생각이 들어서. 재미있지요?"

"네. 이쿠야가 넋을 잃고 〈도라에몽〉을 보니까, 저도 기뻤어요."

"병원에는 진찰받으러 오신 건가요?"

"아아, 아뇨, 아니에요."

나는 어떻게든 웃음을 짓는다. 오늘 몇 년 만에 어머니의 눈물을 보았다는 것이 생각났다.

"어머니 병문안요. 좀 오래됐어요."

"어머나."

다에의 표정이 괜한 것을 물은 게 아닌가 하고 어두워진다. 조수
석의 나를 살핀다.

"그랬군요."

"저기 다음에 이쿠야한테 제대로 된 선물을 가져다줘도 될까
요?"

"어머, 이런, 이런."

다에가 엷게 웃음을 띤다.

"분명 좋아할 거예요. 고마워요, 리호코."

내가 할 말이라고 생각한다. 아마 오늘 그 집에 가지 않았다면,
나는 아직도 병원에 있었을 때 그대로의 기분이었을 것이다.

마지막으로 한 번 더 쓸 수 있게 해줘서 고마워. 마음속으로,
형태가 보이지 않는 올마이티 패스에 감사한다.

그날 밤, 나는 혼자서 집 앞에 불을 피웠다.

병원에 전화해 보니 어머니의 열은 일단 내렸다는 것 같다. 걱정
하지 않아도 된다고, 간호사가 말했다.

제7장

척척 알약

* 척척 알약

두 가지 색으로 나누어져 있는 캡슐 약. 이 약을 나누어 먹은 두 사람 사이에서는 어떤 대화라도 척척 통한다. 단, 생각한 것이 바로 전해지므로 거짓말을 할 수 없게 된다.

1

　여름방학 동안에는 학교에 가지 않으니 당연하다면 당연하지만 나는 벳쇼를 만나지 않았다.

　시험을 앞둔 여름방학이다. 분명 지금쯤 열심히 문제집을 풀고 있을 것이다. 그리고 그런 그에게서는 사진 이야기를 할 때와 같은 정열도, 다에가 말해 준 엄격한 현실감도 느껴지지 않으리라 생각했다. 특히 후자에 관해서는 다른 사람에게 보일 일이 거의 없을 것이 틀림없다.

　옥상에서 사진을 찍은 날 이후로 그에게서는 아무 연락도 없었고, 나도 연락하지 않았다. 이쿠야의 집에서 본 그가 살던 방의 고독. 그것 때문에 말을 건네기가 망설여졌는지도 모른다. 그가 먼저 말을 건네지 않으면 우리는 만날 일이 전혀 없다는 생각을 한다. 우스운 이야기지만 그걸 이해한 나는 조금 쓸쓸한 기분이 들었다.

　이전에 옥상에서 만났을 때 바다를 보러 가자는 이야기가 나왔다. 곧 여름방학이 끝나는데, 그는 그것을 인사치레로 끝낼 생각일까. 이쿠야 집으로 부를 생각도 했지만, 나는 결국 둘 다 실행에 옮기지 못했다.

그 후에 몇 번, 나는 그들을 만났다. 이쿠야의 대화 교실이 있는 화요일과 금요일에 맞추어 어머니 문병을 갔다가 버스 정류장까지 그들을 만나러 간다. 지난번처럼 후미가 있을 때도 있었고 없을 때도 있었다. 극히 드물기는 하지만 다에가 일이 있어 이쿠야 혼자서 전철로 돌아가는 일도 있는 것 같았다. 그 이야기를 들은 나는 한 번 전철을 타고 집까지 같이 갔다.

가는 길에 그 주택가에 있는 다리를 건넌다. 언젠가 벳쇼와 건넜던 다리. 이 건너편에서 불꽃놀이를 한다고 했었다.

"불꽃놀이가 있어?"

특별히 친한 척 손을 잡지도 않고, 언젠가의 이쿠야와 벳쇼 같은 거리감을 유지하며 나와 이쿠야는 걷고 있었다. 그가 얼굴을 들고 잘 모른다는 듯 고개를 갸웃거린다.

여름 해 질 녘. 신흥 주택가에 늘어선 빌딩 숲 사이를 연한 자줏빛이 덮고 있었다. 나와 이쿠야는 둘 다 말없이 잠시 그곳에서 발을 멈추었다. 물이 거의 없이 메마른 강과 거기에 걸려 있는 여러 개의 다리. 공허한 눈으로, 둘은 바보처럼 그것을 오랫동안 바라보고 있었다.

아파트에서는 다에가 카레를 만들어 놓고 기다리고 있었다. 나는 같은 질문을 했다. 그녀는 고개를 끄덕였다.

"아아, 있어요. 그런데 그게 10월 말이라서. 보통 다른 불꽃놀이하고는 시기도 다르고, 주택지에서 열리는 불꽃놀이라 사람들이 잘 몰라요. 우리 베란다에서 보이니까 리호코 괜찮으면 보러 올래요? 아, 맞다. 그리고──."

다에가 싱글벙글하며 내게 무언가를 건넸다. 그것은 생일파티 때 이쿠야에게 주었던 것과 비슷한, 리본으로 포장한 물건이었다.

"그리고 도련님도요."

나에게 준 것과 똑같은 것을 이쿠야에게도 준다. 설마 건전지 팩은 아니겠지. 뭐가 들었을까. 얼른 열어보라며 궁금해하는 우리를 재촉하는 그녀가 즐거워 보였다.

열어보니 직접 만든 주머니 가방이 들어 있었다. 이쿠야가 가지고 있는 것과 같은 도라에몽 퀼트지. 내 것은 입구를 조이는 끈이 빨간색이고 이쿠야 것은 파란색이었다. 아플리케 글씨가 각각 붙어 있었다. '리호', '이쿠야'.

나는 그것을 확인하자마자 얼굴을 들고 다에를 바라보았다. 그녀는 싱글벙글 만면에 웃음을 띠고 있었다.

"천이 남았던 것 같아서 찾아보니 있더라고요. 리호코, 도련님 가방 보고 칭찬했었죠? 그게 어찌나 기쁘던지."

"고마워요."

어떻게 인사를 해야 좋을지 알 수가 없었다. 이쿠야는 별로 관심 없다는 듯 받은 주머니를 흔들흔들 흔들다가 내가 인사하는 것에 맞추어 다에에게 살짝 고개를 숙인다. 기뻤다. 곁에 있는 내 이름을 쓰다듬으려니 갑자기 말 이외에는 감사를 표현하는 법을 모르는 자신이 바보처럼 느껴졌다.

"고마워요, 정말 기뻐요. 어떡하지…."

"무슨 이런 걸 가지고. 별거 아니에요."

다에가 쾌활하게 웃어넘긴다. 하지만 내게는 별거 아닌 게 아니었다. 이렇게 기쁜 선물을 받은 것은 정말 오랜만이었다.

2

─저기 말이야, 리호코. 오늘 전화한 건 말이지, 들으면 기분 나쁠지도 모르겠다, 각오해.

가오리가 전화로 그런 말을 한 것은 여름방학이 끝나가려는 8월 넷째 주, 집에서 산더미처럼 밀린 숙제를 하고 있을 때였다.

전화로 들려오는 가오리의 목소리는 지금까지 처음 듣는, 편한 마음으로 전화를 받은 나를 한 마디로 긴장하게 할 만큼의 힘을 가진 딱딱한 목소리였다. 사실대로 말하자면 무서웠다. 앞부분만 들어도 알 수 있다. 그녀는 무언가에 화를 내고 있다.

"…네."

웃어넘기거나 도망치지 않는다. 나는 숙제였던 문제집을 덮고 핸즈프리 설정을 끈 후 전화기를 귀에 대었다. 가오리가 말한다.

─미야가 와카오를 만났어.

내뱉는 듯한 말투였다. 그 말투와 무엇보다 '와카오'라는 이름에 등이 오싹했다.

그녀가 담담하게 말을 잇는다.

—걔가 온갖 욕을 하더니 머리채를 잡더래.

"머리채라니···."

표정이 얼어붙어 자신의 얼굴에서 핏기가 가시는 것이 확실히 느껴졌다.

—리호코, 너 말이야.

신경질적인 목소리가 말한다.

—와카오하고 어떻게 지내고 있었어? 요즘에.

"안 만났어요."

겨우 그렇게 대답할 수 있었다. 그렇다, 그 말 그대로. 안 만났다. 하지만 그것만이 사실의 전부인 것도 아니다. 그에게서는 변함없이 이틀에 한 번은 휴대전화로 전화가 오고 있었다. 그리고 나는 세 번에 한 번 정도의 확률로 그것을 받고 만다. 오봉 때 어머니 외박이 중지된 날부터다. 그는 제대로 된 의견으로 내게 충고했고, 제대로 나를 위로해 주었다. 그래도 만나자는 이야기는 모두 거절했지만, 전화로 듣기에 와카오는 적어도 그 이상 나쁜 방향으로 변한 것 같지는 않았다.

점점 자신의 환경과 타협해 가고 있는 것이리라 생각하고 있었다.

—전화는?

"···가끔요."

가오리가 혀를 찬다.

—잘 들어, 미야가 지난번에 너희 집 근처를 지나가다가 와카오를 봤다는데. 너희 집 문에서 나오고 있더래.

나는 침을 삼켰다. 가오리가 무슨 말을 한 것인지 순간적으로 전혀 이해하지 못했다. 충격으로 한참 뒤에야 목을 통해 목소리가 나왔다.

"네?"

—만났지? 그래서 미야하라도 찬 거 아냐? 그걸 보고 미야가 걱정이 돼서, 와카오 뒤를 따라가 역 앞에서 말을 건 거야. 너랑 사귀는 게 아니면 이제 상관하지 말라고. 그러면 리호코가 다음 사랑을 찾아갈 수 없다고. …말해 두겠지만 이건 전부 친절한 마음에서 나온 거라고 봐. 미야한테 뭐라고 하지 마.

나는 아직도 혼란스러워서 아무 말도 할 수 없었다. 나를 무시하고 가오리가 말을 잇는다.

—와카오가, 거기서 이성을 잃고.

상상할 수 있다. 숨이 막혔다. 언젠가 거리에서 미야를 만났을 때, 와카오는 서슬이 시퍼렇게 화를 냈다. 쟤 뭐냐, 성격 굉장하다. 전화기를 든 팔의 체온이 낮아지는 감각이 들었다. 힘이 쭉 빠지는 기분이다

"…미야는, 그래서."

—말했지? 욕설도 듣고 머리채도 잡혔다고. …그것도 역 앞 큰길에서 그런 거거든.

가오리가 차갑게 내뱉었다.

―미야가 우니까 와카오는 더 화를 내더래. 사람들이 이상하게
쳐다보는데, 미야가 어떤 기분이었을 것 같아?

그때였다.

―됐어, 괜찮아. 가오리, 그만 됐어.

전화 너머의 가오리 옆에서 미야의 목소리가 났다. 지금 어디에
서 전화하는 걸까. 그러고 보니 그녀 뒤에서는 아까부터 누군가
사람이 있는 기척이 느껴졌다. 술집에서 지금 그 이야기가 나온
건지도 몰랐다.

"가오리 씨, 미야 거기 있어요?"

―있어. 와카오를 만난 지는 벌써 며칠 됐나 봐. 오늘 만나서
말이 나왔는데, 얘 여태까지 계속 말 안 한 거야. 나한테도 너한테
도.

―됐다니까. 리호 잘못도 아니고. 내가 멋대로 한 거니까.

가오리보다 멀게 들리는 목소리가 점점 필사적이 되어 간다.
그것을 듣고 있으니 견딜 수 없었다. 한심했다.

"가오리 씨, 미안. 용서해 줄지 모르겠지만, 미야 바꿔줄 수 있어
요? 믿어 줘요, 나 정말로 와카오하고 안 만났어. 우리 집에 왔었다
는 것도 기억에 없어요."

눈 사이를 누른다. 어떻게 된 일인지 모르겠지만 한 가지 알게
된 것이 있다. 나는 가오리의 충고를 무시했고, 그것이 미야에게
상처를 주었다.

믿어 주었는지 모르겠지만 내 말에 가오리가 숨을 삼키는 기척

이 느껴졌다. 그리고 다시 혀를 찬다. 여유가 없어진 목소리로 그녀가 말한다.

—진짜야? 정말이라면 그게 더 상황이 안 좋잖아? 왜…, 아 진짜, 내가 수신 거부하라고 했지?

"안 했어요, 죄송해요."

—그렇게 질질 끌면서 와카오의 응석을 다 받아주는 건 착한 게 아니야. 알고 있어?

"미안해요, 가오리 씨."

사과하면서 나는 또 혼란스러워졌다. 무슨 일이야, 와카오? 정말 왜 그런 거야? 설명해 봐. 뭔가 착오가 있는 거지?

그 사람은 말도 통하고, 점점 좋아지고 있을 터였다. 게다가 무엇보다 와카오는 내게 집착하지 않을 것이다. 사귀고 싶다고도, 다시 예전으로 돌아가고 싶다고도 생각하지 않는다. 그저 매일의 불평을 들어주고 허용해 주기를 바랄 뿐. 그런 것일 텐데, 영문을 모르겠다.

—리호, 괜찮아? 가오리가 화냈지? 미안, 나 때문에.

미야가 전화를 받는다. 나는 너무나도 미안했다. 내 탓이었다.

"미야."

목소리가 목에 걸린다. 사과할 수밖에 없었다.

"미안, 정말 미안. 아팠지? 아냐, 전부 내 잘못이야."

3

와카오 다이키에게 전화를 건다. 두 번째 신호에 전화가 연결되었다.

가오리는 전화를 걸면 안 된다고 했지만 그럴 수가 없었다. 나는 화가 났다. 상황 설명을 듣고 싶었다. 미야에게 상처를 입힌 것에 대한 변명을 듣고 싶었다. 그리고 아마, 확인하고 싶었던 것이다. 그가 얼마나 정상인가, 내가 좋아했던 그의 성질을 유지하고 있는가를.

나중에 깨닫게 되는 나의 성질. 해서는 안 될 마지막 한 번을, 나는 꼭 해 버린다.

—어라, 리호. 무슨 일이야? 리호가 전화를 할 줄은 몰랐네.

그의 말투는 기운이 빠질 정도로 평소 그대로였다. 입을 열자마자 미야 이야기가 나올 각오를 하고 있었는데, 그 기대가 무시당했다. 전화를 든 내 손가락이 분노로 떨리고 있었다. 이런 일은 처음이었다.

"와카오."

—무슨 일인데? 또 어머니한테 무슨 일 있었어?

진심으로 그것을 걱정하는 듯한 달콤한 목소리로 말한다. 그만 둬. 너는 왜 그러는 거야?

"미야 만났지. 우리 집 근처에서."

—아아, 그 애

그는 당황하는 시늉도 하지 않았다. 기분 나쁘게 내뱉더니 당연하다는 듯 뒤를 잇는다.

—만났어. 진짜 웃기는 애지. 전에 나한테 한 말 그대로 해 줬어. 진짜 예의 없는 애잖아.

사람과 접한 적이 없다는 자각. 하지만 그 자각이 있다는 것만으로 어떻게 되는 게 아닌 것이다. 그가 읊는 달콤한 인생 찬가와 현실의 인간 사이에는 접점이 없다. 나는 그것을 알고 있었을 터였다.

"사과해."

스스로도 놀랄 정도로 목소리가 떨리고 있었다.

"그건 네가 심했어. 너무했어. 그 아이는 내 친구라고."

—리호, 그래도 어쩔 수 없었어. 생각해 봐, 그거 좀 이상하지 않아? 그 애한테 무슨 말을 들었는지는 모르겠지만, 그거 내 입장이나 주장은 무시된 거지? 걔가 날 보자마자 너랑 연락하지 말라고 하잖아. 그런 건 나랑 리호 문제고 너하고는 상관없다고, 내가 그렇게 얘기한 것까지 다 말한 거 맞아? 그게 의문인데.

"응, 들었어. 전부 다."

이 떨림은 무엇 때문에 오는 것일까. 분노일까, 아니면. 나는 되도록 그와 이야기하고 싶지 않았다. 모든 것을 없었던 일로 하고 잊어버리고 싶었다.

미야를 욕하지 마, 폭력을 휘두르지 마. 내가 다른 사람을 바보 취급하는 건 사실이야. 너랑 똑같이, 사람을 사람으로도 생각하지 않는 개성을 가지고 있어. 하지만 아니야, 나는 미야네가 부러워. 그 아이들이 좋아. 사람을 좋아한다고. 그곳에 갈 수 없는 자신이 너무 싫어.

아아, 그렇다. 와카오의 말을 듣고 처음으로 깨닫는다. 자각한다. 나는 그곳에 존재하며 그곳에서 살아가는 사람들이 무섭다. 그들을 보면 주눅이 든다. 그래서 그곳으로 갈 수도 없고 집착도 할 수 없다. 하지만 와카오가, 이 남자만이 달랐다. 언제나 이상주의를 살아가는 이 녀석은 나와 마찬가지로 이 세계에 존재하지 않는다. 그래서 바보 취급할 수 있었다. 나보다 못한 사람이라고, 그에게만은 집착할 수 있었다. 불쌍해한다는 것은 자신보다 낮은 위치에 있는 자에 대한 자애의 감정. 내 연애 감정이 자라난 것은 모두 그것 때문이었다.

그래서 나는 와카오였던 것이다.

"그러니까 사과하라는 거야. 와카오, 너는 이상해."

—뭐라고?

"지금까지 말을 안 했지만, 오늘은 말할게. 와카오, 아직도 약 먹어? 정신과 다녀?"

—아…, 다녀. 약도… 먹고.

"그렇구나. 전에는 기분이 안 좋을 때만 먹는다고 했는데, 지금은? 나 무서워서 계속 못 물어봤어."

—하루에 대충 여덟 종류. 수면제가 하나, 나머지는 전부 신경안

정제 계열.

나는 말을 잃었다. 주저하기는 했지만 모든 것을 말하는 그의 정직함을 포함해서, 그에게 대답할 말이 떠오르지 않았다.

내가 입을 다문 것이 불안을 자극했는지, 와카오가 황급히 말을 덧붙인다. 아아, 말한다. 또 그 말, "어쩔 수 없잖아"를 듣게 된다.

―하지만 어쩔 수 없잖아? 의사가 그만큼 먹으라고 했다는 건, 안 먹으면 생활에 지장이 생긴다는 거 아니겠어? 그러면 먹을 수밖에 없잖아.

"먹어야 하는 이유를 만들고 있는 건 너 자신이야. 어쩔 수 없는 일은 아무것도 없어."

와카오가 입을 다물었다. 나는 말을 이었다.

"넌 외로운 거야. 외롭고, 여자를 안고 싶어서 나한테 기대고 있는 것뿐이야. 하지만 나는 이젠 무리야. 진지하게 나와 관계를 만들어 갈 생각이 없는 사람하고는 이젠 더 만날 수 없어."

자신이 울지 않는 것이 오히려 신기할 정도였다. 사람은 '한심함'이라는 감정으로는 눈물을 흘리기 힘든 동물인지도 모른다.

―왜 그래, 리호. 혹시 남자 친구 생겼어?

"아니야."

봐라, 그런 데밖에 가치를 두지 않는다. 바로 그런 결론을 내린다. 그것도 나는 이제 싫었다.

―그럼 괜찮잖아. 우리 친구지? 게다가 한때는 사귀었으니까 그런 의미로는 평범한 친구보다 서로를 더 잘 알고.

"너에 대해서는 잘 알고 있다고 생각하지만, 그 반대는 아니야. 내 친구들은 다 너한테 화가 났어."

—나도 널 좋아하지만 어쩔 수 없잖아! 나랑 사귀고 싶어서 그래? 무리인 거 알잖아. 싫어져서 헤어진 게 아니잖아. 나는 공부를 해야 되고, 너한테 신경 써 줄 시간도 돈도 평범한 남자들만큼은 없어. 꿈이 있으니 어쩔 수 없다고, 그 이야기에 리호도 납득하고 헤어진 거 아냐?

"그럼 공부를 해! 필사적으로 공부하지 않으면 시험에는 합격 못 해. 게다가 네 꿈은 꿈이 아니야. 너는 변호사가 되고 싶은 게 아니라 다른 사람을 무시하고 싶은 것뿐이야. 자기 머리가 좋다는 증거가 필요할 뿐이야."

—잠깐, 정말 무슨 일 있어? 누가 뭐라고 했어? 그거, 네 의견 아니지. 아아, 화 안 낼게, 이미 헤어진 사이니까 말해. 너 남자 친구 생긴 거지?

결심하고 건넨 내 목소리가 그에게 가는 도중에 기세를 잃고 떨어진다. 어떻게 말하면 전해질까. 내가 이를 악물고 있던 그때였다. 와카오가 생각지도 않은 이름을 입에 담았다.

—미야하라, 였나? 걔라면 그만두는 게 좋을 거야. 대학을 안 갔으니 벌써 취직도 해서 너랑 놀 시간도 돈도 있겠지만, 그 사람은 안 좋아.

"어떻게…."

나는 말이 안 나왔다. 어째서 와카오가 그를 알고 있는 것일까.

면식이 있을 리도 없고, 무엇보다 그와 알게 된 시기는 내가 와카오와 헤어진 뒤다. 공통된 친구가 있을 리도 없다. 그 이야기를 누구한테 들었어? 그리고 와카오가 묻는다고 대체 누가 그걸 가르쳐줄까?

─생각 좀 해 봐.

내 기세가 꺾이자 와카오가 태세를 정비했다. 조금 전의 기세를 되찾더니 다시 말이 많아진다.

─명품 액세서리라니, 비싸기는 하지만 그만큼 가짜도 많잖아? 너, 그거 정품인지 확인했어? 더군다나 싸구려 잡화점 같은 가게에서 값이나 깎는 녀석은 쉽게 살 수 없을 텐데. 생산이 중단된 거라면 더 그렇겠지.

전화를 든 손이 아까와는 다른 이유로 긴장한다. 체온이 급격히 떨어진다. 나는 눈을 부릅떴다.

문손잡이에 계속 걸려 있던, 메시지 같은 노란 봉투. 언제부터지, 그건 대체 언제부터였지.

"…너, 였어?"

─뭐가?

그늘 한 점 없는, 상쾌하고 밝은 목소리였다. 얼마나 의도적으로 그러는 것인지 잴 수도 없고, 그도 순순히 그 이야기를 할 생각은 없는 것 같았다. 하지만 나는 이미 확신해 버렸다. 괜찮아, 괜찮아, 나는 그렇지, 가오리한테도 벳쇼한테도 말했다. 나도 알고 있다고.

리호코.

벳쇼의 목소리가 떠오른다.

인간의 맥락 없는 사고를 너무 가볍게 보지 않는 게 좋아.

"우리 집에서 네가 나오는 걸 봤다고 미야가 그랬어. 뭘 한 거
야?"

─네가 있나 보려고 들렀어. 그것뿐이야. 요즘에는 바빠서 전화
도 못 했고, 그 근처에 갈 일이 있어서. …그건 그렇고 리호. 아까
말한 거 정말 심했어. 내 꿈 말이야. 나 상처받았어.

남자 스토커는 자존심에 의해 생긴다.

벳쇼의 이론이다. 그것을 되찾기 위한 집착, 날 무시했던 거 취
소해.

"나 이제, 안 참을 거야."

처음 전화를 걸었을 때보다 더 심하게 손이 떨렸다. 언젠가처럼
몸 안 깊은 곳의 장기들이 싸늘하게 식는 듯한 느낌이 든다. 책상
서랍 안에는 지금도 미야하라가 준 테디베어 목걸이가 들어 있다.

무서웠다. 거의 처음으로, 와카오 다이키를 무섭다고 생각했다.
나는 이 사람을 누구보다도 잘 알고 있는 줄 알았는데.

─리호?

"지금까지, 계속 조건 없이 너를 용서하고, 네 마음을 아는 척했
지만 이제 한계야. 나한테는 무리라고."

목소리가 일그러져 마치 울음소리처럼 끊어진다. 이대로 울어버
릴까 하는 생각도 했다. 그러자 와카오가 아아, 하고 탄식한다.
그리고 말했다. 마음을 녹일 것 같은, 최고로 달콤한 목소리로.

—리호…, 아아…, 울지 마. 냉정해지자. 네가 그렇게 울면 나도 곤란하잖아…? 응?

애인에게 하는 말처럼 어른다.

그 말을 들은 순간 흘러내릴 것 같았던 내 눈물이 도로 사라지며 등에 한기가 들었다. 지금 이 대화의 흐름에서 어떻게 그가 그런 말을 할 수 있는지 알 수 없었다. 이 사람은 절망적일 정도로 분위기를 파악할 줄 모른다. 그리고 말이 통하지 않는다.

—리호…? 리호…, 그러니까….

"와카오."

—응?

"조건 없이 응석을 받아줘도 되는 건 아이들뿐이고, 아이들도 다 자기 힘으로 걸으려고 해. 너는 아이들보다 못해. 나는 더 이상 다정하게 대할 수가 없어."

—리호 엄하네. 아이라니, 그 아이 말하는 거야?

그 아이. 오늘 몇 번째인지 모른다. 나는 머리를 감싸 안고 싶어졌다.

그 아이. 그다음은 듣고 싶지 않다. 하지만 이것은 내 책임이다. 완전히 그렇다. 나는 깔보고 있었다. 관계를 질질 끌며, 이 남자가 추락하는 모습을 관찰하고 싶어 했다.

이것은 그 벌이다.

—아, 우연히 네가 병원에 있는 거 봤거든. 나 감기 때문에 병원에 갔는데, 네가 버스 정류장 있는 데서 애들이랑….

"마쓰나가 아저씨랑 내가 식사하는 사진을 주간지에 들고 갔지?"

숨을 삼키는 기척. 일순간 움츠러들었다가 다시 기세등등하게 돌아온다.

─무슨 소리야? 그런 일이 있었어?

"목적이 뭐야!!"

참지 못하고 나는 외쳤다.

사귀고 싶은 것도 아니고, 관계를 맺고 싶은 것도 아니다. 그저 내 첫 번째가 되고 싶을 뿐. 순간적이고 얄팍한 다정함과 어리광을 받아줄 장소가 필요할 뿐. 이렇게 큰 대가를 치르면서, 나한테 기대하는 건 그 정도인가. 내게 바라는 건 그런 작은 것인가.

─리호.

"넌 머리가 나빠."

나는 그에게 데미지를 주는 데 가장 효과적일 말을 썼다. 머리가 좋다는 것에 제일의 가치를 두고 다른 사람을 무시하는 와카오.

"내가 아는 누구보다도 머리가 나빠. 이제 전화하지 마."

전화를 끊고 그대로 전원을 껐다. 익숙한 자기 집인데도 나는 진정이 되지 않았다. 내가 뿌린 씨니 어쩔 수 없다. 하지만 너무나도 무서웠다.

수신 거부 설정을 하기에도, 번호를 바꾸기에도 이미 너무 늦었다는 것을 깨닫는다. 이제 와서 그렇게 하면 그것은 확실하게 와카오를 화나게 하는 원인이 된다. 지금의 와카오는 내가 알고 있는 그와는 역시 다른 사람인 것이다. 한시도 마음을 놓아서는 안 되었는데, 나는 그렇게 해 버렸다. 질질 끌며, 그를 자신의 영역에 불러들이고 있었다.

대체 나는 무슨 짓을 당하고 있는 것일까. 미야가 썼던 단어. 스토커. 사람은 모두 심심하니까 쓸데없는 짓을 하게 된다. 그리고 그는 공부를 하지 않는다.

갑자기 방의 모습이 아까와 달라진 것처럼 느껴진다. 도청기나 카메라. 텔레비전이나 소설에서 나오던 그것들이 현실의 이 방에 있는 것일까. 현실감은 전혀 없다.

일을 크게 벌이고 싶지 않다. 경찰한테 말할 생각은 들지도 않았고, 마쓰나가한테 상의하기도 그랬다. 한심하게도 자학적인 웃음이 새어 나왔다. 변호사가 되고 싶다는 사람의 범죄행위. 그것참 기막힌 농담이다.

와카오에게서 다음 날 반론이 왔다.

말은 그렇게 했지만, 그는 분명 어젯밤에는 아무 일도 없었던 것처럼 아무렇지도 않게 전화를 할 거라고 생각했는데, 아무래도 내 생각이 틀렸던 모양이다. 내 전화로 긴 문자 메시지가 들어왔다.

[반골정신이너무강해서한계였다는얘기를한적이있는것같은데 그래서다른사람한테다정하게대하기로했고그때까지자신에게도 너무엄격하게대했으니까지금은쉬엄쉬엄하는거거든그런시기도 필요한것같아얼마안가서네주변에아무도남지않게될거야남에게

다정하게대하지못하는건네책임이야우울할때얘기할수있는상대
도없지?]

간단한 한자도 쓰지 않은 채 히라가나 그대로 온 것이나* 쉼표,
마침표가 거의 없는 것으로 보아 생각나는 대로 쓴, 깊이 생각하지
않은 내용이라는 걸 알 수 있다. 긴 내용이 의미하는 것은 단 두
개의 의도뿐이다.

나는 상처받았어. 그러니까 사과해.

답장을 하지 않고 있으려니 두 시간 후에 다시 문자가 왔다.

[그리고나한테머리가나쁘다고했는데그럴리없다는건너도잘알
고있을거야내고등학교때동급생들한테물어보고받은답장전송한
다절대로내가쓴거아니야받은그그대로보내는거야.

->다이키는 머리 좋아, 당연하지. 네가 머리 나쁘면 난 어떻게
되냐? 입학할 때 대표인사도, 졸업식 답사도 전부 네가 했잖아?
그거 일등 아니면 못 하는 거 아냐? 대학도 K 대고, 얼른 출세나
해라. 그리고 한턱 쏴(결국, 그거냐!).]

그날 밤, 택배가 왔다. 와카오가 보낸 거라서 수취를 거부하고
그대로 돌려보냈다. 두꺼운 갈색 봉투의 전표 내용물 란에는 '성적
표'. 그걸 본 순간 힘이 쭉 빠져 그 자리에 주저앉을 뻔했다.

도통 말이 통하지 않는다. 내가 말하는 머리가 나쁘다는 건, 즉
이런 것이었다.

---

* 일본어를 입력할 때는 우선 히라가나로 쓴 후 변환키를 눌러 한자로 변환한
다.

4

그날 밤, 어머니는 열이 났다.

여름에 감기에 한 번 걸린 이후로 이런 일이 늘어났다. 이마에 얼음주머니를 올려놓았다. 온몸이 뜨거운데도 그녀는 추운 것 같았다. 나는 새파란 얼굴로 가냘픈 숨을 쉬는 그녀 옆에서 그 손을 잡고 가끔 이마를 쓰다듬고 있었다. 시각은 열 한시, 밤이 깊어가고 있었지만 아직 집에 가고 싶지 않았다. 간호사의 승낙을 얻어 옆에 있기로 했다.

와카오와 전화로 그런 일이 있고 나서, 나는 집에 있어도 편하지 않았다. 될 수 있는 한 밖에 있다가 집에는 잠만 자러 들어갈 뿐. 그것도 문을 잠글 수 있는 아버지 서재에 틀어박혀 잔다. 학교 동급생이나 미야네 집에서 하룻밤씩 재워달라고 할 때도 있었다. 나는 어디에 있어도 그곳의 당사자가 되지 못하는 부재자였지만, 반대로 말하면 그런 친구는 얼마든지 있다. 한 사람에 하룻밤, 재워줄 수 있는 곳이 다 끝났을 무렵에는 처음 재워줬던 사람 집에 가는 것이 '오랜만'이라는 타이밍이 되어서 가는 데 아무 지장도 없다.

와카오가 내게 무엇을 하고 있는지 알 수 없었다. 그렇다고 사람을 써 집에서 도청이나 도촬의 흔적을 찾을 생각을 하면 피곤했다. 그의 맥락 없는 사고를 견디는 것과 그 피로감, 그 두 개를 비교해서 나는 전자가 낫겠다고 판단했다. 게다가 그는 좋은 의미로든 나쁜 의미로든 세상을 잘 몰라서 분명 구체적으로는 아무 행동도 할 수 없다. 자신의 영역 밖으로는 나오지 못한다.

언젠가는 무슨 대책을 세워야 하겠지만 지금은 어쩔 수 없다. 분명 조만간 어떻게든 될 것이다.

분명히 조만간에.

그게 언제를 의미하는지, 나는 명확히 이해하고 있었다. 어머니다. 땀이 밴 오른손을 잡으며, 주름이 늘어난 볼을 어루만진다. 그녀의 상태가 어떻게 될지. 나아질 것인지, 아니면. 그것을 알 때까지, 나는 다른 일은 아무것도 생각하고 싶지 않았다.

"리호코."

잠과 열로 몽롱한 가운데 살짝 눈을 뜬 어머니가 자신의 침대 옆을 가리켰다. 아버지가 찍은 어머니의 사진. 그것을 가리키며 말한다.

"줄게. 네가 좋아하는 사진을 넣어."

"됐어."

"네가 갖고 있었으면 좋겠어."

얼마나 의식이 있어서 말하는 건지 모르겠다. 가느다란 손으로 자기 자신의 사진이 든 케이스를 집어 들어 내게 쥐여 준다. 그리고 반복했다.

"부탁이니까, 네가 갖고 있어 줘."

손바닥에 느껴지는 어머니의 열과 맥박. 그녀는 살려고 하고

있다. 나는 고개를 끄덕이고 다에 아주머니한테서 받은 주머니에
그것을 넣었다.

　그러고 보니 어머니는 나한테 사진 모델을 하라고 한 적이 있었
는데 기억할까. 구석에 놓여 있는, 아버지에게서 빌려온 카메라를
보며 생각한다. 단순히 그때의 기분에 따라 말했던 것일까. 그건
아마도 실행되지 않을 것이다.

*

　[그리고전에나한테공부안한다는둥했는데나는열심히하고있어
매일다섯시간지금도이문자보내기직전까지하고있었어너희가하
는수험공부랑똑같이취급하지말아줬으면좋겠는데무리일까편하
게취직할수있는다른방법도있지만난이것밖에선택할수없어바보
같다고생각은하지만나는이게아니면이제어쩔수가없어인내와계
속나나름대로열심히하고있어]

　사과해, 사과해, 사과해. 속삭이는 메시지가 들려온다. 원래대
로, 아무것도 없었던 일로 하고 내 응석을 받아 줘.

　이 세상에 내 불쌍해지는 메달이 안 듣는 상대가 있다니, 말이
안 되잖아?

5

구두 소리가 나고 있었다.

바쁘게 서두르는 발소리가 수없이 울리고 있다. 누군가가 목소리를 낮추어 말하고 있다. 소곤소곤, 웅성웅성.

의식 밖에서 들리던 파도 소리 같은 웅성거림이 내 잠 속을 파고들어 온다. 깜짝 놀라서 눈을 뜬다. 평소보다 시야가 선명했다. 순간 자신이 어디에 있는 건지 알 수 없었지만, 오른손으로 어머니의 손을 잡고 있다는 것을 깨닫는다. 천천히 그 손을 풀어 어머니의 이마에 대어 보자 아직도 열이 나고 있는 것 같았다. 다만 아까보다 호흡은 상당히 안정되었다.

밖에서는 아직도 구두 소리가 나고 있었다. 꿈이 아니었나 보다.

시계를 보니 오전 세 시.

발소리와 웅얼대는 소리가 나고 있었다. 나는 어머니를 남겨두고 일어서서 살짝 문을 열고 문틈으로 얼굴을 내밀었다.

너스 스테이션에서 멀리 떨어진 구석 병실. 그 문이 열리고 또 누군가가 나오는 참이었다. 하얀 가운을 입은 의사와 간호사. 각 침대 사이에 세워져 있는 하얀 스크린 커튼이 문 앞을 가리고 있었다. 그 흰색을 확인함과 동시에 나는 얼굴을 집어넣고 문을 닫는다.

2년간 어머니의 문병을 다니며 이런 광경을 몇 번인가 본 적이 있다. 급히 맞춘, 다른 사람을 생각해 마련한 듯한 문 앞의 커튼.

누군가가 죽은 것이다.

블랙커피가 든 컵을 입에 대고 나는 엘리베이터 앞에 서 있었다. 창밖의 별다를 것 없는 어둠을 바라보며 그저 멍하게.

누군가가 죽은 밤. 그 생각을 하니 이유도 없이 기분이 가라앉았다.

여태까지도 몇 번인가 본 광경이었다. 하얀 커튼, 눈물에 젖은 얼굴로 유족들이 달려오는 모습. 죽음을 한탄하고 슬퍼하며 의사에게 감사 인사를 한다. 너무 이르다거나, 편한 얼굴이었으니 다행이었다거나. 여태까지 몇 번이나 보아 왔는데.

하지만 오늘의 나는 마음이 진정되지 않는다. 스스로도 그 원인을 확실하게 알 수 있었다. 열이 난 어머니의 몸. 그 속에서 그래도 회복하고 싶다는 삶에 대한 의지를 방금 손바닥으로 느꼈기 때문이다. 하지만 현실에서는 사람이 죽는다. 눈앞에서 그것을 본 나는 지금 어쩔 수 없을 만큼 불안정한 마음에 휩싸여 있었다. 지금까지 이런 적이 없었는데, 이 예감과도 같은 공포는 무엇 때문에 생기는 것일까. 나와 어머니 사이에 남겨진 시간이 이제 얼마 남지 않았다는 것일까.

병실로 돌아가자. 어머니 옆에 있자. 마시던 종이컵을 버리고 걸으려고 했다. 하지만――.

앞을 본 나는 무심결에 그 자리에 걸음을 멈추었다. 복도 맞은편에서 벳쇼가 내 쪽으로 걸어오고 있었다. 그는 교복을 입고 있었는데, 늘 보던 그 스포츠 메이커 가방을 어깨에 메고 있었다. 그가 나를 보았다. 달리 아무도 없는 조용한 복도에서 우리 둘은 서로를 바라보았다.

그의 입가에 어딘지 쓸쓸해 보이는 웃음이 떠오른다.

"리호코."

어떻게 말을 걸면 좋을지 몰라 나는 가만히 벳쇼를 보았다. 심야의 늦은 시간. 이런 시간에는 처음 만난다. 그가 물었다.

"왜 이런 시간에?"

"어머니가 열이 나서."

갈라진 목소리로 대답한다.

"그래서 오늘 밤은 계속 병원에 있으려고요."

"그렇구나."

"선배는요?"

"나?"

천천히 엘리베이터로 걸어간다. 그도 마침 그쪽으로 오고 있었다. 내려오는 표시를 보며 기다리고 있다. 바로 문이 열렸다. 벳쇼가 그 안으로 발을 들여놓았을 때, 그가 어렴풋이 그늘진 눈으로 내게 미소 지었다.

"나도 너랑 마찬가지야."

엘리베이터 문이 닫히고 벳쇼가 내 시야에서 사라진다. 위에 붙은 표시가 3층에서 2층으로 바뀐다. 이미 가 버렸다.

남겨진 나는 그곳에서 바로 움직일 수 없었다. 이쿠야의 집에서 본 벳쇼의 어둠의 일부. 그 존재를 떠올린다. '나도 너랑 마찬가지야.' 그도 할머니 병문안을 온 것일까. 하지만.

문득 깨달은 게 있어 나는 그가 온 복도 쪽을 돌아본다. 어머니의 병실 방향, 즉 그곳은 조금 전 누군가가 죽은 병실 방향이다. 그는 아무 말도 하지 않았지만, 어쩌면 오늘 밤에 죽은 사람이——.

핏줄로 이어져 있지 않은 사람들이 그의 존재에 의해서만 이어지는 집. 눈을 깜박이자 조금 전에 보았던 스크린 커튼의 흰색이 눈꺼풀 안쪽에 생생하게 떠오른다.

우리 집과는 달리 그의 실종된 아버지는 계속 기다리라고 했다. 벳쇼의 어머니는 아마 그 말을 지키고 있었을 것이다. 그가 그 말을 들었기 때문에 집에 매달렸다. 할머니와 어머니와 그. 불협화음을 연주하면서.

그 한쪽 끝이 죽음으로 인해 균형을 잃는다. 엘리베이터 안으로 사라진 그의 눈에 떠오른 그늘. 그것은 심해처럼 어두운, 아름다운 색이었다.

*

[그렇게많이보냈는데무시하는구나네가친구한테무슨말을들었는지모르겠지만난항상내가할수있는모든것을해왔어그게마음에안들면어쩔수없지만그런애길남한테술술늘어놓는다는것부터가말이안된다고생각해진짜친구없어질거야그애한테만잘해준다그것밖에못한다는건좀아닌것같아]

6

사와미즈당의 와플을 사서 이쿠야가 기다리는 버스 정류장으로 간다.

어머니는 그날부터 계속 약하게 열이 나고 있었지만 상태는 상당히 좋아진 듯 이이누마와 둘이, 혹은 아버지의 옛 지인들을 불러 사진집 준비에 박차를 가하고 있었다.

이쿠야는 후미와 둘이서 오늘도 조용히 다에의 알토를 기다리고 있었다. 둘 다 대화 교실에서의 성과는 없는 듯 말없이 멍하니 눈앞의 양지에서 걸어 다니는 사람들 그림자를 눈으로 좇고 있었다.

"줄게. 다에 아주머니 드려."

와플이 든 봉투를 내밀자 이쿠야가 말없이 내 쪽으로 고개를 돌렸다. 웃음을 지을 기력은 없어서 이쿠야가 내게 그런 것을 요구하지 않는 아이라는 것이 고마웠다.

"이거."

가방에서 도라에몽 그림 주머니를 꺼내며 말한다.

"지난번에 아주머니한테 받았잖아, 그 답례라고 전해 드려. 이쿠야도 좋아했었지? 많이 샀으니까 괜찮으면 후미도. ⋯자동차 안에서 먹으면 다에 아주머니가 화낼까?"

웃음을 띠자 이쿠야가 고개를 끄덕였다. 내 손에서 봉투를 받아

들고 가방에 넣는다. 그 안에는 나와 색깔만 다른 주머니가 들어 있었다. 병원 진찰권이나 대화 교실에서 받은 카드를 넣어 두는 데 쓰는 것 같다고, 다에가 그랬다.

아직도 이쿠야는 커다란 눈으로 나를 바라보고 있었다. 그러고 보니 안에 잼이 든 이 와플은 일본 과자점 상품이라 전형적인 와플과는 형태가 많이 다르다. 오히려 도라야키*에 가깝다.

"그리고 이거."

나는 이쿠야의 시선 높이까지 무릎을 굽히고 그의 손에 하늘색 꾸러미를 내밀었다. 그가 눈을 동그랗게 뜨고 그것과 내 얼굴을 번갈아 본다.

"생일 선물. 늦어서 미안. 분명히 마음에 들 거야."

열어봐도 되냐고 묻는 듯 그가 봉투로 시선을 떨어뜨린다. 나는 고개를 끄덕였다.

"괜찮아. 집에 가면 봐."

주머니 안에는 〈도라에몽〉 극장판 DVD가 들어 있다. '노비타의 해저 귀암성'. 내가 제일 좋아하는 영화. 아버지 서재에서 테이프가 망가질 정도로 여러 번 본, 명작 중의 명작. 자잘한 설정이나 스토리를 이해하지는 못했지만 그래도 나는 이것을 많이 좋아했다.

흠흠, 무표정한 이쿠야가 고개를 끄덕인다. 그 반응에 만족하고 병실로 돌아가려던 나는 문득 이쿠야를 돌아보았다. 내가 등을

---

* 동그랗게 계란빵을 구워 두 장 사이에 단 소를 넣은 과자.

돌리면 그 순간 분명 그 멍한 시선으로 아스팔트를 관찰할 게 틀림 없다. 그 모습을 예상하면서.

하지만 그렇지 않았다. 그는 똑바로, 시야에서 내가 사라질 때까지 그러고 있을 예정이었다는 듯한 시선으로 내 쪽을 바라보고 있었다. 검고 큰, 그의 아버지와 많이 닮은 쌍꺼풀 없는 눈으로.

그것을 본 그 순간이었다.

"저기 말인데."

나는 되돌아가서 그에게 말을 걸고 있었다.

"다음에 또 피아노 쳐 줄래?"

목소리가 약해졌다. 말하고 나서 실감한다.

열이 나는 어머니. 떨어지지 않는 미열. 불길한 예감이 들었다. 하지만 아무에게도 그 이야기를 할 수 없었다. 아무 근거도 없지만, 나는 불안했다.

이쿠야는 약간 목 각도를 기울이고, 자신에게 부탁을 하는 자신보다 한참 나이가 많은 이상한 여자의 얼굴을 쳐다보고 있었다. 그는 훨씬 전에, 아직 어렸을 때 어머니를 잃었다.

"난 알아. 나는 분명 얼마 안 있어 아주 소중한 것을 잃게 될 거야. 그걸 알고는 있는데, 거기에서 도망칠 수가 없어. 그렇게 되면, 피아노를 쳐 줄래? 이쿠야가 좋아하는 곡. 아무거나 괜찮으니까."

어떻게 한 거야, 이쿠야?

체면 따위는 상관하지 않고 가느다란 팔에 매달려 그에게 묻고 싶었다. 어떻게 그걸 견뎠어? 혼자가 된다는 공포와 어떻게 타협할 수 있었지?

가만히 나를 쳐다보는 작은 얼굴. 불쑥, 작은 중얼거림이 내 입술 사이로 새어나갔다.

"이쿠야….."

생각지도 않았는데 목소리가 울음소리처럼 나왔다. 입 밖에 낸 다음에 깨닫는다. 춥지도 않은데 나는 떨고 있었다.

"이쿠야, 정말 소중한 것이 사라져서 후회하고, 내 힘으로는 어쩔 수도 없어졌을 때. 그때 나는 그걸 견딜 수 있을까?"

분명 견딜 수 없을 것이다. 나는 이미 혼자 결론을 내렸다.

이쿠야는 가만히 나를 보고 있었다. 이렇게 한심한 소리를 하며 고개 숙인 나에 대해 그가 어떤 감정을 느꼈을지 모르겠다. 그러나 갑자기 그가 고개를 끄덕였다. 피아노 의뢰를 받아들이겠다는 끄덕임인지, 아니면 지금 내 질문에 대한 것인지. 그것은 알 수 없었다.

내 눈을 바라보며 이쿠야는 힘차게 고개를 끄덕였다.

9월의 마지막 날. 집에 돌아온 나는 다음 날부터 바뀔 교복을 준비하고 있었다. 올해는 늦더위가 심해 긴팔 교복을 입을 생각은 들지 않았지만, 관례라는 것은 참 불합리하다. 그런 생각을 하면서 교복에 솔질을 한다. 언제나처럼 아버지 서재에서 문을 잠그고 잔다.

따르르르르르릉, 따르르르르르릉…!

갑작스러운 소리에 잠이 달아났다. 집 전화 소리였다. 휴대전화가 아니다. 어깨가 움찔 떨며 긴장한다. 황급히 몸을 일으켜 거실로 나간다.

따르르르르르릉, 따르르르르르릉….

시계는 오전 한 시를 가리키고 있었다. 나는 두 개의 바늘이 가리키는 그 시각을 눈이 아프도록 바라본다.

"네."

전화를 받았다. 뺨에 닿는 수화기가 차가워서 놀랐다. 자던 그대로, 헝클어진 긴 머리카락이 시야를 가린다. 내 말에 대답하는 전화기 속 목소리는 낯선 여성의 것이었다. 나를 염려하는 듯한 분위기. 전화 램프 이외에는 빛나는 것이 없는 어두운 방.

그 목소리가 알린다.

어머님의 상태가 나빠졌어요. 의식을 잃고, 혼수상태입니다.

*

[리호지난번에는미안네가한말이꽤충격이었나봐물론내가일방적으로너를찬건미안하게생각해괜찮아지면또밥이라도먹으러가자아니면바다보러가는건어떨까사자자리유성군을보긴좀이르지만전에갔던거기참예뻤지]

7

심장이라는 건 사실은 목에 있는 것인가 보다.

택시에서 내려 새하얀 병원 복도를 달리며 나는 생각했다. 정신 없이 달린 탓에 몸이 뜨겁다. 쿵쿵 뛰는 고동 소리. 몸 전체에서 가장 심하게 들려오는 곳이 목이었다. 거기가 끊임없이 떨리더니 이어서 머리가 흔들린다. 시야가 빙글빙글 돈다. 가슴이 떨리고 있다는 느낌은 없는 거나 마찬가지였다.

'엄마.'

외박을 못 하게 되었을 때, 그녀가 단 한 번 눈물을 보였던 것. 그 모습이 떠올랐다.

'리호코.'

엄마, 엄마엄마….

엘리베이터를 탄다. 문이 닫힘과 동시에 벽에 머리를 기대고 이마를 세게 부딪친다. 굳은 듯 감각이 흐려진 발치에서 목을 향해 진동이 뛰어 올라온다. 기분이 나쁘다. 눈을 감고 숙인 고개를 흔 든다. 손끝이 떨리고 있었다.

엘리베이터가 3층에 선다. 나는 눈에 보이지 않는 무언가에 떠 밀린 듯이 밖으로 나왔다. 머리카락이 흐트러진다. 발이 바닥에 닿는 감각이 없다.

"아저씨…!"

'아시자와 시오코'라는 명찰 앞에서 낯익은 마쓰나가의 얼굴을 발견하고 나는 그에게 매달렸다. 불길한 예감에 내몰려 머뭇머뭇 시선을 움직이며 어머니의 병실 앞을 살펴본다. 크게 숨을 내뱉었다.

거기에 하얀 커튼이 있으면 어떻게 하지. 어머니의 임종을 못 봤으면 어떻게 하지.

거기에는 아무것도 없었다. 어머니는 아직 괜찮다.

"리호코."

마쓰나가가 내 어깨에 손을 얹는다. 괜찮다고 말해주었으면 좋겠다, 금방 상태가 좋아질 거라고 안심시켜 주었으면 좋겠다. 아저씨, 부탁이에요. 제발 부탁할게요. 나한테서 엄마를 데려가지 말아요.

머릿속이 마비되었다. 병실 안을 볼 용기가 없었다. 마쓰나가의 얼굴에 짙은 그림자가 드리워진다.

"연락을 받았으니 알겠지만, 어머니는 혼수상태야. 앞으로 위독한 상태가 계속될 거라고 했어. 각오를 해야 할 거다."

"죽는다는 거예요?"

마쓰나가의 팔을 잡은 내 손은 말할 수 없을 만큼 떨리고 있었다. 그가 얼굴을 숙인다. 어떻게 말을 할까, 단어를 찾아 말을 만든다. 그 침묵이 대답이었다.

안으로 들어가려는 내 등에 마쓰나가가 비통한 목소리로 말을 한다.

"길어야 사오일이라더구나."

길어야 2년이라고 했던 의사 선생님의 예언은 정확했다. 내가 직시하기를 피해왔던 현실이, 지금 들이닥치려 한다.

8

내가 다에에게서 받은 주머니를 잃어버렸다는 것을 깨달은 건 어머니가 혼수상태에 빠진 지 이틀째 되던 날 아침이었다.

나는 학교를 쉬고 마쓰나가의 배려로 그의 집에 묵고 있었다. 아주머니와 시오리도 나를 걱정해서 손대면 깨지기라도 할 듯 다정하게 대해 준다. 나는 깊이 머리를 숙이며 그들의 호의에 기대고 있었다.

의식을 잃은 어머니의 몸은 수많은 관에 연결되어 있고, 그 관은 생명유지장치와 연결되어 있다. 그것이 없으면 당장이라도 이곳을 떠날 것 같은 생각이 든다. 하루 종일 어머니 옆에서 손을 잡고 나는 고개를 숙이고 있었다. 눈물은 나오지 않았다. 정해져 있었던 어머니와의 시간. 의식이 돌아오기는 힘들 거라고 의사가 말했다. 허공에 붕 뜬 그 생명을 앞에 두고, 지금 내가 무엇을 해야 하는지 알 수 없었다.

온종일 병원에 있었는데, 정신이 들고 보니 가방에서 주머니가 사라지고 없었다. 나는 가방을 뒤집어엎어 안에 든 것을 전부 꺼내

본다. 하지만 없다. 거기 없었다. 어디에서 잃어버렸는지 전혀 기억에 없었다.

어떡하지.

가슴이 술렁거리더니 불안해진다. 마쓰나가의 집에 전화를 걸어 아주머니한테 찾아봐 달라고 했다. 하지만 없었다. 그때까지 걸었던 병원 복도와 매점, 그 버스 정류장에도 가 보았지만 없었다. 접수계에 물어보았지만 그런 분실물은 없다고 했다.

"없어요? 요만한 크기에, 아플리케로 '리호'라고 히라가나로 이름이 들어가 있는 건데——."

우리 집인가? 서재, 현관. 어딘가에 놓고 온 것일까. 나는 진정이 안 되었다. 당장 필요한 것도 아니면서, 빨리 그것을 찾아내어 안심하고 싶었다. 어떡하지 어떡하지, 안 나오면 어떡하지. 그 안에는 어머니한테 받은 사진이 들어 있는데, 게다가——.

문득 떠올라 얼굴을 든다. 오늘은 이쿠야의 대화 교실이 있는 날이었다. 안절부절못하다 나는 복도 창문에서 버스 정류장을 내려다보았다. 차양 아래에 사람이 몇 명 기다리고 있는 것이 보인다. 그리고 퍼뜩 깨달았다. 거기에 벳쇼가 있었다.

그는 태연한 표정으로 거기에 서 있었다. 그가 벤치를 향해 걸음을 옮긴다. 이쿠야가 있는 걸까. 나는 빠른 걸음으로 계단을 내려갔다.

버스 정류장에는 이쿠야뿐이었다. 후미도 벳쇼도 없다. 그는 무릎 위에서 손가락을 움직이며 무슨 곡을 치는 흉내를 내고 있었다. 조용히, 하지만 빠르게 공기 건반을 두드린다.

위에서 보았던 벳쇼는 이미 사라지고 없었다. 어디로 갔을까. 병원 안으로 들어가느라 나와 엇갈렸을까.

이쿠야에게 말을 걸려고 발을 내딛는 것과 동시에 빵빵 하고 가볍게 경적을 울리며 다에의 자동차가 나타났다. 창문을 열고는 "도련님" 하고 부른다.

그녀의 눈이 거기에 서 있던 나를 발견한다. 놀란 듯 "어머나, 어머나"라고 했다. 이쿠야도 눈치챈 듯 나를 돌아본다.

"무슨 일이에요, 리호코? 지난번엔 맛있는 과자 잘 먹었어요. 〈도라에몽〉도 도련님이 어찌나 좋아하던지."

"다에 아주머니…."

내 목소리는 갈라져 떨렸다. 흐린 날이었다. 언제 비가 내려도 이상하지 않았다. 다에의 표정이 사라진다. 나는 주먹을 꽉 움켜쥐고 서 있었다. 그때까지 아무 징후도 없었는데, 여기에 온 순간 참을 수 없었다. 목소리가 나오지 않았다.

잃어버렸다. 나는 잃어버리고 말았다.

"리호코?"

다에가 차를 세우고 내렸다. 내가 꽤나 지독한 얼굴을 했는지 그녀의 눈이 걱정스럽게 흐려진다. 그녀가 나를 들여다본 순간, 그때까지 가슴속에 가라앉아있던 감정이 한꺼번에 흘러나와 멈추지 않게 되었다. "죄송해요" 나는 중얼거렸다.

"잃어버렸어요. 나, 아주머니한테서 받은 도라에몽 주머니, 잃어버렸어요."

고백한 순간 줄줄 눈물이 흘러넘쳤다. 입에서는 울음소리가 멈추지 않는다. 계속 멈추지 않고 흘러나온다. 이쿠야가 천천히 내게 시선을 준다. 다에가 놀란 듯 나를 바라보고 있다. 죄송해요, 눈물도 닦지 않고 나는 계속 용서를 빌었다.

"아무 데도 없어. 찾아봤는데, 아무 데도 없어요. 가져온 사람도 없대요. 어떡하지, 어떡하지. 나한테 주신 건데, 잃어버렸어요."

기뻤는데, 아끼기로 했는데. 그런데 나는 간단히 그것을 잃어버린다. 그리고 다시는 발견되지 않는다. 아무 데도 없다.

부탁이야, 어디선가 나와 줘.

버스를 기다리는 다른 사람들의 찌르는 듯한 시선을 받으며, 나는 얼굴을 감싸고 계속 울었다.

"리호코, 리호코."

다에의 따뜻한 손이 살짝 내 팔을 잡았다. 아이처럼 오열하는 내 양어깨에 손을 얹고 다정한 목소리로 나를 부른다. 괜찮아요, 라고.

"그것쯤이야 또 만들어 드릴게요. 얼마든지 내가 만들어 드릴게요. 그러니까, 응? 울지 말아요."

"죄송해요. 죄송해요, 어떡하죠, 저."

"리호코."

다에가 나를 꼭 껴안았다. 통통한 손을 한껏 뻗어 나를 감싼다.

나는 더욱 얼굴을 들 수 없어져서 엉엉 울었다. 이쿠야가 가만히 나를 쳐다보고 있다. 그의 반응은 그때 그 사람의 기분을 나타내는 거울이었는데, 나는 거기에서 아무것도 읽을 수 없었다.

아끼고 있었는데, 어디에서도 발견되지 않는다. 나는 눈물이 말라버리는 건 아닌가 하는 생각이 들 정도로, 목소리가 더 이상 나오지 않을 때까지 거기서 울었다.

어머니가 숨을 거둔 것은 그다음 날 아침이었다.

어머니는 마지막으로 멍하니 눈을 뜨고, 아버지의 사진이 쌓여 있는 책상에 시선을 던졌다. "다행이다, 이걸로 완성이야" 하고 중얼거리더니, 잠에 빠지듯 눈을 감았다.

제8장

타임캡슐

* 타임캡슐

무엇이든지 새 상태 그대로 보존할 수 있는 캡슐. 아이스크림이라면 만 년이라도 넣어 둘 수 있다.

1

편안한 얼굴에 연하게 파운데이션을 바르고 볼 터치를 한 어머니의 얼굴은 놀랄 만큼 나와 닮았다. 앞으로 두 번 다시 입술을 움직이지도, 눈을 깜박이지도 않을 고요한 얼굴. 그 앞에서 말문이 막힌 마쓰나가가 아름답다고 겨우 한마디를 했다.

아버지의 옛 친구들과 일 관계자들. 어머니 친구들과 이웃 사람들.

그들은 마쓰나가를 중심으로 장례식과 화장(火葬) 준비로 바빴다. 장례식 때까지의 기간을 보낼 곳과 장례식을 치를 곳, 둘 다 절이나 장례식장이 아닌 집으로 정해졌다.

"시오코 씨, 보세요, 집에 왔어요."

외박을 못 하게 되었던 일을 생각하며 마쓰나가가 말을 건넨다. 어머니의 얼굴을 덮은 천이 너무나 새하얗다. 인공적으로 표백된 듯한 그 색 아래에서 그녀가 숨이 막히지는 않을지, 나는 바보같이 그것이 걱정된다.

고요한 이 몸속에 이미 생명이 없다는 것이 믿어지지 않았다. 이 몸을 화장할 것이라는 사실이 믿어지지 않았다. 있을 곳이 타서

없어져 버리면, 어머니는 대체 어디로 돌아오면 되는 것일까. 잠든 듯 고요한 얼굴이 지금이라도 눈에 생기를 띠고 나를 부를 것 같았다.

이대로, 마지막으로 나눈 대화도 잘 기억나지 않는 지금 이 상태로 그녀와 헤어지다니 상상이 안 되었다. 나에게는 아직 기회가 더 주어져도 괜찮을 텐데.

어머니가 살아계실 때 나와 장례식에 대해 간단히 이야기한 적이 있었는데, 그것이 별 의미가 없었다는 걸 실제로 장례식이 되어서야 나는 깨달았다. 어머니가 모든 준비를 끝냈기 때문이다. 영정 사진으로는 이걸 쓰고, 연락할 곳은 어디 어디며, 그리고 도와줄 모든 사람들에게 생전에 이미 고개 숙여 부탁했다고 한다. 남겨두고 가는 딸을 잘 부탁한다고.

어머니가 영정으로 남기고 간 사진은 내가 도라에몽 파우치와 함께 잃어버린 사진과 같은 것이었다. 아버지가 실종되기 직전에 찍은 것이라고 마쓰나가가 알려주었다.

"내가 아버지를 알게 되었을 즈음에는 이미 매년 어머니를 찍고 계셨어. 리호코가 찾았다는 그 액자는 그때마다 최신 사진을 넣어서 계속 가지고 계셨을지도 모르겠다."

영정 속 어머니는 건강한 안색에 머리도 검다. 이 젊은 어머니가 남편을 잃고, 그 뒤에는 나와 단둘이 살아온 것일까.

장례식 준비가 한창일 때 가요와 다치카와가 찾아왔다. 놀랍게도 둘이 같이 왔다.

나란히 문으로 들어선 둘은 동복을 입고 있었다. 그것을 보고 벌써 10월이라는 것을 새삼스레 떠올렸다. 어머니의 상태가 나빠지고 나서는 정신없이 바빠서 나는 날짜 감각이 거의 없었다. 계속 학교를 쉬어서 아직 한 번도 동복을 입지 않았다. 솔질을 해서 방에 걸어 둔 채다.

가요가 한 발짝 다가와 진지한 얼굴로 인사한다.

"고인의 명복을 빕니다."

얼굴을 들고 나를 걱정스럽게 쳐다보더니 돕겠다고 했다.

"접수 도울게. 학교 관계자나 친구들 쪽은 따로 접수하는 사람이 필요할 것 같아서. 이럴 때는 조금이라도 사람이 많은 게 낫겠지? 나 할래."

"고맙지만 그래도⋯."

뭐지, 이 조합. 이 둘은 견원지간이었을 텐데. 기가 센 학생회장과 반에서 제일 눈에 띄지 않는 여학생. 가요가 '아아' 하며 고개를 끄덕였다. 자기 옆의 다치카와를 바라보며.

"도우러 갈 거라고 했더니 다치카와가 자기도 가겠다고 고집을 피우는 거야. 나하고 같이 가는데도 괜찮냐고, 나는 너 싫다고 확실히 얘기했는데 그래도 괜찮다지 뭐야. 그래서 둘이서 왔어."

어안이 벙벙해진 내 앞에서 다치카와가 쓴웃음을 짓고 있었다. 가요의 가차 없는 말에도 기가 죽은 기색이 없다.

"힘들었지. 나는 뭘 하면 될까?"

"── 고마워."

대답하는 내 얼굴에 자연스럽게 엷은 미소가 떠올랐다. 마음속으로 말해 본다.

제법인데, 다치카와. 너랑 가요는 앞으로 잘 지낼 수 있을 거야.

어디서 알았는지 모르겠지만 장례식에는 미야와 가오리도 얼굴을 보였다.

미야가 눈에 눈물을 가득 담고 있었다. 향을 피우고 정면에 앉은 내 얼굴을 보자마자 "바보"라고 강한 어조로 내뱉었다.

"미야."

옆에서 가오리가 황급히 말렸지만 쓸모없었다. 미야는 잔뜩 울어서 부은 얼굴을 하고 있었다. 내 팔을 잡더니 한 번 더 말한다. 바보!

"가오리한테 전화 받고 얼마나 놀랐는지 알아? 너희 어머니, 계속 입원해 계셨다면서? 아버지는 안 계시다며?"

"응."

힘없이 고개를 끄덕였다. 미안, 나는 그녀가 하는 대로 비난을 받아들이고 잡힌 팔을 흔들게 내버려 두었다.

"왜 안 가르쳐 줬을까, 어제 하루 종일 가오리하고 얘기했어. 잠도 못 잤어. 부모님 출장 갔다는 거 거짓말이었잖아."

"응."

"거짓말은 하면 안 되는 거야. 넌 만날 그래. 가르쳐 주면 어때서.

우리 친구잖아?"

미야가 본격적으로 울기 시작했다.

"응."

"이럴 때는 의지해야, 되는 거잖아….'

"응."

그녀가 진심으로 울고 있는 것을 알자 어떻게 하면 좋을지 알 수 없게 되었다. 그저 고개를 끄덕이며 사과할 뿐이다. 용서해 줄지는 모르겠지만.

"응. 미야, 미안해."

"미야."

가오리가 정신없이 우는 미야의 팔을 잡아당긴다. 겨우겨우 일으켜 세워서 자신에게 기대게 하여 데리고 나가다가 나를 보며 어딘가 허전해 보이는 웃음을 지었다. 눈이 곧 울어버릴 듯이 일그러진다.

"지금까지 몰라서 미안."

나는 가만히 고개를 저었다. 나에게는 그런 말을 들을 자격이 없었다. 나는 어디에 있든 그곳을 무시했다. 너희들이 다정하게 대해줄 만한 가치는 없다.

술자리에서 만났을 뿐, 얼굴과 이름도 매치되지 않는, 형태뿐인 '친구'가 누구에게 들었는지 와 주었다. 미야라도 왔다. 나와 눈이 마주치자 조금 어색한 듯했지만 부드럽게 웃는다. 서툴지만 정중하게 향을 피우고, 말없이 그 자리를 떠난다.

고마워. 나는 진심으로 그에게 머리를 숙였다.

다에와 이쿠야 둘이 마당에 나타난 것은 장례식도 거의 막바지에 다다랐을 때였다.

계산이라도 한 것 같은 타이밍으로, 도우러 왔던 마쓰나가의 부인과 시오리가 우연히 자리를 비웠을 때였다. 이쿠야는 다에에게 이끌려 불안한 발걸음으로 천천히 앞까지 왔다. 옆의 다에를 따라, 그녀에게 하는 법을 배우며 향을 피운다.

나는 무심결에 내 반대쪽에 있는 관계자석의 마쓰나가를 보았다. 그는 나와 눈이 마주치자 쓴웃음과 비슷한 차분한 웃음을 지으며 말없이 고개를 저었다. 다에가 내게, 이어서 마쓰나가에게 고개를 숙였다.

이쿠야가 무례할 정도로 똑바로 정면을 보고 있었다. 내 어머니의 영정을 뚫어지라 바라보다 다에의 말에 나를 본다. 나를 배려하는 시선만이 오고 가는 가운데, 완전히 성질이 다른 유일한 시선이었다. 언젠가 이야기했던 내 상실과 두려움, 그것이 현실이 된 것. 그가 그것을 알아차리고 그런 것인지 어떤지는 그 시선만으로는 알 수 없었다. 그는 다에가 이끄는 그곳을 떠났다.

장례식이 끝나고 가요와 함께 접수하는 곳에 있던 다치카와가 내 쪽으로 달려왔다.

"리호코, 이거."

손에 무언가를 들고 있다.

"아까 간 남자아이가 맡긴 거야. 초등학생쯤 되는 조그만 애. 가만히 내 손에 쥐여 주고 갔어. 같이 있던 할머니한테 안 들키려고 그랬나 봐. 이거만 주더니 바로 없어졌어. 너한테 주라는 것 같아."

다치카와의 손에서 그것을 받은 순간, 나는 크게 숨을 내쉬고 그대로 말을 잃었다.

푸른 끈이 달린 도라에몽 주머니. 표면에는 아플리케로 '이쿠야' 라는 이름이 붙어 있었다.

*

[어머니 얘기 들었어. 괜찮아? 네가 정말 걱정된다]

이 문자를 마지막으로, 와카오의 연락은 뚝 끊겼다. 내가 아무 반응을 보이지 않는 것에 싫증이 난 건지도 모른다. 전화도 문자 메시지도 깨끗이 사라졌다.

2

어머니가 구성을 맡았던 아버지의 사진집. 이이누마가 그 원고를 보아 달라고 전화를 한 것은 초칠일을 끝낸 직후였다. 일이 정리되기를 기다리고 있었던 것 같다.

어머니가 살아 있었을 때 이미 원고를 보았다는 마쓰나가가 정말 괜찮다고, 감탄의 한숨을 섞어 내게 말했다.

"역시 시오코 씨라는 생각을 했지. 아시자와 아키라를 잘 알고 있는 책이야. 나로서는 그대로 출판해 줬으면 좋겠지만, 결정하는 건 너니까. 편집자 말을 잘 들어보고, 타협할 수 없는 것에 대해서는 확실하게 주장을 하도록 해."

며칠 후, 나는 혼자 아버지 서재에서 도착한 원고 다발을 보았다.

사진집 이름은 '호[帆]'.

내 이름에서 한 글자를 딴 타이틀. 어머니가 고르고 고른 아버지의 사진 옆에, 그녀가 쓴 짧은 문장이 이어진다. 에세이나 메시지라고도 할 수 있지만 가장 적당한 단어는 아마 러브레터일 것이다. 그 어머니가 어떤 얼굴로 이 일을 했는지 생각하면 나는 웃음이 난다. 웃겨서 웃으면서, 나는 울었다. 끊임없이 눈물을 흘리며 소리 내어 울었다.

그렇게 되고 나서는 멈춰지지 않았다. 장례식 전 손님을 맞으면서도, 장례식 때도, 화장을 해서 몸을 잃었을 때도 실감할 수 없었던 어머니의 죽음을 나는 받아들였다.

이 책은 나와 어머니의 마지막 작별인사였다.

『호[帆]』

바다를 중심으로 한 사진집이었다. 푸른 바다. 아름다운 산호초. 이건 어디지? 해외일까?

'지금 어느 바다 아래에 잠들어 있나요?'

유빙 사진. 이쿠야 집에서 본, 차갑게 얼어붙은 겨울 바다가 찍혀 있다.

'당신이 이곳에서 사라진 후로 벌써 5년이 지났어요. 사진가로서, 아버지로서, 이제 시작이라고 할 시점이었죠.
앞으로의 일에 관한 것, 자신의 병 때문에 들어갈 돈, 그런 것들을 생각한 끝에 내린 고뇌의 결단이었을 거예요.
지금, 어느 바다에 있어요?

당신은 우리를 힘들게 하지 않으려고,
누구에게도 알려지지 않을 곳에서 죽기 위해 사라진 거예요.
그 후에 바로, 어느 바다엔가 뛰어들었을 거라고 나는 확신하고 있습니다.'

저녁노을이 진 모래바닷가와 붉은빛을 받으며 길게 깔린 구름.

'당신이 존경하던 후지코 선생님의 부인처럼, 감사하고 있다고는 말하지 않겠어요.
우리는 당신이 여기에서 죽기를 바랐어요.
야위고, 싸우면서, 그 모습을 딸에게 보여야 했어요.
폐를 끼치면서, 아내와 딸에게 미움받으면서, 그렇게 하길 바랐어요.

우리는 당신을 너무나 좋아했어요.'

빨려들 듯이 푸른 바다 앞에 선, 하얀 원피스를 입은 여성. 젊은 시절의 어머니다. 창피한 듯 수줍게 웃으며, 넘치는 태양을 받으며 그곳에 있다.

'당신 사진을 쓰고 싶다는 얘기를 지금도 듣습니다.
그때마다 나는 자랑스럽고, 자신이 아시자와 아키라의 아내라는 것을 행복하게 생각합니다.'

바위 위. 원피스를 입은 어머니가 새하얀 배냇저고리를 입은 아기를 안고 있다. 배경에는 마치 거짓말처럼 투명하고 푸른 바다.

'아름답죠? 당신의 시선은, 지금도 사진을 통해 사람들이 보고 있어요.'

수영복을 입은, 해수욕을 하는 소녀. 갈색 피부로 천진하게 웃는다.

'리호코예요.'

떨리는 손으로 페이지를 넘긴다.
우는 리호코,

돌아선 리호코,

카메라에 다가와 손을 내민 리호코.

보고 있으면 파인더를 들여다보는 시선의 따뜻함이 전해져 온
다. 사진을 보면 알 수 있다. 이 소녀가 얼마나 아버지를 좋아했는
지.

아버지가 얼마나 이 소녀를 사랑하고 있었는지.

갑자기 지금까지의 페이지와는 구성이 바뀐다. 여러 장의 스냅
사진이 한꺼번에 붙어 있었다. 지금까지의 사진들과 비교해 한눈
에도 초보가 찍은 사진이라는 것을 알 수 있었다. 전부 같은 각도에
서 같은 장소를 찍은 것. 그리고 그것은 지금 현재 고등학생이
된 내 모습이었다.

병원 창문, 아마도 어머니 병실에서 찍었을 것이다. 병문안을
온 내가 현관을 벗어나 사라지는 뒷모습. 무슨 습관처럼, 나는 매
일매일 어머니 병실 창문을 쳐다보았다. 어머니는 벌써 누워 있을
거라고 생각하며. 그저 아무 생각 없이, 매번.

어머니는 그것을 찍어 놓았다. 내게 빌린 아버지 카메라, 매점에
서 산 일회용 카메라. 엄마 모델 안 할래? 그 약속은 결국 약속인
채로 끝나 버렸다. 하지만 그녀는 나를 찍고 있었다. 내가 창을
쳐다보는 것을 알고 있었던 것이다.

사진집 출간을 받아들이기로 한 그날부터, 그것은 거의 쉬지
않고 매일 찍혀 있었다. 완전한 뒷모습일 때도 있었고, 무방비하게

멍청한 얼굴을 보이는 것도 있다.

페이지를 넘긴다.

그곳에는 한 장, 살짝 눈을 찡그리고 정면에서 창문을 쳐다보는 내 모습이 있었다.

병원 창문에서 나온 노란 불빛을 받으며 긴 머리카락을 오른손으로 누르고 있다. 마치 미리 짜기라도 한 것 같은 베스트 샷이다.

'*리호코예요,*

당신, 칭찬해 줘야 해요.

나는 이 아이를 훌륭하게 키웠으니까요. 감사하세요.

지금도 점점 멋지고 매력적인 여성으로 성장하고 있어요.

내 평생의 보물이에요.

당신의 아내로, 리호코의 어머니로 살 수 있었던 것.

따뜻한, 빛나는 듯한 시간을 함께 보낼 수 있었던 것.

리호코, 아빠한테는 말해주지 않을 거지만,

그 대신 너한테 말할게.

엄마는 너한테 감사하고 있단다.

아시자와 시오코. '

읽기를 마치고, 이이누마에게 전화를 건다. 제대로 말할 수 있을지는 모르겠다.

엄마. 그렇게 중얼거려 보니 병실에서 마지막으로 딱 한 번 그녀가 눈을 떴던 그 광경이 가슴에 되살아났다. 산더미처럼 쌓인 아버지의 사진들. 그것을 보면서 말한다. '다행이다, 이걸로 완성이야'.

이이누마가 전화를 받는다. 나는 말이 막히지 않도록, 단숨에 감사 인사를 한다.

"사진집을 만들자고 제의해 주시고, 어머니가 일을 할 수 있게 해 주신 거, —— 정말로 고맙습니다."

어머니가 돌아가신 후, 집을 청소하다가 화장대에서 작은 상자가 나왔다.

소박한 보석이 달린 싸구려 목걸이. 내가 초등학생이었을 때 어머니가 보여준 적이 있다. 아버지가 고등학생일 때 처음 어머니에게 사진 모델을 의뢰하면서 준 선물. 쑥스러운 듯이, 하지만 어딘가 자랑하는 것처럼 어머니가 내게 보여주었다.

그녀는 그것을 계속 보관해 왔던 것이다.

3

그다음 주 금요일. 나는 병원의 버스 정류장을 찾았다. 이쿠야를 만나기 위해서였다.

가을 해가 만드는 아스팔트의 그림자는 여름에 비해 많이 흐릿하다. 이른 저녁, 나는 조용히 눈앞의 주차장으로 걸어가는 사람들의 그림자를 바라보고 있는 이쿠야 옆에 앉았다. 오늘은 후미는 없고 그 혼자였다.

"오랜만이네."

이쿠야가 내 얼굴을 쳐다보았다. 인사를 했으니 안 거지 그렇지 않았으면 내가 옆에 앉은 것도 몰랐을지 모른다. 아, 왔어. 무뚝뚝한 얼굴로 가볍게 고개를 끄덕이더니 휙 시선을 정면으로 돌린다. 눈은 먼 곳을 보고 있었지만, 그의 다리 위에서는 오늘도 공기 건반이 일정한 리듬으로 연주되고 있었다.

"이쿠야, 이거 정말 고마워."

나는 그렇게 말하며 천 주머니를 내밀었다. 이쿠야는 다시 이쪽을 보지도 않고 끄덕였다. 부끄러워서 그러는 건지도 모른다. 나는 조용히 웃고 나서 움직이고 있는 그의 손 위에 그것을 놓았다.

"정말 너무 기뻤어. 하지만 이건 역시 네 거야. 이쿠야가 다에 아주머니한테서 받은 거지, 내 게 아니잖아. 그러니까 받을 수 없어."

그의 손이 멎었다. 그 위에 놓인 도라에몽 주머니를 가만히 바라보다 내 얼굴을 쳐다본다.

"기뻤어."

다시 한 번 말한다. 내 얼굴이 웃음을 띠고 있는 것을 알았는지, 이쿠야는 이윽고 그 말도 맞는다고 생각한 듯 고개를 끄덕이고는 주머니를 자기 가방에 넣었다. 나는 다시 인사를 했다.

"고마워, 이쿠야."

이쿠야가 다시 살짝 고개를 끄덕였다. 아무래도 상관없다는 것처럼도 보였고, 그가 부끄러움을 감출 때 자주 쓰는 끄덕임처럼도 보였다. 나와 그는 말없이 나란히 앉아 아무 이야기도 않고 멍하니 주차장을 오가는 사람들과 자동차의 그림자를 관찰했다. 얼마나 시간이 흘렀을까. 다에의 알토가 다가온다.

"어머나, 리호코. 오랜만이네요."

오늘은 경적을 울리지 않고 나를 보고는 바로 차에서 내린다. 그녀가 되도록 밝은 목소리로 내게 말을 걸려고 하는 것을 알 수 있었다. 나는 그것에 감사하며 그에 맞추어 가벼운 목소리로 대답한다.

"예. 다에 아주머니, 이번에는 정말 고마웠어요."

내가 어느 정도 마음을 추슬렀는지가 신경 쓰였나 보다. 다에의 긴장이 풀리는 것을 느꼈다. 다에가 두 눈을 가늘게 뜨고 가냘프게 웃으며 말한다.

"아뇨, 아뇨, 갑작스러워서 놀라기는 했지만. 앞으로도 제가 할 수 있는 일이 있으면 뭐든지 말만 하세요. 집에도 또 놀러 오시고요."

이야기가 길어질 거라고 판단했는지, 이쿠야는 앉은 채 좀처럼 차에 타려고 하지 않았다. 그것을 안 다에가 부드럽게 웃으며 내가 속삭인다.

"10월의 마지막 날에는 불꽃놀이가 있어요, 그거 보러 안 올래요? 도련님이, 리호코한테 받은 〈도라에몽〉을 계속 보고 있어요.

다음에도 같이 봐 주세요."

"그렇게 많이 봐요? 그거 사길 잘했네요."

시선을 내리깐 이쿠야는 계속 손가락을 움직이고 있다.

"그럼, 불꽃놀이 하는 날에 같이 볼게요. 아주머니, 또 맛있는 거 만들어 주실 거죠?"

"네."

다에가 생긋 웃고는 이쿠야와 함께 차에 탔다.

그들이 탄 차를 배웅한다. 그렇게 무뚝뚝하게 나를 무시하고 있더니, 뒷좌석의 이쿠야는 주차장을 벗어날 때까지 계속 나를 돌아보고 있었다. 특별히 손을 흔들거나 웃어주는 기색은 없었지만, 그냥 가만히.

나는 있는 힘껏, 차가 보이지 않을 때까지 이쿠야를 향해 손을 흔들었다. 보내놓고 나서 문득 머리를 스친 생각이 있었다.

벳쇼한테 불꽃놀이를 같이 보러 가자고 하면 어떨까. 거기에 생각이 미친 것이다.

4

단 한순간도 방심해서는 안 되었다. 마음을 허락해서도 안 되었다.

인간의 맥락 없는 사고를 너무 가볍게 보지 않는 게 좋아. 벳쇼가 한 충고의 본질을, 나는 아마 그 상황에서도 가볍게 생각하고 있었던 것이다. 모든 것이 끝났다고 혼자 착각하고 있었다.

이런 일 저런 일로 한 달 가까이 쉬었던 학교에 복귀했다.

올해 처음으로 동복을 입고 나타난 나를 반 아이들이 밝은 목소리로 맞이해 주었다. 다에와 똑같았다. 내가 얼마나 침울해하는가, 마음을 추슬렀는가, 그걸 살피면서 격려해 주려고 한다.

가요와 다치카와가 각각 필기한 노트를 복사해 주었다. 이 둘은 변함없이 사이가 나쁜 듯, 서로가 서로를 무시하기도 하고 악담을 하기도 했지만 그래도 노트 필기는 서로 역할 분담을 해서 해주었다. 분담을 정할 때 어떻게 말을 했을까. 그 생각을 하니 왠지 흐뭇한 기분이 들어서 웃었다.

학교에 가면 자연스레 벳쇼를 만날 기회가 있을 거라고 생각했는데, 그게 좀처럼 이루어지지 않았다.

초가을부터 F고 3학년들은 학교에 오는 날이 줄고 각자 학원이나 집에서 하는 자습이 중심이 되어 자유 등교 상태가 된다. 부정기적으로 학교에 오는 그들과 우연히 마주치기는 아주 어려웠다. 3학년 선배를 짝사랑한다는 다치카와가 깊이 한숨을 쉬며 그 상황을 슬퍼하는 것에서도 알 수 있었다.

어머니가 돌아가신 지 이제 한 달이 된다.

다에가 오라고 했던 불꽃놀이 당일. 낮이 부쩍 짧아진 가을 저녁, 나는 역 앞 백화점에서 DVD를 고르고 있었다. 이쿠야에게 도라에몽 영화를 사다 줄까 하는 생각이었다.

어느 게 좋을까, 내 마음대로 골라도 될까. '우주 개척사'랑 '대마경(大魔境)' 중에 어느 걸 좋아할까.

—글쎄요, 두 개 다 본 적 없을 거예요.

요리하던 손을 멈추고 전화를 받은 다에가 알려 준다.

—게다가 봤어도 보고 또 볼 테니까 마찬가지잖아요.

"이쿠야 거기 있어요?"

—아뇨. 도련님은 오늘 피아노 교실이 있거든요. 저는 음식 준비로 바빠서 혼자서 전철을 타고 오라고 했어요. 그러고 보니 조금 늦네요.

그럼 어쩌면 같은 전철을 타게 될지도 모른다. 그런 생각을 하면서 하나를 골라 계산을 마쳤을 때였다.

내 전화가 울린다. 그 벨 소리는 내게 익숙하지 않은 멜로디였다. 평소에는 잘 울리지 않는 곡이었다. 전화번호가 등록되어 있지 않은, 모르는 번호에서 걸려왔을 때의 멜로디.

다에와 이야기할 때부터 신경은 쓰였지만 전화 배터리가 얼마 남지 않았다. 눈금이 하나 남아 있다. 요즘 충전을 게을리했던 게 생각난다.

타지에 나가 있는 마쓰나가, 어머니의 옛 친구, 아버지의 일 동료. 내게는 미등록 번호에서 전화가 올 경우의 수가 충분히 많았다. 걸으면서 가벼운 마음으로 전화를 받는다.

"네."

─리호, 나야.

목소리가 귀로 흘러들어온 순간, 나는 방금 산 상품 봉투를 떨어뜨릴 뻔했다. 입을 다물고 침을 삼킨다. 목 뒤에 소름이 쫙 끼쳤다. 와카오 다이키의 목소리였다.

─미안, 내 번호면 안 받을 것 같아서, 전화 새로 했어.

나는 대답하지 않았다. 바로 전화를 끊을까 하는 생각도 했지만, 전화에서 들려오는 와카오의 목소리가 지금까지와는 느낌이 다른 것을 깨닫고 그럴 수 없게 되었다. 그의 목소리는 잘 갈아 놓은 듯 차갑게 말라 있다. 달콤한, 장난하는 듯한 분위기는 전혀 없었고 감정의 기복도 없었다. 지극히 정상. 묘하게 또렷하고 억양이 없는 목소리였다.

─너는 날 무시했지.

나는 목소리가 얼어붙었다. 마른침을 삼키며 잠자코 말을 듣는다. 전화를 받은 지 몇 분 지나지도 않았는데 몸에 땀이 배기 시작했다. 안 좋은 예감에 가슴이 두근거린다.

─알아. 그런 거. 너는 대답이 없지만 듣고 있을 테니까 계속할게. 나는 너하고는 대등하고 공정한 관계이길 바라니까, 듣기 싫을지도 모르겠지만 말할게. 네가 나한테 한 일을 어떻게 생각해? 사과하라는 게 아니야.

그의 입에서 소름이 끼칠 정도로 낮은 조소가 새어 나왔다.

─그냥 알아줬으면 해. 네가 무슨 일을 했는지. 내가 그걸 어떻게 생각했는지.

아무 말도 하지 않는 것, 무슨 반응을 보이는 것. 어느 쪽이 그를 더 자극할지 판단이 서지 않았다. 와카오는 분명 지금까지보다 더 상태가 이상하다. 노골적인 명랑함이나 위화감이 완전히 사라진 냉정함. 너무나 평범하다.

—말하기 싫으면, 그래도 좋아. 하지만 알려나. 내가 보여?

전화를 든 채 나는 공포로 얼굴을 든다.

이 백화점은 1층에서 3층까지 뻥 뚫려 있다. 플로어 단면도를 관찰할 수 있는, 디오라마 같은 구조.

내가 지금 있는 CD 가게는 그 3층으로, 바로 가까이에는 공간 속에서 세련되게 눈에 띄도록 배치된 긴 에스컬레이터가 있었다. 꺄하하, 그거 진짜 위험한 거 아니야? 화려하게 화장한 여고생이 바로 지금 거기에 올라탄다.

나는 전화를 귀에 대고 주위로 시선을 돌린다. 당황해서 허둥대는 모습을 보이고 싶지는 않은데 시선이 자꾸 흔들려서 곤란하다. 재빠르게 움직인 시선이 한 점에 초점을 맞추며 멈췄다.

한 층 아래. 2층의 내 정면 위치. 거기에 금발 청년이 서 있었다. 마지막으로 만났을 때보다 머리카락이 자랐다. 뿌리 부분이 검어서 그 머리의 인공적인 금발을 더 튀게 한다. 금색과 검은색 콘트라스트가 머리를 지저분하고 천박해 보이게 했다.

오른손에는 휴대전화. 그는 왼손을 내 쪽으로 조금 내밀었다. 눈부신 것이라도 보듯 눈을 가늘게 뜨고, 무표정하게 손을 흔든다. 표정과 동작의 미묘한 분리감.

내 가슴이 여유를 잃고 마구 뛴다. 와카오가 서 있었다.

— 오랜만이네.

대답할 수가 없었다. 시야 중앙에서 깜박이듯 흔들리던 손이 갑자기 멈춘다. 나를 향해 부드럽게 웃고 있었다. 헐렁한 셔츠를 일부러 흐트러뜨려 입고, 눈썹은 아예 깨끗하게 밀었다. 불쌍해지는 메달은 낡기는 했어도 아직 그의 얼굴 위에서 타고 남은 불꽃처럼 효력을 태우고 있었다. 사랑스러움이 전부 사라졌어도, 그의 표정은 아직도 우아함을 연출하려고 한다.

— 대답할 생각이 없으면, 그래도 상관없어. 나는 너랑 제대로 이야기를 나누고 싶었어. 또 거기로 바다를 보러 가자고 했는데 무시했잖아. 나를 뭐라고 생각하는 걸까. 리호, 전부터 물어보고 싶었는데, 너는 정말로 나를 좋아했어? 내 내면에 끌려서 나랑 사귄 거야? …겉만 보고, 얼굴만 보고 고른 거 아니야?

목소리 표면이 거칠게 소리를 내고 있는 것 같았다. 바닷물을 다 말리면 떠오르는 소금. 그 결정이 붙어 있는 듯한 목소리.

— 뭐, 됐어.

와카오가 될 대로 되라는 듯 말했다. 천천히 난간에 손을 대고 걸으며 비스듬히 시선을 올려 나를 쳐다본다.

— 이젠 너랑 이야기할 생각 없어. 아까도 말했지만 사과하길 바라는 게 아니니까. 말로 아무리 사과해도, 반성하지 않으면 의미가 없지. 그냥 알아줘. 네가 무슨 일을 했는지. 얼마나 잘못된 일을 했는지. …그래, 리호.

와카오가 내 얼굴을 똑바로 쳐다본다. 그리고——.

그리고, 웃었다. 더할 나위 없이 천진하고 부드럽게. 아름다운 얼굴로.

—소중히 여기던 그 도라에몽 주머니는 지금 어디 있어? 네가 날 무시해서, 나는 그 아이랑 별을 보러 갔어.

누군가가 크게 숨을 삼키는 소리를 들었다. 그것이 내가 낸 소리라는 것을 알기까지 시간이 걸렸다. 나는 천천히 눈을 크게, 그야말로 크게 부릅떴다.

그 아이.

새끼고양이 같은, 마른 체구의 커다란 눈동자. 다리를 뻗어 공기를 두드리며 피아노를 치는 모습을 상상한, 그 순간이었다.

"무슨 짓을, 했어."

이쿠야.

내 목에서 뻣뻣하게 굳은 목소리가 나왔다.

"와카오, 그 아이한테 무슨."

근심을 띤, 달콤한 껍질뿐인 미소. 조금 전까지 그렇게나 말을 잘하더니, 와카오는 대답하지 않는다. 가만히 내 눈앞에서 조용히 고개를 저었다. 연극이라도 하는 듯한 움직임으로 천천히 귀에 대었던 전화기를 내린다. 전원을 꺼서 통화를 끝내려고 한다.

내 몸이 초조와 불안으로 떨리기 시작했다. 필사적으로 외친다. 비명 같은 목소리로 전화기를 통하지 않고도 그에게 들릴 정도로 크게 소리치고 있었다.

"와카오! 이쿠야에게 무슨 짓을 한 거야!"

여유가 사라진 내 목소리에 그는 만족한 것처럼 보였다. 똑같은 웃음 그대로, 전화기의 전원을 끈다. 그 손을 천천히 난간 밖으로 내밀더니 조용히 전화기를 놓는다. 뻥 뚫린 공간에 던져진 그의 전화는 한순간 공중에 뜨더니 바로 아래로 떨어졌다.

"와카오!"

내 비명 소리는 그에게 전해졌을까.

전화기가 아래층 바닥에 떨어지는 소리는 주위의 소음과 백화점에 흐르는 음악 때문에 들리지 않았다. 자신이 던진 것이 어떻게 되는지 눈으로 좇고 있던 와카오가 나를 향해 얼굴을 든다.

눈이 마주친다. 그리고 다음 순간이었다.

와카오가 2층 난간을 뛰어넘었다. 그때도 그는 계속 웃고 있었다. 나는 숨을 삼켰다.

"하지 마."

짧은 말이 목을 통해 새어 나온다. 정신을 차려 보니 나는 달리고 있었다.

에스컬레이터를 달려 내려가는 도중에 와카오의 몸이 난간에서 떨어진 것이 보였다. 그가 뛰어내렸다. 비명도 없이, 한순간 소리 없이 공중에서 하느작거린다.

그의 몸과 바닥이 부딪치는 소리는, 이번에는 내 귀에도 똑똑히 들렸다.

제9장

독재 스위치

* 독재 스위치

독재자는 이것을 사용해 자신의 의견에 반대하는 사람, 방해되는 사람을 차례차례 없애 나간다.

1

다른 손님 중 누군가가 높게 비명을 질렀다.

2층에서 떨어진 와카오는 바닥 위에서 몸을 웅크렸다. 고통을 견디는 듯 낮게 신음하고 있다. 뼈가 부러졌는지도 모른다. 오른쪽 다리가 부자연스럽게 꺾여 있었다.

주위에 있던 모두가 어안이 벙벙한 듯 그에게 다가가지 못하고 있었다. 나는 정신없이 그에게 달려갔다. 그가 이마를 누르며 괴롭게 헐떡이고 있었다.

"와카오…!"

바닥 위에 엷게 그어진 붉은 피.

어떤 느낌을 받아야 할까. 그가 목을 쳐든다. 그 얼굴을 본 순간 오싹 소름이 돋았다. 와카오의 얼굴 절반이 이마에서 흘러내린 피로 붉게 물들어 있었다. 난폭하게 흔든 탓에 그가 얼굴을 찡그린다. 이를 악물고 있다. 그 눈이 뜨일 때까지의 몇 초가 너무나 길게 느껴졌다.

희미하게 눈을 뜬다. 와카오의 입술 사이에서 "나" 하고 가느다란 목소리가 새어 나왔다. 천천히 주위를 살피더니 내 얼굴 위에 초점을 맞춘다. 그리고 물었다.

"나⋯, 죽은, 거, 아니야⋯? 나, 왜, 이런, 데⋯?"

"와카⋯."

와카오. 이름을 끝까지 다 부를 수 없었다. 피에 젖은 그의 표정. 무구하게 눈을 깜박이며, 막 눈을 뜬 아이 같은. 그것을 본 순간 모든 것을 알 수 있었다. 체온이 천천히 내려간다. 이 남자는──.

"리호, 나, 왜⋯. 리호, 왜, 리호가⋯."

와카오를 잡은 내 손이 떨린다.

슬픈 것도, 불안한 것도, 그의 생명이나 몸을 걱정해서도 아니다. 명확한 분노의 감정으로 내 목이 뜨거워진다.

이 남자는 도망치려고 한다. 자신이 저지른 일, 아마도 이쿠야에게 한 무언가로부터 도망치려고 한다. 그럴 수 있다고 진심으로 생각하고 있는 것이다.

믿어지지 않았다. 하지만 알 수 있다. ──이상한 말을 하며 자살. 기억을 잃은 흉내.

2층. 3층 높이의 뻥 뚫린 구조. 전화 상대인 내가 있었던 곳은 3층. 눈을 보며 뛰어내릴 것이라면, 자살 미수 책임을 내게 씌우려 했다면 나와 같은 3층이었을 것이다. 하지만 그는 2층을 선택했다. 무서우니까. 확실하게 안전한 곳은 거기니까.

"리호."

어리광을 부리며 나를 부른다. 숨을 삼키며 이마에 손을 짚은 내 마음을 붙잡으려는 듯이.

"나…."

"이쿠야는 어디 있어."

스스로도 놀랄 만큼 차가운 목소리였다. 와카오가 꿈꾸듯 눈을 가늘게 뜬다. 무슨 일인지, 영문을 모르겠다는 듯이.

나는 외치고 있었다.

"그 아이한테 무슨 짓을 한 거야?! 아까 그랬잖아?!"

와카오가 과장되게 힘껏 눈을 감았다.

우리를 바라보는 다른 손님들이 웅성대기 시작한다. 피에 젖은 바닥을 본 여자 손님 하나가 지나가다 비명을 지른다. 어이, 구급차를 불러야 하지 않아? 누군가가 외치는 소리가 들린다. 저 사람, 많이 다쳤어.

그 모든 것이 내 귀에는 멀게 느껴졌다.

"무슨…?"

소동의 장본인인 와카오가 말한다. 무슨 일인지 모르겠다고, 얼굴을 흐리면서.

"그, 아이라니 ——."

뛰어내리기 직전의, 우아한 웃음을 띤 그의 모습. 그 모습과 지금의 얼굴이 서서히 겹쳐진다.

'그 아이라니, 누구 말이야?'

엄청난 분노에 눈앞이 붉게 물든다.

"웃기지 마! 이쿠야한테 무슨 짓을 한 거지?! 무슨 짓을 한 거야?! 무슨 짓을 했어!"

시험이 싫어서 배가 아프다고 꾀병을 부린다.

내일 있을 마라톤 대회가 싫으니 비가 오게 하는 도구를 꺼내 달라고 부탁한다.

엄마한테 혼난 게 분해서, 후회하게 하려고 가출한 척. 도망치고 싶어서 죽은 척.

책임을 지지 않고 일을 끝내기 위한 기억상실. 그러면 들키지 않을 거라고 진심으로 생각하고 있다. 그것이 어린아이의 사고라 는 것을 깨닫지도 못한다.

"말해! 이쿠야는 어디 있어?!"

리호, 무슨 소리야?

곤혹스러운 듯 눈물이 고인 눈으로 고개를 젓는 모습을 보고, 절망적으로 확신한다. 와카오는 절대로 인정하지 않을 것이다. 끝 까지 모르는 척, 절대로 나에게 이쿠야에 대한 것을 가르쳐 줄 생각이 없는 것이다. 자신을 위한 일이니 당연하다.

"너라는 사람은 정말…."

그것은 체포된 다음을 생각해서 그러는 것도 아니다. 죄를 피하 기 위한 것이 결코 아닌, 모든 것을 제로로 돌리기 위한 기억상실이 었다. 나는 아무 짓도 안 했고, 죄를 지은 것도 없다.

유치한 계획이었다. 그러려면 가만히나 있을 것이지 자신이 한 일을 자랑하고 싶어서 내게 전화를 했다.

나는 한심한 목소리를 내며 그의 머리를 흔들었다. 부탁이야, 말해. 이쿠야에게 무슨 짓을 한 거야. 너는 그 아이를 어디에 두고 온 거야. 도중부터 내 목소리는 갈라진 울음소리로 변했다. 울면서 부탁한다. 인정해, 제발.

와카오가 오른쪽 귀를 누른다. 어디를 다쳤는지, 팔은 긁혔고 귀 근처에서도 피가 나고 있었다. 와카오가 놀란 듯 눈을 가늘게 뜬다. 귀를 누른 자기 손에 피가 묻은 것을 지금 처음 안 것 같았다. 아연하게 그것을 바라보며 울음소리 같은 가냘픈 목소리를 낸다. 도움을 청하듯이.

그때 내 눈에 그의 오른쪽 머리가 보였다. 그리고는 말을 잃었다. 심하게 까져서 피가 나고 있었다. 머리에서 이마로, 이마에서 뺨으로. 아직도 계속 난다. 와카오가 울기 시작했다.

"머리, 아파…."

구급차 불렀어? 소리치는 소리가 들린다.

"…그래도."

그래도 밝혀질 것이다. 네가 한 짓은, 믿어지지 않을 만큼 엉망이고 철저하지 못했다. 그런데도 그것을 모른다. 넘길 수 있다고 믿고 있다.

내 말이 앞으로의 그를 묶고 저주처럼 끈질기게 따라다녔으면 좋겠다. 언젠가 자기 삶의 방식을 반성하고 인간의 마음을 되찾았을 때, 언제라도 떠올리며 괴로워해야 해. 그럴 수 있다면 나는 칭찬해 주지. 너한테는 평생 걸려도 무리겠지만.

나는 큰 소리로 울고 있었다. 나는 더없이 화가 났다.

이 녀석은 인정하지 않을 것이다. 이쿠야를 납치해서, 그대로….

바보 아닐까. 그렇게 조잡한 일을 위해 정말로 피를 흘린다. 바닥에 남은 핏자국. 부러져서 꺾인 다리. 그의 울음소리는 연기만은 아닐 것이다.

떨리는 목소리로, 나는 울면서 외쳤다. 이 바보 같은 어른을 어떻게 처리해야 좋을지 알 수 없었다.

"그래도 나는, 네가 안 죽어서 다행이라고 생각해 줄게."

내뱉듯이 말하고, 와카오의 몸에서 손을 떼었다. 두 번 다시 만지고 싶지 않았다. 와카오가 이마를 누른다. 머리에서 흘러내리는 피와 아픔 앞에서 그는 몸을 구부리고 흐느껴 운다.

자네, 괜찮은가. 모르는 누군가가 와카오를 향해 달려온다. 눈앞에서 다친 사람을 본 충격으로 울고 있는 아이가 있었다. 고개를 돌리고 주저앉은 여고생이 있었다.

나는 정신없이 달려 그곳에서 벗어났다. 얼굴을 가리자 이번에는 공포 때문에 오열이 멈추지 않았다.

이쿠야.

멍한 눈. 표정도 바꾸지 않고 나를 쳐다보는 그의 얼굴. 하루에 몇 시간이나 피아노를 친다. 몇 년이나 연습한 사람이 아니면 낼 수 없는 음으로.

냉기가 도는 와카오의 말.

"나는 그 아이랑 별을 보러 갔어."

2

역 앞에서 택시를 탄 나는 울먹이며 시즈오카의 K 해안까지 가자고 했다.

예전에 아버지, 어머니와 함께 매년 갔던 바다. 와카오와 함께 바닷가를 걷고, 밤에는 별을 보았다. 가슴에 치밀어 오르는 혼란스러움과 멈추지 않는 울음소리 속에서 다에에게 전화를 걸었다.

상황을 전혀 모르는 온화한 목소리. '네, 무슨 일이에요?'

전화에 매달린 내 목소리는 기도와 비슷했다. 제발 부탁이야. 목 깊숙한 곳에서 힘껏 목소리를 쥐어짜 묻는다.

"다에 아주머니, 이쿠야 있어요?"

―도련님요? 아뇨, 그러고 보니 아직 안 왔네요…. 리호코는 무슨 일이에요? 목소리가 이상한 것 같은데.

"아직 안 왔어요? 아무 연락도 없어요? 정말 아무것도?"

―무슨 일인데요?

그녀가 내 상태를 깨달았다.

―리호코, 혹시 우는 거 아니에요?

제발 나를 안심시켜 줘. 비명과도 같은 오열에 내 목소리는 완전히 무너졌다. 이쿠야는 무사하다. 무사하다. 분명히 무사하다. 와카오는 아무것도 할 수가 없다. 자신의 영역 밖으로 나오지도 못하는 한심한 남자. 그 녀석은 사람을 죽일 수 없다. 한 사람의 생명을 빼앗는 행위에 대한 책임을 그가 견딜 수 있을 리가 없다.

되풀이한다. 계속 되뇐다.

하지만.

'내가 사람을 사람으로 안 본다고 했잖아. 나 그 말을 듣고 쇼크 받았다고. 분명히 흉보는 거라고 생각했어. 하지만 네가 너도 그렇다고 해서 용서한 건데 ―.'

아름다운 얼굴로 순진하게 웃는다. 그 개성에 이름을 붙인 것은 나. 조금 · 부패. 흉이라는 단어가 너무나도 초등학생 같았다.

'요즘에는 안 좋은 뉴스가 많네요.'

벳쇼와 이야기할 때, 내가 했던 말이다.

'그런 사건은 결국 수많은 '와카오'가 일으키고 있는 거예요. 현재 상태에 불만을 느끼면서도 그 원인을 자신에게서 찾지 못하고 다른 사람에게서 찾으려고 하는 거죠. 그러다가.'

분명 내가, 내 입으로 단언했다.

'그러다가 아이를 죽이는 거예요.'

자신보다 강한 것에는 공격성을 보이지 않는다. 정공법으로 마주하지 않고, 납치하거나, 죽이거나.

―리호코! 무슨 일이에요, 리호코!!

다에가 말한다. 숨도 제대로 못 쉬며, 나는 호소했다. 괜찮다. 이쿠야는 무사하다. 우느라 이런 데서 체력을 낭비할 수는 없다. 그럴 수는 없는데.

"역 앞 백화점."

목소리는 엉망이었다.

"거기 2층에서 아까, 남자 한 명이 뛰어내렸어요."

다에가 말없이 듣고 있다. 나는 쉰 목소리로 단어를 잇는다.

"부탁이에요. 그 남자한테 가서 추궁해서, 전부 다 불게 하세요. 그 녀석이 이쿠야를 어딘가에 버리고 왔어요."

다에가 크게 숨을 들이쉬었다. 스스로가 한심해서 두 눈에서 뜨거운 눈물이 흘러나온다. 나 때문이었다.

"지금은 벌써 병원으로 옮겨졌을 거예요. 마쓰나가 아저씨한테 연락해서, 그 녀석이 말할 때까지 물어보세요. 이쿠야를 찾아 줘요."

— 리호코는 지금 어디 있어요? 도련님은 무사한가요?

"몰라요."

그녀의 얼굴이 창백해졌을 것이 상상된다. 나는 한숨을 쉬듯 대답하고, 얼굴을 가리며 말을 이었다.

"마지막으로 그 남자가 전화했어요. 이쿠야랑 별을 보러 갔다고. 짚이는 데가 한 군데 있어서, 지금 거기로 가는 중이에요. 하지만 아닐지도 모르니까. 모르겠어요. 그러니까 찾아 주세요. 서두르지 않으면 그 아이가——."

리호, 소중히 여기던 그 도라에몽 주머니는 지금 어디 있어?

문득 떠오른 목소리. 그것을 떠올림과 동시에 나는 큰소리로 비명을 질렀다.

와카오였던 것이다. 그 녀석이 내게서 그것을 훔쳤다. 그리고 이쿠야를 꾀어냈다. 그 광경이 눈에 보이는 것 같았다. 이걸 돌려줄 테니까 나를 따라와. 이쿠야의 커다란 눈. 몸에는 어울리지 않는, 흘러넘칠 듯한 눈동자.

그는 그 말에 고개를 끄덕였다.

— 리호코!

다에가 외친다.

— 어디로 가고 있어요?! 나도 갈게요. 어디로 ——.

"시즈오카 K 해안. 그 근처에 있는 산속에 ——."

불법 쓰레기를 버리는 곳이 있어요.

그렇게 대답한 순간 전화기가 삐삐삐삐 소리를 냈다. 비어 버린 배터리 표시. 전화가 끊긴다.

다에에게 다시 전화해 보려고 했지만, 전화는 아무 반응을 보이지 않았다. 빛이 사라진 어두운 화면에 이마를 대고, 제발 부탁이라고 빌었다.

이쿠야를 무사히 찾아내 줘. 그런 어두운 숲속에 그를 혼자 두지 말아 줘.

택시 운전사가 슬쩍 거울을 보며 뒤에서 울고 있는 수상한 여자의 상태를 살핀다. 아무래도 좋다고 생각했다. 아무래도 상관없으니까 서둘러요. 부탁이니까 빨리. 나는 울면서 계속 기도했다.

3

그 산 앞에 차가 도착한 것은 한 시간 후였다. 해안 옆을 달리는 차의 창 반대편에 낯익은 산의 모습이 나타난다. 나는 외치듯이 방향을 지시했다.

"저기, 저 좁은 길로 들어가 주세요. 중간에 길이 끊겨서 못 가게 되니까, 거기서 내려주세요. 부탁입니다."

"…이런 시간에 혼자 산에 들어가려고?"

오는 동안 계속 무관심해 보였던 운전사가 어이없다는 듯이 말한다. 나는 고개를 끄덕였다.

"부탁이에요. 시간이 없어요."

이를 악문다.

"그리고 지금 택시 회사 번호랑 차량 번호를 외웠다가 두 시간 뒤에…, 아니, 한 시간 뒤에 산에서 내려가면 아저씨 있는 곳에 연락할게요. 만약 제가 연락하지 않거든 죄송하지만, 경찰에 전화해 주실 수 있으세요?"

운전사가 놀란 듯 나를 돌아보았다. 창밖에는 날이 저문 뒤의 어스름이 깔려 있었다. 금방 완전히 날이 어두워질 것이다. 나는 머리를 숙여 그에게 애원한다. 부탁입니다. 필사적이었다.

"제가 여기로 들어갔다는 걸 전해주세요. 제 이름은 아시자와 리호코예요."

"위험해."

그가 한 번 더 말했다. 나는 고개를 젓고 울면서 부탁했다.

"부탁이에요. 꼭 연락해 주세요."

차가 산속의 좁은 길을 나아간다. 나무들과 풀로 뒤덮여 완전히 길이 끊긴 것은 내 기억보다 훨씬 가까운 곳이었다. 지갑에서 신용 카드를 꺼내어 그대로 그에게 맡긴다. 운전사는 어안이 벙벙한 듯 내 얼굴을 보고 있었다.

"부탁합니다."

같은 말을 반복하고 고개를 숙인 후 나는 바로 뛰어내렸다.

"이쿠야!!!!!!!!!!!!!!!!!!"

이름을 부르며, 흐릿한 그림자에 싸인 숲속을 달린다. 언젠가 와카오와 걸었던 길이었다. 그 쓰레기장이 보이지 않는다. 정신없이, 꽤 긴 거리를 달려온 것 같은데도 나타나지 않았다.

마치 그 일들이 전부 꿈이나 환영이기라도 했던 것처럼, 어디에서도 보이지 않았다.

그곳에서 그와 별을 보았다. 별을 바라보는 옆모습. 나는 별이 아니라 와카오의 얼굴을 보고 있었다. 이젠 그를 어디에서도 찾을 수 없는 것처럼, 그곳도 이제는 없는 것일까.

춥다. 산속의 공기는 아래의 공기와는 비교도 할 수 없을 정도로 차가웠다. 하지만 땀이 멈추지 않는다. 오싹오싹 소름이 돋는다. 얼굴을 닦는다. 이마에 앞머리가 흘러내리고 몸이 무너져 내렸다.

다리가 떨렸다. 땅과 풀에 손을 짚고 일어선다. 미끄러지면서 빰에 흙이 튀고 돌이 목의 얇은 피부를 긁었다. 거칠게 숨을 쉬며 나는 정신 차리라고 스스로를 질책했다.

나는 그 아이랑 별을 보러 갔어.

여기 있는 거지?

아무도 대답하지 않는 나무들 틈새로 목소리를 던진다. 허공을 향해 외친다. 밤이 왔다. 하늘에는 눈부신, 빛나는 달이 떠 있었다.

여기지? 이쿠야.

무엇을 수신할 셈인지, 전혀 알 수 없는 녹슨 텔레비전 안테나.

그때 달빛을 받으며 고요히 놓여 있는 그것이 시야에 들어왔다. 나는 어깨를 들썩이며 숨을 쉰다.

확 트인 공터 같은 곳이 갑자기 눈앞에 나타난다. 늘어선 서랍장과 화면이 깨진 텔레비전, 뚜껑이 열린 세탁기. 그리고——.

나는 눈을 부릅떴다. 있었다.

더러워진 커다란 냉장고가 눈에 띈다. 불길한 예감이 들어 가슴이 종을 치듯 울린다.

그것을 향해 달려가는 내 눈에 버려진 무언가가 보였다. 모든 것이 오래되어 시간이 멈춘 듯한 이 장소에서, 유일하게 아직 새것 냄새가 난다. 땅바닥에 떨어져 있는 그것이 무엇인지를 확인한 순간, 나는 냉장고 표면을 주먹으로 내리쳤다.

"아아!"

냉장고 바로 앞. 쓸쓸하게 던져져 있는 도라에몽의 피아노 가방.

이 안이다. 틀림없다. 이 안이다. 냉장고 문에 손을 댄다. 와카오가 손을 써 놓은 것인지, 문은 내 손을 거부한다. 부탁이야, 열려. 열려 줘, 제발. 울면서, 볼썽사납게 오열하면서 틈새에 손가락을 넣어 억지로 열어 본다. 공포와 불안으로 호흡이 얕게 느껴진다. 숨이 막혔다.

"이쿠야…, 이쿠야!!"

제발 부탁이야. 자신이 누구에게 기도하고 있는지도 알 수 없었다.

끼익끼익, 냉장고가 흔들린다. 검지의 손톱이 깨지고 새끼손가락 손톱은 벗겨져 흔들린다. 피가 흐른다. 손가락은 거의 감각이 없었다. 계속 문을 잡아당긴다. 덜컥, 문이 어긋나는 둔탁한 소리가 귀를 때린다. 다음 순간, 큰 소리를 내며 문이 옆으로 어긋난다. 달빛 아래 안의 모습이 드러났다.

"이쿠야…!"

울면서 외쳤다. 목소리와 동시에 눈물이 흘러넘쳤다.

어둠 속에, 별과 달의 희미한 빛에 창백하게 드러난 그가 거기 있었다. 꼼짝도 하지 않는다.

힘없이 눈을 감고 있다. 얼마나 오래 여기에 있었을까. 밖으로 나왔는데도 전혀 반응이 없다. 나는 소리를 질렀다. 소리를 지르며 그의 손을 잡고 밖으로 끌어낸다. 반응이 없다. 마른 몸은 내 쪽으로 힘없이 무너져 내린다. 받아 안고 있는 힘껏 그의 뺨에 내 뺨을 문질렀다. 차가웠다. 마치 얼음처럼 체온과 탄력을 잃은 뺨이었다.

나는 미친 듯이, 필사적으로 그곳에 생명이 있다는 것을 확인하
려 했다.

"이쿠야, 이쿠야, 이쿠야, 이쿠야, 이쿠야, 이쿠…."

얼굴을 가까이하고 호흡을 확인한다. 손을 잡아 맥을 짚어 본다.
모르겠다. 아직 그곳에 생기가 남아 있는지. 나는 덜덜 떨었다.
내뱉는 자신의 숨소리와 초조함에 반비례해 낮아지는 자신의 체온
만 느껴졌다. 얄팍한 가슴에 귀를 대고 심장 소리를 확인한다. 하
지만 모르겠다. 이미 거기에는 생명이 없는 것인지, 아니면 인식되
지 않을 정도로 약한 것인지. 둘 중 하나다.

"이쿠야, 대답…. 대답해."

흙이 묻은 그의 뺨을 힘없이 두드린다. 조용히 빛나는 별빛 아래
에서 보는 얼굴은 그저 하얗게 보일 뿐이었다. 온몸이 창백하다.
그는 꼼짝도 하지 않았다. 눈을 뜰 기색도 없었고, 입술이 떨리는
것 같지도 않았다.

부탁이야. 부탁이야.

떨리는 어깨에 힘들게 그의 팔을 걸친다. 마른 몸은 조그마한데
도 힘없이 축 늘어져 있어서 납처럼 무거웠다. 이쿠야를 둘러업고
나는 비틀비틀 일어섰다.

돌아가자.

다에 아주머니가 있는 곳으로 돌아가자. 무사한 모습으로, 돌아
가야 해.

내 등에서 늘어뜨려진 그의 손은 가슴이 먹먹할 만큼 작았다.

그걸 꼭 쥐고, 한 발 내딛으려 했을 때——.

나는 크게 숨을 들이쉬고 눈을 감았다.

내 손바닥 안에서, 그때까지 아무 반응도 보이지 않던 그의 손가락이 살짝 움직였다.

움찔, 약지가. 이어서 옆 중지가. 작은 움직임이 번져 나간다. 검지. 엄지에도 약하지만, 힘이 들어간다. 그것을 분명히 느낀 순간, 나는 뒤를 돌아보며 소리가 되어 나오지 않는 이름을 불렀다. 이쿠야. 말라붙은 뺨의 흙을 타고, 입술에 눈물이 흘러들어왔다.

또 손가락이 움직인다. 검지, 중지, 약지. 그것은 보이지 않는 건반을 누르는 움직임이었다. 도시라솔라시, 도시라솔라시, 도시라솔라시, 도시라솔. 아무것도 없는 곳에서 울리는 음계. 피아노 소리. 확실하게 전해져 온다.

고맙습니다, 하느님.

땅에 떨어진 그의 도라에몽 가방을 주워 어깨에 메고, 나는 이를 악물었다. 앞을 향해 어두운 숲을 똑바로 바라본다.

어디로 가야 하나.

여기까지 정신없이 와서 자신이 어느 쪽에서 왔는지 알 수 없었다. 어서 돌아가지 않으면 이쿠야가 위험하다. 그 냉장고 속의 공기는 얼마나 산소 농도를 유지하고 있었을까. 이쿠야는 얼마나 오래 거기에 혼자 있었을까. 생각만 해도 몸이 떨린다.

"꼭, 돌아가자."

나는 중얼거렸다. 내가 꼭 살려줄게.

눈물을 닦고 또 한 발짝, 숲속의 마른 나뭇가지를 밟는다. 머리 위의 나무들 가지에 가려 눈앞은 무섭도록 깊은 어둠으로 변했다. 내딛는 발이 어디를 향하고 있는지 모르겠다. 이쿠야를 업고 있어서 한 발짝 한 발짝 내디딜 때마다 숨이 찼다.

보이는 곳은 전부 똑같은 풍경의 길. 어깨 위에서 움직이는 이쿠야의 손가락은 정말로 가냘픈 힘으로 움직이고 있다. 서둘러야 한다. 헤매고 있을 시간은 없다.

뺨의 눈물과 흙을 닦고 얼굴을 들었을 때였다.

눈앞의 어둠 속에서 한 줄기 가는 빛이 움직인다. 노란, 등대가 바다를 비추듯 원을 그리며 흔들리는 라이트. 숲의 나무들 틈새로 그것이 내 쪽을 비춘다. 눈이 부셔서 눈을 가늘게 떴다. 다음 순간이었다.

"이쪽이야."

목소리가 나를 부른다. 빛이 몸을 비춘다. 나는 천천히 눈을 떴다.

"이쪽이야. 나를 따라와."

약간 흰빛이 섞인, 따뜻한 빛. 작은 회중전등을 손에 들고, 벳쇼 아키라가 거기에 서 있었다.

제10장

사차원 주머니

* 사차원 주머니

도라에몽의 배에 달려 있는 것도 이 주머니다. 내부가 사차원으로
연결되어 있어서 무엇이든 들어간다.

도라에몽은 여러 비밀 도구를 이 안에 넣어 놓고 꺼내어 사용한다.

1

"벳쇼 선배…."

메마른 입술에서 작게 중얼거리는 듯한 목소리가 새어 나온다.

나를 비추고 있던 전등을 옆으로 치워 숲을 비춘다. 길을 알리듯 명확하게 한 방향을 가리키며, 벳쇼가 크게 고개를 끄덕였다.

꽤 오랜만에 만나는 것이었다. 부드럽고 따뜻해 보이는 그 얼굴이 오늘은 무척 엄하다.

여름 교복 소매 아래로 뻗어 있는 하얀 손이 라이트와 같은 방향으로 움직였다.

"서두르자, 이쪽으로 가면 큰길이 나와."

"어떻게, 여기에…."

나는 숨이 찼다. 벳쇼는 내 등의 이쿠야를 본다. 살짝 눈을 찡그리더니 조심스레 그의 이름을 부르고는 고개를 저었다.

멍하니 빛 앞에 서 있는 나를 향해, 그는 힘차게 고개를 끄덕였다.

"잘했어. ──괜찮아, 이쿠야는 분명히 살 수 있을 거야. 네가 살리는 거야."

나는 거칠게 숨을 내쉬며 고개를 끄덕였다. 그것을 확인한 벳쇼
가 걸음을 옮긴다.

"이쪽이야. 따라와."

가는 빛이 둥글게 나무들을 비춘다. 나는 고개를 끄덕이고는
어둠 속으로 발을 내디뎠다.

2

"저 때문이에요."

벳쇼의 뒤를 따라 걸으며, 나는 높은 나무들 사이로 별을 쳐다보
면서 말했다. 내 바로 앞을 걷고 있던 벳쇼가 묵묵히 돌아본다.

동그랗게 잘린 시야 위에서 빛나는 별빛이 찌르는 듯하다. 나는
뒤를 이었다.

"내가, 와카오를 무시해서, 깔봐서 이렇게 된 거예요."

등에 업힌 이쿠야에게 어떻게 용서를 빌어야 할지 모르겠다.
사람의 맥락 없는 사고를 얕보고, 악의를 얕보고, 그를 바보 취급
하며 무시했다. 와카오는 그렇게 심한 짓은 하지 못할 것이라고
안이하게 생각해 왔다.

벳쇼가 천천히 눈을 가늘게 뜨더니, 걸으면서 내게 말했다.

"그래도 사람을 믿는 게 뭐 어때. 나는 그렇게 생각해. 너는 그를
믿고 싶었던 거야."

"아니에요. 그런 좋은 게 아니야."

"어떻게 다른데?"

"나는….""

모두와 함께 놀 때의 불문율. 나 혼자만이 놀면서도 즐겁지 않다는 것을 감춘다. 나는 미야를, 가오리를 무시했다. 가요와 다치카와도, 미야하라도. 가끔은 어머니마저도.

"조금 · 어떻다고, 사람들 개성에 그런 이름을 붙이면서 놀았어요."

"응."

계속 걸으며 말하는 그의 목소리는 따뜻하지도 차갑지도 않은, 신기한 목소리였다. 숨이 차서 괴로운데도 나는 말을 하고 싶었다. 그가 들어주기를 바랐다.

"후지코 선생님이 그랬어요. 선생님은 SF라는 장르를 조금 신기한 이야기 정도로 생각하고 그런다고. 옛날에 그걸 듣고 재미있어서, 그래서 내가 시작한 놀이예요. 누구든지 그 개성을 SF, '조금 · 어떻다'로 간단하게 나타내는 거요. 거기에서 보이는 고민 같은건 어차피 다 별거 아닌데, 다들 필사적으로 고민하는 게 우습다고, 나 혼자 똑똑하고, 다들….""

사람을 무시하고, 그들과 진지하게 마주하지 않는다. 나와 기질이 닮은 와카오에게 끌렸다.

"누구한테나 다 그 SF가 있어?"

벳쇼가 물었다.

"와카오한테도?"

"그 사람은 조금·부패. 언제부터 그랬는지 몰라요. 하지만 그렇게 되었어요. 지금은 그게 상당히 진행되어 버렸으니까, 조금이 아니겠지만."

이야기를 하는 동안 가슴에 뜨거운 무언가가 치밀어 올라 눈에 눈물이 고인다. 어째서 그렇게 되는지는 알 수 없었다. 벳쇼가 내 얼굴을 보지 못하게 시선을 내리깔았다.

"선배는 조금·플랫. 중립적이고 주위에 휩쓸리지 않고. 어느 한쪽 편도 들지 않는 게 어른처럼 보였어요."

"네 어머니는?"

"조금·불행이요."

벳쇼가 한순간 완전한 무표정을 보인다. 그리고는 쓸쓸히 웃으며 고개를 끄덕이더니 납득한 얼굴이 되었다. 그리고는 또 물었다. 당장이라도 지쳐 쓰러져 버릴 듯한 내게 의도적으로 말을 시키려는 것처럼 느껴졌다.

"이쿠야는?"

"조금·부족."

"──아아."

벳쇼가 깊이 고개를 끄덕이고는 내 등에 힘없이 업혀 있는 그에게 시선을 주며 말한다.

"내가 저주를 걸었거든. 이쿠야는 그걸 충실하게 지키고 있어. 아무것도 원하지 않고, 결코 약한 소리도 하지 않고. 모든 것을

──아버지의 애정조차 바라지 않으면서 지금도 피아노를 치고 있지."

"그거 저주였어요?"

"응, 저주면서 기도이기도 해. 내가 한 거야."

이쿠야를 바라보는 벳쇼의 눈이 천천히 가늘어지더니 어두워진다. 그것은 사랑하는 존재를 바라보는 시선임과 동시에 애처로운 존재를 바라보는 안타까운 시선이었다.

"하지만 이젠 그것도 끝내야지. 누군가가 그걸 풀어주어야만 해."

"그게 풀릴까요?"

"풀릴 거야."

내 질문에 틈도 주지 않고 벳쇼가 단언했다.

"반드시 풀릴 거야. 괜찮아, 이쿠야는 강하니까. 얼마나 대단한 아이인지, 나는 옛날부터 진심으로 존경스러웠어."

"이쿠야는 아버지랑 살고 싶을 거예요."

잔혹한 내 목소리가 밤하늘에 흡수된다. 등 뒤의 이쿠야에게는 들리지 않기를 바랐다. 벳쇼가 고개를 끄덕인다.

"이 아이는 어머니가 돌아가셨을 때도 견뎠고, 지금도 견디고 있어. 아무것도 바라지 않는다는 것은 믿을 수 없을 만큼 깊고 어려운 일이야. 이쿠야는 이제 그게 당연하다고 믿고 있어. 그건 새장 속의 새랑 마찬가지지. 살아 있을 수는 있지만 절대로 밖으로 날아갈 수는 없어. 누군가가 진심으로 그를 필요로 할 때까지 그렇게 하라고, 내가 약속하게 했어. 아버지가 그 사람이 되면 좋겠다고 생각했는데, 아무래도 그러려면 시간이 너무 많이 걸릴 것 같네. 나는 그걸 풀어주고 싶어."

뺨에 가을바람이 불어온다. 벌레 소리가 울려 산의 정적을 한층 조용하게 만든다. 벳쇼가 다시 물었다.

"너 자신의 조금·어떻다는?"

"나는."

이쿠야의 손가락이 가냘픈 힘으로 내 어깨를 두드리고 있다. 언제 그 힘이 다해 사라진다 해도 이상하지 않을 것 같았다. 그 사실에 대한 공포를 지우듯이, 나는 계속 앞에 펼쳐진 별빛만을 보고 있었다.

"내가 나한테 붙인 그건 조금·부재. 어디에 있어도 거기에 애착을 느끼지 못하고, 나 자신도 좋아하지 않으니까. 누구하고도 관계를 맺지 못하면서 어중간하게 다른 사람과 연결되고 싶어 하니까. 그러니까 늘 추하고, 숨이 막혀요. 어디에서도 살아나갈 수 없을 것 같아요."

말을 하면서 다시금 내 개성이 저질이라는 것을 깨닫는다. 자기가 무슨 왕이라도 되는 양, '모두들'처럼 거기서 살 수 없다고 한다. '모두들', '모두들'이라는 것은 나 이외의 모든 사람을 가리킨다. 나만이 언제나 그곳에서 이질적이다.

"그렇게 자신의 에고 때문에 사람한테 집착하는 건 '착한' 게 아니라고, 와카오 일로 친구한테 혼났어요. 그 말이 맞죠. 나는 언제나 틀려요."

중요한 대목에서, 언제나 반드시.

왜인지, 실종되던 날 오후에 현관에서 아버지와 만났던 것이 생각났다. 보내면 안 된다. 아버지는 자살하러 가는 길이었는데, 나는 배웅하고 말았다──.

"아버지는?"

벳쇼가 묻는다. 얼마 안 남았다고 중얼거리며, 얼마 안 남았어, 조금만 더 가면 산을 벗어나. 너희는, 이쿠야는 살 수 있을 거라고 속삭이며.

"아버지는."

어두운, 해저처럼 어두운 밤하늘을 쳐다보며 나는 그제야 처음으로 확신했다. 지금까지 그러지 못했던 것이 이상할 정도로 갑작스럽게, 하지만 명확하게 마음이 그것을 받아들인다.

"아버지는 조금 · 후지코 선생님 (Sukoshi · Fujikosensei)."

어미가 흐려져서 끝까지 제대로 말하지 못했다.

선생님처럼 살기 위해 인간성과 인격을 닦으려다가 아버지는 좌절했다.

아아, 그는 이제 살아 있지 않은 것이다. 이 세상 어디에도 없다. 그것을 확신한다. 어머니가 말한 대로였다. 어느 바다인가의 바닥에, 우리는 알 수 없지만 분명히 잠들어 있다.

〈도라에몽〉 중에서 아버지가 특히 좋아했던 이야기를 떠올린다. 이 해안에 왔을 때, 밤하늘을 쳐다보며 내게 이야기해 주었다.

'은하수 철도의 밤'

스네오가 증기기관차를 자랑하자 그것이 부러워진 노비타가 도라에몽이 떨어뜨린 '은하수 철도 승차권'을 마음대로 쓰는 이야기다. 밤에 학교 뒷산에 열차를 불러 시즈카와 스네오, 자이언과 함께 탄다. 소매가 긴 푹신푹신한 옷을 입은 키 작은 차장. 한 사람분밖에 티켓이 없었지만 "괜찮소. 몇 명이든 타시지요. 어차피 오늘이 마지막…", 이라며 모두를 태워준다.

간소한 차내에는 그들 말고는 손님이 없다. 차장이 말한다. "이젠 다 잊었죠…. 그게 발명되고 나서." 수수께끼처럼 의미 깊은 대사. 그들이 도착한 곳은 우주 끝에 있는 '끄트머리 성운'의 한참 끝에 있는 별. 역에 내려 주변을 둘러본 스네오가 말한다.

"정말 끝의 끝이네. 이쪽에는 별이 하나도 없어."

지금도 나는 우주의 끝이라고 하면 스네오의 말이 생각난다. 맨 끝의 아무것도 없는 어두운 곳.

'리호가 처음 읽은 미스터리는 뭐였니? 아빠는 말이지, 그게 뭐였는지 안다.'

초등학교 4학년, 내가 지금의 이쿠야 만했던 해의 여름이었다. 모래 해변을 밤에 나란히 걷고 있을 때 아버지가 물었다. 나는 주의 깊게 생각했다.

'홈스의 〈네 개의 서명〉 아니면, 에도가와 란포의 〈괴인 이십면상〉. 아빠가 생각한 것도 그거야?'

나도 기억이 애매한 것을 어떻게 아빠가 맞출 수 있는 걸까, 하고 이상하게 생각하면서 물어보자 아버지는 아이처럼 흥분한 얼굴로 말했다.

'아니야. 역시 몰랐구나. 리호가 처음 읽은 미스터리는 〈도라에 몽〉의 '은하수 철도의 밤'이야.'

그 대답에 나는 깜짝 놀라 눈을 깜박였다.

'그거, 미스터리야?'

'그럼, 아주 괜찮은 미스터리지. 빨려 들어가는 듯한 도입부, 차장의 말 속에 나오는 수수께끼 같은 '그것'의 존재. 우주의 맨 끝까지 가는 장대함과 거기에 남겨진 공포. 그리고 마지막 한 컷으로 밝혀지는 서프라이즈 엔딩. 내가 미스터리라는 장르가 가지는 카타르시스를 처음 맛본 게 그 단편이야.'

'너무해. 〈도라에몽〉은 만화니까 그걸 미스터리라고 해도 되는지 몰랐잖아.'

'그렇구나.'

아버지가 다정하게 나를 내려다본다. 그랬다는 기억이 있다.

'하지만 그렇게 보면 우리한테는 러브스토리도 SF도 전부 제일 처음 본 건 〈도라에몽〉이겠다. 중요한 건 전부 거기서 배웠어.'

중요한 것은 전부 〈도라에몽〉과 후지코 선생님한테서. 분명 그렇다. 하지만, 아니다. 나는 그 세계를, 당신을 통해서 알게 되었다. 아빠, 나는 그 다정한 세계를 아빠한테서 배운 거예요.

눈앞의 하늘에는 아버지와 이야기를 나누던 그날처럼 하늘 가득 별이 떠 있었다. 사자자리 유성군처럼, 그것이 움직일 것 같지는 않다. 가만히 그곳에서 빛나는 별들이 흘러 떨어지지 않도록, 조금이라도 길게 그곳에서 빛나기를 이유도 없이 기도한다.

수만 광년이나 떨어진 곳에서 도달하는 빛. 지금 빛나는 그 반짝임의 시작점에는 이미 그 별이 소멸하여 없어진 경우도 많다고, 나는 그것도 또한 예전에 아버지에게 들었다.

3

아래쪽으로 그 붉은색이 보인 것은 이미 걷는 다리의 감각이 없어지고 이쿠야를 업은 등과 지탱하고 있는 팔이 완전히 굳어버렸을 때였다.

그것이 산 아래라는 것을 깨달았다.

나무 사이사이로 보이는 붉은 등불. 경찰차 아니면 구급차, 언젠가 본 적이 있는 그 불빛. 목소리가 들린다. 사람들이 이야기하는 목소리가 들려오고 있다. 그것을 발견한 순간 나는 안도로 눈물이 나올 것 같았다.

"여보세요!! 여기! 여기예요!"

들릴 거리일지는 모르겠지만 힘을 다해 외친다. 내 목소리는 이미 다 갈라져 있었다. 바다가 가까운지 바다 냄새가 짙었다. 귀를 기울여 보니 파도 소리가 들렸다. 마지막 힘을 쥐어짜 외친다.

그 택시 운전사가 불러 준 걸까, 아니면 다에 아주머니일까.

다에 아주머니.

그 얼굴을 떠올리자 그리움에 눈물이 쏟아질 것 같다. 집에 가자. 뒤를 돌아보며, 이쿠야에게 말을 건다. 집에 가자.

이쿠야의 몸을 양팔로 받치고 벳쇼 앞으로 한 발짝 나서서 외친다.

"여기예요! 이쪽이에요!"

벳쇼를 돌아보았다.

"사람이, 있어요….."

중얼거림과 동시에 지친 팔에서 힘이 빠져나간다. 지금까지 걸어올 수 있었던 것이 신기할 정도로 무릎이 떨리고 있었다. 다리의 둔한 감각과 피로감, 땀과 눈물로 얼룩진 자신의 얼굴을 실감한다.

벳쇼는 한 발자국 뒤에서 산기슭에 펼쳐진 붉은빛을 바라보고 있었다. 그 너머를 보며 무언가를 확인함과 동시에 시선을 내리깐다.

그가 나를 바라보았다.

빨리 가요, 그렇게 말하는 내게 그 얼굴이 조용히 웃음을 띤다. 그 표정은 그가 처음으로 보여준 얼굴이었다. 눈을 가늘게 뜨고, 곧 울 것처럼 뺨이 일그러진다. 통렬한 아픔이라도 감춘 듯 눈빛이 어둡다.

그가 천천히, 아주 천천히 회중전등을 움직여 내 얼굴을 비춘다. 강한 빛이었다. 정면으로 그 빛을 받은 나는 그것에 찔리기라도 한 듯 멈추어 섰다. 눈 부신 빛에 가려져 그 빛을 내게 비추는 벳쇼의 얼굴은 보이지 않았다.

그가 말했다.

"적응등."

그의 목소리가 떨리고 있었다. 무언가를 견디듯, 가늘게 살짝 떨리고 있었다.

어디선가 들은 적이 있는 단어였다. 도라에몽의 도구 이름이다. 나는 빛을 받은 눈을 부릅떴다. 눈동자가 아프다. 벳쇼가 말을 이었다.

"22세기에서도 최신 발명품이지. 해저든 우주든, 어느 곳에서든 이 빛을 받으면 거기서 살아갈 수 있게 돼. 숨이 막히지도 않고, 그곳을 자신이 있을 곳으로 받아들이고 호흡할 수 있게 되지. 얼음 밑에서도 살아갈 수 있어. 너는 더 이상 조금·부재가 아니게 되는 거야."

그가 부드럽게 웃는 것 같았다.

"도구의 이름을 잊다니, 리호답지 않구나. '노비타의 해저 귀암성'. 리호가 좋아하는 영화잖아. 유효기간이 있으니까 주의하고. 이 빛의 효력이 다하기 전에 네 힘으로 잘해 보는 거야. 괜찮아, 너라면 반드시 할 수 있을 테니까."

나는 마른침을 삼켰다. 몸은 움직이지 않았다. 따뜻한 빛. 얼굴을 감싸고, 내 몸을 전부 덮는다. 벳쇼의 목소리가 다시 희미하게 떨렸다. 사랑스러움이 배어 나오는, 하지만 그 이상으로 치밀어

오르는 아픔을 견디는 울림.

"언제나 너를 생각한단다. 나도 시오코도, 너를 많이 좋아해. 세상 사람 모두가 너를 나쁘다고 해도 우리는 말할 거야. 리호코는 착한 아이라고."

빛을 바라보는 내 눈이 더욱 크게 벌어진다. 그의 목소리가 멀어지듯 희미해지더니 빛이 점점 옆으로 흔들린다. 그리고 말했다.

"후지코 선생님이 못 되어서 미안하구나."

그것이 마지막이었다.

달그락, 어이없을 정도로 가벼운 소리를 내며 빛이 아래로 떨어진다. 나를 비추던 빛이 사라지고, 눈앞에는 노란 회중전등이 떨어져 있었다. 때가 낀, 오래된 회중전등이 땅바닥에 약한 빛을 보내고 있다. 그 옆에 크레용으로 삐뚤빼뚤 쓰인 글자가 보였다.

'리하코.'

두근, 가슴이 크게 뛴다. 머릿속이 충격으로 흔들렸다.

두근.

고개를 든다. 벳쇼가 없었다.

이 빛만을 남기고, 지금까지 서 있었던 곳에 그는 없었다.

"벳쇼, 선배…?"

'너무하네, 나는 리호코 이름 중에 '호'자를 특별하게 생각하고 있었는데 말이야.'

목소리가 귀에 떠오른다. 시간이 멈춘 아버지의 서재. 입구 옆에 내버려 둔 낡은 회중전등. 청소하러 왔다가 그것을 본 미야에게 대답했었다.

'그거, 스몰라이트야.'

스몰라이트──, 빅라이트──. 그 말을 반복하며 놀았던 어린 시절. 커지기도 하고 작아지기도 하고.

"벳쇼…."

왜 나는 이쿠야를 업고 있을까. 왜 계속 등에 이쿠야를 업고 있었을까. 어째서 벳쇼는 이쿠야를 업어주지 않았을까?

노랗고 검은 배색. 돈키호테 봉지를 넣어 둔 악질 장난. 나와 같이 식사를 하던 마쓰나가의 사진이 주간지에 투고되었고, 길에서 와카오에게 주의를 준 미야도 머리채를 잡혀 울음을 터뜨렸다. 가오리도 와카오와 충돌한 덕분에 그를 좋지 않게 이야기하게 되었고 이쿠야는 이런 산속에 감금되었다. 그는 어머니 문병에조차 따라오려고 했었다. 나와 관계가 있는 거의 모든 사람에게 관심과 공격성을 보이던 와카오가, 어째서 벳쇼에게만은 아무것도 하지 않았지?

언제 만나도 늘 여름 교복을 입고 있었다. 지금과 같은 10월 말에도. 하얀 셔츠에서 뻗어 나온 가느다란 팔.

사진을 찍는다. 벳쇼와 사진을──.

아버지의 암실에서 고양이 사진을 현상하는 나. 어둠 속에 떠오르는, 전원과 주택지가 섞인 마을 풍경. 그것을 찍은 사람은….

'너는 정말 소질이 있구나. 예상대로야.'

'뭐가요?'

'모르겠으면 몰라도 되는데, 정말 센스가 좋아.'

자신만 알 수 있는 맥락에서 이야기를 진행한다. '파인더에 집중해.'

먼 곳에 있는 사람에게 말을 거는 듯한 목소리로, 벳쇼가 말한다.

찰칵, 셔터를 누르는 소리. 내 손가락이.

내 손가락이 그것을 누른다.

주택가의 한쪽에 있는 작은 아동공원에서, 사진을 찍는 내게 지나가던 할머니가 말을 건다.

'어머나, 사진? 사진기가 크기도 하지, 멋지구나.'

눈물이 마른 얼굴에 웃음을 띠고, 나는 그녀에게 손을 흔들었다.

'네, 고맙습니다.'

보이지 않은 것이다.

등줄기에 차가운 것이 스쳐 지나간다. 그리고 확신한다.

그의 모습은 나 이외에는 누구에게도 보이지 않았던 것이다.

옥상의 물탱크. 그곳에 올라갈 때 잡았던 사다리는 태양 빛에 데워져 상당히 뜨거웠다. 어깨에서 내려온 카메라가 옆구리에서 흔들린다. 위로 올라가 그것을 들고, 나는 눈 아래 펼쳐진 동네를 보았다. 찰칵찰칵. 연달아 셔터를 누르는 소리. 내 얼굴 위로 그 소리가 미끄러진다. 나는 푸르스름한 시야 속에 펼쳐져 있는 집들을 바라보고 있었다.

네모난 시야를 셔터 소리로 잘라낸다. 파인더에서 얼굴을 떼자 강한 빛이 눈 속으로 스며들어 아팠다.

나는 멍하니 서 있었다. 그 외에 뭘 해야 할지 알 수 없었다.
"벳쇼…."
데릴사위였던 우리 아버지. 그것 때문에 할아버지, 할머니와 잘 지내지 못했다.
"벳쇼, 아키라…."
불러 본 이름이 내 귀에 이해된 순간. 나는 힘없이 그 자리에 주저앉았다.
"아아."
한숨처럼 목소리가 새어 나온다. 손으로 입을 덮는다. 아아.

"아빠…!"

사진가 아시자와 아키라. 아버지의 이름은 '光'이라고 쓰고 '아키라'라고 읽는다.

아키라 씨한테는 ──.

다에의 목소리가 되살아난다.

'저에게나 도련님에게나, 아키라 씨가 참 잘해주셨거든요.'

그는 이쿠야네 집에서 살았던 적이 있다. 마쓰나가가 우리 아버지에게 느끼는 은혜의 정체.

벽을 온통 채운 사진. 빛깔이 바랜 유빙의 바다.

'유빙이 보고 싶어.'

그가 슬쩍 말하던 목소리를 떠올린다.

4

"어─이."

아래에서 부르는 소리가 들린다. 아마도 나와 이쿠야를 부르는 소리.

그리고 지금 눈앞에 떨어져 있는 이 전등 빛을 향해.

"어─이, 누구 있어? 거기 있나!?"

부르는 목소리가 들린다. 나는 고개를 끄덕였다. 말없이 끄덕였다. 얼굴은 눈물로 엉망이고 목소리도 제대로 나오지 않았다. 소리가 되어 나오지 않는 목소리로 대답한다. 여기예요, 여기 있어요.

아빠.

둑이 터진 듯 기억이 흘러넘친다. 멈추지 않았다.

왜 잊고 있었을까. 아시자와 아키라. 아버지의 얼굴, 현관에서 만났던 일, 그것을 마지막으로 사라진 아버지. 그 얼굴이 천천히 떠오른다.

얼음 고래. 그 이야기를 하는 그의 표정.

'마지막 한 마리의 곁에 가고 싶었어. ── 옆에 가고 싶었어. 생명이 다해가는 걸 그냥 보고만 있을 수 없어서 어떻게든 해 주고 싶었는데.'

집을 나가던 그날. 아버지의 팔이 떨리고 있었다. 생각하면 안타까움에 눈물이 넘쳤다. 아버지는 어떤 마음으로 그날 나를 끌어안았을까.

네가 좋아하는 도라에몽이었다면.

'무슨 수가 있었으려나? 22세기의 과학이라면 고래를 구할 수 있어?'

나는 대답했다.

'── 해저를 모험하는 영화가 있어요. '노비타의 해저 귀암성'. ── 지금은 이름이 잘 생각 안 나는데, 먹으면 산소가 나와서 숨을 쉴 수 있게 되는 사탕이나, 쪼이기만 하면 어느 곳에나 적응할 수 있게 되는 라이트 같은 거.'

땅바닥에 흘러넘치는 약한 빛.

그때, 어째서 그것이 그렇게 눈부시고 강하게 느껴졌는지 모르겠다.

중얼거려 보니 끊임없이 목소리가 나왔다. 길게 이어지는 외침이 멈추지 않았다. 목소리가 나오는 한 외친다. 아빠.

'적응등.'

"리호, 누….."

그때, 내 귀에 아주 작고 연약한 속삭임이 들렸다.

내 목소리가 멈춘다. 너무 놀라 한순간 완전히 숨을 멈추고 목소리가 난 쪽, 등 뒤로 얼굴을 돌린다. 그 충격에 어깨에 메고 있던 이쿠야의 가방이 풀썩 마른 소리를 내며 떨어진다.

내 어깨를 두드리던 연약한 손가락의 움직임이 사라졌다.

나는 뒤를 돌아보고, 그대로 길게 숨을 내쉬었다. 이쿠야가 아주 가늘기는 하지만 눈을 뜨고 있었다. 황급히 그를 내려놓는다. 차가운 팔과 멍한 눈. 그것을 보자 더 참을 수가 없었다. 나는 매달리듯이 이쿠야를 끌어안았다.

이쿠야가 말한다. 얇은 입술을 움직여, 정말로 들릴 듯 말 듯한 목소리로.

"리호 누나…, 도라에…몽…."

땅바닥에 떨어진 가방에 시선이 멈춘다. 떨어진 충격으로 안에 들어 있던 것이 흩어져 그 안에 있던 악보가 밖으로 튀어나와 있었다. 붉은 끈이 달린 내 주머니도 들어 있었다.

색도화지에 붙어 있는 악보에는 피아노 선생님이 써 준 것인지 '도라에몽'이라고 쓰여 있었다. 성인 여자가 열심히 그린 것 같지만 전혀 닮지 않은 도라에몽 일러스트도 그려져 있었다.

도시라솔라시, 도시라솔라시.

피아노라고는 칠 줄 모르는 내가, 어떻게 이쿠야가 두드리는 손가락 움직임을 읽었을까. 새삼스레 그 생각을 함과 동시에 그 이유를 깨닫는다. 그것은 〈도라에몽〉 주제가의 전주 부분이다. 흐르는 듯이 부드러운 음계. 타라라라라라, 타라라라라라, 타라라라라라, 타라라라.

'피아노 쳐 줄래?'

언젠가 내가 그에게 부탁했던 약속이었다.

'난 알아. 나는 분명 얼마 안 있어 아주 소중한 것을 잃게 될 거야. 그걸 알고는 있는데, 거기에서 도망칠 수가 없어. 그렇게 되면, 피아노를 쳐 줄래? 이쿠야가 좋아하는 곡. 아무거나 괜찮으니까.'

그는 분명 그 부탁을 받고 내가 좋아하는 곡을 고른 것이다. 연습해서 들려줄 생각이었던 것이다.

'리호 누나.'

나를 부르는 이쿠야의 목소리. 아버지는 분명, 이쿠야에게 저주와 함께 소망도 걸었던 것이다. 아무것도 바라지 않고, 곤란에 견디며 결코 약한 소리를 하지 않는다. 그리고 피아노에 매달려라.

이 얼마나 잔혹한가. 그랬다. 분명 처음부터 그랬다. 이쿠야는
말할 수 없는 것이 아니다.

말하지 않은 것이다.

"이쿠야. …"

있는 힘껏, 그의 차갑게 얼어붙은 마른 몸을 끌어안았다. 내 목
이 뜨겁게 떨리기 시작한다. 넌 바보야. 정말 바보야. 왜 그럴까.
왜 아무도 그를 자유롭게 해 주지 않는 걸까. 새장 속에 갇힌 새,
하늘을 날지도 못하고.

정신이 들었을 때 나는 엉망이 된 목소리로 외치고 있었다.

"갖고 싶은 게 있으면 말해도 돼."

산기슭에서 돌아가고 있던 붉은 램프 옆에서 사이렌이 높게 울
린다. 웅성대는 목소리가 들린다. 누군가 이쪽으로 오려고 하고
있다. 마음속으로 그들을 부른다. 여기예요, 이쪽이에요.

"아프면 울고, 괴로우면 도와달라고 말하면 되는 거야. 분명 누
군가가 힘을 빌려줄 거야. 이제는 싫다고 도망가 버려도 돼. 그렇
게 할 수도, 있는 거야."

저쪽이다! 우리가 있는 곳을 가리키며 외치는 소리가 들린다.

도련님은 어디 있죠? 목소리를 듣고 눈을 감는다. 다에 아주머
니. 그녀가 여기에 와 주었다. 이쿠야——, 있으면 대답해. 필사적
으로 외치고 있는 사람은 마쓰나가의 목소리였다.

이쿠야. 피아노도 안 쳐도 돼.

내 팔 안에서 이쿠야의 차가운 팔이 곤혹스러운 듯 어색하게

움직이는 것을 알 수 있었다. 나는 이미 온몸이 뜨겁게 떨리고 있었다.

"누군가와 관계를 맺고 싶을 때는, 매달려도 돼. 상대방의 사정 같은 건 무시하고 같이 있고 싶다고, 그렇게 말해도——."

말하면서 깨닫는다. 그것이 내 자신을 향한 말이라는 것을. 다른 누군가가 아닌 나 자신이 그렇게 하고 싶은 것이라는 사실을.

나는 혼자가 되는 것이 두렵다. 누군가와 함께 살아나가고 싶다. 나를 필요로 해 주는 사람이 있기를 바라고, 내가 필요한 사람이 곁에 있어 주길 바란다.

지금 막, '적응등'의 빛을 쬐었다.

나.

입에서 오열이 터져 나온다.

이쿠야, 나는 안 될까. 내가 가족이 되면 안 될까.

"나, 너랑 같이 있어도 돼?"

어머니인지, 누나인지. 아니면 애인인지, 동생인지. 우리 관계의 이름은 그중 어느 것도 아니었지만, 이 아이를 붙잡는 데 이름은 없어도 괜찮으리라 생각했다.

나는 이쿠야를 좋아한다.

미야를, 가오리를. 학교 친구들을, 부모님을. 마쓰나가 아저씨도, 와카오도 좋아했다. 처음부터 늘 그랬다.

"너희들 괜찮니?"

큼직한 회중전등 빛이 나와 이쿠야를 비춘다. 나는 얼굴을 들었

다. 다에가, 마쓰나가가, 안색을 바꾸며 뛰어온다. 우리를 데리러
온다.

　얼굴을 들자 산 건너편 하늘 아래에는 온통 밤바다가 펼쳐져
있었다.
　파도 소리가 들린다. 바닷바람 냄새가 난다. 눈 아래 펼쳐진,
어두운 푸르름——.
　"이쿠야."
　이름을 부른다. 더 이상 눈을 뜨고 있을 수 없었다.
　"이쿠야, 바다야."
　아버지가 잠든 바다는 이곳일까. 그럴지도 모르고 아닐지도 모
른다. 하지만 모든 물은 서로 섞여 하나로 이어진다. 달빛과 별빛
을 받는 온화한 해수면을 향해, 나는 감사를 표한다.
　고마워요, 아빠.
　그곳에서 만났을 어머니를, 잘 부탁해요.

凍りのくじら

에필로그

약속 장소인 백화점 앞에, 그는 이미 와 있었다.

백화점 1층 스타벅스에서 기다리고 있으라고 했는데, 그가 선택한 장소는 그 앞에 있는 분수였다. 겨우 물에 젖지 않을 위치에서, 벽에 등을 기대고 뿜어져 나오는 물의 움직임을 관찰하고 있다.

"많이 기다렸어? 미안."

"익숙해. 리호 누나가 지각하는 게 한두 번이 아니고."

다가가는 내게 시선도 주지 않은 채 말하며 물을 향해 손을 뻗는다. 그것은 그의 손끝을 스치더니 그 손이 물러간 순간 원래의 단조로운 움직임으로 돌아간다. 그게 특별히 보기 힘든 광경도 아닐 텐데, 솟아오르는 물을 신기하다는 듯 바라보는 그의 모습은 역시 고양이와 닮았다.

"가자. 사진 전시장은 여기 5층이니까."

"알아. 보고 왔어."

"보고 왔어?"

"실은 지난주에 아빠랑 다에 아줌마랑. 데려가 달라고 어찌나 시끄럽게 굴던지. 그 두 사람 말이야."

"거짓말."

나는 얼굴을 찡그렸다. 그런 말은 처음 듣는다.

"난 아무 말 못 들었는데. 어떻게 된 거야?"

"모르지. 그냥 셋이서 밥을 먹고 있었는데 그 이야기가 나와서, 실물이 보고 싶다고 노래를 부르는 거야. 잡지 같은 데서 봤을 거면서."

그가 지겹다는 듯이 말한다. 말과는 달리 그것이 그의 부끄러움을 감추기 위한 행동이라는 것은 예나 지금이나 똑같다.

"흐음."

나는 짓궂게 웃는다.

"뭐야."

"아무것도 아니에요. 좋으면서 괜히 그런다."

"좋은 거 아냐."

"아버지도 그렇고 다에 아주머니도 그렇고, 사진 속의 네가 보고 싶은 거야. 많은 사람들이 보는 가운데, 어떻게 모델인 척하면서 사진을 찍었을지 흥미 있는 거 아냐?"

2대째 아시자와 아키라. 25세.

자연 촬영을 중심으로 활동하는 신예 포토그래퍼. 대부분은 그렇게 소개된다.

"모델인 척 안 했어. 누나가 우연히 그렇게 찍었을 뿐이잖아."

토라진 듯한 말투였지만 바로 뒤에 생각난 듯 "아, 맞다" 하며 밝은 표정을 짓는다.

"──다에 아줌마랑 아빠가 안부 전해 달래. 굉장하다고 감탄하던데."

"부모님 덕 좀 봤지."

잡지 〈액팅 에어리어〉에서, 아버지에 이어 딸도 대상을 수상한 것. 아버지의 경우는 고등학생 시절, 사상 최연소로 수상. 그 사진은 옥상에 서 있는 어머니를 찍은 것이었다. 나는 그냥 평범한 수상. 하지만 일이 점점 많이 들어오고 있다. 영광스러운 일이다.

내 말에 이쿠야가 어깨를 으쓱인다.

"나도 그렇고 다들 그렇게 생각 안 하지만, 누나가 그렇게 생각한다면 이젠 어쩔 수 없군. 그걸 발판삼아서 해나가면 되잖아. 이용하면 돼."

든든한 말을 해 준 이쿠야가 벽에서 몸을 일으켰다. 대담한 웃음을 띠며 말을 이었다.

"하여튼 성격 이상해요. 사실은 그렇게 생각 안 하면서."

"글쎄. 내가 좀 겸손한 데다 감사하는 마음도 잊지 않지."

"아빠가 의외라고 하더라. 나를 찍은 사진인데, 연주하는 사진이 아니었냐면서 놀라더라고. '당연히 너랑 피아노를 연관 지을 거라고만 생각했었다. 왜 그랬을까' 하던데."

아버지와 많이 닮은 그 얼굴로, 그의 표정과 말투를 흉내 낸다. 나는 웃으며 그를 재촉했다. 빨리 사진을 보러 가자.

"보니까 어때?"

"괜찮더라. 굉장했어."

이 부분은 솔직한 목소리로 칭찬한다. 그는 사람의 공적을 그대로 받아들여 평가할 수 있는 괜찮은 남자다.

"굉장해. 또 앞서가 버렸어"라며, 조금 분한 듯이.

걸으면서 이쿠야가 나를 돌아본다. 지금은 이미 완전히 나를 내려다볼 만큼 크다.

"언젠가는 이기고 말 테니까, 목욕재계하고 기다려."

"장르가 너무 다른 거 아냐?"

"그래도 절대로 지고 싶지 않아. ── 저기, 그 놀이 아직도 해?"

"무슨 놀이?"

웃으며 되묻는 내게, 그가 미소 지으며 대답한다.

"조금 어떻다는 거."

"아아."

백화점 안으로 들어가자 전시회장 안내가 보였다. 들어가자마자 바로 보이는 포스터에 찍혀 있는 사진은 이쿠야다.

"이거 어떻게 좀 해줬으면 좋겠어."

그가 얼굴을 찡그린다.

"요전번에도 그랬는데, 내 얼굴이 이렇게 눈에 띄는 데 있으면 심장에 안 좋아. 다에 아줌마는 신나 하지만."

"미안하지만 나도 신나는걸. 내가 한 일의 성과이기도 하고, 나는 네 팬이니까."

"진지한 얼굴로 말하지 마. 거짓말 냄새 풀풀 난다."

그가 쑥스러움을 감추듯 시선을 휙 돌린다. 나는 생각에 잠기면서 에스컬레이터에 올라탔다.

"지금은 안 해. SF 놀이. 왜?"

"예전에 들었을 때, 내가 '조금·부족'이라고 했다며. 그거 너무한 거 아냐? 그게 지금은 어떻게 바뀌었는지 궁금해서 물어본 거야."

"아아."

떠올려보면 그립다.

"있잖아."

이쿠야가 나를 돌아보았다.

"전부터 생각했던 건데, 그거 꼭 '조금'으로 안 해도 되잖아?"

"어?"

이쿠야가 즐거운 듯 웃는다. 새로운 장난이라도 생각해 낸 어린아이처럼.

"조금 대신에, '굉장히 (Sugoku)'*를 쓰는 거야. 누나는 그게 더 어울리는 것 같은데."

"그게 뭐야, 내 얘기야?"

에스컬레이터가 5층에 닿는다. 이곳에도 이쿠야의 모습이 찍힌 전시회 간판이 있었다. 카메라 앞에서도 당당하게, 똑바로 등을 펴고 선 모습. 걸음을 멈추고 물끄러미 그것을 바라보고 있자 이쿠

---

* 원문 'スゴク'.

야가 내게 속삭였다.

"리호 누나는 '굉장히 · 포르테(Sugoku · Forte)'야."

"포르테?"

"응. 악상 기호 중에 강약기호인데, '강하게'라는 뜻이야."

가볍게 숨을 내쉬면서 이쿠야는 천장을 올려다보았다.

"그냥 있어도 '강하게'인데, 거기다 '굉장히'까지. 항상 있는 힘껏 움직이는 데다가 쉬지도 않고."

입술을 깨물며 오기라도 생긴 듯 말을 잇는다.

"그러니까 지고 싶지 않다고."

"네가 훨씬 쉬지도 않고 열심히 하잖아. 그러니까 나는 찍고 싶어지는 거고."

전시장에 들어갈 때 그가 물었다.

"대상 받은 기념으로 선물 사 줄게. 뭐가 좋아? 전문적인 카메라 같이 비싼 건 말고. 나 못 사니까."

"그럼, '옷 만들어주는 카메라'가 좋겠는데."

그 말을 듣고 그가 부드럽게 쓴웃음을 짓는다. 고개를 저었다.

"그런 건 더 못 사."

"그럼 피아노 한 곡. 아무거나 네가 좋아하는 거면 돼."

"오——케이."

일부러 멋있게 대답을 하면서도 이쿠야는 기쁘게 웃는다. 이럴 때의 그는 어떻게 할 수 없을 정도의 멋진 얼굴로 눈을 빛낸다.

내 사진 앞에 사람들이 몰려 있었다. 이쿠야가 그곳으로 발을 내디뎠을 때, 나는 앗, 하고 말을 걸었다. 방금 딱 맞는 대답을 찾았다.

"알았어, 이쿠야의 새 개성."

내가 찍은 사진 속의 그는 얼어붙은 호수 위에 서서 하늘을 올려다보고 있다.

그것은 추운 겨울 아침이었다. 하얀 숨을 내뱉으며 파인더를 들여다보는 내 앞에서 한순간 보여준 무방비한 얼굴. 흐린 하늘 사이로 새어 나온 빛을 받으며 눈을 가늘게 뜬다. 결코, 밝지도 강하지도 않은 빛. 하지만 그것을 온몸으로, 팔을 펼치고 받아들인다. 이제 막 그곳으로 날아오르려고 날개를 펼치는 새처럼.

그의 눈이 대답하는 나를 응시한다.

"너는 말이야, '조금——

당신이 그려내는 빛은 어째서 그렇게 강하고 아름다운 것일까요?

간혹 이런 질문을 받는다. 내가 찍는 사진 이야기다. 그에 대한 내 대답은 늘 똑같다.

그것은 캄캄한 바다 밑바닥과 머나먼 하늘 저편의 우주를 비출 필요가 있기 때문이라고. 그곳에 있는 사람들을 비추어 숨을 쉴 수 있게 하려고. 그것을 본 사람들에게, 살아가기 위한 장소를 마련해 주려고.

그리고 나는 그 빛을 받은 적이 있다. 아무도 믿지 않을지 모르겠지만 몇 년이나 지난 옛날에 그 빛이 나를 비춰 준 적이 있는 것이다.

그와 같은 빛을 이 세계에 전해주고 싶어서, 나는 사진을 찍고 있다.

〈도라에몽〉

① 22세기에 만들어진 고양이형 로봇.

 − 노비타를 무서운 미래에서 구하기 위해 타임머신을 타고 현대로 왔다.

② 후지코 F. 후지코(본명 후지모토 히로시 1933~1996)의 걸작 만화.

 − 지금도 전 세계의 많은 사람에게 읽히며 사랑받고 있다.

얼음고래 凍りのくじら

1판 1쇄 **발행** 2008년 9월 20일
2판 1쇄 **발행** 2019년 9월 20일
2판 2쇄 **발행** 2021년 2월 20일

지은이 츠지무라 미즈키
옮긴이 이윤정

발행인 박광운
편집인 박재은

발행처 손안의책
출판등록 2002년 10월 7일 (제25100-2002-000081호)
주소 서울 노원구 노원로18길 19, 210동 1204호
전화 02-325-2375 **팩스** 02-6499-2375
카페 http://cafe.naver.com/bookinhand
이메일 bookinhand@hanmail.net

ISBN 979-11-86572-50-4 03830

이 도서의 국립중앙도서관 출판예정도서목록(CIP)은 서지정보유통지원시스템 홈페이지(http://seoji.nl.go.kr)와
국가자료종합목록 구축시스템(http://kolis-net.nl.go.kr)에서 이용하실 수 있습니다.
CIP제어번호: CIP2019025546

[전2권]

차가운
학교의
시간은
멈춘다

츠지무라 미즈키 지음
이윤정 옮김

5시 53분
학교의 시간은 멈춘다

눈이 내리는 어느 겨울날. 수험 준비가 한창인 3학년 2반 학생들은 평소처럼 등교한다.
하지만 그날 학교에 온 사람은 평소에 사이가 좋았던 여덟 사람뿐.
수업 시작종도 울리지 않고 여덟 명 외에는 인기척도 없다. 눈이 많이 와서 휴교가 된 것일까.
돌아가려던 학생들은 학교 문이 열리지 않는다는 사실을 깨닫는다. 창문도 열리지 않고,
심지어는 깨지지도 않는다. 휴대전화는 불통. 그리고 어느 순간 학교 안의 모든 시계가
5시 53분을 가리키며 멈춘다.

혼란에 빠지는 학생들. 갇힌 거나 다름없는 텅 빈 학교 안에서 그들 중 한 사람이 두 달 전에 자살한
급우 이야기를 꺼낸다. 그리고 그들은 이내 깨닫는다.
자신들 중 어느 누구도 자살한 친구의 이름을 기억하지 못한다는 것과
지금 이곳에 있는 자신들이 원래 7명이어야 한다는 사실을……

신의 아이들

추종남 장편 소설

제7회 대한민국 스토리공모대전 수상작

"진실이 눈에 보이지 않는 곳에 존재하는 이유는
진실이 모습을 보이고 싶어 하지 않기 때문이에요!"

세상의 멸망이 시작된다는 <시한부 종말론>으로 몸살을 앓고 있던 1992년 10월.
뺑소니 교통사고로 식물인간이 된 아들의 치료비를 위해 연예인들의 사생활로 돈을 뜯어내는
사이비 기자 김기준. 아들을 간호해야 할 아내가 사이비 종교에 빠져있단 사실을 알게 된 뒤
교회로 달려간다. 이때 신성한 예언자로 추앙받는 '신의 아이' 이제훈 목사에게 폭행당하는
장면을 목격하고, 조직폭력배와 결탁한 목사는 비자금을 조성하고 있음을 알게 된다.
아들의 치료를 위해 돈의 행방을 쫓던 기준은 교회의 집사가 살해당하며 돈이 사라지자 계획이
허망하게 무너진다. 이때 기준에게 다가오는 또 다른 '신의 아이' 이선민. 그녀는 '거짓말쟁이'인
오빠 이제훈과 달리 진짜 미래를 볼 수 있는 예언자였다. 그런 이선민은 기준에게 거부할 수 없는
제안을 한다. 아무도 알려주지 않는, 하지만 알아야만 하는 '어떤 진실'을 찾게 도와준다면 사라진
돈을 차지할 수 있게 도와주겠다고. 그렇게 기준은 이선민과 함께 이제훈과 목사의 음모를 피해
'진실'을 향해 달려간다. '신의 아이' 이선민이 원하는 '진실'은 무엇일까? 과연 기준은 '진실'을
밝히고, 돈을 차지할 수 있을까?

사이비 교회를 노리는 사이비 기자와 진짜 미래를 보는 가짜 예언자
그들이 진실을 향해 한 걸음씩 다가설 때 종말이 시작되는 날도 하루하루 다가온다

"…내가 널 믿으니까 진실이 되는 거야.
진실이라서 믿는 게 아니라, 믿기 때문에 진실이 되는 거지."

카페 홈즈에 가면?

신원섭 · 정해연 · 조영주 · 정명섭 지음

"카페 홈즈에 가면 무슨 일이 생길까?"
"카페 홈즈에 가면 어떤 해답을 찾을 수 있을까?"

추리소설 작가들의 아지트인 망원동 소재의 '카페 홈즈'
그곳을 무대로 펼쳐지는 일상 미스터리와 정통 추리소설.
향긋한 커피와 함께 즐길 수 있는 네 작가의 독특한 네 가지 이야기.

'빵았네, 빵았어.' 내 귀를 의심케 한 노인의 한탄스러운 목소리.
그런 허섭스레기 같은 내 소설을 이번에는 무슨 수를 써서라도 완성해야 한다.
〈찻잔 속에 부는 바람 _ 신원섭〉

망원동 화재 살인사건의 범인은 너여야만 해! 범인이 너여야만 하는 그 숨겨진 이면의 진실은?
〈너여야만 해 _ 정해연〉

20년 전 죽은 남자의 자화상이 돌아왔다. 무슨 이유로, 왜 이제야 오게 된 것일까?
〈죽은 이의 자화상 _ 조영주〉

사랑하는 그녀를 죽이고 사라진 살인자. 그자를 꼭 잡아 묻고 싶다. 왜 그녀를 죽였느냐고?
〈얼굴 없는 살인마 _ 정명섭〉

백문이 불여일견이란 속담도 있지만, 나는 독자들이 '카페 홈즈'를 세 번은 다른 방식으로 보았으면 싶다.
첫째는 단편집 〈카페 홈즈에 가면〉을 보며 이 유일무이한 공간을 상상하는 것이고, 둘째는 망원 시장 근처 '카페 홈즈'에 직접 가서 꽂힌 책들을 구경하며 추리와 스릴러의 광활함을 맛보는 것이며, 셋째는 메뉴판에 적힌 이름들만으로는 예측이 불가능한 차를 시킨 후 단편집 〈카페 홈즈에 가면〉을 다시 꺼내 찬찬히 보는 것이다.
- 김탁환 (소설가)

에도가와 란포
江戸川乱歩

김소연 옮김

압화와 여행하는 남자
메라 박사의 이상한 범죄
파노라마 섬 기담
일인이역
목마는 돈다
거울 지옥

**일본 추리소설의 역사를 100년 정도 앞당긴
기념비적인 인물이자 '일본 추리소설의
아버지'라고 추앙받는 에도가와 란포
추리소설만큼이나 매혹적이며 유려한 에도가와 란포의 환상문학**

압화 속 여인에게 반한 남자는 과연 미치광이인가 환상 속 인물인가.
에도가와 란포의 환상문학 중 최고의 걸작으로 평가받는 '압화와 여행하는 남자'
똑같은 건물, 똑같은 방에서 일어나는 연속 자살 사건.
거울 너머에 자신을 흉내 내는 또 한 사람의 자신을 발견하게 되는 무서운 이야기
'메라 박사의 이상한 범죄'
자신을 죽이고 자신과 닮은 사람으로 변신해 자신이 꿈꾸어온 환상세계를
만들다 파국으로 치닫는 남자의 이야기.
에도가와 란포의 '또 다른 세계'에 대한 동경과 세계관을 엿볼 수 있는 중편
환상문학 '파노라마 섬 기담'
평생을 렌즈와 거울에 광적으로 집착한 남자.
그를 통해 얻게 되는 거울의 무서운 이야기 '거울 지옥' 등
에도가와 란포의 환상문학 대표작 여섯 편을 통해 얻게 되는 기묘한 체험

"에도가와 란포의 위대함은 그가 일본 추리소설의 아버지라는 것뿐만이 아니다.
자기 내면에 숨어 있는 욕망을 알고 그것을 인정하고 즐길 수 있게 한 것이
에도가와 란포의 진정한 업적이다. 일본에 에도가와 란포라는 작가가 있어서
정말 다행이다." _ 온다 리쿠